퇴근 후에 만나요

3

로즈빈 장편소설

퇴근 후에 만나요

3

해피북스
투유

차례

마음처럼 쉽지 않은 … 7

그대도 나처럼 … 48

사랑했던 시절엔 … 76

그게 참 그렇더라 … 135

지구상에 이런 사랑 … 193

진심은 진심으로 … 223

얼마나 사랑하는지 … 297

안녕, 이제는 안녕 … 354

사랑하는 방법 … 437

마음처럼 쉽지 않은

"아……."

탄식이 물든다. 성준을 만난 채원은 이야기의 전후, 시작과 끝, 여사님이 멀어지던 뒷모습의 분위기까지 모두 전해 들었다.

"이게 무슨……."

들고 있던 커피잔을 내렸다. 쉽게 이해가 되질 않아 들은 말을 몇 번이고 되감아 생각해야 했다. 전부를 알고 있었음에도 곽씨를 곁에 두었다는 주 여사의 행동과 이후 결정은 쉽게 납득하기 힘들었다.

"아니, 아니 어째서, 어째서 그럴 수가 있단 말이죠? 어떻게? 어떻게 그럴 수가 있어?"

그도 해결하지 못한 질문을, 그녀도 던졌다.

"거짓말을 한 거잖아. 그 사람이 사기를 친 거잖아. 돈은, 그래요 뭐, 돈이 많은 분이니 돈은 그렇다고 치더라도 죽은 아들을 농락한 거잖아. 어떻게 그걸 이해해?"

"……."

"아뇨. 아니, 잠깐만. 나 아무것도 이해가 안 되는데. 너무 이상하잖아, 말이 안 되는 거잖아요, 이건."

단 한 구간도 납득할 수 없다. 알고도 속아줄 수 있는 일인가? 어떻게 알고도 속아줄 수 있다는 말이지?

아들의 죽음을 함부로 이용하고, 그것들로 제 이익을 챙기는 사기꾼을 어떻게? 아니, 대체 어떻게?

"글쎄, 나도 잘은 이해되지 않는데."

마침내 그가 입을 열었다.

"주 여사님은 자신이 이상하다는 것도 알고, 이성적이지 않다는 것도 알고 계셨고, 다 알지만 아무것도 바로잡지 않겠다는 입장이셨어."

주 여사는 이해를 바라지 않았다. 감히 이해하려고도 들지 말라 하셨다. 자식을 앞세운 부모의 심정을 헤아릴 필요도, 가늠할 이유도 없으니 개입하지 말고 아무것도 하지 말라, 하셨다.

"그냥 두라고. 모르는 게 아니니 그냥 두라고."

"아……."

성준은 내내 무거웠던 시선을 들었다. 충격에 휩싸인 눈빛을 하고 있는 채원을 보다가 힘없이 웃었다. 그의 마음이라고 평화를 찾은 건 아니었다.

"머리를 한 대 크게 맞은 것 같더라. 이제 끝이라고 생각했는데,

여사님도 너도 구할 수 있는 일이라고 생각했는데."

인생 참 그렇다. 계획한 대로, 생각한 대로 되는 일이 없다. 타인의 생각은 나의 예측에 머무는 법이 없었고, 타인을 위한답시고 행동한 모든 일이 관계를 헝클어트리기도 했다.

그렇게나 깊고 어려운 것이 한 길 사람 마음이었다.

"대표님, 괜찮아요?"

"뭐, 지금은. 아까는 진짜 정신이 하나도 없었어. 여사님의 그런 모습은 처음이라."

"놀랐겠다, 우리 대표님도."

휴. 성준은 정신을 차려야겠다는 듯 고개를 가볍게 흔들었다. 근심을 나눠 주려고 한 것은 아니었으니 채원의 앞에서 태연해져야 한다.

"일단 계획에 차질이 생겨서 그것부터 해결을 해야겠다."

그는 말을 돌리듯 현실로 돌아오며 목소리를 바꾸었다. 채원은 조용히 그를 바라보았다.

"아, 일단. 음, 김 실장을 좀 만나야겠고. 그리고 또, 음, 여사님의 현재 의중은 무언지 파악할 필요가 있겠고. 음, 그리고."

정리되지 않은 말을 하려니 평소 일을 추진하던 그의 모습과 사뭇 다르다. 어딘가 모르게 불안해 보이는 손짓과 눈빛을 가만히 바라보던 채원은 자리에서 일어섰다.

"대비책은 많이 강구하는 게 좋으니까 우리 측에서도 일단……."

그의 옆자리에 앉아, 가만히 그를 껴안았다. 기계적으로 움직이던 입술이 멈추고 음성이 사라진다. 채원은 그의 등을 토닥토닥 두드리며 한참을 쓸어내렸다.

"괜찮아. 괜찮아요, 대표님."

분노에 휩싸인 주 여사가 어떻게 반응할지 알 수 없다. 그것이 에어밸런스에 문제를 야기할지도, 모르는 일이다.

"괜찮아. 대표님은 해야 할 일을 한 것뿐이에요. 대표님 잘못 아니야."

"하……."

회사에 피해가 생길까 걱정을 가득 안고 있던 그가 이제야 낮은 숨을 토해낸다. 채원은 담아두지 말고 터트리라는 것처럼 계속해서 그의 등을 쓸었다.

"대표님은 할 수 있는 모든 걸 했고, 다만 여사님의 현실이 정의를 원하지 않았을 뿐이니까요. 너무 마음 쓰지 말아요."

"……."

"잘했어. 우리 대표님 잘못한 거 하나도 없어. 내가 알잖아요."

채원은 아주 낮은, 아주 편안한 목소리로 성준을 위로했다. 이 모든 건 자신으로부터 시작된 일. 처음부터 자신이 회피할 수 있는 일이 아니었음을 다시 한번 깨닫는다.

그녀는 직감했다. 자신이 뛰어들어야 할 때가 왔음을.

"괜찮아. 다 잘될 거예요. 대표님, 다 잘될 거니까 마음 쓰지 말아요."

당신의 뒤에 숨어 해결만 바라는 시간은 더 이상 보내지 않겠어. 늦었지만 내가 모든 걸 제자리로 돌려놓을 거야.

나도, 지키고 싶은 게 있는 사람이니까.

"내가 이럴 줄 알았지. 이럴 줄 알았어."

호호, 호호호호호호. 곽씨는 평소와 결이 다른 웃음을 터트렸다. 별다른 족쇄 없이 자신의 집으로 돌아온 곽씨는 주 여사가 자신을 선택했음에 간사한 웃음을 내보였다.

"노인네가 별일이야. 얼마나 내가 필요했으면 다 알고도 속아 줘? 제정신은 아닌 거지?"

생각할수록 황당하고, 그래서 자꾸 웃음이 났다. 이젠 다 끝이구나, 나 죽었다, 싶은 마음에 손톱을 으스러질 정도로 물어뜯고 있었는데.

평소대로 하란다. 경찰에 신고할 생각은 없으니 곁에 있어달란다.

"이래서 돈 많은 사람들이랑 놀아야 하는 거야. 그런 사람들한테 돈은 별거 아니거든. 졸부 따위하고는 태생부터 달라. 돈이 인생에 다가 아니라니까?"

호호호, 호호호호. 곽씨는 경찰에 잡혀 들어가지 않았다는 사실에 환희를 느끼며 몇 번이고 손뼉을 쳤다. 그러다가, 웃음을 뚝 그쳤다.

"이런 개자식. 감히 나에게 사기를 쳐?"

성준을 떠올렸다. 표정엔 극한의 분노와 배신감이 휘감겼다.

"그러고도 니가 멀쩡할 것 같아? 건방진 자식, 이런 나쁜 자식, 감히 나를 어떻게 보고 그런……."

그 망할 자식 때문에 당한 수모와 망신을 떠올리면 저절로 이가 갈렸다. 잠깐 뭐에 홀려 그런 술수를 알아보지 못하고 분에 겨운 선물을 품에 안겨주었다.

"두고 봐. 이 망할 자식. 내가 가만히 두지 않겠어."

정채원과 세트로 묶어 싹 다 진흙탕 속으로 던져버리고 말리라. 몇 배로 대갚음해줄 것이다. 이제 와서 고운 마음으로 떨어져줄 수는 없는 거잖아?

"얘, 단희야."

"네, 선생님."

내내 말이 없던 단희를 부르며 곽씨는 바지를 무릎까지 올렸다.

"파스 좀 줘. 노인네 앞에서 하도 꿇고 있었더니 멍이 들었네. 아우 쑤셔."

"네, 선생님."

단희가 파스를 찾아서 가져다주자 곽씨는 홱, 빼앗듯 가져갔다. 죽을 고비를 넘기고 왔음에도 별다른 말 없는 저 계집애가 오늘따라 얄미워 죽겠다.

"정채원이 동생 말이야. 내가 공사 짜보라고 한 거, 너는 손 떼."

"……네?"

"손 떼라고. 일이라고 맡기면 함흥차사야. 성격 급한 사람 숨넘어가서 살겠니? 내가 알아서 할 테니까 신경 쓰지 말라고. 알겠어?"

"아, 네. 선생님."

"누가 누굴 모시는 건지. 아, 나가! 꼴도 보기 싫으니까."

무릎에 파스를 덕지덕지 붙이며 곽씨는 소리를 질렀다. 열이 뻗쳐 살 수가 없으니 누구 손을 빌리고 말 것도 없이 앞으론 전부 자신이 처리해야겠다. 모든 것, 전부.

성준과 헤어지고 집으로 돌아오는 길. 채원은 고개를 숙인 채 터덜터덜 골목길을 걸었다.

다 잘될 거라고, 전부 괜찮다고 하염없이 그에게 들려주었지만 막막한 건 채원도 마찬가지였다. 아무것도 해결된 것 없이 더 엉킨 것 같은 느낌만 들었으니까.

"에효……. 무슨 이런 일이 다 있냐……."

다리에 추를 단 것처럼 무거운 느낌에 천천히 골목을 걸어가던 그때. 누군가가 차에서 내리더니 다짜고짜 다가왔다.

"야, 너."

멍하니 다른 생각을 하며 걷던 채원은 깜짝 놀란 표정을 지으며 고개를 들었다. 곽씨다.

채원이 격하게 놀란 표정을 지으며 바라보자 곽씨는 피식 웃었다.

"놀랐니? 내가 여기 있어서?"

"뭐야, 아줌마가 여긴 웬일?"

곽씨는 또각또각, 굽 소리를 내며 채원에게 가까이 다가섰다.

"너, 이런 곳에서 사니?"

더러운 것을 만지고 있는 것처럼 곽씨의 표정이 구겨진다.

"생각보다 더 엉망으로 살고 있구나, 너."

"당신, 뭔데 남의 집까지 찾아와? 이거 범죄인 거 몰라?"

"범죄?"

곽씨는 웃기다는 듯 헛웃음을 뱉었다.

"얘, 이 길을 니가 다 전세 냈니? 이 골목길이 다 니 거야? 난 우연히 지나가다가 널 본 거야. 범죄는 무슨 범죄?"

"……"

"내가 알고 찾아왔다는 증거 있어? 얘, 말 함부로 하지 마. 범죄, 그런 말 그렇게 쉽게 쓰는 거 아니다?"

채원은 곽씨를 노려보았다. 곽씨는 한참 그녀가 사는 집을 올려다보다가 시시하다는 듯 고개를 내렸다.

"내가 너하고 통화를 끝내고 말이야, 하루 일진이 최악이었어."

"그건 나 때문이 아니라 당신 인생이 원래 그런 거겠지."

"얘, 나이 먹는 것도 서러운데 내가 너한테 이런 수모까지 겪어야겠니? 어디서 이렇게 교양 없이 굴어, 굴기를. 내가 열이 뻗쳐 살수가 있어야지 말이야."

곽씨는 조용히 타이르듯 말을 이었다. 채원은 가관이라는 표정을 지었다.

"너 하나만 보고 있어도 혈압이 끓어 죽겠는데, 아주 니들이 쌍으로 나를 열 받게 하더라?"

곽씨는 골목 주변 주변을 살피다가, 고개를 돌렸다. 매섭게 찢어진 눈매가 그녀를 향했다.

"내가 오늘 너네 대표 때문에 어떤 일을 당했는지, 알아?"

"……."

"니들 서로 사랑한다며? 그래서 그랬니? 그래서 이렇게 막 나가는 거야? 그 하찮고 쓰레기 같은 사랑 하나 지키자고?"

곽씨는 그러면 쓰겠느냐는 표정으로 채원의 어깨를 툭툭 털어주었다.

"얘, 그러면 되겠니? 니들 사랑 좋자고 이렇게 무식하게 달려들면 어떡해. 죽는 줄을 모르고 이렇게 용감해서야 되겠어?"

채원은 주먹을 꽉 말아 쥐었다. 곽씨는 어둠 속에서 희게 빛나는 채원의 얼굴을 바라보다가 씽긋 웃었다. 그러곤 조금 더 가까이 다가가 귓속말을 하듯 어깨 주변에 고개를 내렸다.

"있잖아, 이제 에어밸런스는 곧 망할 거야."

채원은 딱딱하게 굳었다.

"니가 죽고 못 산다는 그 대표님이 과연 무사할까? 여사님께서 가만히 두실까? 난 너무 궁금하다. 너도 궁금하지?"

"……."

"다 너 때문에 벌어지는 일이야, 너 때문에. 내가 말했잖아? 너 때문에 주변이 불행해질 거라고. 그렇게 태어났어. 다른 건 몰라도 내가 이건 확실하게 알겠거든."

"……."

"내가 그렇게 만들 거니까. 네 주변의 모든 걸 다 불행하게 만들 거거든."

"이봐요!"

더는 참지 못하고 채원이 뒷걸음을 걸으며 소리를 지르자 곽씨는 쉿, 하며 입술을 가렸다. 찢어져 올라가는 입술은 바라보고 있자니 징그럽기까지 했다.

"조심해. 아무튼 조심해, 아가씨."

"뭘 조심하라는 거야. 뭐, 밤길이라도 조심하라고 협박하러 왔어? 나도 당신 경찰에 신고할 수 있어! 잊지 말라고!"

"어머, 신고?"

채원의 입에서 '신고'라는 말이 나오자 곽씨는 더욱 크게 웃었다. 쥐고 있는 패가 고작 그런 것밖에 없느냐는, 안타까울 지경이라는 뜻의 웃음이다.

"그래, 그럼. 신고해. 난 여사님이 빼주실 것 같으니까."

"당신…… 진짜…….."

"아무튼 조심하렴."

곽씨는 뾰족하고 길게 붙인 손톱으로 채원의 배를 쿡, 눌렀다.

"여기도."

그러곤 목덜미를 쿡, 하고 찔렀다.

"이런 곳도."

채원이 당황스럽다는 듯 표정을 딱딱하게 굳히자 곽씨는 오물이 묻은 것처럼 손톱을 닦듯이 문지르고는 이만 가보겠다며 손을 들었다. 겁을 집어먹고 딱딱하게 굳은 정채원의 표정을 보고 있자니 이제 숨이 좀 쉬어진다.

"배탈도 조심하고 감기도 조심하란 뜻이야."

아. 이제 집으로 돌아가 발 뻗고 잘 수 있겠다.

"또 보자, 정채원."

"저, 한 실장님."

짙은 어둠이 찾아온 밤, 외출에 나섰던 곽씨가 돌아와 잠에 취한 때. 선뜻 잠을 청할 수가 없던 단희가 때마침 마주친 곽씨의 비서를 불렀다.

단희가 항시 곁에서 떨어지지 않으며 곽씨를 보필하는 사람이라면 한 실장은 곽씨의 운전수, 짐을 챙기는 짐꾼, 필요에 따라 곽씨의 사기를 돕기도 하는, 일꾼이었다.

"어어, 단희냐? 안 자고 뭐 해, 이 시간까지."

"그냥요. 잠이 좀 안 와서."

"그래, 좀 심란하지? 아휴, 오늘 정신없었다. 일 터졌나 하고 바로 뜨려다가 나도 일단 주변 눈치 보고 있는 거야."

나이가 제법 있는 한 실장은 파리 목숨이라는 듯 질색하는 표정을 짓고 고개를 젓다가 단희를 바라보았다.

"단희 너, 나한테 뭐 할 말 있냐?"

"아, 그게요."

몇 가지 지병이 더해져 집도 일거리도 잃은 사회 낙오자가 되었던 때, 일용직 시장에서 제게 접근해 온 곽씨를 따라 여기까지 흘러들어 온 한 실장이었다.

"저, 실장님께 뭐 좀 여쭤봐도 될까요?"

"나한테? 뭘?"

"선생님께서 요번에 스스로 공사를 벌이신다고 해서, 무슨 일인지 좀 알고 싶어서요."

"아. 그거?"

한 실장은 별거 아니라는 듯 단희를 바라보았다.

"선생님께서 너한테 말 안 해줬나 보다?"

"워낙 경황이 없으셨잖아요."

"아아, 그랬지. 오늘 급히게 노선을 변경하시더라고. 차 안에서 생각하신 일이라 너한텐 일찍 얘기 못 하셨나 보다."

단희는 조용히 한 실장의 말을 기다렸다. 한 실장은 들고 있던 음료수를 벌컥벌컥 삼켰다.

"그, 동생이 있다며."

"네."

"이번에 무슨 시험을 본다 하데?"

"……네."

"그거지 뭐. 시험 치러 가는 길을 좀 어질러보자 하시는 것 같더 라고."

"아, 네."

한 실장은 이미 이런 일에 익숙해지고 무뎌진 사람처럼 말을 이었다. 단희는 경청했다.

"알잖냐, 그 양반이 당하고는 못 사는 거. 돈 받은 여자도 문제 야. 돈 받았으면 그냥 조용히 3년만 버티면 될 걸, 왜 저렇게 들쑤 셔서 화를 자초하는지."

"……."

"아무튼 동생이 당하게 생겼어. 직접 하신다니 말릴 수는 없고 우린 뒤처리나 잘하면 되지. 이름이 뭐더라, 정이든."

"……네."

정이든. 정이든. 단희는 채원의 동생 이름을 곱씹었다. 정이든.
정이든.

"단희야, 내가 진짜 니가 남 같지 않아서 하는 말인데, 이제라도
다른 일 알아봐라."

정이든?

"이게 하나 터지면 몇 년씩 그냥 놀고먹는 일이라 편하긴 하고,
또 나야 이 나이에 구할 직장이 없다 보니 더러워도 참고 한다지만
넌 다르잖아. 안 그래?"

"……."

"이러다가 감옥 들어가면 살다 나오는 거고. 어차피 나야 버린
인생이라 생긴 대로 산다지만 넌 나이도 어린데 언제까지 저런 사
람 수발들며 살래."

이번에 무슨 시험을 본다 하데?

정이든. 시험.

단희는 멍하니 눈만 깜빡깜빡했다. 심장은 조금씩 가파르게 뛰
어오르기 시작했다.

"아저씨가 너 신분 세탁 해줄 수 있어. 아저씨 이제 그 정도는 껌
이야. 생각 있으면 말해. 언제든지."

"아. 시, 실장님."

"실장은 무슨. 둘이 있는데 그냥 아저씨라고 해. 낯부끄럽다, 그
런 호칭도."

"정이든이라고…… 하셨죠?"

음료수를 다 마신 한 실장은 캔을 구기며 단희를 바라보았다.

"그 여자 동생? 그랬지. 왜?"

단희는 생각이 멈춘 듯한 표정을 지었다. 그러곤 잠시 후 고개를 가로저었다.

"아뇨, 아무것도 아니에요."

"싱겁긴. 아무튼 아저씨가 한 이야기 잘 생각해봐. 알겠지?"

"네. 말씀만으로도 감사합니다. 그런데 저, 여기 아니면 있을 곳 없어요, 실장님."

단희는 먼저 가보겠다며 인사를 하고 뒤로 돌아섰다. 저도 모르게 입가를 가렸다.

정이든. 정채원의 부친과 같은 병원이던 아버지의 병실.

"아…… 맙소사……."

그래. 흘려들어 제대로 기억하지 못했던 정든이의 이름은, 정이든이었다.

"그래? 그럼 그 주옥선 여사라는 분은 다 알고도 곽씨라는 여성과 거래를 한 거야?"

"뭐, 그랬다나 봐."

"음. 그런 일이 다 있네."

성준을 만나 주옥선 여사의 이야기를 들은 준호는 천천히 고개를 끄덕였다. 그랬구나, 하며 준호가 그다지 놀라는 일 없는 눈빛을 하자 성준은 당황하는 눈빛을 했다.

"이게 그렇게 태연하게 들을 이야기야? 안 놀라?"

"놀랄 일도 많다. 그럴 수도 있지."

"그럴 수도 있다? 어떻게? 난 아직도 이해가 되지 않는데?"

"보통의 사람들은 이해하기 힘든 일을 겪으며 사는 사람들이 실제로는 상당히 많아. 동의를 구하거나 이해를 구하기 힘드니, 그런 사람들이 혼자 견디다가 병이 나곤 하는 거야."

이 정도의 상황은 이해 못 할 일이 아니라고, 준호는 덤덤히 답했다. 성준은 반문했다.

"단순히 돈을 뜯어내기 위한 거짓말이야. 죽은 사람을 기만하는 행위이기도 하다고. 어떻게 그걸 외면할 수가 있다는 거지?"

"여사님이라는 분은 아마도 죽은 아들을 잊지 않는 곽씨에게 매달리는 게 아니라, 자신의 고통을 가까이서 들여다봐주는 것에 매달리고 있을 거야."

"……."

"아니, 복합적인 이유가 작용했겠지. 돈을 요구하는 곽씨의 행위가 어쩌면 더 여사님을 편안하게 했을 수도 있어. 정당한 대가를 지불했으니, 곽씨도 자신의 요구를 들어줄 거라 생각했을 테니까."

성준은 준호의 이야기를 듣다가 술잔을 기울였다. 온전히 마음에 와닿는 이유가 없다고 해서, 주 여사의 선택을 존중하지 않을 수도 없었다.

"형, 나는 쉽게 생각했거든. 곽씨는 사기꾼이고, 정체만 밝혀내면 모든 게 다 제자리로 돌아올 수 있을 줄 알았어."

"사람은 생각만큼 단순하지 않아. 언제나 그게 문제이고."

항상 생각하려 들지만 곧잘 잊어버리는 것 중 하나. 사람은 단순하지 않다.

"나의 절대적 진실이 타인에겐 왜곡되는 경우가 있지. 진심이 통하지 않을 때도 많고, 혹은 타인를 위해 행한 모든 일들이 외려 독이 되는 경우도, 있고."

누구도 나와 같지 않고, 속내는 아무도 알 수 없다. 상처의 크기와 무게도 가늠할 수 없다.

"곽씨가 사기꾼이라는 사실이 절대적 진실이지만 여사님께는 필요 없는 진실인 거야."

"외면한다고 사라지는 진실도 아닌데 어떻게……."

"그래서 '그럼에도 불구하고'라는 말이 있는 거지."

"하……."

미련했다. 부모 자식의 이별은 나이가 많고 적음의 문제도 아니요, 오랜 시간이 흐르고 지난다고 옅어지고 마는 문제도 아닌 것을.

성준은 답을 알 수 없다는 듯 고개를 저었다. 출구를 찾지 못한 사람처럼 갑갑해져 마른세수를 하며 깊은숨을 쉬었다. 길게 뻗은 손가락이 미간을 지그시 눌렀다.

"그런데 성준아, 회사에 문제는 없겠어? 채원 씨가 회사를 계속 다녀도 될까?"

논리적으로 설명할 수 없는 일들 가운데, 그나마 현실에 부딪친 몇 가지를 건져 올리자니 더욱 막막했다. 분노로 일렁이며 사랑놀음 같은 건 두고 보지 않겠다던 주 여사의 눈빛은 강한 경고로 번득였다.

이젠 어떻게 해야 하는 걸까.

"두 사람 계속 붙어 있는 건 시각적으로 좋지 않을 거야. 어찌 되었건 그분은 영혼결혼식이 끝나는 날까지 채원 씨가 아무 일 없던 것처럼 이행해주길 원하고 있으니까."

받은 돈을 되돌려주는 것으로 끝날 줄 알았는데 여사님은 끝내 돈을 돌려받지 않았다. 이제 와 파기할 생각 말고 약속했던 대로 남은 시간을 채워라, 여사님의 조건은 명확했다.

"어떻게 해야 하는지 도저히 모르겠어. 아무리 생각해봐도 답이 안 나와. 이런 경우는 또 처음이라…….."

회사가 걸려 있고, 사랑하는 여자가 걸려 있는 일. 성준은 무엇도 선뜻 선택하지 못한 채 깊은숨을 내쉬었다.

준호는 말없이 녀석을 바라보다가 입술을 열었다. 녀석이 하고 있는 고민의 깊이가, 너무나도 잘 느껴졌다.

"일단 안전하게 가자. 회사도 너도, 채원 씨도 안전하게."

안전하게.

"여사님을 설득시킬 수 있다면 좋겠지만 그럴 수 없다면 너는 회사 생각도 해야 하는 자리야. 뭐, 니가 제일 잘 알겠지만."

안전하게. 누구도 다치지 않게.

성준은 준호의 말에 긍정하듯 천천히 고개를 끄덕였다. 안전하게. 안전하게.

다른 생각은 아무것도 들지 않고, 오로지 드는 생각이 있다면 단

하나. 안전하게.

"성준아, 한 잔 더 줄까?"

"아니. 됐어."

지키고 싶다. 안전하게.

"두 분이 함께 오신다는 연락이 있었나?"

"아뇨. 없었습니다."

이튿날. 오전 회의에 참석했던 성준은 마무리를 짓지 못한 채 급히 회의장을 빠져나왔다.

로비를 통해 민권에게 도착한 소식 하나. 주옥선 여사와 윤필목 회장이 함께 회사에 방문했다는 것.

"지금 로비에 계신다고?"

"올라오신다고 합니다. 바로 대표실로 가시는 것이 좋을 것 같습니다."

성준은 올라가는 엘리베이터 버튼을 눌렀다. 초조한 기색이 손끝까지 묻어났다.

"연락도 없이 회사엔 어쩐 일로. 그것도 두 분이 함께."

긴장을 할 수밖에 없는 건 당연했다. 불시 방문도 처음인 데다가 두 분이 함께 움직인 것도 처음이었으니까.

"전시용 압박인 것 같은데요. 주 여사님께서 윤필목 회장님과 함께할 수 있다는 걸 보여주시려는 듯합니다."

대주주. 주 여사와 윤 회장의 지분은 성준의 지분보다 적었지만, 둘이 합친다면 성준의 지분보다 많았다.

회사의 경영 지배는 물론이요, 막대한 영향력을 끼칠 수도 있는 데다가 주주총회를 통해 대표를 해임시킬 수도 있는 권한이 생겼다. 두 사람이 지분을 합친다면.

"타시죠. 빨리 올라가셔야 합니다."

"알았어."

열린 엘리베이터에 올라탄 성준은 무엇이 떠올랐는지 뒤따라 올라타려는 민권을 멈추게 했다.

"스톱. 넌 여기 있어."

"네? 왜요?"

"너 지금 윤 회장님 만나봐야 좋을 거 없어. 여기 있어, 그냥."

성준이 멈추라고 하자 민권은 가만히 서 있다가 엘리베이터에 올라탔다. 대표실 층수와 닫힘 버튼을 차례로 누른 민권은 성준을 바라보았다.

"같이 가시죠. 제가 대표님 안 모시면 누가 모셔요."

"괜찮다니까. 괜찮으니까 넌 그냥 여기 있⋯⋯."

"저도 괜찮아요, 대표님."

엘리베이터는 빠르게 위로 올라가기 시작했다. 긴장한 기색이 역력한 두 사내의 눈빛이 부딪친다. 전의를 다지듯, 성준과 민권은 동시에 두어 번 고개를 끄덕였다.

"큰일 났어요! 지금 주옥선 여사님하고 윤필목 회장님 대표실로 올라오고 계신다는데요?"

로비에서 전화를 받은 비서실 직원은 깜짝 놀란 목소리를 했다. 모니터를 바라보고 있던 채인은 '주옥선 여사님'이라는 말에 고개를 돌렸다. 놀라 자리에서 일어선 직원들은 빠르게 중앙으로 모였다.

"지금 올라오고 계신다고?"

"네네, 지금요. 어떡해요?"

워낙 깔끔한 공간이지만 밖으로 튀어나와 있던 컴퓨터 전선을 안으로 밀어 넣었다.

"대표님은 회의 가셨잖아. 전달했어?"

"네. 전달받으셨대요. 바로 올라오시겠죠?"

다 마시고 두었던 컵을 정리해 탕비실로 가져갔다. 일사불란하게 움직이며 직원들은 이곳으로 올라오고 있을 대주주를 맞이할 준비를 했다.

합을 맞춰본 듯 빠르게 움직이는 직원들 사이에서, 채원은 뻣뻣하게 굳은 채 서 있었다.

"연락도 없이 무슨 일이시지? 연락 온 거 없었잖아."

"없었어요. 이런 적 한 번도 없었잖아요."

"그러니까. 그것도 두 분이 함께, 이거 웬일이니? 두 분이 왜 같이 오셔?"

"제 말이 그 말이에요. 불시 검문도 아니고 이게 무슨 일인지."

엘리베이터가 도착하고, 직원들은 뛰듯이 걸어 그 앞에 섰다. 문이 갈라지며 주옥선 여사와 윤필목 회장이 모습을 드러냈다.

"안녕하십니까, 어서 오십시오."

대표가 부재중인 사이를 메꾸려 직원들은 최선을 다해 상냥한 음성을 내었다. 엘리베이터에서 내린 주옥선 여사는 제일 먼저 주변을 살피다가, 채원을 바라보았다.

"대표님께서 회의 참석 중이셔서, 이제 곧 올라오실 겁니다."

"안으로 모시겠습니다. 이쪽으로 오십시오."

주인이 없는 대표실 문이 활짝 열린다. 직원들은 작은 흠도 만들지 않으려 몸을 사렸고, 최대한 정중함을 실어 안내했다.

먼저 걸음을 옮기던 윤필목 회장은 뒤따라오지 않는 주옥선 여사를 향해 고개를 돌렸다. 주 여사의 시선이 채원에게 닿아 있음을 확인한 윤필목 회장은 작게 채근했다.

"여사님, 들어가시지요."

"……."

"여사님?"

"예. 들어가지요."

주 여사는 천천히 발걸음을 옮겼다. 끝내 눈길을 거두자 채원은 숙였던 고개를 들며 닫히는 대표실 문을 바라보았다.

"채원 씨, 주 여사님 알아요?"

"그러게. 여사님이 채원 씨 계속 보고 계시던데?"

웅얼거리는 목소리로 직원들이 묻지만, 채원은 내내 닫힌 문만 바라보았다. 잠시 후 성준과 민권이 도착했다.

"기별도 없이 어떻게 오셨습니까. 미리 연락을 주셨으면 제가 내려가 있었을 텐데요."

대표실로 들어선 성준은 드실 차를 주문하며 자리에 앉았다. 윤필목 회장은 항시 성준이 앉던 그 의자 상석에 앉아 입을 열었다. 풍채만큼 시원시원한 음성이다.

"주 여사님께서 한번 들러보자는 말씀을 주셔서, 나도 회사에 방문해본 지 오래되었고. 시끄러울 일 만들고 싶지 않아 그냥 왔네."

"네, 회장님."

"여사님께서 궁금하셨던 모양이야. 그러고 보니 여사님은 대표실 방문이 처음 아니십니까?"

"네, 처음입니다. 그간 제가 너무 무심했지요."

무심했다. 흘려들을 수 없는 말이 가슴에 박혀 성준은 조용히 숨을 내쉬었다.

주 여사는 성준을 바라보며 미소 지었다. 예전처럼 따뜻하거나, 인자함이 섞인 미소는 아니었다.

"그래도 명색이 회사 대주주인데 너무 방관했던 것 같습니다. 아시다시피 제가 그간 경황이 없었던지라."

"한 대표가 어련히 알아서 잘 끌어가겠느냐만 너무 무심하신 것도 좋은 일은 아닙니다, 여사님."

호방한 음성을 하며 윤 회장은 주 여사의 말에 대꾸했다. 지난 얼마간, 윤 회장이 여러 번 접촉을 하려 했지만 이런저런 이유로 피하던 주 여사였다.

태리와 성준의 혼사를 염두에 두고, 일이 틀어질 경우 에어밸런스 자체를 쥐고 흔들 만한 힘이 필요했던 윤 회장의 속내를 주 여사가 내다보았던 까닭이다. 그런 주 여사의 의중을 윤 회장이 놓쳤던 것도 아니고, 하여 내심 대주주의 힘이 합쳐지는 것은 포기하고 있던 때였다.

그런데 어인 일인지 이번엔 주 여사가 먼저 연락을 해왔다. 어떤 심경의 변화인가. 윤 회장도 주 여사의 심경 변화에 집중할 필요가 있었다.

"여사님, 방문하신 김에 회사 한 바퀴 둘러보시죠. 한 대표가 준비하고 있다는 신사업 부분도 좀 확인하시고."

아직 차가 나오지도 않았는데 윤 회장은 회사를 둘러보러 이만 나가자고 주 여사를 재촉했다. 이렇게 앉아 있을 바엔 실질적인 회사 경영을 눈으로 확인하고 싶은 윤 회장은 어쩔 수 없는 사업가였다.

"윤 회장님께서 다녀오시지요. 제가 들여다본다고 무얼 알겠습니까."

"예? 그럼 여사님께선 여기 계시겠다는 말씀이십니까?"

때마침 차가 나온다. 주 여사는 향이 고운 보이차가 마음에 든다는 듯 내려다보다가 미소 지었다. 그 미소의 뜻을, 이곳에 남겠다는 뜻을.

"예. 저는 여기 있겠습니다. 회장님께선 한 대표와 함께 다녀오십시오."

성준은 알 수 있었다.

"저는 이곳에 볼일도 있고 하니 여기서 기다리겠습니다."

주 여사의 방문 목적은 채원이었다.

주 여사의 말에 따라 혼자 나온 윤필목 회장은 신사업 개발 중인 부서로 성준과 이동하며 엘리베이터를 탔다. 가장 안쪽에 윤 회장이, 그 곁에 성준이.

"태리는 지금 뭐 하나?"

버튼을 누르는 공간엔 민권이 섰다.

"예? 태리 말씀이십니까?"

성준은 윤 회장의 질문에 당황한 듯 휴대폰을 꺼냈다. 자신의 딸아이가 지금 뭐 하고 있느냐는 질문에 뭐라고 답을 해야 하는지 몰라, 일단 태리에게 전화를 걸어보기로 한다.

"오늘은 연락을 해보지 않아서, 지금 뭐 하고 있는지 물어보겠습니다."

"아니, 한 대표 자네한테 한 질문이 아닌데."

앞에 서 있던 민권은 미세하게 시선을 들었다.

"우리 딸 지금 뭐 하고 있느냐고 물었는데 못 들었는가?"

아……. 성준은 휴대폰을 쥐고 있던 손을 내렸고.

"윤 관장은 현재 미술관에 있습니다, 회장님."

민권은 비스듬히 돌아서며 덤덤히 답했다. 더는 숨길 수 있는 일도 아니니 그저 아는 대로. 그저 들은 대로.

"숨길 생각도 없는 모양이지, 이제."

민권의 답을 곱씹던 윤 회장은 툭 하고 말을 뱉었다. 아찔한 속도로 내려가는 엘리베이터 안에서, 민권은 발아래가 뚫리는 기분을 느꼈다. 윤 회장의 시선은 민권을 지나 엘리베이터 버튼에 멈췄다.

"딸아이가 어디 있느냐는 질문을, 내가 자네에게 해야겠는가?"

누구도 끼어들 수 없는 꽉 막힌 공기가 좁은 엘리베이터 안을 물들였다.

"자네와 내가 나눌 만한 이야기냐고 물었네. 난 자네하고 태리의 이야기를 하고 싶은 생각이 조금도 없거든. 어떤가?"

민권은 입술을 꽉 닫았다. 어느덧 엘리베이터는 목적지에 도착했고, 문이 열렸다.

머리보다 먼저 반응하는 몸. 민권은 화살처럼 빠르게 안에서 내려 윤 회장을 모셨다. 엘리베이터를 빠져나온 윤 회장은 고개를 숙인 민권의 앞에 서고, 녀석을 바라보았다.

"다음에 내가 같은 질문을 할 땐 자네가 우리 딸의 행방을 몰랐으면 좋겠군."

가지. 윤 회장은 약간 떨어진 성준을 향해 시선을 돌렸다. 살얼음 같은 분위기를 견디며 성준이 윤 회장을 향해 한 발을 내디뎠을 때.

"죄송합니다, 회장님."

뒤에서 들려오는 음성에 윤 회장은 멈칫, 했다. 그러곤 민권을 향해 천천히 고개를 돌렸다.

"죄송합니다. 다음번에도 같은 질문을 하신다면 그때도 아마 답을 알고 있을 겁니다."

성준은 두 눈을 꽉 감았고, 윤 회장은 입술을 작게 벌렸다.

"거짓말은 하지 않겠습니다, 회장님."

민권은 준비가 되었다.

예상대로 채원은 주옥선 여사의 호출로 대표실에 들어섰다. 마주 앉아, 같은 공기를 마시고 내뱉자니 어색함은 이루 말할 수 없었다.

"자네도 내가 미친 사람으로 보이겠지."

차를 음미하던 주 여사는 긴장한 듯 말아 쥔 채원의 마른 주먹만 내려다보다가 입을 열었다.

채원은 느리게 눈을 감았다가 떴다. 주 여사는 혼잣말처럼 조용히, 그리고 느리게 말을 이었다.

"자네들이 사는 세상에서 나는 얼마나 미친 사람이겠나. 사기를 당하고도 좋다고 감싸며 돈을 물 쓰듯 퍼붓고 있으니, 약이라도 먹어봐야 하는 건 아닌가 싶겠지."

"……."

"이해를 바란 건 아니니 양해를 구하지는 않겠네. 곽 선생도 자네도, 내게는 그저 돈으로 고용한 사람들일 뿐, 그 이상도 이하도 아니니."

결국 주 여사에게는 같은 사람들일 뿐이다. 원하는 돈을 쥐여주고 시간과 정성을 사버린.

달칵, 주 여사가 내려놓은 찻잔의 소리가 깨질 듯 들려온다.

"내 아들에게 자네의 3년을 쏟아주기가 이제 와 아까워졌나?"

"……."

"할 수 있겠다더니, 사람 마음이 그리도 쉽게 바뀌나?"

"저, 여사님……."

"곽씨가 사기꾼이라니 얼마나 기뻤을까? 한 대표가 돈을 대신 갚아줄 능력이 되니, 그건 또 얼마나 다행이라 여겼을까?"

말문이 막힌다. 혹여 뵙게 된다면 늘어놓으려고 준비했던 많은 말이 연기처럼 사라진다. 눈앞이 깜깜해지고, 들은 말들은 고막을 막듯 켜켜이 쌓여갔다.

"단지 바란 건 내 아들에게 정성을 쏟아주는 일이었는데. 다른 무엇에 쏟을 감정을 모아, 내 아들에게 쏟아달라고 내 그렇게 이르고 청했는데."

"……."

"곽씨가 사기꾼인 것과 자네에게 부탁한 내 청이 어찌 같아 이리도 짓밟았소? 곽씨가 사기꾼인 게 자네에게 무슨 상관이라고? 사랑? 사랑?"

"……."

"내 아들은 어쩌고 자네들 사랑놀음을 내가 지켜봐야 하는 거지? 내 아들의 죽음을 위로할 생각은 못 하고 등한시하며, 사랑놀음에 취해 인생이 그리도 즐겁던가? 그리도 즐거워서 내 아들의……!"

……휴.

주 여사는 잠시 멈추지 않으면 분노가 미친 듯이 쏟아져 나올 것만 같아 숨 고르기를 했다. 그러다가, 채원의 손에 반지가 없음을 바라보고는 텅 빈 웃음만 쏟아냈다.

한참을 그렇게 혼자 웃다가. 또다시 한참을 숨 고르기 하다가.

"자네의 3년을 내가 산 거니 더금없이. 잊지 마시오."

너에게 주는 마지막 기회라고, 주 여사는 낮은 음역대로 말했다. 조용한 음성에 고이는 매서움은 곽씨의 것과 비할 바가 되지 못했다.

"자네들을 용서하지 못할 일은 더 이상 하지 말란 뜻이오."

"……."

"난 이 회사를 박살 낼 준비도 되어 있으니까."

"무슨 일 있는 거 맞지? 맞는 것 같지?"

대주주들의 방문에 한바탕 뒤집혔던 사무실이 어느덧 평온을 찾고, 어둠도 함께 찾아왔다. 하루 종일 굳게 닫혀 있는 대표실에서 음산한 기운이 뿜어져 나와 퇴근을 미룬 채 직원들은 연신 눈치를 보았다.

"일이 있어도 큰일이 있는 모양인데. 분위기가 너무 심상치 않아."

"그러니까요. 대체 무슨 일인 건지 궁금해 죽겠어요. 주 여사님도 그렇고 윤 회장님도 그렇고, 가실 때 표정이 너무 살벌해서 무섭더라고요."

두 명의 대주주는 각자의 사정을 품에 안고 딱딱하게 굳은 표정을 한 채 회사를 나섰다. 성준의 배웅도 직원들의 배웅도 받지 않았다.

"회사에 무슨 문제 생기는 건 아니겠죠? 주주총회도 곧 다가오는데."

"두 분이 같이 오셨다는 것부터 이상해. 대표님 압박하는 것도 아니고, 두 분 왜 같이 다니셔?"

"이건 위험신호야. 내 촉이 위험을 감지했어."

비서실 직원들은 목소리를 낮춘 채 각자의 의견을 내기 바빴다. 대주주의 방문은 이미 회사에 파다하게 퍼졌고, 살벌했던 분위기는 로비 직원들을 통해 메신저를 타고 여러 부서로 흘러들어 갔다.

흉흉한 소문은 루머와 뒤섞여 직원들의 마음을 심란하게 했다.

"자꾸 나한테 무슨 일이냐고 물어와요, 다른 부서 사람들이."

"김 대리, 그냥 모른다고 해. 아무 일 없다고."

"네. 그러고 있는데 너무 많이 물어봐요."

"나도 그래. 그래서 그냥 메신저 로그아웃했어."

퇴근해야 하는데. 평소라면 그냥 일어서서 나갔을 텐데 오늘은 어쩐지 쉽지 않다.

직원들은 야속하게 흘러가는 시간을 멍하니 바라보았고, 대표실 문은 열릴 기미가 보이지 않았다. 오늘따라 반투명 블라인드로 해둔 대표실 안은 지나치게 고요했다.

"채원 씨, 진짜 말 안 해줄 거야? 여사님이 왜 찾으셨는지."

"그래요. 말 좀 해봐. 우리 궁금해 죽겠어."

입을 다물고 있는 채원에게 질문이 쏟아진다. 모든 열쇠를 쥐고 있는 것 같아 채원에게 몇 번 물었지만 그녀는 아무 말도 하지 않았다.

"채원 씨, 응? 무슨 일이야, 도대체? 뭐 빌고 있는 거지?"

자네의 천 일은 내가 산 거나 다름없지. 잊지 마시오.

"채원 씨, 그러지 말고 우리도 알게 말 좀 해줘요. 우리가 알아야지. 우리도 비서실 직원인데."

자네들을 용서하지 못할 일은 더 이상 하지 말란 뜻이오.

"진짜 말 안 해줄 거예요? 채원 씨 너무한다. 우리 퇴근도 못 하고 이러고 있는데."

난 이 회사를 박살 낼 준비도 되어 있으니까.

"……."

채원의 입술은 여전히 굳게 닫혀 있다. 침묵을 택한 채원을 바라보다가 직원들은 포기한 듯 고개를 돌렸다.

"에효, 회사 망하는 건 아닌가 모르겠다."

"이래서 이제 막 기반 잡은 회사는 위험한 거야. 여차하면 날아간다니까? 이직 준비해야 하는 거 아닌지 모르겠어요."

"자기도 그렇게 생각하지? 나도 그래. 아까 주 여사님 표정이 너무 살벌해서 진짜 무슨 일 벌어지고도 남을 것 같아."

주주총회가 멀지 않았으니 무슨 일이 생겨도 곧 생기리라.

여전히 채원은 반투명 블라인드 처리된 대표실의 유리창만 바라보고 있고.

"유성그룹 경력직 채용 공고 나왔던데, 이력서 쓱 넣어볼까?"

"에이, 다들 너무 오버 아니에요? 무슨 일이 생긴 것도 아닌데 아직."

"무슨 소리야. 보면 몰라? 김 대리는 몰라도 난 집에 애가 둘이야. 빨리빨리 준비해야지."

"아…… 그럼 저도 알아봐야 하는 건가요……?"

"만약에 주총에서 대표님 해임되면 제일 먼저 정리되는 1순위가 우리야. 알고 있으라고."

불안은 점점 커지고 상상은 확신이 되어갔다.

채원은 느리게 눈을 감았다가 뜨고, 다시 불투명한 대표실 유리문을 바라보았다. 직원들의 불안은 조금씩 가중되었다.

"저는 경력직으로 가기엔 아직 조금 부족한데. 아흐, 진짜 미치겠다. 우리도 잘려요? 우리가 왜 잘려요?"

"아, 나한테 묻지 말고 만약을 생각해서 대비해. 준비해서 나쁠 거 없……."

각자의 생존을 염두에 두던 직원들의 대화 사이로, 채원이 일어선다. 직원들은 말을 멈춘 채 그녀를 바라보았다. 온종일 말이 없기로는 대표님도, 채원도 마찬가지였다.

"저, 있잖아요."

아주 오랜 시간 만에 입을 떼는 채원에게 일동 집중했다.

"어어, 그래. 채원 씨, 왜왜?"

"저 사실 결혼한 거, 아니에요."

"……응? 그게 무슨 말이야? 결혼한 게 아니라니?"

채원은 PC를 끄고 자리를 정리했다.

"결혼한 거 아닌데 사연이 좀 있어서 어쩔 수 없이 기혼인 척했어요. 죄송해요."

"뭐야, 채원 씨 미혼이야?"

"네. 사정이 좀 있었어요. 그래서 말은 못 했어요."

"사, 사정?"

다들 놀란 표정을 짓는 가운데 채원은 재킷을 들었다. 가방을 들었고, 직원들을 바라보며 빙그레 웃었다.

"그리고 다들 회사 걱정하실 필요 없어요. 걱정하실 만한 일은 생기지 않을 테니까."

채원은 짧게 묵례하며 책상을 돌아 나왔다. 굳게 닫혀 있는, 허락 없인 들어설 수 없는 대표실의 문을, 그녀는 함부로 열었다.

직원들은 벌어진 문틈을 바라보며 입을 멍하니 벌렸다. 또각또각, 분명한 구두 굽 소리를 내며 채원은 대표실 책상 앞으로 다가갔다. 고개를 숙인 채 관자놀이를 짚고 있던 성준이 천천히 고개를 든다.

"대표님, 우리 나가요."

채원은 성준에게 손을 내밀었다.

"우리 이만 퇴근해요, 대표님."

밤이 깊었다.

"왜 이렇게 못 먹어요. 입에 안 맞아요?"

대표의 손을 잡고 로비를 걷는 전대미문의 풍경을 남긴 채원은 놀라 까무러치는 직원들을 뒤로한 채, 퇴근했다.

많은 풍문과 루머를 남긴 하루였지만 이렇듯 둘만 남아 평범한 식당, 평범한 메뉴를 앞에 두고 앉아 있자니 사사로운 연인의 시간이 펼쳐진다.

채원은 얼마 먹지 못하고 금세 젓가락을 내린 성준을 바라보다가 근심 많은 표정을 지었다. 성준은 가볍게 웃으며 손을 저었다.

"너 먹는 것만 봐도 배불러서."

"이제 보니 대표님도 거짓말 되게 못하네요."

"모, 못해?"

성준은 당황하는 표정을 지었다. 한 그릇을 씩씩하게 비운 채원은 숟가락을 내리며 물을 마셨다. 냅킨을 들어 입가를 정리하고, 아끼는 립스틱을 꺼내 거울을 보며 덧대어 발랐다. 가방을 정리한 뒤, 채원은 꼿꼿하게 앉아 성준을 바라보았다.

오늘 하루 수고 많았다는, 많은 격려를 담아 그를 바라보며 미소 지었다.

……정리된 자리로 후식이 나왔다. 따뜻한 커피가 각자의 앞에 놓이고, 부드럽고 고소한 커피 향이 다소 굳었던 마음을 가라앉혀 주었다. 평소보다 지나치게 말이 없는 그의 마음이 만져지는 것 같아, 채원은 연신 마른침만 삼키다가 입을 열었다.

보통의 남자 한성준의 무게는 덜어갈 수 있어도,

"저, 대표님."

에어밸런스의 대표 한성준의 무게는 덜어갈 수 없을 것이다.

"전에도 말했지. 니가 그렇게 부르면 나 너무 무섭다고."

"저, 이거."

덜어갈 순 없어도, 깊이 덜 수는 있는 거니까.

채원은 가방에서 봉투를 꺼내 테이블 위에 내렸다. 성준의 방향으로 밀자 그는 가만히 봉투를 바라만 보았다. 열어볼 생각도 의지도 없는 것처럼, 조용히.

"뭐, 요즘 세상에 수기로 쓰는 사직서는 의미가 없지만, 그래도 대표님께는 수기로 써서 드리고 싶었어요."

봉투 속에 담긴, 사직을 바라는 종이 한 장.

"석 달은 채우자 했는데 석 달도 못 채우는 게 한심하긴 하지만, 저 회사 그만두려고요."

생각이 멈추고 말 또한 잃었다. 봉투에 고정한 그의 시선이 움직일 줄 몰라, 채원은 흐릿하게 웃었다.

"인수인계를 하면 좋겠는데 음, 솔직히 이제 대표님이 직접 메일 확인하셔도 나쁘지 않을 것 같고, 그게 더 일 처리 빠를 거란 것도 알고 있고요."

사실은 알고 있다. 자신이 하고 있는 일은 그가 해도 되는 일이었다는 걸. 이대로 사라져도 회사에 지장을 초래하거나 문제가 되는 일은, 없을 거란 걸.

"으아, 좀 민망하긴 하다. 석 달은 버틸 거라고 그렇게 호언장담을 했는데 저는 어쩜 이렇게 말뿐인지 모르겠어요."

"……"

"미안해요. 그런데 주 여사님 뵙고 나니 뭐랄까, 우리가 지금 이러면 안 될 것 같은 느낌이 들었어요."

자네의 3년은 내가 산 거나 다름없지. 잊지 마시오.

"이게 있잖아요, 시간이 해결해줄 문제인데 고집부리고 그럴 일은 아닌 것 같아요. 여사님 말씀대로 약속 어긴 게 맞고, 또 돈을 받지 않겠다고 하시는데 되돌려드릴 방법도 없고."

자네들을 용서하지 못할 일은 더 이상 하지 말란 뜻이오.

"약속은…… 지켜야 맞는 거죠. 이건 사기꾼과는 관련 없는, 여사님과 저의 문제가 되었으니까요."

난 이 회사를 박살 낼 준비도 되어 있으니까.

채원은 가슴이 바늘로 꿰이는 것만 같던 주 여사의 음성을 여러 번 반복해 상기하며 그를 바라보았다. 주 여사는, 잠을 자고 밥을 먹은 사람의 모습이 아니었다.

"여사님의 눈을 속이며 대표님을 몰래 만나고 싶진 않아요. 그런 일은 나와 대표님이 그토록 혐오하던 사기꾼과 다를 바가 없으니까."

이 모든 것, 당신을 위한 길이다 생각하니 망설일 이유가 없다. 처음 이별을 고했던 그때처럼.

"언젠가 김 실장님이 그러셨어요. 대표님은 많은 것과 싸워 때로는 이기고, 때로는 져야 하는 사람이라고."

"……"

"그땐 전부 이해 못 했는데, 이젠 다 이해할 수 있을 것 같아."

채원은 웃으며 사직서를 성준의 앞으로 조금 더 밀었다. 그는 테이블 끝까지 밀려온 그녀의 사직서를 내려다보다가 느리게 눈을 감았고, 떴다. 하얀 봉투가 얼음처럼 느껴져 바라보는 눈이 시려왔다.

헤어졌으면 좋겠어요.

애인까. 스페인의 이별이 띠오르나. 한중만은 잊고 살았던 그 상면, 너의 그 얼굴이.

"괜찮아요. 우리 지금 만나는 거 아니어도, 뭐. 우리는 남은 시간 많으니까. 그때 가서 마음 편안하게 만나요, 우리."

헤어지자는 네 말을 원망하며 살았는데. 어떻게 그런 말을 할 수 있는 건지, 단 한 번도 이해해본 적 없었는데.

"미안해요. 내가 미래를 보고 왔으면 이런 일 없게 했을 텐데, 미래를 못 봐서 덜컥 이런 일을 만들어버렸어요."

이젠 알 것 같아. 그 시절의 네가 내게 왜 이별을 고했는지. 왜 그럴 수밖에 없었는지, 왜 그런 선택만이 남아버렸는지.

"대표님, 내 말 듣고 있어요?"

······그것밖에 남지 않았던 거구나.

"그래. 듣고 있어."

목이 메어 성준은 간신히 답했다. 무슨 일이 생겨도 네 곁에서 떨어지지 않을 나라고 자신했는데, 지구가 반으로 갈라져도 네 곁을 지킬 거라고, 자만했는데.

내민 사표 하나 찢어버리지 못하고 바라만 봐야 하는, 한심한 시간. 가긴 어딜 가느냐고, 붙잡지 못한 채 쓰디쓴 공기만 삼켜야 하는 시간.

"다행이다. 그럼 다 이해한 것도 맞죠? 이해한 거라고, 나 믿어도 되는 거죠?"

이제 보니 연인의 말이라는 거, 참 허무하다. 그동안 해온 속삭임과 다짐은 전부 무엇이었을까.

"나는요, 대표님. 에어밸런스 안의 대표님이 좋아요. 이렇게 열심히 일구고 키워온 회사, 함부로 다른 사람 손에 넘겨주지 마요."

죄인이 된 나는 네 앞에서 한마디도 덧붙이질 못하고. 말뿐인 건 네가 아니라 외려 나인데.

"금방 해치우고 돌아올게요. 금방 올게요. 대표님도 열심히 일하고 있어요."

나도 너를 따라서 웃고 싶은데 그게 잘 안 된다. 그럼에도 괜찮다고, 웃는 너를 바라볼 자신이 없어 나는 눈을 감고 말았다.

"다음에 다시 만나면 정말 놓치지 않을게요. 그땐 정말, 정말 대표님 꽉 잡고 놓치지 않을게요."

어른이 되어 만난 이별은 참으로 시시했다. 그 흔한 눈물 한 방울 없이. 잘 있으라는, 부디 행복하라는 인사 한번 없이.

눈에 보이지 않는 마음 하나 쥐고서, 우리는 미친 듯이 내달리던 사랑을 멈췄다.

"잘 가요, 대표님."

사랑해. 그럼에도 불구하고 헤어져야 하는 거지.

아침이 밝았다. 부담 갖지 말고 시험에 응하라는 누나의 응원을 받으며 이든은 일찍 집을 나섰다.

착실하게 준비해온 시험 당일. 이든은 단희에게 언급했던 대로 자전거를 끌고 나왔다. 기름칠이 잘된 새 자전거는 어린 시절의 추억을 되살려주는 것만 같아 더욱 기분이 좋았다.

처음 이 자전거를 선물 받았을 때, 하루 종일 골목길을 누볐던 기억이 선연했다. 이런 좋은 마음을 가득 안고 시험도 잘 보면 좋겠는데.

"정신 차리고 하던 대로만 하면 돼, 정이든."

하지 않으려고 해도 긴장이 되는 건 어쩔 수가 없다. 이든은 자신에게 들려주듯 혼잣말을 하며 자전거 페달을 밟았다. 이른 시간이라 그런지 주말의 길가는 제법 한가했다.

"여보세요?"

그때였다. 이든은 걸려오는 한 통의 전화를 받으며 자전거에서 내렸다.

"아, 형님!"

성준의 전화였다.

— 오늘 시험이라고 하지 않았나?

"맞아요. 오늘 시험이에요."

— 시험 잘 보고 와. 떨지 말고. 잘할 테니까.

격려 전화를 걸어준 마음이 더럭 고마워 이든은 머쓱하게 웃었다. 어제, 그 밤. 누나와 헤어진 사람이라는 것도 모르고.

"감사합니다. 이번엔 꼭 잘 봐서 합격할게요."

— 마음 비우고 평소처럼만 하면 될 듯. 아직 젊고 창창하니까 너무 걱정 말고.

"네, 감사합니다."

자전거를 끌며 전화 통화를 하던 이든은 짧은 횡단보도 앞에 섰다. 파란불을 기다리며 성준과의 통화를 끝낸 이든은 통화 중에 걸려온 전화 알람을 확인했다.

"뭐야, 누나인가?"

여섯 통의 메시지. 이든은 누나의 전화인가 싶어 급히 문자 메시지 함을 열었다.

"⋯⋯단희 씨?"

단희의 전화였음을 확인한 이든은 뜻밖이라는 듯 눈을 동그랗게 떴다. 식사를 대접하고 싶다던 말에 아무 연락이 없어, 이대로 마는구나 싶었는데.

시험 보는 걸 용케 기억하고 있는 것 같아 이든은 단희에게 전화를 걸었다. 이윽고 신호등의 불이 바뀌고, 이든은 자전거를 밀며 앞으로 나아갔다.

"여보세요?"

단희가 전화를 받은 것 같아 이든이 입을 연 순간.

부아아앙, 시끄러운 소리를 내며, 멈춰 있던 자동차가 순식간에 우회전을 하면서 속력을 내었다. 사람이 건너가니 알아서 멈출 거라 생각했던 이든은 생각보다 빠르게 오는 자동차를 향해 고개를 돌렸다.

자전거를 끌고 있던 까닭에 반응속도가 느려진 이든은 저 자동차가 멈추지 않을 거란 걸 뒤늦게 예상했다.

그때였다. 어디선가 튀어나온 손이 자전거 손잡이를 빼앗더니 차량이 달려오는 방향으로 던져버린다. 보기보다 가벼운 자전거는 차량 쪽으로 날아가고

끼이익!

자동차는 느닷없이 날아온 자전거 때문에 핸들을 돌렸고, 기둥과 부딪치며 사고가 났다. 쿵. 제법 육중한 소리가 들렸다.

"나 따라와요!"

"아!"

이든은 급히 끄는 손에 이끌려 따라 달렸다. 자전거를 집어던진 사람은 모자를 푹 눌러쓰고 마스크를 쓰고 있었지만, 누구인지 알아보지 못할 리 없었다.

차량이 들어설 수 없는 골목길로 들어서고 나서야 단희는 멈췄다. 바깥을 한참이나 살펴보고 나서야 이든을 바라보았고, 마스크를 벗었다. 그러곤 크로스로 메고 있던 가방에서 우산을 꺼내 그에게 건넸다.

"이거, 돌려드릴게요."

"아니, 이게 무슨……."

"자전거는 다시 배송해드릴 테니 어서 시험 보러 가세요."

이든은 영문을 알 수 없다는 표정을 지었다. 묻고 싶은 게 너무 많았지만 정신이 하나도 없었다.

"그리고 잘 봐요, 시험."

다시 마스크를 쓰며 단희는 사라졌다.

쨍한 날 우산을 들고, 이든은 그녀가 사라진 자리에 잠시 머물렀다. 죽을 고비를 넘긴 것 같긴 한데 뭐가 뭔지, 하나도 알 수가 없었다.

그대도 나처럼

"어유, 동생님. 시험은 잘 봤어?"

하루 종일 웅크리고 앉아 숨만 쉬듯 시간을 보낸 채원은 집으로 들어선 동생을 맞이했다. 가지고 있던 슬픔과 근심을 모두 지워낸 얼굴로, 그녀는 활짝 웃었다.

"모르겠어. 시간이 부족해서 마지막에 제대로 확인도 못 했거든."

이든은 아직 잘 모르겠다며 고개를 가로저었다. 채원은 동생의 어깨를 툭, 쳤다. 오래 준비해온 시험이 긴 시간을 거쳐 끝났다.

"야, 어깨 펴. 안 되면 또 하면 되지 뭐가 걱정이야."

"나 이번에 떨어지면 그냥 취업하……."

"웃기시네! 지금까지 너한테 투자한 돈이 아까워서라도 내가 너 합격할 때까지 뒷바라지한다! 하고 만다, 내가!"

채원이 오히려 목소리를 높이자 이든은 누나를 바라보다 피식 웃었다.

밥 먹어야지. 고생했어. 먼저 씻을래? 누나가 살가운 목소리로 묻자 이든은 손을 내저었다.

"아니, 누나. 나 좀 자도 될까? 너무 피곤한데."

"아아, 그럴래? 그럼 밥은 일어나서 먹어. 뭐 먹고 싶은 건 없어? 우리 오랜만에 나가서 외식할까?"

"나 지금 자면 언제 일어날지 몰라. 그냥 실컷 자는 게 지금 제일 하고 싶은 거라."

"알았어. 그럼 푹 자. 오늘은 침대에서 자. 암막 커튼 쳐줄게. 아주 실컷 자."

그동안 밀린 잠을 청산하고 싶은 모양인지 이든은 가방을 떨구고 곧장 방으로 들어갔다. 시험이 모두 끝나면 단희에게 연락을 해봐야겠다는 생각을 했지만, 막상 시험이 끝나고 나니 아무것도 하고 싶지 않을 정도로 피곤했다.

"피곤할 만도 하지. 에휴, 내 동생 고생이다."

방문이 조용히 닫히자 채원은 잠시 후 입가에 걸어두었던 웃음을 지웠다. 혼자 거실에 남아 한참을 서 있던 채원은 천천히 고개를 돌렸다.

여어, 좋은 아침.

언젠가, 이 작은 거실에 앉아 아침 인사를 건네던 그의 모습이 떠오른다. 채원은 입술을 꾹 깨물며 휴대폰만 만지작거렸다.

"아주…… 헤어진 건 아니니까. 그런 거니까……."

양을 헤아릴 수 없을 만큼의 슬픔이 기습적으로 닥칠까 봐 채원은 하염없이 스스로를 위로했다. 매캐한 검은 연기를 마신 듯 숨 쉬는 일마저 버거웠기에, 이별을 정중하게 맞이할 여유조차 없었다.

"이번엔 또 일자리를 어디서 구하나……."

현실로 돌아오려는 듯 세차게 고개를 흔들며, 채원은 거실에 펴놓은 작은 교자상 앞에 앉았다. 틈날 때마다 들여다보았던 구직 앱에 들어가 적당한 자리가 있는지, 마저 살폈다.

죽을 것 같은 이별도, 두 번이나 밀어낸 미안함도.

"아, 여기 저번에 연락 왔던 곳인데 또 채용 공고 올라왔네. 연락해볼까?"

먹고사는 일 앞에 아무것도 아닌 게 된다.

"아, 여긴 연락 준다고 하고 연락 없었던 곳인데 다시 넣어볼까? 음."

아무도 우리의 대단한 이별에 관심 가져주지 않으니, 이별한 우리를 세상은 기다려주지 않으니, 변한 것 하나 없는 일상을 버티고 살아야 한다.

눈물은 삼키면 그만이고, 슬픔은 묻으면 그만이다. 아무 일 없을 수 없다면, 아무 일 없던 듯 살아가면 그만이다.

"별로 없다, 연락해볼 만한 곳이."

악착같이 살아야 한다. 그래야, 그래야 나의 당신에게 달려갈 수 있다. 그래야.

"잠깐만, 이게 실화야? 이게 실화라고?"

며칠의 시간이 흘렀다. 평소처럼 에어밸런스를 찾았던 태리는 채원의 퇴사 소식을 들었고, 그것과 관련된 이야기를 민권을 통해 모두 들었다.

태리는 입술을 멍하니 벌렸다.

"뭐야. 이게 대체 무슨 말이야? 그러니까 정채원 씨는 미혼이고, 또, 스페인에서 선배 만났었고, 또, 사기꾼한테 걸렸는데, 또, 주옥선 아줌마 때문에 선배랑 다시 헤어졌고?"

"맞아. 들은 그대로."

"헐. 대박."

이게 대체 무슨 소리냐는 듯 태리는 입을 크게 벌렸다. 하나도 믿기 어려운데, 와장창 쏟아진 이야기는 어느 것 하나도 현실감이 없었다.

"이게 말이 돼? 주옥선 아줌마 정신이 어떻게 된 거 아니야? 사기꾼 편을 들어, 왜?"

곱씹을수록 기가 막혀 죽겠다.

"아니, 진실을 밝혀줬으면 고마워해야지, 왜 애먼 사람들을 잡아? 그런다고 뭐가 달라져? 대체 왜 그러는 거야?"

"나도 모르겠다, 뭐가 뭔지."

"그리고 아무리 화가 나도 그렇지, 어떻게 회사를 상대로 협박할 수 있어? 그 아줌마한테 그럴 힘이 있긴 해?"

"회장님과 힘을 합치면 얘기가 다르지."

"우리 아빠가 그 아줌마 복수혈전에 왜 껴들겠어. 그럴 이유가 없잖아."

"대표님은 주 여사님과 척을 졌고, 나는 회장님께 찍혔고. 사유 충분한 것 같은데."

······끙

태리는 잠시 잊고 있었다는 듯 작은 탄식을 터트렸다. 어떻게 되려고 일이 이렇게 흘러가나.

"우리만 답답한 줄 알았는데 아니었네. 우리는 양반이었어, 김 실장."

이곳은 에어밸런스에서 조금 떨어진 카페. 태리는 마주 앉아 있는 민권을 바라보았다. 그러다가 무슨 생각을 했는지 곧장 생글생글 미소를 지었다.

"왜 이래, 대표님의 이별 소식이 그렇게 기쁘냐?"

"아니. 난 남 일에 별로 관심 없어. 내 관심사는 오로지."

너. 태리는 손가락을 길게 뻗어 민권을 가리켰다. 쿨럭, 민권은 아메리카노를 마시다가 헛기침을 뱉었다. 이건 낮도 밤도 없이, 오프라인이건 온라인이건 말을 가려서 할 줄 몰라 상대를 당황하게 하는 데 일가견이 있다.

"어떻게 그런 말을 잘도 하는지 모르겠다."

"왜? 뭐가 어때서? 너 같은 선비 자식을 만나려면 나 같은 막장이 필요한 법이거든."

말끝에 태리는 상체를 쓱 일으켜 민권의 얼굴 가까이에 다가가 귓가에 속닥거렸다.

"너를 헝클어트리고 싶어 안달 났어, 나는."

"올해 들은 말 중 제일 무서운 이야기였다, 윤태리."

"쳇, 이게 뭐가 무섭냐? 사랑스럽지. 이게 제일 무섭다는 걸 보니 우리 아빠랑 대면은 할 만했던 모양이지?"

자리로 돌아가며 꿍얼거리던 태리는 다시금 생글생글 웃는 얼굴을 했다. 민권은 바라보는 것만으로 지친다는 표정을 지었다.

"우리 아빠한테 나 어디에서 뭐 하는지, 계속계속 알 것 같다고 했다며?"

"그만 좀 해라. 벌써 며칠째냐?"

"박력 쩔어. 나 우리 아빠한테 대드는 사람 처음 봤거든."

"대, 대들다니. 내가 대들 주제나 되냐? 주제나 돼?"

"당연히 안 되지. 주제도 안 되는데 대드니까 박력 있는 거 아냐?"

"……말을 말자."

꿍. 민권은 말을 섞으면 섞을수록 기가 빨린다는 것처럼 다시 고개를 돌렸다. 연인과 함께하는 시간은 달콤해야 하는데, 얘는 왜 이렇게 살벌하게만 느껴지는 걸까. 도대체 왜.

"나 있지, 성준 선배한테 그 얘기 듣는데 소름이 쫙 돋고 눈물이 핑 돌더라."

"……."

"아아, 윤태리, 잘 버텼다. 장하다. 오조 오억 번은 찍었더니 넘어오는구나. 근성 하면 윤태리, 윤태리 하면 근성. 정말 잘 버텼다."

"날 가지고 왜 본인 근성 테스트를 해."

"다른 놈들은 찍기도 전에 넘어오잖아. 재미가 없어요."

허이고. 민권은 다시 굵은 기침을 내뱉으며 쓰디쓴 커피만 삼켜 댔다. 쿨 하게 듣고 넘어가주고 싶지만, 이 선비 같은 남자의 마음 에도 걸리는 게 있긴 한 거지.

"그래서, 찍기도 전에 넘어온 놈들을 만나봤고?"

"어머. 그게 이제야 궁금하니? 이제 좀 궁금하긴 해? 윤태리의 연애 풀 스토리가?"

"아니. 안 듣고 싶어졌어."

"웃겨. 듣고 싶대도 안 알려줄 거야. 그런 건 공개하는 거 아니랬 어. 나도 들은 건 많거든."

태리는 입가에 두 손을 가져다 대며 비밀스럽게 말을 이었다.

"들은 것도 많지만 본 것도 많아."

"야, 좀!"

민권은 저도 모르게 목소리를 높이다가 주변을 살폈다. 태리는 뭐가 그렇게 즐거운지 웃음을 터트렸다. 선비 같은 남자 놀려 먹다 보면 하루가 어떻게 지나가는 줄도 모르겠다.

"귀여워, 김민권."

"휴……."

"귀엽기로는 1위가 다은이, 2위가 태리, 3위가 김민권."

차라리 일하러 가고 싶다. 격하게 회사에 들어가고 싶다.

"회장님은…… 별말씀 없으셔?"

태리의 애먼 농담이나 듣고 있다가, 민권은 시선을 머그잔에 주며 입을 열었다.

응? 우리 아빠? 태리는 뚱한 표정을 지으며 잠시 생각하는 듯하더니 고개를 가로저었다.

"우리 아빠 요즘 바빠. 그래서 집에서도 잘 못 봐."

"아아, 그래."

"뭐, 하실 말씀이 있으시다면 벌써 하셨겠지. 그런데 별말씀 없으신 걸 보니 아예 말도 하고 싶지 않은가 봐."

괜히 부녀지간을 틀어지게 만든 건 아닌가, 민권의 마음으로 근심이 다녀간다. 태리는 곧장 알아챘다는 듯 테이블을 톡톡 두드렸다.

"이보세요, 댁의 문제가 아니고 제 문제고요. 대들 때의 패기는 어디 가버리고 그렇게 시무룩해?"

"대들다니. 자꾸 그렇게 말할래?"

"섹시하잖아. 따님을 주십시오! 이런 거, 나 본 거 많다니까?"

"그런 것만 봤으면 차라리 다행이고."

"내가 이런 것만 봤겠어? 정말?"

하……. 민권은 보통의 대화가 이뤄지지 않는다는 것을 깨닫고 고개를 저었다.

"내가 보고 알뜰살뜰 모아온 목록 공개해줄까? 어때, 공유할래?"

"일절 안 궁금해. 안 궁금한 정도가 아니라 죽을 때까지 모르고 싶다."

"귀여워. 순위 2번으로 바꿔줄까 보다."

"너만큼 귀엽진 않으니 3번에 남겨줘라."

민권은 중얼거리며 커피를 털어 마셨다. 마셔도 마셔도 갈증이 나니 환장할 지경이다.

그런 그가 멋지고 사랑스럽고 귀엽고 섹시하고, 혼자 다 해 먹고 있으니 태리는 눈에서 하트를 쐈았다. 민권이 질색하자 태리는 흠, 테이블에 팔꿈치를 받치고 턱을 괴며 잠시 성준을 떠올렸다. 며칠 표정이 안 좋다 했더니 이유가 있었던 거다.

"김 실장. 선배 위로 잘해줘. 스페인에서 헤어지고 어렵게 채원 씨 다시 만났는데 또 헤어지고, 마음이 안 좋겠어."

"뭐, 아주 헤어진 건 아니고 그저 기한이 다할 때까지. 그냥 그런 거지."

"야, 김 실장. 사랑에 휴식기가 어딨어? 그게 말이 돼? 3년은 생각보다 엄청 길다?"

지금의 마음이 식지 않고 그대로 보존될 수 있을까? 그렇게 다시 만날 확률은 얼마나 될까?

"두 사람 불쌍하다. 나도 선배한테 잘해줘야지. 우리 연애한다고 너무 앞에서 설쳐대지 말자."

"너만 조심하면 된다, 너만."

"선배가 요즘 또 일에 미쳐 산다 했더니, 다 이유가 있는 거지. 이유 없는 일은 없는 거야, 그렇지?"

틈이 있는 사람이 되고자 잠시 내려놓던 마음을 틀어쥐고, 여유를 모르는 사람처럼 성준은 미친 듯이 일에 매달렸다. 밤낮을 잊고, 평일과 휴일을 잊은 채.

"이만 일어나자. 나 이제 회사 들어가야 해. 너도 미술관 가야지."

"아, 가기 싫어. 조금만 더 있다가 들어가면 안 돼?"

"안 돼. 요즘 우리 비상이야. 알잖아."

"알았어. 그런데 정채원 씨는 요즘 뭐 해?"

"글쎄다. 그 후로 연락 안 해봐서."

민권은 태리의 잔을 들었다. 반쯤 남은 태리의 커피를 내려다보더니 한 모금에 털어 마셨다.

"김 실장, 커피 모자랐어? 모자라면 말을 하지 그랬어."

"니가 먹고 남긴 거라 마신 거야. 일어나 이제."

"귀여워. 나 좀 만져도 돼?"

귀엽다고 만져보겠단다. 트레이에 잔을 담고 먼저 일어났던 민권은 주변을 휘휘 둘러보다가 그녀 방향으로 고개를 슬그머니 내렸다. 볼이나 만지려나 싶어 어서 해치우라고 종용하던 그때.

"얼굴 치워, 왜 이래?"

"만져도 되냐며. 1초 준다."

"얼굴 치워. 만져도 되냐고 물은 건 얼굴이 아니거든?"

"그럼 어딘데."

"엉덩이. 귀여워서 토닥토닥하고 싶은데. 응?"

"……가자."

민권은 고개를 홱, 들고 빳빳하게 서서 먼저 걸음을 옮겼다. 가방과 재킷을 챙긴 태리는 볼멘소리를 했다.

"아, 진짜, 치사하게! 한 번 만진다고 닳아? 닳아 없어지냐?"

사람들이 쳐다볼 지경으로 쩌렁쩌렁하게 말하는 태리를 두고, 민권은 슬쩍 웃으며 머그잔 정리를 했다.

채원 씨, 잘 지내죠? 민권은 문득 그녀 생각을 했다. 잘 지내고 있기를. 건강하기를. 대표님이 버티고 있는 만큼, 당신도 잘 버텨주기를.

"여보세요? ××죠? 구인 공고 보고 연락드렸는데요. 아, 구하셨어요? 네네. 알겠습니다."

심호흡을 몇 번이나 하다가 전화를 했는데 허무하게 통화는 종료된다. 채원은 휴대폰을 내리며 뿌, 하고 볼 바람을 불었다.

"한 살 한 살이 다르네. 직장 구하기가 점점 더 어려워져."

며칠째 변변한 면접 한 번을 다녀오지 못했다.

휴, 채원은 다시 휴대폰 구직 앱으로 시선을 돌렸다. 이미 보고 또 보고, 또 본 페이지를 다시 한번 꼼꼼히 확인하다가, 더 이상 새로운 업데이트가 없음을 확인하고 나서야 휴대폰을 내렸다. 몇 개의 업체에 이력서를 보냈으니 연락이 오리라.

"아, 일단 밥을 좀 먹을까 이제?"

채원은 교자상을 밀며 자리에서 일어섰다. 간단하게 볶음밥이라도 해 먹어볼 생각에 밥솥을 열어보는데, 때마침 전화가 걸려온다. 업체의 전화인가 싶어 채원은 부리나케 달려가 휴대폰을 들었다.

아…….

"여보세요?"

발신자를 확인한 채원은 의외라는 듯 눈을 동그랗게 뜨며 전화를 받았다.

— 여보세요? 선배님! 저 서훈입니다! 남서훈!

에어밸런스 비서실 신입 사원 서훈의 전화다.

"네, 서훈 씨. 안녕하세요."

— 네네, 선배님, 지금 집이세요?

느닷없이 걸려온 예전 직장 사람의 전화 한 통이 더럭 반가워, 그것이 또 에어밸런스라,

"네. 집이에요. 서훈 씨는 회사죠? 무슨 일 있어요?"

어쩐지 서훈의 전화가 그와의 연결 고리인 것만 같아, 이런 사소한 것만으로 심장은 울렁거리기 시작했다.

— 무슨 일이 있는 건 아니고요. 그냥 잠깐 외근 나와서 아이스 커피 마시려는데 선배님 생각이 나서요. 잘 지내시나 해서.

"그럼요. 잘 지내죠. 저는 잘 있어요. 회사도 별일 없죠?"

— 네. 회사도 별일 없고, 김민권 실장님도 잘 계세요.

그녀는 미소 지었다.

— 대표님도 잘 계십니다.

그러다가, 눈을 꽉 감았다.

— 아아, 회사 얘기하려고 한 게 아닌데. 선배님, 혹시 일자리 구하고 계신 건 아닌가요?

"네? 저요? 네. 구하고 있는데 서류 넣어놓고 기다리는 중이에요."

예고 없이 마주한 그의 안부에 힘껏 눌러 감았던 눈을 뜨며, 채원은 답했다. 잘 지내고 있단 한마디에 안도할 틈도 없이 서훈과의

통화에 집중했다.

— 선배님 혹시 카페에서 일해보실 생각은 없나 해서요. 사실 이거 물어보려고 연락드렸는데.

"카페요? 카페 어디?"

채원은 눈을 동그랗게 떴다.

— 사실 저희 부모님이 카페를 운영하시는데 엄마가 허리를 좀 다치셔서 병원에 입원을 하셔야 하거든요. 갑자기 사람을 구해야 하는데.

"아…… 아!"

— 선배님 혹시 시간 되시면 조건 맞춰드릴 테니 저희 가게 좀 봐주실 수 있을까 해…….

"돼요! 돼요! 무조건! 무조건 돼요! 어딘데요! 무조건 콜 콜!"

채원은 벌떡 일어서며 콜을 외쳤다. 카페에서 일해본 경력이 없는 것도 아니니 그녀 입장에선 마다할 이유가 없었다. 서훈은 그럴 줄 알았다는 듯 웃었다.

"그런데 서훈 씨, 진짜 사람 필요한 거 맞아요? 괜히 나 생각해서 일자리 구해주려는 건 아니죠?"

— 에이, 부모님 가게인데 제가 함부로 사람을 들일 자격이 있나요. 그런 거 아닙니다.

"혹시 어…… 대표님 부탁이 있었다거나…….'

— 전혀요. 대표님 모르고 계세요. 진짜 엄마 허리 다쳐서 급하게 구하는 거라니까요.

그제야 안심된다는 듯 채원은 웃었다. 아아, 정말이지 사람은 죽으란 법 없는 모양이다.

"고마워요. 고마워요, 서훈 씨."

— 뭘요. 그냥 선배님이 내려주셨던 아이스 아메리카노가 너무 맛있었거든요.

……뜨거운 계절을 향해 달려간다.

— 그럼 카페 주소 보내드릴게요. 나머지는 이따가 다시 통화해요, 선배님.

채원에게 새로운 직장이 생겼다.

"그러게 진작 관뒀어야지. 어디 여사님 회사를 멋대로 다니며 화를 돋워? 머리가 그렇게 안 돌아가?"

채원의 퇴사 소식을 접한 곽씨는 저도 모르게 고개를 꺾고 웃다가 이내 미간을 좁혔다.

"아우, 아우 목이야. 아우 내 목."

고개를 들자마자 지르르, 하며 목덜미 부근에 퍼지는 통증. 꼼짝도 못 하며 눈만 꽉 감고 있던 곽씨는 천천히 눈을 뜨며 앓는 소리를 내었다.

"아으으, 아으으으으. 아으 내 목. 아우우으으으."

"선생님, 찜질하실 만한 것을 가져다드릴까요?"

"됐어! 조금 전에도 했잖아! 이 나이에 그런 걸로 회복이 되는 줄 알아? 아으, 아으으으."

정채원의 동생과 마주했던 그날, 그 아침, 절체절명의 순간. 어디서 튀어나왔는지 알 수 없는 사람이 자전거를 집어던지는 바람에 일을 망쳤다.

본능적으로 날아오는 자전거를 피해 핸들을 꺾었고, 그대로 기둥에 박으며 사고가 났다. 곽씨는 그날의 일을 여러 번 회상하다가 아쉽다는 표정을 지었다.

"완벽했는데. 차도 없고 사람도 없고, 심지어 CCTV도 없는 그런 곳은 요즘 찾기도 힘든데."

그러다가, 눈을 가늘게 떴다.

"대체 누군데 나타나서 사람 일을 망쳐놓고 말이야. 누구였을까? 대체 누구."

다짜고짜 자전거가 날아드니 경황이 없어 상대의 얼굴을 제대로 보지 못했다. 체격이 왜소했다는 것만 기억에 남으니 여자였을 것이라, 그저 추측만 할 뿐.

"마치 알고 달려드는 것처럼 타이밍도 완벽했단 말이야. 지나가는 사람이 도와준 거라 하기엔 너무 말도 안 될 만큼, 정확한 타이밍에 등장."

흐음. 곽씨는 채원의 동생을 구해주고 도망간 정체불명의 사람을 계속 떠올렸다. 단희는 침을 꼴깍꼴깍 삼키며 조용히 숨만 내쉬었다.

"애, 단희야."

"네, 네. 선생님."

"여사님께 연락드려. 연락드려서 내가 요즘 얼마나 열심히 기도 드리고 있는지도 얘기하고, 내 하루 일과가 어떤지도 잘 얘기하고."

"네. 알겠습니다."

"에효, 이게 사람 사는 꼴인지 모르겠다. 당분간은 꼼짝도 못 하고 지내야 할 판이야."

휴. 곽씨는 진한 한숨을 내뱉었다. 백화점에서 그 망신을 당했으니 제집처럼 드나들던 백화점엔 얼씬도 못 하게 되었고, 주 여사의 눈치가 보여 마사지 숍이니 피부과니, 마음대로 다닐 수가 없다.

"적당히 간 보다가 철수해야겠어. 노인네가 예전처럼 돈다발을 척척 안겨줄 것 같지도 않고."

경찰에 신고만 하지 않으면 평생을 바쳐 충성할 것처럼 빌었지만, 그것 또한 과거가 되어버렸다.

곽씨는 불행한 일은 금세 잊어버렸다. 기억하려 들지 않았다. '나'보다 중요한 건 이 세상에 존재하지 않았다.

"여기가…… 서훈 씨네 카페예요?"

채원은 다소 충격이라는 듯 느리게 말을 뱉었다. 카페를 당장 소개해주겠다던 서훈은 퇴근 시간에 맞춰 회사 앞으로 오라 하더라.

회사 앞이라니 채원이 머뭇거리자 걱정 말라고, 대표님 지금 출장 가셨으니 와도 된다고, 서훈은 말을 덧붙였다. 아쉬운 쪽은 그녀였으니 서훈이 오라는 대로 채원은 퇴근 시간에 맞춰 에어밸런스 앞으로 향했다. 그런데.

"거짓말이죠? 거짓말. 여기가 서훈 씨네 가게라고요?"

회사 앞, 성준이 매일 들러 커피를 사던 그 가게가 부모님의 가게란다. 서훈이 문을 열고 들어서지만 채원은 따라 들어가지 못하고 밖에서 눈만 깜빡거렸다.

"선배님, 어서 들어와요."

"아니, 잠깐만 서훈 씨, 잠깐만요."

"일단 들어와서 얘기해요, 들어와서."

서훈은 전혀 들어올 생각이 없어 보이는 채원의 팔을 끌며 안으로 들어섰다.

여기가, 서훈 씨 부모님이 하는 가게라고? 채원은 당황함을 쉽게 지우지 못한 채 카페로 들어갔다. 낯선 것 하나 없는 익숙한 향기, 익숙한 인테리어.

"여기가 서훈 씨네 가게라고 왜 말 안 했어요?"

"부모님 가게니까요. 저랑은 사실 관계가 없는 곳이라."

서훈은 눈인사를 건네는 직원들에게 작게 묵례하며 적당한 테이블에 앉았다. 채원은 고개를 갸우뚱했다.

"그리고 말할 기회도 없었어요. 제 커피는 항상 선배님이 타주셔서 딱히 카페에 직원들하고 올 일도 없었거든요."

"아⋯⋯."

아. 그러고 보니 서훈과는 한 번도 카페를 와본 적이 없다. 서훈은 주변을 둘러보다가 입을 열었다.

"취준생일 때 알바 겸 가게 봐드리고 하다가 자연스럽게 에어밸런스도 알게 됐죠. 커피 마시면서 회사 이야기하는 사람들이 전부 대표님을 좋게 평가하더라고요."

그의 이야기는 자연스럽게 스며든다. 채원은 마른침을 삼켰다.

"입사 전부터 회사에 대한 내적 친밀감이 좀 있었어요. 매일 보고 다닌 학습 효과랄까, 그래서 이력서를 냈죠."

"……그랬군요."

주문하지 않았는데 알아서 커피를 가져다준다. 아이스 아메리카노 두 잔. 채원은 가만히 커피를 내려다보았다.

"사실 회사 건물이라 선배님께 부탁하는 게 맞을까 싶긴 했지만, 선택은 선배님이 하는 거니까요."

아마도 서훈 씨는 다 알고 있는 모양이다. 대표님과 헤어졌다는 것도, 그래서 이곳이 불편할 거란 것도.

"어차피 구인은 부모님이 알아서 하실 거라 선배님께서 거절하셔도 상관없어요. 다만 안정적인 직장을 다시 구하실 때까지, 그때까지만 하셔도 되고요."

내가, 갈팡질팡하고 있다는 것도.

"오래오래 해달라는 건 아니고 언제든 그만둬도 되니까 마음 편안하게. 뭐, 힘들면 하지 않아도 돼요."

"저, 서훈 씨."

"네, 선배님."

몇몇 손님이 테이블을 채우고, 끊임없이 주문을 하며 커피를 받아 간다. 채원은 가만히 생각하다가 고개를 들었다. 그러곤 씩 웃었다.

"제가 찬물 더운물 가릴 때가 아니라서요, 사실 '회사 건물에서 일을 어떻게 해요!' 하며 미안하다, 다른 사람 알아보라 말하고 싶은데."

민망함이 묻은 손길로 머리를 쓸어 넘겼다.

"처음 에어밸런스에 입사할 때도 그랬어요. 상식적으로 하면 안 되는 줄 알지만 물러날 곳이 없었거든요. 지금도 마찬가지고."

"……"

"뭐든 해야 하니까요."

"네, 좋습니다."

채원의 입술 사이로 나오는 어려운 말들을 자르며 서훈은 손을 들어 보였다. 답은 이미 나오지 않았느냐는 표정을 지었다.

"그럼 일단 해보는 걸로 해요. 그만둬야 할 땐 언제든지 얘기해 주시고요."

"저…… 고마워요, 서훈 씨."

"뭘요. 사람이 급했던 쪽은 저희 부모님인데요. 어머니가 요즘 건강이 안 좋아지셔서 힘들어하셨거든요. 믿고 맡길 분이 없어서 부모님도 고민 많으셨어요. 여러모로 다행이네요."

서훈은 외려 인사해야 할 쪽은 자신이라며 웃었다. 채원은 지나치게 익숙한, 그래서 퇴사하기 전의 나로 되돌아가는 것만 같은 카페 안을 천천히 바라보았다.

인생 참, 고달프다. 그런 생각이 밀려들어 헛헛한 웃음만 튀어나올 때. 서훈과 은연중 눈이 마주친 채원은 어깨를 늘어트리며 탄식 같은 웃음을 흘렸다. 그 웃음의 의미를 모를 리 없을 서훈은 그녀를 따라 조용히 미소 지었다.

"선배님, 이력서 가지고 왔죠?"

"네, 여기요. 그런데 나 이제 서훈 씨 선배님 아닌데, 호칭 바꿔야 하지 않을까요?"

"무슨 소리예요. 한번 선배님은 영원한 선배님인데. 안 그렇습니까?"

고마운 직장 동료의 권유로 얻게 된 새로운 직장은, 다름 아닌 그의 회사 건물에 위치한 카페였다. 그와 한 공간 어딘가에 있을 수 있다는 생각만으로 심장은 쿵쾅거렸다.

별수 없는 일이었다. 일순 떠올리는 것만으로 눈물 나게 그리웠으니까. 그대는 항시 내 안에 고여, 미약한 바람 한 줄기에도 일렁거렸으니까.

"회사를 그만뒀다고?"

자신을 찾아온 성준을 대면한 주 여사는 채원의 퇴사 소식을 들었다.

원한 것이 이런 결과였나, 잠시 주 여사의 눈빛이 흔들리는 듯하였으나 이내 잠잠해졌다. 부질없다는 듯 주 여사는 창밖으로 시선을 돌렸다.

"사람이 아무리 발버둥을 쳐봤자 일은 일대로밖에 흐르지 않는 것이오. 본인이 그만둬야겠다 마음먹은 것을 누구도 막을 순 없는 거겠지."

"본인만의 의지는 아니었습니다."

"그 아이의 퇴사가 억울하고 마음에 걸려, 내 탓이라 책망하고 싶은 건가?"

허. 주 여사는 작게 탄식하며 고개를 절레절레 흔들었다. 며칠 사이 자신과 닮은 눈빛을 하고 있는 성준의 얼굴을, 사실은 들여다 보기가 힘들었다

"뭐 대단한 사람이 회사를 그만뒀다고 나에게 보고까지 하러 왔 소. 괜한 시간 낭비를 했구만, 한 대표 자네."

살가운 사이였다. 누구도 죽은 아들을 대신할 순 없었지만 듬직 하고 늠름한 성준을 보고 있노라면 마음 한쪽이 사뭇 행복했다.

그의 행복을 누구보다 빌기도 하였고, 도움이 될 수 있다면 무엇 이건 도와주고 싶었던— 그런 때도 있었다.

"할 말이 더 없거든 이만 가보시오. 서로가 마주 앉아 보기 좋을 때는 아닌 것 같으니."

주 여사는 이미 헝클어진 관계를 두고 보기가 불편하다는 음성 으로 이만 가보라 말했다. 마주 앉아 있을수록 괴로움만 커져갈 뿐, 더 이상은 서로가 서로에게 위안이 될 수 없었다.

금세 일어나지 않고 자리를 지키고 앉아 있는 성준의 긴 숨소리 만 듣다가 주 여사는 다시 입술을 열었다.

"언젠가, 한 대표가 내게 소개해주고 싶은 사람이 있다고 했었 지, 아마."

"……."

"내 그땐 진심으로 기뻤는데. 대기업 사위 자리도 마다하며 사랑

하는 사람 찾겠다니, 그 또한 얼마나 축복할 일인가 하며 마음 다해 빌기도 했었소.”

상대가 채원이라는 것을 몰랐을 땐 그 마음이 깊숙하게 느껴졌다. 얼마나 곱고 귀한 사랑을 하고 있나, 생각만으로 기분이 나아졌다. 주 여사는 허탈한 웃음을 뱉었다.

“사람 마음이란 게 뜻대로 되지 않는다는 것쯤 잘 알고 있지만 어쩌겠나. 내 아들만 생각하면 온몸의 피가 밖으로 쏟아질 것 같은데.”

“…….”

“할 수 있겠다고 해서 돈을 주었고, 그러니 약속을 지켜달라는 내가 잘못인가? 난 그렇게 생각하지 않소. 오히려 약속을 어기고, 내 희망을 짓밟은 건 당신들이니.”

잠시 마음을 가다듬는 것 같던 주 여사는 천천히 성준에게 시선을 돌렸다. 그러곤 이젠 아무것도 믿지 못하겠다는 듯 눈을 가느다랗게 떴다.

“설마, 그 아이를 어디로 빼돌리고 내 눈을 속이며 지내겠다는 건 아니겠지, 한 대표.”

“…….”

“그럴 거라면 당장 관둬. 약속한 기한을 채우기 전엔 절대 안 돼. 절대로 용납하지 않을 거…….”

“헤어졌습니다.”

주 여사는 긴 숨으로 답을 대신했다.

“헤어졌습니다. 그러고 싶다 하기에, 잡지 않았습니다.”

"······당연한 수순인 것을."

"곽씨와 같은 사람이 되고 싶지 않다고 했고, 저는 정채원 씨의 뜻을 존중합니다. 붙잡지 않은 건 여사님 때문이 아니라, 그 사람이 원하는 것을 지켜주고 싶었기 때문입니다."

주 여사는 제 안에서 오가는 복잡한 심경을 모른 척했다. 마치 흑과 백이 섞인 것만 같은 마음은, 무엇 하나 제대로 이기고 지는 것이 없어 더욱 혼란스러웠다.

"그래서 하고 싶은 말이 뭡니까, 한 대표."

"회사가 위험해질 수도 있다는 말은, 제게만 하셨어야 합니다. 굳이 그 사람에게 하지 않으셔도 됐습니다."

"지금 내게 따지는 건가? 내가 그깟 말 좀 몇 마디 했다고, 자네 지금 내게 반기를 드는 것인가?"

"회사의 존폐를 걱정해야 할 사람은 그 사람이 아니라 저입니다. 아무 힘없는 사람에게 하실 말씀은 아니었습니다."

"이보오, 한 대표. 그깟 석 달짜리 계약직이 뭐 그리 대단해서 자네 인생까지 걸고 말을 뱉는 건가? 어디서 그런 배은망덕한 것을 데려다가 사랑이랍시고 자네 인생을 걸고 말······."

"말씀 가려주십시오. 여사님께서 함부로 대하셔도 좋을 사람, 아닙니다."

텅 빈 눈빛과, 꽉 차 터지기 일보 직전의 눈빛이 공기 중에 부딪친다. 주 여사는 처음으로 고개를 들며 단호함을 보이는 성준을 바라보다가, 작게 입술을 벌렸다.

그래, 한 대표는 이런 사람이다. 빙빙 돌리는 일 없이, 감추는 것 없이 투명하게 모든 것을 보여주며 저돌적으로 밀고 들어오는.

"여사님께서 말씀하신 천 일, 정채원 씨는 지킬 겁니다."

그래, 그랬지. 그래서 참 좋았지.

"하지만 제게 강요는 마십시오. 여사님과 제가 연을 맺은 것은 에어밸런스일 뿐, 인간 한성준은 여사님께 그 어떤 제재도 받을 수 없습니다."

"······."

"천 일, 기다려보겠습니다. 기다려본 적 없는 것도 아니니 이번에도 해볼 만하지 않겠나 싶으니까요. 다만."

다만. 끊어지는 말 앞에 주 여사는 침묵했다. 성준의 뒤로 보이는 아들의 흑백 사진이, 주 여사의 눈에 맺혀 흐를 것만 같았다.

"제가 그토록 존경했던 여사님께서 어떻게 이렇게까지 망가지셨는지, 참담할 뿐입니다."

가슴에 깊숙하게 박히는 말을 들으면서도 주 여사는 내내 자신이 틀리지 않았음을 상기했다.

자식을 잃어본 적 없는 사람은 모른다. 절대로, 알 수가 없다.

"이만 일어나겠습니다."

아무도, 내 심정을 이해할 수 없을 거다.

잠을 자는 둥 마는 둥, 눈을 감고 있는 시간이 외려 고문처럼 여겨져 통 잠을 이루지 못하는 요즘. 성준은 회사 주차장에 차를 대고 로비로 나왔다.

꽉 맞는 가면을 쓰고 사는 사람처럼 표정엔 변화가 없었다. 지나가는 몇몇 직원이 인사를 건네도 간신히 손이나 작게 들어 보일 뿐 응당 따를 반응도 잊어버린 사람처럼 보였다.

이대로 대표실로 올라갈까 하다가, 좀처럼 멍한 기운을 떨칠 수가 없으니 커피라도 한잔 마셔야겠다는 생각에 다시 발길을 돌렸다.

날씨는 누굴 보여주려고 이 아침부터 이렇게 화창한 건지. 성준은 뚜벅뚜벅 로비 밖으로 나서며 바로 옆에 붙어 있는 카페 문손잡이를 잡았다. 그러곤 잠시 멈춰 서 뒤를 돌아보았다.

채원이 첫 출근 하던 날, 이곳에 서서 동생과 이야기를 나누던 모습이 떠올랐다. 그때 나는 네가 마실 커피를 주문하고 있었는데.

네가 남편과 마주 선 줄 알고, 내리쬐는 햇살처럼 환한 웃음이 남편에게 향하는 것을 보고, 심장이 덜컥 내려앉았지. 그날이 문득 새삼스러워 웃음이 난다.

"휴, 미치겠다."

성준은 아무것도 없는 공간에 채원의 모습이 그려져 작게 도리질을 쳤다. 생각이란 건 시작도 없고 끝도 없어, 온종일 전신에 매달려 있는 것만 같았다.

쉽게 움직이지 않는 고개를 돌린 성준은 평소처럼 문을 밀었다. 시야가 확보되기 전에 익숙한 커피 내음부터 살갗에 들러붙는다.

"어서 오세요."

주문하는 공간으로 다가간 성준은 버릇처럼 포스기를 내려다보았다.

"아메리카노 한 잔 부탁합니다."

"샷 추가해드릴까요?"

"아, 네. 샷 추가 부탁드……립…….'

니다…….

포스기 액정만 바라보던 성준은 천천히 고개를 들었다. 낯익은 목소리, 아아, 낯익은 목소리.

"아……."

성준은 주문을 받고자 서 있는 직원을 한참이나 바라보았다. 작게 벌어진 입술은 닫힐 줄 모르고.

"샷 추가, 따뜻한 커피, 사이즈는 벤티 맞으시죠?"

자신의 기호와 취향을 모두 알고 있다는 것처럼 말하는 직원을 바라보던 성준은 눈을 질끈 감았다가 다시 떴다. 아무리 눈을 감았다가 떠도 보이는 광경은 변함이 없고.

"커피는 금방 내려드리겠습니다, 손님."

도대체 무슨 상황인지, 생각이 멈춰 쉽게 감이 오질 않고.

"아, 커피는 지금 막 구운 베이글하고 함께 드시면 참 좋은데요."

그저 바라만 보았다.

"혹시 식전이시면 베이글 추가해보시는 건 어떠세요? 아침은 거르면 안 좋은데, 식사하셨어요?"

"……추가해주세요."

"네. 따뜻하게 구워서 크림치즈와 함께 드릴게요. 잠시만 기다려주세요."

성준은 얼떨결에 카드를 내밀었다. 씩씩하게 카드를 받은 채원은 베이글 값까지 알뜰하게 결제를 한 뒤 다시 내밀었다. 제대로 알은척을 하는 것도 아니요, 그저 평범한 손님을 대하듯.

"제가 첫 출근이라 조금 서툴 수도 있어서요. 양해 부탁드립니다."

"첫 출근치고 영업 잘하는데요. 베이글도 얹어 팔고."

"에이, 그건 손님 드시라고 권고한 거지 절대 영업은 아니고요."

커피를 내리며 베이글을 꺼낸다. 성준은 꿈인지 현실인지 구분이 되질 않아 쥐고 있는 카드로 슬쩍 손등을 눌렀다.

아. 아프다.

"뭐야, 여기서 일해? 언제부터?"

"네? 손님 저 아세요?"

이건 무슨 시추에이션인가. 성준은 채원의 날 아느냐는 공격에 잠시 말을 멈췄다. 부지런히 커피와 베이글을 담은 채원은 그에게 내밀었다.

"남기지 말고 다 드세요. 특히 베이글은 꼭 다 드시길 바라요. 제가 여기 있는 거 전부 먹어봤는데, 베이글 괜찮거든요."

"……."

"그럼 안녕히 가세요, 손님."

성준은 적절한 답을 찾지 못해 일단 베이글과 커피를 받았다. 잘가라며 인사를 하니 또다시 얼떨결에 묵례를 하고 말았다.

"다음에 또 뵙겠습니다, 손님."

모르는 척하려고 애쓰는 모습이 하도 기가 막혀, 성준은 저도 모르게 탄식 같은 웃음을 뱉고 말았다. 그녀와 헤어진 뒤 처음으로 터진 웃음이다.

"그래요."

……범상치 않은 카페 알바생이 들어왔다.

"또 보죠, 우리."

너무 범상치 않아서, 눈물이 날 것 같았다.

사랑했던 시절엔

남기지 말고 다 드세요. 특히 베이글은 꼭 다 드시길 바라요.

성준은 책상 위에 놓아둔 베이글과 모락모락 김이 피어오르는 아메리카노를 응시했다. 툭, 툭, 손끝으로 느리게 책상 위를 건드리다가.

그럼 안녕히 가세요, 손님.

한 번 더 생각해봐도 황당한 멘트에 헛웃음을 뱉다가.

다음에 또 뵙겠습니다, 손님.

이것저것 다 떠나서 네가 너무도 보고 싶었다는 지배적인 생각에 천천히 눈을 감았다가 떴다.

"출근하셨어요, 대표님? 오늘도 일찍 나오셨네요."

다가오면 안 된다고 선을 긋는 것처럼 타인의 말투로 너는 나를 대했지만, 어떤 관계로 마주하건 그저 얼굴을 볼 수 있음이 다행이라는 생각. 그저, 그것밖엔 떠오르지 않는다.

"베이글 드시게요? 웬일로 아침을 다 챙겨 드시고."

출근하자마자 대표실로 들어선 민권이 베이글을 바라보곤 눈썹을 꿈틀거린다. 아침이라곤 일절 먹지 않는 그의 책상에, 낯선 것이 올라와 있다고 생각된 모양이다.

"집 나간 입맛은 좀 찾으셨어요? 요즘 통 아무것도 안 드시려고 하더니."

민권은 노릇하게 잘 구워진 베이글이 더럭 반가워 성준의 책상으로 다가갔다. 밥은 먹고 다니는 건지 잠은 자고 출근하는 건지, 도통 알 수 없는 요즘의 대표는 아무것도 알려주려 하지 않았다.

성준의 기분을 체크하는 것이 첫 임무가 되어버린 민권은 아직 한입도 먹지 않은 베이글을 내려다보았다.

"좀 드세요. 식으면 딱딱해지는데."

"둬라. 이건 먹는 거 아니고 관상용."

"네? 관상용이요?"

오랜만에 입을 여나 싶더니 관상용 베이글을 사 왔단다. 뭔 소리인가 싶어 민권은 멀뚱멀뚱 성준을 바라보았다. 그는 몇 차례 피식, 헛웃음을 짓더니 고개를 가로젓다가.

"김 실장."

"네, 대표님."

"커피 안 마실래? 모닝엔 커피지. 마시고 싶지 않아도 무조건 마셔야 해, 너는."

"커피요? 커피 좋죠. 커피 사 올까요?"

무슨 바람이 들었는지 성준이 자리에서 일어선다. 민권은 의자에서 일어나 책상을 돌아 나오는 성준을 바라보았다. 책상 위에 있는 그의 커피를 힐끔, 바라보고는 입을 열었다.

"어디 가세요, 대표님?"

"니 커피 사러."

"제 커피요? 제 커피는 그냥 탕비실에서 내려 마셔도 되는데요."

"사 올게. 기다려."

민권은 더더욱 알 수 없다는 표정을 지었다. 성준은 대표실을 나서려다가 다시 뒤를 돌았다. 얼마 만에 웃어보는 건지, 알 수도 없는 미소를 지어 민권을 당황시키다가.

"모닝엔 커피지. 다녀올게."

이윽고 사라졌다. 참새가 되어 방앗간으로.

"또 오셨네요. 벌써 다섯 번째이신데."

"아메리카노 한 잔 부탁합니다."

"네네. 아메리카노요. 한 잔."

아침부터 다섯 번째 카페에 도착한 성준을 보며 채원은 주문을 넣었다. 처음에 들어올 땐 사람을 쳐다보지도 않고 주문을 하더니, 이젠 얼굴이 뚫어져라 바라보고 있다.

"제 얼굴 뚫어지겠어요, 손님."

"이 정도로는 안 뚫립니다. 예전에도 해봤거든요."

익숙한 농담 안에 마음이 실려 온다. 어쩐지 그의 시선을 마주하기가 힘들어, 채원은 내린 시선으로 카드를 받고 결제에 나섰다.

카드를 돌려주려다가, 용기를 내며, 발끝에 힘을 준 채 그를 바라보았다. 마주친 시선이 반가운지 그의 표정이 미세하게 바뀐다.

당신에 대해 많은 것을 모르고 싶지만, 커피 한 잔을 팔고 사 가는 직원과 손님 사이로 당신을 만나고 싶지만. 말로 하지 않아도 새어 나오는 당신의 마음이 발끝까지 전신을 휘젓고 내려갔다.

……너무 보고 싶었어.

"느낌에 한 번 더 내려오실 것 같은데, 아예 그것까지 사서 올라가시는 건 어때요?"

그동안 어떻게 지냈니.

"어떠세요? 하나 더 사서 올라가실래요? 그게 나을 것 같은데."

"아닙니다. 그냥 하나씩 사는 게 편하니 신경 쓰지 마세요."

"……네. 알겠습니다."

이곳에서 다시 너를 만날 줄이야. 잘 왔어. 보고 싶었어.

보고 싶어서, 가슴이 너무 아팠어.

"여기요. 주문하신 커피 나왔습니다."

쓸데없는 말들이 가슴에 쌓이는 것 같아 채원은 연거푸 숨을 짧게 끊어 내쉬었다. 얼굴을 바라본 것만으로, 이미 생각과 마음은 제 기능을 잃어버리고 말았다.

그가 커피를 내려보다가 천천히 팔을 뻗는다. 몇 번을 내려와, 몇 번의 주문을 끝내고, 몇 번의 커피를 움켜쥐어도 믿기질 않는지 그는 시선을 들어 다시 그녀를 바라보았다.

"직원분이 참 친절하시군요."

"칭찬 감사합니다. 정말 열심히 일하려고요."

"그래요. 앞으로 오래오래 이곳에서 일해주셨으면 좋겠습니다."

"음, 별일이 없다면 아마도 900일 정도는 여기서 일할 거예요. 그래서 더 열심히 일해야 하고요."

그대만 알아들을 수 있는 이야기를 전하며 채워은 빙긋 웃었다

"제가 여기서 오래오래 일할 수 있도록 손님의 협조도 부탁드릴게요."

"네, 그러죠."

처음엔 사랑하다 헤어진 과거의 사람들로. 다음엔 시간을 극복하고 손을 잡았던 연인의 재회로. 그리고.

"안녕히 가세요, 손님."

"그래요. 수고해요."

이제는 손님과 직원의 사이로.

버텨봐요, 우리. 시간은 붙잡아도 흐를 테니까. 흐르고 나면, 우리는 다시 만날 수 있을 테니까.

"그리고 또 봅시다, 우리."

응응. 우리는 그럴 테니까.

"먼저 연락을 다 주시고, 요즘 자주 뵙습니다."

한낮의 해가 밝게 비추는 때. 멍하니 시선을 놓은 채 바깥을 바

라보던 주 여사는 고개를 돌렸다. 이윽고 자리에서 일어나 주 여사는 도착한 윤 회장을 반겼다.

"오셨습니까."

"제가 늦은 건 아닌지 모르겠습니다, 여사님."

"아닙니다. 할 일 없는 제가 너무 일찍 나와 있었던 거지요."

"앉으시죠."

윤 회장은 자리를 권하며 먼저 앉았다. 단지 의자에 앉아 물을 마실 뿐인데, 살아온 세월을 말해주는 윤 회장의 분위기란 보통 사람의 기운이 아니었다.

주 여사는 윤 회장이 물을 다 마시기를 기다리다가 컵을 내려놓는 것을 확인하고 나서야 입을 열었다.

"바쁜 분을 모셨으니 길게 시간을 끌지는 않겠습니다."

"그러시죠."

윤 회장은 들을 준비가 되었다는 것처럼 손을 들어 보였다. 주 여사는 메마른 입술을 축이고, 잠시 숨을 고르다가 본론으로 들어갔다.

"에어밸런스 주주총회가 얼마 남지 않았지요."

윤 회장은 집중할 때 짓는 특유의 표정을 지었다.

"에어밸런스 주주총회를 앞두고 제가 생각이 많습니다, 회장님."

"무슨 일이 있으셨습니까. 일전에 한 대표를 만났을 때부터 사실 여사님께 묻고 싶었는데."

"일이, 있기야 있었지요."

"……."

"그 일이 저만 있는 건 아닌 줄로 압니다만."

윤 회장의 표정은 다시 변했다. 화가 난 것으로 보이지는 않았으나 굵게 팬 미간의 주름이 대화의 심각성을 말해주고 있었다. 주여사는 온기를 잃어버린 사람처럼 태연히 굴었다.

"에어밸런스의 대주주로서 지금까지 권한 행사를 제대로 하지 못했던 것 같습니다. 한 대표에게 모든 것을 위임했고, 또 전폭적인 지지만 했지요. 제가 무심했고, 지나쳤습니다."

"……."

"그것이 옳은 일인가, 생각해보니 아닌 것 같습니다."

"여사님께서는 지금 한 대표를 향했던 지지를 철회하겠다는 말씀이십니까?"

"저 혼자만의 힘으로 될 일은 아닙니다."

윤 회장의 입술은 약간 벌어졌다.

"하여 오늘, 회장님의 의견을 여쭙고자 뵙자 청한 겁니다."

"흠……."

말을 아끼며 윤 회장은 이번엔 차를 마셨다. 뜨거운 차를 느리게 삼키며 시간을 벌던 윤 회장은 주 여사의 말을 머릿속에서 정리하고, 계산했다.

비로소 생각을 마친 듯 윤 회장은 찻잔을 내렸다. 주옥선 여사가 한성준 대표를 향한 지지를 철회한다. 그것은 어떤 뜻인가.

"평소 한 대표를 끔찍이 아끼던 여사님께서 갑자기 이런 말씀을 하시니, 당황스럽습니다."

에어밸런스의 대표를 바꿀 수도 있다. 혹은.

"무슨 사건이 있었는지는 잘 모르겠지만, 개인적 사유라면 회사와 관계를 짓는 것은 위험합니다, 여사님."

에어밸런스 자체를 없앨 수도 있다.

홍진그룹으로 흡수하기를 원하는 건지, 대표의 해임을 요구하는 건지, 윤 회장은 구분할 필요가 있었다. 그것이 아니라도 충동적이거나 감정적인 대처는 아닌지, 확인할 필요도 있었다.

"에어밸런스는 생각보다 큰 폭으로 성장했습니다. 한 대표의 경영 능력은 성과로 보여주지 않았습니까. 어째서 지지 철회를 하겠다는 말씀이신지, 조금 더 자세히 말씀해주십시오."

"⋯⋯."

"아무것도 모르는 상태에서 제가 어찌 여사님과 뜻을 합치겠습니까. 사업을 하는 사람에게 명분만큼 중요한 건 없습니다, 여사님."

윤 회장의 말에 주옥선 여사는 실금처럼 가느다란 미소를 지었다. 천년을 살아온 커다란 바위 같은 사업가에게 무엇을 어찌 설명할 수 있겠는가, 잠시 엉뚱한 생각이 흘렀다.

그러다가 주 여사는 윤 회장을 바라보았다.

"때로는 설명이 상황보다 빈약한 법이지요. 말씀드릴 수 있는 건이게 다입니다. 한성준 대표에게 보낸 지지를 철회하겠다는 것."

"⋯⋯."

"뜻을 합쳐주십시오, 회장님."

"여사님, 이렇게 갑자기 태도를 바꾸시는 건 다른 주주들에게도 좋지 않⋯⋯."

"처음에 회장님께서 저를 찾아오셨을 때도, 이런 것을 염두에 두셨던 것 아닙니까?"

윤 회장은 말꼬리를 흐렸다. 허를 찔린 사람처럼 잠시 입술을 닫았다. 뭐, 아무래도 괜찮다는 것처럼 주 여사는 어깨를 조금 들어 보였다.

"한 대표와 따님의 결혼을 추진하셨던 걸로 압니다. 그것이 생각처럼 되지 않았을 것이고, 그런 것을 염두에 두고 한 대표를 압박할 생각으로 처음에 저를 찾아오지 않으셨습니까."

"아…… 물론 그것은."

"이제 와 추진하시던 일이 순조롭게 풀렸을 리는 없겠고."

"……."

"회장님도 저도, 한 대표에게 볼일이 끝난 것은 부정할 수 없겠고."

조용히 칼을 갈아온 주 여사의 음성은 뒤를 돌아보거나 앞을 염려할 것으로 느껴지지 않았다. 뚜렷한 목적 아래 현실적인 모든 문제는 가루가 되어버렸다.

"홍진그룹 자체에서 흡수하는 것은 어떻겠습니까. 에어밸런스 직원들에게도 더 좋은 일이 되겠지요."

"……."

"회장님께도 해가 되는 것은 없을 것이고, 지금 한 대표가 추진하고 있는 신사업까지 모두 흡수한다면 홍진그룹의 전망도 지금보다 밝을 것입니다."

윤 회장은 저도 모르게 마른침을 삼켰다. 미간의 주름은 더욱더 깊게 패었다.

"이제 시작한 회사가 대기업으로 흡수된다면 남은 주주들은 얼마나 기뻐하겠습니까? 모두에게 이로운 일입니다."

"……."

"한 대표만 뺀다면."

툭툭툭, 윤 회장은 손가락 끝으로 테이블을 두드렸다. 머릿속은 빠르게 회전하고 있었다.

주 여사는 모든 말을 다 했다는 듯 다시 평화로운 얼굴로 찻잔을 들었다. 따뜻한 차를 한 모금 삼킨 주 여사는 가방을 들고 일어났다.

"그럼 연락 주십시오. 시간이 많지 않으니 빠른 답, 기다리지요."

"들어가십시오. 멀리 나가지는 않겠습니다."

윤 회장은 묵례 뒤 일어서는 주 여사에게서 시선을 뗐다. 그러곤 창밖을 바라보았다.

"흠."

손끝으로 테이블만 조용히 두드렸다. 복잡한 심경을 말하는 것 같았다.

"그 카페가, 서훈 씨 부모님이 운영하는 카페일 줄이야. 몰랐네요."

오전 내내 카페를 들락거린 성준이 채원의 소식을 전하자 민권은 놀란 목소리를 했다. 단지 우연인가 했는데, 중간에 서훈이 일자리를 제공해주었더라.

성준은 지나치게 감동받은 얼굴을 했다.

"그 친구가 자네의 자리를 위협할 수도 있겠어. 은혜를 갚아야 하거든."

"네네. 신입 사원한테 장의 자리를 넘겨줘도 할 말 없겠는데요. 뜻대로 하시죠."

회사 1층에 채원이 둥지를 틀었다니 민권은 허허 사람 좋은 웃음을 터트렸다. 오늘은 유난히 대표의 기분이 나아 보인다 싶더니, 다 이유가 있는 거다.

"김 실장, 너는 진짜 계속 비서실에 머물 생각이냐? 직책 좀 옮겨야 하지 않겠어?"

"아직은요. 대표님 가까이서 모시기엔 이만한 직책이 또 어디 있겠습니까?"

또 그 소리.

"니가 나를 너무 가까이에서 모시잖아. 이제 좀 부담스럽거든. 이제 우리 거리 확보를 좀 하자고."

"제가 대표님을 놔드릴 생각이 없어요."

"그런 멘트는 태리한테나 가서 하고. 난 너무 소름 끼치니까."

"태리한테 이런 말 하면 어떻게 되는지 잘 아시잖아요. 이 세상 텐션이 아니게 됩니다."

"아, 그렇지. 걔는 중간이 없어. 성격이 너무 극단적이야. 감당이 되냐?"

"감당은 처음부터 안 됐어요. 제 그릇이 작은 건지 걔가 지나친 사람인지, 이젠 그것도 헷갈리네요."

"그래도 좋을 때다. 연애 실컷 해라. 회장님 앞에서 그렇게 질러 놨는데, 니들 어중간한 연애 하면 내가 억울하니까."

"그건 정말 드릴 말씀이 없습니다."

"됐어. 우리도 사람이야. 대주주라고 감정까지 굴복하면 안 돼. 잘했어. 기죽지 말고."

성준은 내내 미안했을 녀석의 마음을 위로하며 씩 웃었다. 1층에 채원이 있다는 것을 인지한 이후로 줄곧 너그러워지고, 온화해졌다.

"이제 일하자. 요즘은 아군보다 적군이 많은 느낌이라 오기가 생긴다."

"오기 좋은데요. 오기 생긴 대표님의 전투력은 회사에 긍정적 신호니까요."

"그러니까 열심히 따라와. 회사 키우기엔 이만한 적기가 없다, 지금 내 상황이."

성준은 살얼음 위를 걷는 듯한 회사의 앞날을 떠올리며 다시 일에 몰두했다.

결국은 성공으로 말해줄 수밖에 없는 거다. 할 수 있는 일이라곤, 그것뿐이었다.

"……휴."

어찌어찌 첫 출근을 마친 채원은 사선으로 메고 있는 가방을 힘껏 잡았다. 대중교통으로 낯선 동네에 도착한 채원은 처음 가는 곳을 가듯 휴대폰으로 지도를 검색해보며 걷다가, 대궐 같은 집에 멈춰 섰다.

"이렇게 큰 집에서 혼자 사신다고?"

언뜻 보아도 한눈에 전부 담기지 않는 대궐 같은 집, 그 안에 주옥선 여사가 있다.

주 여사의 비서와 한차례 통화를 한 채원은 주 여사를 만나기 위해 집으로 걸음 했다. 이번 만남은 주 여사의 호출이 아니었고, 채원의 청이었다.

몇 번이고 긴 숨을 내쉰 채원은 용기를 내어 벨을 눌렀다. 잠시 기다리자 육중한 대문이 스스로 열렸다. 지나치게 조용한 감이 있는 안으로 한 걸음 내디디고 나니 폭발할 것 같은 긴장감이 전신을 감쌌다.

전반적으로 어두운 집 안, 입주 직원을 따라 응접실로 들어선 채원은 주 여사를 기다렸다.

"여기까지 무슨 일인가?"

잠시 기다리니 주 여사가 응접실로 걸음 했고 채원은 일어섰다. 공손히 머리를 숙이며 채원은 주 여사를 맞이했다.

"안녕하세요, 여사님."

그녀와 주 여사 사이엔 숙제가 많았다. 해결하고 싶은, 해결해야만 하는, 싫어도 막막해도 해야 하는, 숙제.

"반지, 돌려드리려고 찾아왔어요."

채원은 가방을 열어 반지 케이스를 꺼냈다. 테이블 위에 올려놓으며 채원은 반지가 드디어 주인에게 돌아가는구나, 하는 생각을 했다.

"알아보니 정말 비싼 반지더라고요. 제가 가지고 있을 만한 물건도 아니고, 잃어버리기라도 할까 봐 내내 부담스러웠어요. 여사님 돌려드리는 게 맞는 것 같아서."

"내겐 필요 없는 물건이니 도로 가져가시오."

"아뇨. 이건 여사님 거예요. 필요가 있건 없건 주인은 여사님이죠. 돌려드리는 게 맞고요."

주 여사가 고작 이까짓 반지를 되돌려주려고 여기까지 왔는가 싶은 표정을 짓자 채원은 웃었다. 느닷없이 채원이 가지런한 치아까지 내보이며 웃자 주 여사는 눈을 동그랗게 떴다.

"왜 웃나?"

"그냥요. 음, 뭐, 딱히 무슨 표정을 지어야 하는지 모르겠거든요."

"애쓸 것 없소. 노망난 노인네한테 흉한 일을 당했다 정도로 여겨주고 이만 돌아가는 게 좋겠소. 약속만 지켜주면 될 일이니."

"아까 들어오면서 보니까, 집에서 일할 직원 구하시던데. 누가 그만두셨나 봐요?"

"뭐, 집안 분위기가 이렇다 보니 들어오고 나가고, 말릴 수야 없지. 사람이야 또 구하면 되니. 헌데 그건 왜 묻는 건가?"

"제가 이 집에서 일해도 될까요?"

윤 회장을 만나고 돌아온 뒤, 내내 어둡고 불편한 마음으로 시간을 보내던 주 여사는 다시 눈을 동그랗게 뜨며 채원을 바라보았다.

"지금 뭐라고 했소?"

"여기서 일해도 되냐고 여쭈었는데요."

"자네가?"

"네, 제가요. 아시다시피 전 여사님 때문에 기한도 못 채우고 회사를 나왔고, 카페 알바를 구하긴 했지만 그것만으론 생활이 안 돼요, 집에 빚이 많아서."

"허……."

"시간 조율 가능하시죠? 저 여기서 일하면 안 돼요?"

기가 막혀 입술만 멍하니 벌린 주 여사를 바라보다가, 채원은 가방을 열었다. 그러곤 한 통의 이력서를 내밀었다.

"준비된 일꾼이거든요, 제가."

숙제. 이왕이면 제대로 하고 싶었다.

"후회 없으실 거예요. 저 일 잘하거든요. 뽑아주세요. 네?"

"아, 다은이 보고 싶다. 다은이는 뭐 해? 집에 있어?"

"집에 있지. 저녁 먹었을 시간이네."

일하고 있는 도중 민권에게 걸려온 연인의 전화. 야근을 해야 할 것 같다 말하니 밥은 먹어야 할 것 아니냐며, 그녀는 회사 앞으로 찾아왔다.

"다은이랑 언제 한번 놀이공원 놀러 가자. 나 다은이랑 똑같은 동물 머리띠 하고 사진 찍고 싶어. 희망 사항."

"안 그래도 다은이가 자꾸 너 보고 싶다고 해서, 내가 요즘 난처하다."

"왜 난처해? 나 보여주면 되지. 다은이가 내 얘기 많이 해? 아유 예뻐라."

태리가 눈에서 하트를 쏘아대자 민권은 조용히 웃었다. 아이와 태리의 유대감이 커지면 커질수록 그의 입장에선 난처한 일이었다.

최대한 아이와 그녀 사이의 간격을 유지할 수밖에. 현재로는 어쩔 수 없는 일이었다.

"꼭 할 말 없으면 웃더라, 너는. 치사하게. 나랑 다은이랑 못 만나게 하려고 그러는 거지? 나쁜 놈."

"그래. 난 나쁜 놈이고 너는 남녀노소를 불문하고 너무 매력적인 사람이라 위험한 것뿐이니 다음을 기약하자."

"칭찬인데 섭섭하단 말이지. 하여튼 희한해."

쳇. 태리는 오늘도 다은이와의 만남을 성사시켜주지 않는 민권을 향해 입술을 삐죽였다. 그의 고민이 무언지, 그가 염려하고 있는 것이 무언지 너무도 잘 알고 있는 태리는 더 이상 보챌 수가 없었다.

당장은 우리의 일만으로 벅찼으니까. 어떤 순간이 와도 아이의 마음이 다치는 일은, 없어야 하니까.

"그나저나 채원 씨하고 선배도 참 대단하다. 그 정도면 하늘이 맺어주는 인연 아니야?"

"하늘이 맺어준다고 될 일이냐. 사람의 노력도 따라야지."

"대단하다. 얼마나 보고 싶었을까, 서로."

"너만큼 대단하겠냐."

"아, 뭐, 인정."

태리는 시원하게 웃음을 터트렸다. 밥을 천천히 먹어도 대화를 느리게 나누어도 일정하게 흐르는 시간이 야속해, 민권은 중간중간 시계를 들여다보았다.

태리는 그의 시선을 힐끗 바라보다가 입을 열었다.

"그래서, 우린 언제 같이 있어?"

"지금 같이 있잖아."

"이런 거 말고. 언제 우린 야심한 밤을 지나 동트는 아침을 보는 건데, 함께?"

"쿨럭."

쿨럭. 민권은 굵은 기침을 쏟았다. 금세 반응하는 붉은 귀는 혼자 보기 아쉬울 정도로 귀엽게만 느껴진다.

"넌 진짜, 누가 듣는다. 제발 좀."

"누가 들으면 어때? 듣는 사람도 궁금할걸, 너의 대답이."

"글쎄, 내가 바깥 잠을 잘 못 자는 성격이라. 잠은 집에서."

"야, 김 실장. 나랑 같이 있는데 잠이 오겠어? 누가 너더러 잠을 자래? 어떻게 내 옆에서 잠을 잘 생각을 다 하지? 잠이 오겠니?"

"볼륨 2만 줄여줄래. 식은땀 나거든."

"땀을 이런 대화에서 흘리지 말고 몸 쓰는 일을 하면서 흘릴 생각을 해야지. 내가 동화 속 공주님이니? 뭐가 이렇게 연애가 아름답고 순수해, 감정 더럽게."

"대체 넌, 나하고 뭐가 그렇게, 어? 뭐가 그렇게."

"뭐. 말을 똑바로 해. 뭐가 그렇게 하고 싶냐고? 볼륨 3만 높여볼까?"

"……나가자. 나 다 먹었다."

민권은 빠르게 대화를 종료하며 냅킨을 들었다. 어후, 두피 사이로 땀이 흐르는 것만 같다.

태리는 아랑곳없이 입가를 닦는 민권을 바라보다가 물을 마셨다.

"냉수 마시고 속 차리는 것도 하루 이틀이지. 연애가 너무 순수하고 아름다워 눈을 뜰 수가 없어요. 동화야, 동화."

"밥집이야, 여기. 제발 좀."

"술집으로 가자, 그럼. 거기선 대화가 좀 되겠어?"

"가시죠. 저 회사 들어가봐야 합니다."

민권은 허튼소리 그만하라는 듯 자리에서 일어섰다. 태리는 째진 눈을 하고 툴툴거리며 따라 일어섰다.

밥값을 계산하고 민권이 밖을 나오니 태리가 팔짱을 낀 채 혼자서 있다. 영 심기가 뒤틀린 모양이다.

뒤에 서서 가만히 태리를 바라보던 민권은 휴대폰을 들었다. 인기척을 느낀 태리가 고개를 돌려 바라보더니 또 꿍얼거린다.

"곧장 회사로 들어갈 거면서 전화 통화는 또 누구랑 하는 거야."

데이트할 시간이 몇 분 남지도 않았는데 제 앞에서 통화를 하니 억울한 거지.

"여보세요. 대표님, 저 김 실장입니다."

"허, 들어가면 보는 얼굴 들어간다고 전화로 보고까지 하니? 한

성준하고 살림을 차려, 이럴 거면."

"저 오늘 그냥 퇴근해야겠는데요, 대표님."

꿍얼거리던 태리는 뒤로 홱 돌아섰다. 김 실장! 사랑해!

"아, 집에 가는 건 아니고요. 태리가 와서."

— 차라리 집에 간다고 말을 해. 내 앞에서 연애 보고하지 말고.

"내일 뵙겠습니다."

— 옷은 갈아입고 출근해라. 염장 지르지 마.

"봐서요. 끊을게요."

민권은 전화를 끊으며 태리를 바라보았다. 동화 운운할 땐 눈빛에서 자갈이 쏟아지더니, 이번엔 반짝반짝한 별이 한 움큼씩 쏟아진다.

"들었지? 나 퇴근."

"헐, 대박……. 김 실장 최고……."

"가자."

"어딜? 디저트 먹으러?"

민권이 따라오라며 고개를 까딱, 움직이자 태리는 빠르게 걸어 곁에 착, 붙었다. 자연스럽게 팔짱을 꼈다.

"디저트 건너뛰고 술집."

……이 망할 자식.

"밥집에서 못다 한 이야기 본격적으로 해보자고."

너무 멋져서 죽어도 가져야겠다.

"우리 집에서, 여기서, 일을 하겠다는 말인가?"

채원이 내민 이력서를 한참이나 내려다보다가 주 여사는 고개를 들었다. 오늘 아침 시간제로 일하던 직원이 더 이상 일을 못 하겠다며 사직을 청했고, 다른 사람을 구할 틈도 주지 않은 채 집을 떠났다.

한두 번 있는 일은 아니니 급여를 바로 정산해주고 마음을 접었다. 어두컴컴하고 침울한 분위기는 생각보다 사람을 피폐하게 만들어, 일터로 삼기 쉽지 않았다.

게다가 곽씨가 사기꾼인 것을 알면서도 버리지 못하는 주 여사의 일이 직원들 사이에 퍼지며 그만두는 직원들은 늘어났다.

"왜 여기서 일을 하려고 하는 거지? 대체 왜?"

주 여사가 기어이 미쳤다, 노망이 났다, 아들이 죽은 충격을 이기지 못하고 정신줄을 놓았다.

소문인지 사실인지 구분도 할 수 없는 이야기는 낮고 조용하게 퍼졌다. 그러던 와중이었다.

"왜냐고 물으시면 딱히 이유는 없는데요. 전 일자리가 필요하고, 여사님은 사람을 구하고 계시니까요."

"일자리가 어디 여기뿐인가? 자네가 내 곁에서 일을 하려는 목적이 뭐냐고 묻는 건데, 나는."

"목적이라뇨. 제가 무슨 암살단이라도 되나요. 목적 없습니다."

"한 대표가 시키던가? 옆에서 관찰하라고?"

"여사님, 대표님은 제게 양심에 반하는 일은 권하지 않습니다."

"……."

"정 그런 일이 필요했다면 대표님 본인이 직접 하셨겠죠. 그 성격 아시잖아요."

"하긴, 뭐."

주 여사는 조용히 중얼거리기기 다시 재원을 바라보았다. 면섭을 보러 온 사람처럼 무릎을 모으고 꼿꼿하게 허리를 편 채 자신을 바라보고 있다.

허.

"아무리 생각해봐도 도저히 이해가 가지 않는데. 이 얘기는 못 들은 것으로 하지요."

"쉽게 단정 지어주세요. 아무것도 없어요. 단지 음, 조금 더 솔직하게 얘기하자면 여사님과 시간을 보내고 싶어요."

"시간을 보내고 싶다?"

"어차피 저의 시간을 가져가신 분이고, 책임지라 하셨으니 곁에서 책임질게요. 제가 곁에 있어야 여사님도 안심하실 것 아닌가요?"

틀린 말은 없어 주 여사는 조용히 침묵했다. 채원은 종알종알 말을 이었다.

"일을 하다가 마음에 들지 않으시면 가차 없이 해고해주세요. 저 많이 잘려봐서 그다지 충격받지 않을 수 있으니까요, 편안하게."

"순수하게 일을 하겠다?"

"네. 제가 앞뒤 가리며 일자리 구할 형편이 아니라서."

"아무리 그렇다고 해도 우리 집에서 일을 할 수 있겠나? 어떻게 일할 수가 있지?"

"2억에 영혼결혼식까지 올린 저예요, 여사님."

"……."

"그리고 전 남자친구 회사에서도 일했는데요. 여사님 댁은 뭐, 그에 비하면 너무 쉬운 단계죠. 저 보통 아니거든요."

보통이 아니다. 주 여사는 베짱이 제법인 채원의 말을 들으며 표정을 훑었다. 넉살 좋은 웃음을 지으며 채원이 일하고 싶다, 반복적으로 말하자 주 여사는 끙, 한숨을 내쉬며 창밖을 바라보았다.

어느새 해가 지고 어둠이 찾아오는 시간. 제법 버틸 수 있던 한낮의 시간이 지나고 나면 더 깊어지는, 시름과 고통.

"나중에 가서 딴말하지 마시오. 집안일이라는 게 생각처럼 쉽지만은 않을 테니."

밤은 너무나 길다. 어둠은 너무나 고통스럽다.

"어, 저 그럼 합격인가요?"

"다른 속내가 없다는 전제조건하에."

"정말 없어요. 그건 차차 보여드릴게요."

주 여사는 눈을 지그시 감으며 나가보라 채원을 향해 손을 내저었다.

"밖에 비서가 있을 테니 이야기하고 가면 될 듯. 직원 관리는 내가 하는 게 아니니 그쪽과 협의 보시오."

"아, 네! 감사합니다! 열심히 일하겠습니다!"

채원은 벌떡 일어나 연신 허리를 굽히며 인사했다. 침묵이 오랜 세월 지배해온 공간에 시끄러운 음성이 찾아든다.

주 여사는 문을 나서는 순간까지 종알거리며 입을 놀리는 채원의 뒷모습을 힐끔 바라보았다. 문이 닫히나 싶더니 다시 열려, 주 여사는 눈썹을 꿈틀거렸다.

"여사님, 오늘 밤만 잘 버텨보세요. 내일부턴 제가 정신없게 해 드릴게요."

바라보자니 마음이 복잡해 주 여사는 창밖으로 다시 고개를 들렸다.

제가 그토록 존경했던 여사님께서 어떻게 이렇게까지 망가지셨는지, 참담할 뿐입니다.

몇 번이고 지워보려 했지만 성준의 말은 두고두고 가슴에 맺혔다.

"인생이 어찌 되려고. 이 죄를 나중에 어떻게 다 씻으려고 내가⋯⋯."

주 여사는 한참이나 창밖을 바라보았다. 어둠 속에 덩그러니 혼자 남았다.

언제나 그렇듯.

"다음 주에 하루 시간 비워둬라. 함경섭 장관님과 식사 자리가 있는데, 장관께서 네 안부도 궁금해하신다. 같이 식사나 하게 그리 알아둬."

"장관님이요?"

"그래. 그 댁 차남이 요번에 벨기에서 귀국했다고 하는데 겸사 겸사 만나 식사라도 하고 얼굴이라도 익혀두면 좋을 일이지."

이튿날. 불문율처럼 이어진 아버지와의 아침 식사. 태리는 먼저 숟가락을 놓았다.

달칵. 다소 소란한 소리로 딸아이가 숟가락을 내려놓으니 윤 회장의 시선이 슬쩍 들린다. 그러곤 이내 못 본 척, 윤 회장은 시선을 내렸다.

"왜 안 물어보세요?"

"뭘 말이냐?"

"다 알고 계신다면서요."

"그러니까 뭐를."

"김 실장한테 경고도 하셨다고. 저도 다 들었어요."

윤 회장은 묵묵히 식사를 이어갔다.

"그런 놈들 중 입이 무거운 놈을 못 봤지. 쪼르륵 달려와 일러바치더냐?"

"김 실장이 얘기했겠어요?"

"아니면 한 대표겠지. 그 나물에 그 밥이니, 회사가 아직도 거기서 멈춰 있는 거다. 똑같은 놈들끼리 회사를 움직이니 뭐가 달라. 한심한 것들."

태리는 마른침을 삼켰다. 느리게 국을 삼킨 윤 회장은 다시 입을 열었다.

"밥이나 먹자 했지 다른 말 안 했다."

"한 대표랑 저도 처음엔 밥이나 먹자고 불러대셨잖아요."

"내가 사람을 잘못 봐도 한참 잘못 봤어. 한 대표는 네 짝이 아니다."

태리는 눈을 동그랗게 떴다.

"이 결혼이 뜻하는 바가 뭔지도 모르고 배우자상을 운운하고 기호를 따져대. 한참 어린놈이었는데 내가 그걸 몰랐지."

결혼을 거부한 성쥬의 이유가 마음에 들지 않았던 거다. 윤 회장은 머저리 같은 놈이라며 끌끌 혀를 찼다.

"밥을 공기째 들고 숟가락으로 떠먹여줘도 못 먹을 놈. 그렇게 배포 작은 놈이 무슨 경영을 하고 회사를 키워. 어림없는 소리."

"일은 일이고 가정은 가정이죠."

"니 애비는 그렇게 살지 않았다. 회사를 키우려면 그것만 봐야지. 목적의식이 뚜렷해도 살아남기 힘든 세상인데. 니 애비는 청춘을 다 바쳤어."

"그랬죠. 그래서 엄마는 불행했고."

내내 평온했던, 윤 회장의 젓가락질이 멈춘다. 태리는 뱉어낸 말에 잔뜩 박힌 가시를 느끼며 아버지를 바라보았다.

"난 엄마처럼 살기 싫어요, 아빠."

"……"

"엄마처럼 불행해지고 싶지 않다고요."

"불행해지고 싶지 않아서, 그래서 애 딸린 놈 뒤꽁무니나 졸졸 따라다녀?"

윤 회장도 젓가락을 내려놓았다. 식사를 돕던 입주 직원들은 슬금슬금 눈치를 보다가 사라졌다.

"어디 밥 먹고 할 짓거리가 없어서 애 딸린 놈을 만나! 세상에 남자가 그리도 없어서 고작 만난다는 놈이 애 딸린 비서 놈이냐!"

태리는 입술을 꽉 닫았다.

"니 애비가 우스운 모양이지. 지 애비 알기를 얼마나 우습게 알았으면 그런 돼먹지 못한 놈을 만나면서 이렇게 기세등등해! 당장 집어치워, 당장!"

"……."

"니 에미가 불행해서 니가 불행했다고 말하고 싶은 게냐? 한 가지 분명히 말하는데, 넌 그런 말 할 자격 없다. 니가 여태까지 살아온 배경, 쥔 권력, 쓰고 산 모든 돈, 전부 니 애비가 만들어준 거니까."

"……."

"니 에미도 마찬가지였지. 불행은 이런 곳에 쓰일 단어가 아니다. 모두가 니 에미한테 머리를 조아리고, 니 에미는 나로 인해 평생 여왕처럼 산 사람이니까."

말끝에 윤 회장은 굵은 숨을 내쉬었다. 아침부터 지나치게 목소리를 높였다 싶은지, 눈을 감았다가 뜨며 다시 평온하게 돌아왔다.

"내가 뭘 어쩌지 못해 두고 보고 있는 게 아니야. 너도 잘 알겠지만."

"그 사람 건드리지 마세요."

"내가 그놈을 회사에서 내보낼까 봐 불안하냐?"

태리는 고개를 들었다. 시선이 마주치자 윤 회장은 기가 막힌다는 듯 웃었다.

"내보낼 가치도 없다. 그런 비서직이야 흔하니 어딜 가나 직장 구해 먹고살겠지. 내보내는 게 큰 의미를 가질 중역도 아닌 것을, 내가 그리할 이유가 없으니."

"……."

"지가 뭘 잘못하고 있는지도 모르면서 애비 앞에서 지 에미 얘기를 들먹거려? 못된 놈 같으니라고."

더 이상 식사를 이어갈 생각이 없는지, 윤 회장은 물을 마셨다. 그러곤 물잔을 내리며 딸아이를 바라보았다.

"다음 주 시간이나 비워둬. 곧 문화부장관이시니 잘 봐두면 네 미술관에도 큰 도움 될 거다. 잔소리 말고 시간 내."

차라리 아버지와 부딪치지 말 걸 그랬다. 시간을 비우라면 비우고, 밥을 먹자면 먹으면 그만인데 괜한 이야기를 꺼내 한 겹 더 두꺼운 벽을 만든 기분.

윤 회장은 그길로 식사를 마쳤고, 태리는 한참이나 자리에 앉아 있었다. 슬금슬금 안으로 들어온 입주 직원은 태리의 어깨에 손을 올렸다.

"아가씨, 기운 내요. 회장님 요즘 건강도 좋지 않으시고, 이래저래 예민하셔서 더 그런 거니까요."

"네, 알아요."

"부모 마음 다 똑같아. 흠 있는 남자한테 자식 주고 싶은 사람이 어디 있겠어요. 다 아가씨 잘되라고 하는 말씀이시니까요."

"……네, 알겠어요."

태리는 간신히 입꼬리만 올리며 웃어 보였다. 질긴 사랑만큼이나 질긴 아침이었다.

'대표님, 아직 카페 멤버십 가입을 안 하셨어요?'

성준은 서훈이 카페 멤버십을 가입해달라는 말에 당장 실행에 옮겨 가입했다. 해달라는 건 뭐든 다 해주고 싶은 심정에 멤버십 가입이 대수겠나.

개인 정보를 이곳저곳에 남기는 성격이 아니었지만 그 자리에서 즉시 가입하며 한 가지 팁을 획득했다.

'이게 뭐지?'

'아, 그거요. 커피가 나왔을 때 대표님을 부르는 별명을 정하는 거예요. 유명 카페에서 시작한 건데 저희도 하고 있죠.'

'별명. 별명이라.'

'네. 대표님도 하나 센스 있게 지어보세요. 일하다 보면 정말 특이한 별명들 많거든요.'

고민하고 말고도 없이 바로 가입을 완료한 성준은 카페로 내려왔다. 예전엔 문을 열고 들어서면 커피 향이 먼저 반겼는데.

"어서 오세요."

지금은 커피 향이고 뭐고 네 얼굴밖에 보이지 않는다. 성준은 낚시에 걸린 잉어처럼 채원을 향해 직진했다.

"안녕하세요. 오늘도 일찍 오셨네요, 손님."

"어제는 일찍 퇴근했던데."

"아, 일을 오래 하진 않아서요. 아메리카노 드릴까요?"

"퇴근하고 바로 집으로 갔습니까?"

"사적인 질문은 사절입니다, 손님. 아메리카노 따뜻한 걸로 드릴까요?"

"아무거나 줘요."

"네, 그럼 아메리카노 베이글도 드세요. 이킨 굽지 미시고요."

마음 같아선 어제 일 끝나고 뭐 했느냐고 추궁하고 싶지만 말해줄 것 같지 않다. 성준은 그녀에게 카드를 내밀며 휴대폰 멤버십 가입을 보여주었다.

"손님, 멤버십 가입하셨어요?"

"네, 했습니다. 적립해주시죠."

"그럼요. 바로 적립해드리겠습니다."

바코드를 찍으며 채원은 웃었다. 멤버십까지 가입해서 내려온 이 남자를, 출근한 시간부터 얼마나 기다렸는지.

어제보다 안색이 좋아 보이는 건, 느낌 탓일까. 그래도 다행이다.

"스케줄 좀 공유할 수 없습니까? 몇 시부터 몇 시까지 일하는지."

"사생활 침해거든요, 손님. 노코멘트하겠습니다."

"그리고 커피 좀 천천히 내려줘요. 얼굴이나 실컷 보고 가게."

"저기 멀리 떨어지세요. 내리고 불러드릴게요."

"내가 여기서 멀리 떨어지면 곤란할 텐데."

"지금이 더 곤란하거든요, 손님."

성준이 커피 내리는 곳에 바짝 붙어 서 있자 채원은 어서 소파 있는 쪽으로 떨어지라며 손을 휘휘 저었다. 아침부터 커피를 찾는 손님들은 많았고, 바쁜 때였으며, 이상하게 볼까 봐 신경이 쓰였다.

"뭐, 그럼 멀어지라고 하니 멀어져드리죠."

웬일로 저 멀리까지 사라지니 채원은 커피를 내리다가 힐끔, 그를 바라보았다. 여유 있게 기다려볼 요량인지 자리까지 잡고 앉아 있다.

오늘도 베이글을 따뜻하게 구웠다. 아침을 챙겨줄 수 있어서 이 또한 기분이 좋다.

채원은 베이글과 아메리카노를 챙기며 그를 부를 준비를 했다. 사람들은 북적거리고, 채원은 흠칫 놀란 얼굴로 그의 별명을 바라보았다.

아…….

"스릉흐는 흔승즌 드프늠. 아메리카노와 베이글 나왔습니다."

개미만 한 목소리로 그의 별명을 불러보지만 들은 척도 하지 않는다. 채원은 또다시 이곳저곳의 눈치를 보며 입을 열었다.

"사랑하는 한성준 대표님, 아메리카노와 베이글 나왔습니다."

"채원 씨, 그렇게 부르면 손님한테 들리겠어? 더 크게 불러야죠."

"아, 네."

작게 중얼거리자 직원이 참견한다. 얼굴이 불타는 것 같아 채원은 눈을 질끈 감았다가 다시 떴다.

에라, 모르겠다.

"사랑하는 한성준 대표님! 주문하신 아메리카노와 베이글 나왔습니다!"

귀를 쫑긋 세운 성준은 자리에 앉아 휴대폰을 바라보며 피식 웃었다. 또 한 번의 외침이 이어진다. 자신감이 붙은 목소리다.

"사랑하는 한성준 대표님! 주문하신 아메리카노와 베이글 나왔습니다아아!"

카페가 쩌렁쩌렁 울릴 만큼 커다란 목소리. 그제야 성준은 자리에서 일어섰다. 성큼성큼 주문대로 걸어간 성준은 뻔뻔하게 커피와 베이글을 잡았다.

"감사합니다."

"……안녕히 가세요. 손, 님."

"이거 좋네. 내일은 다른 별명 가지고 와야겠다."

그는 수고하라며 손을 들어 보였다.

"수고하세요. 또 보죠."

아, 오늘 하루는 정말이지 뭐든 잘할 수 있을 것만 같다. 사랑한다는 너의 목소리를 들을 수 있었으니까.

아침이니 출근하고, 성공해야 하니 일을 하고, 집에는 가야지 하는 생각에 퇴근하던 일상.

성준은 목적의식이 뚜렷한 걸음을 옮기며 카페로 들어섰다. 출근하는 길에 카페를 들르는 건지 아니면 아예 이곳으로 출근을 하는 건지, 애매하다.

성준은 카페로 들어서며 우뚝 멈춰 섰다. 어서 오세요— 하며 울려 퍼져야 할 채원의 목소리가 들리지 않는다.

이미 먼저 온 손님의 주문을 받느라 그녀는 정신이 없다. 성준은 천천히 걸음을 옮기며 그녀를 바라보았다. 손님의 주문을 받는 얼굴에 상냥한 웃음이 가득하다.

"손님, 라테에 우유를 빼달라고 하셨어요? 그럼 굳이 라테를 드시지 않아도……."

"아, 아! 그렇죠! 제가 지금 무슨 허, 허, 헛소리를 한 건지 모르겠네요. 라테 주세요, 라테! 우유 빼지 않은 라테!"

채원의 앞에 서 있는 손님. 정확하게는 남성분께서 라테에 우유를 빼달라는 희한한 주문을 정정하더니 말을 더듬는다. 당황했는지 머리까지 긁적거리더라.

"죄송합니다. 어유, 제가 도통 하지 않는 실수를 다 하고. 라테에 우유를 빼달라니, 하하."

"괜찮아요, 손님. 그럴 수도 있죠. 아침엔 좀 정신이 없잖아요."

"죄송합니다. 제가 이상한 사람은 아니거든요."

……어럽쇼. 이것 봐라.

성준은 몇 마디 말에 심상치 않은 기류를 느끼며 사내의 모습을 바라보았다. 주문이 끝났으면 재깍재깍 비켜설 일이지 말이야.

"계산 도와드리겠습니다, 손님."

"네. 여기 휴대폰으로 결제 되죠?"

"그럼요. 주세요."

휴대폰에 입력해둔 카드로 결제를 하려는 듯 사내는 휴대폰을 내밀었다. 채원이 입력기에 휴대폰을 가져다 대며 결제를 마치고 돌려주자, 사내가 입을 열었다.

"매일 이 시간에 일하세요? 요즘 자주 뵙는데."

"네. 오전에 일하고 있어요. 커피 나오면 불러드릴게요."

"저도 요 앞 건물에서 일하거든요."

"네, 손님. 안 그래도 매일 이 시간에 오시는 거 기억하고 있어요. 어제는 점심에도 한 번 오셨죠?"

얼씨구.

"와, 저 기억하시는 거예요? 감사합니다. 이름이 정채원 씨 맞으시죠?"

"네, 손님. 자주 들러주세요. 커피 나오면 불러드릴게요. 잠시만 기다려주세요."

"하하, 네. 알겠습니다. 그리고 이런 말 실례인 건 알지만 굉장히 미인이……."

"주문. 주문 안 받습니까?"

사내의 말허리를 자르며 성준은 주문대 앞에 섰다. 화들짝 놀란 사내는 남은 말을 삼키며 옆으로 비켜섰고, 성준은 미간을 있는 대로 눌렀다.

이것 좀 보게. 회사 근처에서 일한다니 마냥 기쁜 일인 줄 알았는데, 영 그런 것만은 아니었네? 이제 와 생각해보니 마냥 좋다 좋다 할 일만은 아니었군그래?

"안녕하세요, 손님. 주문하시겠습니까?"

채원에게 관심을 표하다 걸린 것 같아 민망한지 사내는 뒤로 돌아섰다. 성준은 사내의 뒷모습을 한번 훑고, 다시 채원에게로 고개를 돌렸다. 분노 게이지가 순식간에 끓는점을 돌파한다.

"주문."

"……."

"늘 마시던 대로."

성준은 마치 누구 들으라는 듯 큰 소리로 말을 했다. 늘 마시던 대로, 라는 말은 많은 의미를 함축하고 있었고, 사내가 모를 리 없으니까.

흥, 고작 서너 번 본 주제에 어디서 감히 친한 척을 하려고 들어? 개 풀 뜯어먹는 소리 하고 있네!

"아아, 그럼 따뜻한 아메리카노와 베이글 함께 드릴까요?"

채원이 술술 메뉴를 읊자 사내가 힐끔 뒤를 돌아 바라본다. 시선이 느껴져 성준은 턱을 들어 올렸다.

흥, 이 정도는 돼야 기본 아닌가? 얼굴만 들이대면 아메리카노와 베이글이 나오는 사람이라고 나는.

"계산해드릴게요, 손님."

봤나? 물론 공짜는 아니야.

"잠시만 기다려주세요. 아, 멀리 가지 마시고 오늘은 이 앞에서 기다려주세요, 손님."

채원은 카드를 돌려주며 성준에게 어디 가지 말고 요 앞에서 대기하고 있으라고, 눈에 힘을 주었다. 이상한 별명 같은 거 또 부르게 하지 말라고 얼굴 표정으로 협박했다.

그사이 다른 직원에게 라테를 받은 사내는 시무룩해진 얼굴을 하며 사라졌다. 성준은 커피를 내리고 있는 채원 쪽으로 가까이 다가갔다.

"쓸데없이 친절하시네요, 아무한테나."

"아무한테나 친절하니까 손님한테도 친절한 건데요?"

성준은 급격히 내상을 입은 듯 미간을 일그러트렸다.

"그렇게 막, 응? 아무한테나 막, 응? 친절하고, 응? 웃어주고, 응? 되겠어?"

들은 척도 안 하다

"사람이 말이야, 아주, 응? 말이야, 오해하기 딱 좋게, 어? 막, 어? 웃고, 묻는 대로 다 답하고, 어?"

"일단 커피 드릴게요. 베이글도 곧 나와요."

닥치고 기다리란다. 베이글을 가지러 총총총 사라지니 성준도 따라 걸었다. 잔소리를 백만 개쯤 장착했다.

"그 남자 눈 봤어? 아주 하트가 쏟아지네, 하트가. 이게 있을 수 있는 일인가?"

"왜 이래요, 진짜? 단골손님이라고요, 단골손님. 단골손님 몰라 요?"

"단골? 단고올?"

"그래요, 단골. 나도 단골손님이 생겼다고요. 왜요, 문제 있어요?"

······문제, 없다.

"손님도 단골손님, 아까 그분도 단골손님. 저한테는 그렇습니다 만?"

"나, 나하고 지금 같은 레벨에 그 남자를 둔다고? 난 단골손님 하고 싶지 않은데? 나 안 할 건데?"

"베이글 나왔고요, 뜨거울 때 드세요. 오늘도 감사합니다, 손님."

"하……."

채원은 포장한 베이글을 척, 하고 내려주며 어서 가라 고갯짓을 했다. 성준은 불만 많은 표정으로 그녀를 바라보았다.

"웃지 마라. 나 분명히 말했다."

"언젠 친절해서 좋다면서요."

"그 웃음에 불특정 다수가 포함된 줄 내가 알았냐? 내가 알았어? 사람이 희소성이 없어. 그게 얼마나 귀한 건데."

"어서 가세요, 빨리."

"약속해. 왜 약속을 못 해. 웃지 마. 나 분명히 경고했다."

성준이 눈썹을 씰룩거리며 웃지 마라 협박을 해대니 채원은 휴, 하며 작은 숨을 내쉬었다.

뒤를 좀 보라는 듯 채원은 다시 고갯짓을 했다. 그녀의 고갯짓을 따라 성준은 무심코 뒤를 돌아보았다.

"저 이제 주문 좀 받아도 되죠?"

언제 이렇게 늘어섰을까, 줄이 길다.

"안녕히 가세요, 손님."

……끙. 성준은 앓는 소리를 내며 고개를 푹 숙였다. 따뜻한 베이글이 담긴 봉투로 얼굴을 가리며 주문대에서 멀어졌다.

"주문 어떻게 도와드릴까요?"

웃음기가 가득 섞인 채원의 목소리가 들려와 성준은 긴 탄식을 뱉으며 밖으로 나섰다.

이 카페, 위험하다.

"하, 진짜. 위험하다, 위험해."

위험하다! 너무나!

"금융사가 10여 개, 증권회사 및 외국 계열 회사가 수십 개, 크고 작은 회사는 수두 없이 많지. 고로 이곳은 핏진 한사운네."

성준은 눈을 가늘게 뜨며 채원에게 받아 온 베이글을 노려보았다. 이름만 대면 알 만한 회사들이 밀밀하게 모여 있는 빌딩 숲.

"알바를 시작한 지 불과 일주일도 지나지 않아 단골손님이 생겼다라."

능력 좋고 인물 좋은, 회사에 열정을 바치다가 연애할 때를 놓친 하이에나들이 지천에 깔린. 모든 것이 완벽하지만 단 하나 여자친구만 구하지 못한, 준비된 사람들이 득실거리는 이곳.

"장기적으로 볼 때 이만큼 위험한 직업군이 없지. 손님이 단골 되고, 단골이 친구 되고, 친구가 연인 되다가 여보 되는 건 순식간이거든."

"대표님, 지금 정채원 씨 얘기하시는 거예요?"

"아닐 리가 없잖아."

……대체 뭔 헛소리인가.

민권은 고개를 갸우뚱하며 성준을 바라보았다. 이미 식어버린 베이글을 노려보며 혼잣말을 해대는 것이, 대표의 상태가 영 좋아 보이지 않는다. 카페를 다녀올 때마다 어쩐지 기분이 좋아 보여 며칠 다행이다 싶었는데.

"천 일이고 나발이고 기다렸는데 나한테 온다는 보장이 없어. 보장이 없다고."

아아. 이제 알겠다.

아마도 채원에게 살갑게 다가가는 남성 손님을 목격한 것이 틀림없다. 민권은 피식 웃었다.

"대표님, 일전에도 말씀드렸다시피 세상에서 이성에게 가장 위험한 사람은 '새로운 사람'입니다."

"당장 나가. 너랑 입씨름하며 놀아줄 기분 아니니까."

"말마따나 주 여사님과의 계약 기간이 끝나고 난 뒤에 채원 씨가 대표님께 온다는 보장은 없죠. 그때 되면 대표님 나이가, 어후."

"뭐 이……."

"3년 뒤에 우리 회사는 어떨까요. 지금 상황으로 봐선 뭐, 간판이나 남아 있으면 다행인 것 같긴 한데. 대표님은 그때까지 대표직 사수, 가능할까요?"

민권은 어림도 없다는 표정을 지으며 손을 내저었다.

"저야 능력 좋은 비서니 다른 회사로 이직이나 한다지만 대표님은 이제 누구 밑에서 일할 수 있겠습니까? 정신 차리고 앞가림하셔야 합니다. 채원 씨가 도망갈 수도 있잖아요."

"회의 잡아. 타이트하게 갈 거야. 두 시간 간격으로 회의 잡아 와."

"네, 대표님."

민권은 빠르게 태블릿을 들었다. 불타오르는 눈빛으로 녀석을 노려보며, 성준은 다시금 입을 열었다.

"오늘부터 너 집에 갈 생각 하지도 마. 데이트 같은 소리 하고 있네. 일하다가 죽은 귀신 때깔도 검다는 속설을 증명해주겠어."

"네. 기대하겠습니다, 대표님."

민권은 묵례를 하며 돌아섰다.

"내 나이가 뭐 어때서! 김 실장 너는 인마, 뭐 청춘이냐? 내 나이가 뭐! 뭐 어때서!"

어지간히 약이 오르는지 볼멘소리가 뒤따라오다.

"이직 같은 소리 한다! 꿈도 꾸지 마! 내가 너를 곱게 놔줄 것 같아? 어림없는 소리!"

민권은 소리 없는 웃음을 터트렸다.

"드럽고 치사해서라도 회사 키우고 만다 내가! 어? 지킨다 내가! 지켜 아주 그냥!"

약이 오른 성준의 목소리를 듣자니 어쩐지 안심되었다.

그래, 지금 우리에게 가장 필요한 것은 전투력. 무슨 일이 벌어져도 박살 내버릴 수 있는, 그런 전투력이 필요했다.

'집 안에서 지켜야 할 규칙이나 애티튜드는 지금 드린 안내문에 적어놓았으니 참고하시고 꼭 지켜주세요.'

카페 일을 마치고 부랴부랴 주옥선 여사의 자택에 도착한 채원은 잠깐의 교육을 받았다. 집안일을 돌보는 사람들이라지만 적지 않은 인원이 모여 있었고, 돌아가는 일은 작은 회사나 마찬가지였다.

각자의 구역, 각자의 일, 각자의 직함이 존재했다. 입주 직원의 경험이 전무한 채원의 업무는 주 여사의 동선을 파악하여 그림자처럼 그녀의 주변 정리를 하는 일이었다.

예를 들어 여사님께서 의자에 앉으시면 무릎담요를 가져다드리는 것. 시간에 맞춰 약을 챙겨드리는 것. 읽다가 내린 책의 페이지를 기억해두는 사사롭고, 그래서 세심한 관찰이 필요한 일.

굉장히 할 일 없어 보이지만, 그래서 더 힘든 일이라고 했다. 어두운 침묵을 견디는 일은 생각처럼 만만하지 않을 거라고.

채원은 주 여사가 머물고 있다는 서재로 걸음을 옮겼다. 그러다가 입주 직원이 알려준 마지막 말을 떠올렸다.

'아, 그리고 한 가지 더. 이 집에서 죽은 강형재 군의 이야기를 언급하는 건 금기되어 있어요. 반드시 지켜주시기 바랍니다.'

'왜요?'

'우리가 함부로 다룰 이야기가 아닙니다. 여사님 앞에선 더더욱 꺼내면 안 돼요. 여사님께서 원하지 않는 일이기도 합니다.'

채원은 문 앞에 섰다. 가만히 바라보다가 크게 심호흡을 하고 문을 두드렸다.

똑똑, 답이 들려오기 전에 문고리를 돌리며 열었다.

"안녕하세요, 여사님! 저 왔어요!"

반응이 없다. 흔들의자에 앉아 앞뒤로 움직이는 미약한 반동에 몸을 맡긴 채, 주 여사는 어둠에 괴인 듯 있었다.

채원은 다가가며 빙그레 미소를 지었다. 희끗한 머리를 하고 앉아 있는 주 여사의 뒷모습, 그대로 얼어붙은 조각상 같기도 했다.

"오늘은 기분이 좀 어떠세요? 비가 내릴 것 같다더니 일기예보가 틀렸지 뭐예요."

채원은 가까이 다가가며 음성을 높였다. 바깥에서 보기엔 한없이 평화로운 집의 내부는 망령들이 모여 숨 쉬는 것처럼 생기가 없었다.

그도 그럴 것이 최소한의 불빛과 최소한의 인기척만을 남긴 채 모든 것을 지워버렸으니까.

"약 드실 시간이에요. 약 챙겨드릴게요, 여사님."

채원은 첫 번째 임무를 마치기 위해 약과 물을 내밀었다. 삐거덕거리는 의자는 멈추질 않고, 주 여사의 시선은 제게 닿지 않는다.

"시간 맞춰 약 드셔야 한다고 해요. 약이 좀, 많긴 한데 이게 다 무슨 약이에요?"

"……."

"제가 알약을 잘 못 먹거든요. 이거 다 먹으려면 저는 물이 한 통 정도는 있어야 하는데, 여사님 약 잘 드시네요."

"거기 두고 나가보오. 알아서 먹을 테니."

간신히 답이 돌아오지만 종알거리는 말이 듣기 싫다는 무심한 거부가 실려 있다.

채원은 짧게 숨을 끊어 내쉬며 주 여사의 손을 향해 팔을 뻗었다. 난데없이 자신의 손을 끌며 가져가니 주 여사의 시선이 따라온다. 아. 이제 좀 봐주시나.

"이거 지금 드셔야 한대요. 이 집에 와서 맡은 첫 번째 임무거든요. 도와주세요."

주 여사의 손바닥에 약을 내려놓았다. 적잖이 당황했는지 주 여사가 자신의 손바닥을 내려다본다.

"두고 나가라는데 이게 뭐 하는 짓인가?"

"약 드실 시간이라 챙겨드리는 것뿐인데요."

"글쎄 내가 알아서 한다니까?"

"알아서 잘 안 하신다던데? 저 다 들었어요. 어린애도 아니고, 약을 왜 안 드세요?"

⋯⋯허. 주 여사는 무슨 이런 애가 다 있느냐는 표정을 지으며 채원을 올려보았다. 기가 찬 쪽은 자신인데, 외려 봐주지 않겠다는 표정을 지으며 채원이 고갯짓을 한다.

주 여사는 탄식하듯 숨을 내쉬며 손바닥을 쥐었다.

"먹고 나면 속이 더부룩해서, 영 메슥거리는 게 싫어 그러니 그냥 모르는 척하고 나가서 자네 볼일 보도록."

"여사님 약 드시는 거 보는 게 지금 제 일이라서요."

"됐다니까?"

"약을 드셔서 메슥거리는 게 아니라, 식사를 제때 안 하시니까 메슥거리는 거죠. 오늘 식사하셨어요?"

질문이 다른 곳으로 튄다. 주 여사는 단식을 고집하다가 들킨 사람처럼 눈썹을 꿈틀거렸다.

끙. 어른 앞에서 내뱉는 거라곤 다소 믿기 어려운 탄식이 채원의 입술 사이로 흐른다.

"하루 종일 움직이지도 않으시고, 이렇게 앉아만 계시니 밥맛이 있을 리가 없잖아요. 저는 지금 일하고 와서 엄청 배고픈데."

밥 달라는 소리인가. 잘 모르겠다.

"입맛이 없어도 조금씩 규칙적으로 드셔야 해요. 그래야 기운도 생기고, 그래야 약을 먹어도 메슥거리지 않죠."

정신 사납게 주변을 배회하는 채원에게 시선을 고정했다. 어지럽게 펼쳐졌던 책을 정리하더니 굳게 닫힌 커튼 쪽으로 다가간다.

촤락! 커튼을 좌우로 걷고는 창문을 활짝 연다. 암막에 막혀 들어오지 못했던 빛이, 바람이, 공기가, 주 여사의 피부에 빠르게 들러붙었다.

"아우, 좀 살겠다. 답답하지 않으세요?"

"……문 닫아."

"환기 좀 해요, 우리. 여기 너무 답답하고, 공기청정기만으로는 한계가 있어요."

"닫아."

예고 없이 마주한 빛이 껄끄럽다는 듯 주 여사는 창을 닫으라고 연거푸 명했다. 채원은 닫을 생각 없는 눈빛으로 주 여사를 바라보다가, 다시금 입을 열었다.

"아직은 날이 밝아요, 여사님. 어둠을 일부러 만들 필요는 없어요."

"나가! 당장 창문 닫고 나가라고!"

주 여사가 뜻대로 되지 않는 상황이 불쾌한지 언성을 높이자 채원은 잠시 침묵했다. 손바닥에 간신히 쥐고 있던 약을 바닥에 집어던지며, 주 여사는 당장 이 공간에서 나가라고 소리를 질러댔다.

악다구니는 점점 더 심해졌다.

"자네가 뭔데 내 삶에 들어와서 이래라저래라 건방지게! 윤 비서! 윤 비서!"

밖에선 그나마 간신히 자신의 껍데기를 쥐고 있었던 거다. 집 안에서 마주한 주 여사는 생각보다 더 심각한 상태였다.

"네, 여사님!"

화들짝 놀라 달려온 비서를 보며 주 여사는 채원에게 삿대질을 했다.

"저거 치워! 내 앞에서 저거 당장 치워!"

"네, 알겠습니다, 여사님!"

비서는 빠르게 다시 창문을 닫고, 커튼을 치며 어서 나가자고 채원의 팔을 끌었다. 연거푸 거친 숨을 몰아쉬며 눈을 질끈 감은 주 여사를 바라보다, 채원은 멈춰 섰다. 그러곤 무릎을 굽혔다.

"……지금 뭐 하는 건가?"

주 여사가 집어던진 알약을 다시 집어 든 채원은 후후, 입으로 불어 먼지를 털었다. 그런 행동에 놀란 윤 비서는 입술을 멍하니 벌렸고.

"땅바닥 아니고 서재 바닥에 떨어진 거니까 괜찮아요. 제가 깨끗하게 후후 불었으니 드셔도 됩니다."

다시 자신의 손바닥에 알약을 내려주니 주 여사 또한 입술을 멍하니 벌렸다.

"약 다 드시면 나갈게요. 약 드셔야죠."

채원은 물컵을 든 채 주 여사 앞에 구부정하게 앉아, 입꼬리를 끌어올리며 활짝 웃었다.

허……. 주 여사는 말을 잃은 얼굴을 했고.

"이거 다 드시고, 우리 산책해요. 날이 진짜 좋거든요."

채원은 물컵을 주 여사의 앞으로 조금 더 내밀었다.

"네? 저랑 산책해요."

"갔나?"

"네, 여사님. 정채원 씨는 퇴근했습니다."

커튼을 닫지 않아도, 창문을 열어도 어둠이 찾아오는 시간. 주 여사는 채원이 퇴근했음을 전해 듣고는 다시 시선을 돌렸다.

"여사님, 그럼 이만 나가보겠습니다."

"그러게."

비서는 말없이 사라졌다. 가만히 내려온 어둠을 바라보다가, 주 여사는 시선을 돌려 책상에 올려놓은 알약을 바라보았다.

이거 다 드시고, 우리 산책해요. 날이 진짜 좋거든요.

행동에 제약을 거는 사람을, 오랜만에 만났다.

네? 저랑 산책해요.

그냥 두라면 두고, 닫으라면 닫고, 모두는 입력 값을 할당받은 기계처럼 자신의 앞에서 움직였다.

필요 이상의 말을 걸어오는 사람도, 볕이 좋으니 산책을 나가보자는 말도, 오랜만이었다. 모든 것이 죽은 것처럼 느껴지는 이 집에, 처음으로 움직이는 것이 나타났다.

"그것참, 별일일세."

결국 약을 먹지 않았다. 산책을 하지도 않았다. 주 여사는 갑자기 나타나 자신을 변화시키려는 채원에게 거부감을 느꼈고, 밀어냈다.

고개를 바짝 돌리고 입을 닫자 한참이나 자신을 올려보던 채원이 결국 포기한 채 서재를 떠났다. 퇴근하겠다며 다시 찾아와 인사를 건넬 때에도, 받아주지 않았다.

"분명히 무언가, 계략이 있을 테지."

주 여사는 좀처럼 채원을 믿을 수가 없었다. 채원이 자신의 집으로 찾아와 군이 머물고자 하는 이유가 터무니없었고 실없이 여겨졌다. 분명 다른 속내가 있으리라. 분명히.

"내가 넘어갈 줄 알고? 어림도 없지. 무슨 속셈인지는 모르겠으나 내가 그렇게 쉽게 넘어갈 줄 안다면 큰 오산이지."

주 여사는 절대로 채원이 원하는 대로, 채원이 품은 음흉한 계산대로는 움직이지 않겠다고 생각했다.

이거 다 드시고, 우리 산책해요. 날이 진짜 좋거든요.

힐끔, 약을 다시 바라보았다.

네? 저랑 산책해요.

한참이나 약을 바라보다가, 주 여사는 손을 뻗어 약을 쥐었다. 덤덤하게 약을 입안에 털어 넣고, 물과 함께 꿀꺽 삼켰다. 깔끔하게 비운 물잔을 내리며 주 여사는 다시 창밖으로 시선을 돌렸다.

이거 다 드시고, 우리 산책해요. 날이 진짜 좋거든요.

"별일일세, 별일이야."

어쩐지 채원의 음성이 귓가에 남아, 맴돌았다.

밤은 점점 더 깊어갔다. 아들 형재가 찾아오는 시간이다.

아침엔 카페로, 오후엔 주 여사 집으로 출근하다 보니 하루가 어떻게 지나가는지도 잘 모르겠다.

오늘도 카페로 출근을 마친 채원은 부지런히 가게의 창문을 닦는 일부터 시작했다. 많은 사람이 문을 열고 닫다 보니 매일매일 닦아도 손잡이 부근은 항상 지저분했다.

깨끗해지는 유리창을 보면 어쩐지 잡생각도 사라지고 기분도 개운해지는 것 같아, 채원은 누가 시키지 않아도 창문 닦는 일을 좋아했다. 이별 뒤 부지런히 움직일 수 있다는 건 좋은 일이라고, 그녀는 문득문득 생각했다.

"아, 깜짝이야!"

발꿈치까지 들며 뽀드득뽀드득 창을 닦고 있던 그때, 뒤에서 나타난 누군가가 그녀가 들고 있던 밀대를 앗아갔다. 그러더니 키가 닿지 않아 간신히 밀어 닦던 곳을 쓱쓱, 쉽게 닦아낸다.

뒤를 돌아볼 만큼의 틈도 없는 간격. 채원은 고개를 들고 그의 손을 따라 밀대만 바라보았다.

"얼굴 보기 힘드네, 요즘."

익숙한 음성이 들려온다. 채원은 홀린 듯 그의 손을 바라보며 입을 열었다.

"매일 보잖아요. 맨날 커피 사 가면서."

"그게 뭐 얼굴 보는 거야. 어쩔 땐 얼굴도 안 보고 커피만 내려주면서."

"바쁘니까요. 손님도 많은데 제가 그럴 시간이 어디 있겠어요."

아. 우리 헤어졌지.

상냥하게 대꾸하다가 채원은 입술을 꾹 물었다. 이렇듯 잠시만 경계를 놓아도, 우리가 헤어졌다는 사실은 쉽게 다가오지 않았다.

내내 믿기지 않는 일이었다.

"카페 일 끝나면 바로 집으로 가나?"

"그런 건 왜 물어보는 건데요?"

"이런 것도 대답해주기 힘들어?"

유리의 가장 끝부분을 닦아 가운데로 쓱쓱 내려온다. 그의 손길이 닿고 지나갈 때마다, 유리는 투명하고 반짝반짝하게 빛이 났다.

그의 소매가 얼굴과 가까워지고 달아날 때마다 곱고 깊은 향이 숨을 받게 했다. 채원은 이제 되었다는 듯 밀대를 향해 손을 뻗었다. 이별이 두 번째라고, 쉬워진 건 아무것도 없었다.

"이제 제가 할게요."

"뭐. 거의 다 했어."

지나가는 사람들의 시선이 의식된다. 채원은 간신히 고개를 옆으로 돌려 주변을 바라보다가 다시 입을 열었다.

"그럼 조금만 비켜주시면 안 될까요?"

"됐어. 거의 다 했다니까."

"이러고 있으려니 불편해서 그래요."

"이러고 있으려니 내가 좋아서 그래."

여차하면 뒷머리가 그의 가슴에 닿을 것만 같아, 채원은 뻣뻣하게 선 채 숨을 길게 내쉬었다. 긴장하지 않으려고 해도 온몸에 힘이 들어가 잔뜩 굳어버렸다.

어디도 닿은 곳 없었지만 전신이 그와 맞닿은 것처럼 느껴져 심장이 가파르게 뛰어올랐다. 이윽고 그의 목소리가 다시금 들렸다.

"너랑 헤어지고 나는 석 달 정도 기다릴 줄 알았거든."

"……."

"그런데 아직 3주도 안 지났더라. 시간 진짜 안 가, 환장하겠어."

저도 모르게 채원은 마른 주먹을 쥐었다. 닦은 곳을 다시 닦고, 닦은 곳을 다시 닦으며, 그의 손은 멈추지 않고 계속 유리창에 머물렀다.

그렇게 하염없이 유리만 닦아대다가.

"내가 못 기다리겠다고 하면, 너 어떡할래."

"대표님."

"다 모르겠으니 너 그냥 나한테 오라고 하면, 너도 미친 척하고 나한테 올래?"

심장이 쿵쿵하며 아래로 떨어진다. 뜨거운 물에 들어갔다가 나온 것처럼 눈앞이 캄캄해졌다가 맑아지기를 반복했다.

채원은 입술을 꾹 깨물었다. 뱉어야 하는 말이 아닌 하고 싶은 말들이 순식간에 울대를 가득 채워 단 한마디도 뱉을 수가 없었다.

나도 그러고 싶다고 말해버릴까 봐. 우리 그냥 둘만 있을 수 있는 곳으로 도망치자 말해버릴까 봐. 당신의 성공도 명예도 나는 관심 없으니.

"다 닦았다."

그냥 서로만 바라보며 살자고 말해버릴까 봐.

안간힘을 쓰며 그녀가 입술만 꾹 깨물고 있자 천천히 느려지던 그의 손은 유리창을 벗어났다. 안으로 들어서려는 손님이 곁으로 다가오자 채원은 옆으로 비켜서며 성준을 향해 인사했다.

"도와주셔서 감사합니다."

"뭘요, 언제든지."

성준은 채원에게 작은 밀대를 건넸다. 채원은 가만히 그를 바라보다가 웃었다.

당신의 인생에 시름이고 싶지 않은 나는, 그저 추가 달린 무거운 시곗바늘을 밀며 달리는 수밖에 도리가 없다.

시간은 흐를 거고.

"아메리카노 만들어드릴까요?"

"베이글도 주세요."

"네, 손님."

응. 시간은 흐를 거고.

"여사님, 안녕하세요. 저 왔어요."

그림이 아닐까 의심스러울 정도로, 주 여사는 어제와 같은 모습을 한 채 서재에 앉아 있었다.

채원은 문을 열고 들어서며 목소리를 높였다. 어제 약을 챙겨드리다가 된통 혼이 난 이후로, 위축이 되긴 했지만 당당해야 했다.

"여사님, 오늘 기분은 어떠세요?"

대꾸가 없다. 채원은 어제보다 컨디션이 더욱 좋지 않은 것 같은 주 여사를 흘깃 바라보다가 앞에 멈췄다.

표정을 살피는 듯 바라보다가 팔을 쭉 뻗었다. 난데없이 손이 날아오니 주 여사는 본능적으로 눈을 질끈 감았다가 떴다. 빠르게 반응하는 주 여사를 바라보다가 채원은 씩 웃었다.

"하도 미동이 없어서 주무시는 줄 알았네요."

"놀래라. 나는 자네 주먹이 날아오는 줄 알았네."

"제가 여사님께 주먹질을 어떻게 해요. 상상도 어쩜 그렇게."

"내 보기엔 충분한 인과가 있는 것 같은데. 때려도 할 말 없지."

주 여사는 중얼거리며 괜히 자신의 옷을 툭툭 털었다. 채원이 이번엔 약을 내밀었다.

"약 드실 시간이에요."

"거기 두게."

"지금 드셔야 한다니까요."

"두라니까?"

"어젠 드셨어요?"

"아니. 안 먹었는데."

엇. 주 여사는 저도 모르게 안 먹었다고 답했다. 채원은 그럴 줄 알았다는 듯 잔소리를 쏟아내기 시작했다.

"봐요. 뭘 알아서 드세요. 안 드실 거면서. 지금 드세요. 제가 지켜봐야 한다니까요."

"약도 내 마음대로 못 먹나?"

"네, 안 됩니다. 안 드실 거잖아요."

이미 어제 약을 먹지 않았다고 거짓말을 했으니, 주 여사는 가만히 바라보다가 손을 내밀었다. 어라? 오늘도 한바탕 전쟁일 것을 예상했던 채원은 눈을 동그랗게 떴다.

"안 주고 뭐 해. 밀당하나?"

"아, 아뇨. 드릴게요."

채원은 주 여사의 손바닥에 약을 공손히 내려놓았다. 한입에 털어 넣고는 물을 꿀꺽 삼킨다.

저도 모르게 채원은 미소 지었다. 여전히 무뚝뚝한 표정을 하고 여전히 심기 불편한 말투로 일관하는 주 여사였지만, 채원은 한 단계를 넘어섰다는 생각이 들었다. 오늘은 어떻게 시간을 버티나, 정말이지 막막했는데.

"저 오늘 되게 좋은 일이 있었어요."

채원은 주 여사가 비운 물컵을 테이블에 내리며 입을 열었다. 그다지 궁금하지 않으니 주 여사는 침묵했다.

"친절하다는 칭찬을 두 번이나 받았거든요. 하루에 한 번 받기도 힘들어요. 그런데 두 번이나 받았지 뭐예요."

은근슬쩍 커튼을 잡았다.

"되게 행복했어요. 아, 커피 한 잔을 내려도 이렇게 소통할 수 있구나. 내가 보인 친절함에 누군가는 따뜻해질 수도 있구나."

커튼을 젖혔다. 햇빛이 막무가내로 쏟아져 내리기 시작했다.

"그래서 오늘도 생각했죠. 아, 사람은 역시 소통해야 하는구⋯⋯."

"닫아."

"네."

넵. 채원은 스리슬쩍 열었던 커튼을 빠르게 닫았다. 어제처럼 또 발작하실까 봐 겁이 나서 고집을 부리지 못하겠다.

커튼이 닫히자 다시금 어둠이 찾아든다. 계절도 시간도 알 수 없는, 감금의 세상이다.

"여사님은 어두운 게 좋으세요? 낮에는 햇빛도 좀 쐬고 해야 건강에 좋은데요."

"이만 나가보게. 머리가 지끈거리니까."

"……네."

더 이상의 대화는 하고 싶지 않다는 듯 주 여사가 눈을 감고 고개를 돌린다. 너무도 깊게 마음을 닫아버린 주 여사를 바라보다가, 채원은 담요를 들어 주 여사의 무릎에 내려놓았다.

"저 가까이에 있을게요. 언제든 불러주세요."

이렇게 굳게 닫힌 마음을, 열 수 있을까? 문득 자신이 없다.

"나가보겠습니다, 여사님."

아마도 할 수 없을 것만 같아서.

"원래 여사님은 이렇지 않았어요. 너무너무 좋은 분이셨거든요."

"맞아. 내가 이 집에서 일을 시작한 게 벌써 7년 전인데, 집안 분위기가 지금과는 전혀 딴판이었지."

잠깐의 여유를 부릴 수 있는 시간. 입주 직원들은 한데 모여 티타임을 가졌다.

갓 구운 마들렌을 사이에 둔 채 직원들은 주 여사의 예전 모습을 떠올렸다. 채원은 경청하며 직원들의 이야기를 귀담아들었다.

"그냥 보통 분이셨어요. 웃음도 많으시고 직원들에게 살가운 말씀도 곧잘 하시고, 문화생활 여가 생활도 꾸준히 하시는."

"전국 방방곡곡 사시사철 돌아다니시며 제철 음식 직접 구해 오시고, 아드님하고 같이 드시는 걸 제일 좋아하셨죠."

"맞아. 해외여행도 얼마나 자주 다니셨게. 형재 군 살아 있을 땐 여행도 정말 많이 다니셨어."

"그러니까 말이야. 여사님께서 멈춰 있는 걸 본 적이 없었다고, 정말로."

지금의 모습으로는 상상조차 할 수 없는 주옥선 여사의 과거. 직원들은 하나같이 전부 주 여사의 현재를 안타까워했다. 채원은 가만히 밀크티를 내려다보다가 입을 열었다.

"그럼 아드님의 사고 이후 변하신 거예요?"

"그랬지. 처음엔 지금보다 더했어. 이틀에 하루꼴로 응급실을 갔으니까."

"아휴, 나는 정말, 우리 여사님 그때 어떻게 될까 봐 너무 무서웠어. 정말 사람 하나 잘못되겠구나 싶더라니."

이제는 지난 일이 된 걸까. 직원들은 제법 편안한 음성으로 그때를 떠올렸다.

그 지옥 같았던, 기침 소리 한번 마음껏 낼 수 없던 집안의 분위기는 매일매일 절망적이었다. 아들이 다시 돌아와주지 않을. 시간이 흐른다고 해결이 되지 않을.

희망 고문도 할 수 없는 완벽한 존재의 상실은 받아들이는 것도 고문이요, 받아들이지 않는 것 또한 고문이었다. 그런 시간이었다.

"그러면서 우리도 되도록 형재 군의 이야기를 하지 않게 됐지. 아드님의 이야기가 편치 않으실 테니."

"맞아. 우리가 뭐라고 형재 군의 이야기를 할 수 있겠어. 우린 그저 집안일을 돕고 이 집안의 편의를 위해 존재하는 사람들인데. 주제넘은 거지."

"네…… 그렇군요."

채원은 고개를 끄덕였다.

입주 직원들은 전부 죽은 강형재 군의 이야기를 금기처럼 여겼다. 어떤 불똥이 튈지, 또 주 여사가 어떻게 돌변할지 아무도 예상할 수 없었으니까.

그저 눈치를 살피며 주 여사의 기분을 해치지 않는 것. 있는 듯 없는 듯 존재하며 맡은 구역의 일을 착실히 수행하는 것.

"채원 씨도 너무 무리 말아요. 마음은 알지만 여사님은 먼저 다가오거나 본인의 뜻대로 되지 않는 것을 극히 싫어하시니까. 커튼 막 열고 그러지 말고."

"하지만 여사님께서 너무 빛을 안 보시는 것 같아요."

"어쩔 수 없지. 본인이 원치 않으시는데 우리가 나서서 할 수 있는 일은 아니니까. 우린 그냥 직원일 뿐이잖아요. 약도 안 드시겠다고 하면 그냥 두고 나와. 거기까지야, 우리 임무는."

"네, 알겠습니다."

채원은 천천히 고개를 끄덕였다.

"채원 씨처럼 뭔가 변화를 시도하다가 여사님께 호되게 혼나고 전부 그만둔 거야. 분란 일으켜봐야 우리만 힘들어. 알겠지?"

"네, 주의할게요."

"아이고, 여사님 나오셨어요?"

때마침 걸어오는 주 여사를 발견한 직원이 자리에서 벌떡 일어 났다. 주 여사의 등장에 다른 직원들도 일제히 일어났고, 채원도 따라 일어났다.

동그랗게 모인 가운데에 자리한 마들렌을 가만히 내려다보던 주 여사는 개의치 말라는 듯 손을 내저었다.

"마저 쉬게. 물이나 한잔 마실까 하고 내려온 것이니."

"아유, 아녜요. 저희도 일해야죠. 여사님 물 드릴까요?"

집주인이 나타났으니 쉬던 직원들이 빠르게 몸을 움직였다. 휴식을 두고 타박하는 주 여사는 아니었지만 쉬는 쪽의 마음이 편치 않았다.

채원은 어느 틈에 동서남북으로 사라지는 직원들을 바라보다가 멀뚱멀뚱, 주 여사에게 시선을 옮겼다.

직원이 건네준 물을 천천히 마신 주 여사는 시선이 느껴졌는지 채원을 바라보았다. 빈 잔을 트레이에 내린 주 여사는 입가를 닦았다.

"자네 아직 있었는가?"

"네. 퇴근 시간 아직 멀었어요."

"그럼 먹던 마들렌이나 조금 더 먹게. 시간 되면 퇴근하고."

"시키실 일은 없으세요?"

"없어."

주 여사는 따라와 귀찮게 하지 말라는 듯 단호히 없다고 말하며 돌아섰다. 채원은 가만히 바라보다가 주 여사 쪽으로 걸음을 옮겼다,

각자의 자리로 돌아가 일을 하던 직원들은 힐끔 두 사람을 바라보며 긴장한 눈빛을 했다. 저 젊은 친구가, 또 무슨 말로 주 여사의 심기를 어지럽힐지 몰라 상당히 불안했다.

"여사님, 이제 뭐 하실 거예요?"

"내가 뭘 하든 자네한테 시킬 일은 없으니 신경 쓰지 말고."

"할 일 없으시죠? 또 가서 앉아 계실 거죠?"

저, 저 친구가……!

직원들은 또 괜한 말로 주 여사의 심기를 불편하게 하는 채원을 바라보다 침을 꼴깍 삼켰다. 커튼 한번 열었다가 발악에 가까운 주 여사의 분노를 보고도, 저 친구 제정신인가 싶다.

"그냥 앉아 계실 거잖아요. 그렇죠?"

"내가 그냥 앉아 있으면 자네한테 해가 되는 일이 있나?"

"아뇨, 뭐, 그건 아니지만요."

채원 씨 제발 그만해……. 우리 무서워…….

직원들은 어서 멈추라는 듯 눈으로 신호를 보냈다. 하지만 채원은 주 여사에게 시선을 고정했다.

모두가 말하기를, 변화하려 들지 말아라. 하지만 그녀는 동의하

기가 어려웠다. 변화하려는 노력 없이는 아무것도 변하지 않는다.

커튼을 젖히는, 창문을 여는, 그 작은 행위도 허락이 되지 않는 어두운 집이었지만 어차피 할 수 있는 게 아무것도 없을 바엔.

"여사님. 그럼 우리, 아드님 만나러 갈까요?"

금기의 영역을 넘어가보기로 한다.

"뭐, 뭐라고?"

주 여사는 잘못 들었다는 듯 미간을 좁혔고, 직원들은 눈알이 튀어나올 것처럼 눈을 크게 치뜨며 입을 쩍 벌렸다.

채원은 다짜고짜 주 여사의 손을 덥석 잡았다. 잡은 손이 생각보다 따뜻해서 여사님도 살아 있구나, 하는 엉뚱한 생각이 들었다.

"아드님이요. 형재 군."

인생이 어느 한순간 극한의 슬픔을 마주한다 해도 살아야 한다. 곽씨가 내민 손을 잡을 수밖에 없었던 건, 아마도 살기 위한 주 여사의 발악이 아니었을까.

누구라도 필요하다면. 그래서 주 여사의 곁에 곽씨가 있어야만 하는 거라면.

"자네, 지금 미쳤는가?"

"미치긴요. 저도 형재 군이 보고 싶어서 그래요."

내가 해보겠다. 채원은 그런 생각을 했다.

"자네가 왜? 왜?"

"왜는요. 이것도 다 인연인데요."

"허……."

할 말을 잃은 듯 입술만 멍하니 벌린 주 여사를 바라보다가 채원은 씩 웃었다. 사람의 혼을 쏙 빼어놓는, 전매특허 웃음이다.

"여사님도 아드님 보고 싶으시잖아요."

……살아 있음엔 책임이 있다.

"이렇게 있을 바엔 보러 가요, 우리. 네?"

잠시 잊을 수는 있어도, 영영 모를 수는 없다.

그게 참 그렇더라

"여사님! 저랑 영화 한 편 보실래요? 이거 새로 개봉한 영화인⋯⋯."

쿵. 주 여사는 채원의 말이 끝나기도 전에 문을 닫고 사라졌다. 뿌하며 볼 바람을 불던 채원은 꽉 닫힌 문을 조심스럽게 열었다.

몇 날 며칠째 반복되는.

"여사님, 영화 보기 귀찮으시면 저랑 끝말잇기라도 하실⋯⋯."

"윤 비서, 화분에 물을 좀 줘야겠으니 분무기 좀 가져오게."

"네, 여사님."

마치 술래잡기 놀이를 하는 것만 같은 모습.

"여사님, 저랑 오목 한판 두실래요? 제가 다른 건 몰라도 오목은 잘⋯⋯."

"윤 비서, 영양제도 좀 가져와. 잎이 영 맥을 못 추는 것이 안 되겠어."

"네. 여사님. 바로 가져다드리겠습니다. 아니면 저희가 할까요?"

"됐네. 내가 직접 하지."

온통 시선을 화분에 주고 있는 주 여사의 말에 윤 비서는 뒤를 돌았다. 곁에 서 있는 채원을 바라보며, 너무 애쓰지 말라는 듯 고개를 절레절레 저으며 사라졌다.

"관리가 어찌 이 모양이야. 잎이 다 마르도록 대체 다들 뭐 한 건지. 쯧쯧."

아들을 보러 가자던 채원의 말이 있었던 며칠 전부터, 주 여사는 대놓고 채원을 피하기 시작했다. 대놓고 피한다기보다, 없는 사람 취급을 하기로 했다는 것이 더 정확한 표현일 것이다.

끝부분이 말라 있는 화분을 바라보며 주 여사가 탄식을 터트리자, 채원은 조용히 그 곁에 주 여사를 따라 구부리며 앉았다. 채원이 곁으로 다가온 것을 알지만 주 여사는 곁에 아무도 없는 것처럼 함구했다.

"윤 비서님이 엄청 애지중지 관리 잘하시는 것 같던데, 식물 키우는 건 사람 마음처럼 잘 안 되는 것 같아요."

흠. 마른 잎이 보기에 속상한지 채원은 낮은 숨을 내쉬었다. 상한 잎을 툭툭 잘라내던 주 여사는 한참 만에야 입을 열었다.

"숨이 붙은 것 중에 사람 마음대로 되는 것이 어디 있겠나. 짐승이고 식물이고, 어림없는 소리지."

"이 화분, 아드님 계실 때부터 있었던 거라면서요."

"그랬지. 형재가 언젠가 내 생일 선물로 가져온……."

주 여사는 잠시 말을 멈췄다. 툭툭 이파리를 자르던 가위질을 멈추며 채원을 바라보았다. 멀뚱멀뚱 화분을 응시하던 채원은 주 여사의 눈빛을 의식하며 따라 고개를 돌렸다.

"어? 이제 제 목소리 들리세요? 우와, 이제 좀 들리시나 봐요?"

채원이 드디어 소통의 장을 열었다는 것처럼 활짝 웃자 주 여사는 미간을 찌푸렸다. 이윽고 화분을 돌려 뒤쪽을 정리하기 시작했다.

"듣고 싶지 않아도 저절로 들리는 걸 탓할 생각은 없네만 좀 조용히 해줄 순 없겠는가?"

"제가 막 신경 쓰이세요?"

"신경 쓰이지. 쓰이다마다."

"왜요? 없던 관심이 슬슬 생겨서?"

"정신 사나워서!"

정신 사납다고! 주 여사가 버럭 하며 소리를 지르자 채원은 깔깔 웃음을 터트렸다. 허. 주 여사는 대체 뭐 이런 애가 다 있느냐는 표정을 지었다.

"미친 척하면 내가 약속 물러줄까 봐 이러는 건가? 그래서 막 정신줄 놓은 것처럼 연기하나?"

"무슨 말씀이세요. 미친 척하려거든 이렇게 안 하죠. 미친 척하고 한성준 대표님 만나러 갔죠."

"내 앞에서 잘도 그 이름 나불대는 것을 보니 제정신이 아닌 것은 확실한 것 같네만."

툭, 툭, 주 여사는 다시 힘을 주어 이파리를 잘라냈다.

"어, 그거 안 상했는데. 여사님, 그거 안 상했잖아요."

정신이 없는 와중에 상하지도 않은 이파리를 잘라냈다. 주 여사는 흠칫, 하며 가위질을 멈췄다.

하. 제정신이 아닌 사람 여기 또 있다. 멀쩡한 이파리를 잘라냈으니 입술만 꾹 깨물던 주 여사는 결국 가위를 내려놓았다.

"왜요? 그만하시게요?"

"멀쩡한 이파리도 덥석 자르는데 내가 지금 뭔들 못 자를까 싶어서 멈췄는데, 문제 있나?"

"아…… 하하, 아뇨. 문제없어요."

채원은 하하, 웃으며 자신의 머리를 슬쩍 묶었다. 주 여사는 물색없는 것을 다 보겠다는 듯 혀를 끌끌 차다가 자리에서 일어섰다.

이 방에서 채원이 스스로 나갈 때까지 한마디도 하지 않으려고 버텼는데, 어느 틈에 입을 열고 말았다.

"식물도 해를 좀 보면 좋을 것 같은데, 여사님 어떻게 생각하세요?"

"……."

이제부터라도 나갈 때까지 한마디도 하지 않으리라. 주 여사는 다시 입을 닫았다. 채원과 대화를 나눌수록 뭔지 모르게 불리해진다는 생각이 자꾸만 들었다.

"예전에, 집이 순식간에 망하고 동생이랑 지낼 곳을 급히 찾았는데, 겨우 돈을 맞춰 구한 곳이 빌라 지하였어요."

불리했다. 모든 면에서.

"빛이 들지 않으니 하루 종일 어두워서 낮에도 불을 켜놔야 했거든요. 다른 건 다 괜찮은데, 볕이 들지 않는 건 정말 힘들었어요."

채원이 빙그레 미소를 지으며 과거의 이야기를 하자 주 여사는 힐끔, 그녀를 바라보았다. 의도적으로 굳게 닫아놓은 커튼을 만지작거리며, 채원은 말을 이었다.

"그래서 더 좁아도 빛이 드는 곳으로 가야겠다, 하고 이사를 했죠. 결국 방 하나 딸린 집으로 남동생을 데리고 이사했지만 한결 만족해요."

"……."

"그때 느꼈어요. 사람에게 빛이 얼마나 중요한 건지."

채원은 두툼하고 보드라운 커튼을 만지작거리다가 이내 놓았다. 무심결에 채원을 바라보고 있던 주 여사는 황급히 고개를 반대로 돌렸다.

조용히 미소 지으며, 채원은 남을 말을 더 했다.

"저희 엄마가 그즈음 돌아가셨는데요. 음, 저는 그렇게 생각해요. 너무 슬펐지만 제가 매일매일 슬퍼하면 엄마도 따라 슬퍼할 것 같더라고요."

미세한 움직임마저 멈췄다. 주 여사는 느리게 눈을 감았다가 떴다.

"우리 엄마는 내가 제일 잘 아니까. 내가 제일 잘 아는 우리 엄마니까요."

"……."

"엄마가 뭘 좋아하고 뭘 슬퍼하는지, 세상 누구보다 제일 잘 아는 사람이 저였거든요. 그래서 슬픔이 전부 사라진 건 아니지만 그

안에 갇혀 있을 순 없었어요.”

이만 나가보려는 듯 채원은 손을 비비며 걸음을 옮겼다. 문을 향해 걷다가 잠시 멈추고, 다시 돌아 주 여사를 바라보았다.

“상대를 기억하는 수단에 눈물만 있는 건 아니더라고요. 얼마든지 더 곱고 따뜻한 방식으로도 상대를 기억할 수 있어요.”

때마침 문을 열고 윤 비서가 들어온다. 채원은 시물 영양제를 가지고 들어서는 비서를 바라보다가 다시 걸음을 옮겼다.

“여사님, 영양제를 가져왔습니다.”

윤 비서가 공손히 영양제를 내밀어도, 주 여사는 꼼짝도 하지 않는다. 내민 손이 무안한 까닭에 잠시 내리고 기다리자 한참 후에야, 주 여사의 입술이 천천히 열렸다.

“두고 나가보게.”

“네, 여사님. 그리고 조금 전에 곽 선생에게 연락이 왔습니다. 여사님 뵙고 싶다고, 어떻게 할까요?”

“내일쯤 집에 들르라 하게.”

“알겠습니다.”

자꾸만 불리해진다. 수단이라 믿었던, 막다른 골목이라 믿었던 시간들이 자꾸만 허물어져가는 탓에.

“아우 기 빨려…….”

이런저런 잡무를 돕다 보니 금세 퇴근 시간이 다가온다. 채원은 주옥선 여사의 집을 나서며 뻐근한 어깨를 툭툭 두드렸다.

버스를 타고 이어폰을 찾아 귀에 꽂고 멍한 표정을 지으며 집으로 향했다. 하루가 얼마나 빠르게 지나가는지, 요즘 같아선 생각이 머무는 시간도 사치라 여겨질 정도라니까.

의무적으로 눈꺼풀만 오르내리며 집으로 향하다가 휴대폰을 내려다보았다. 별 관심 없는 포털의 뉴스만 잔뜩 찾아보고 있자니 어느덧 동네까지 다다랐다.

터덜터덜, 생기 없는 걸음을 옮겼다. 오늘 저녁은 뭘 해 먹나. 집에 밥해 먹을 만한 재료는 뭐가 있었지? 마트엘 들러야 하나, 아닌가. 그냥 집으로 가도 될까. 이든인 집에 있나.

오늘이 어제인지, 어제가 오늘인지 구분도 안 되는 똑같은 하루.

건조하고, 누군가 뜬금없이 괜찮냐 물어보면 주저앉아 펑펑 눈물을 쏟을 것만 같은, 허전함.

"딱 걸렸어."

"으아! 깜짝이야!"

집 앞에 도착하자 익숙한 실루엣이 툭 하고 튀어나온다. 채원은 느닷없이 나타난 성준을 바라보고는 심장을 부여잡았다.

"어후, 놀래라. 어후 놀래라! 진짜!"

"나한테 죄지었나? 뭘 그렇게 놀라."

"죄는 무슨! 놀라죠, 당연히! 이렇게 불쑥 나오면 어떡해요!"

"퇴근이 몇 신데 이제 와. 대체 맨날 어딜 그렇게 다녀오는 건지?"

"……내가 맨날 어딜 그렇게 다녀오는지 어떻게 알았는데요?"

"한 번을 못 마주치잖아, 한 번을."

채원은 두 눈을 동그랗게 떴다. 성큼 다가온 그가 장식품처럼 음악 없이 귀에 꽂아둔 이어폰을 빼준다.

"우, 우리 집에 계속 찾아왔었어요? 언제부터?"

"어딜 다녀오는 길이냐고. 질문은 내가 먼저 했는데 답부터 해주시죠?"

"우리 집은 왜 찾아오는 건데요? 막 이렇게 찾아오고, 이래도 돼요?"

"안 될 이유는 뭔데."

"그, 그거야……!"

헤어졌잖아요.

채원은 차마 나오는 대로 말을 뱉지 못하고 꿀꺽 삼켰다. 몰라 묻느냐는 표정을 지으며 쳐다봐도, 정말 모르겠는데? 하는 표정을 지으며 멀뚱멀뚱 바라보고 있다.

허. 채원은 성준에게서 받은 이어폰을 가방에 넣으며 입을 열었다.

"뭐, 설명하자니 입만 아플 것 같아서 생략하겠어요. 말로 사람 때리고 싶진 않거든요."

"어디 다녀오냐고. 말 안 해줄 참인가?"

"공사가 너무 다망해서요. 저도 사생활이 있는 데다가 공유를 할 생각은 조금도 없죠. 답할 이유 전혀 보이는데요, 우리 사이에."

……우리 사이에.

성준은 채원의 마지막 말을 곱씹다가 불만 많은 표정을 지었다.

"말로 사람 때리고 싶지 않다더니, 잘만 때리네. 어퍼컷이네."

"그러게 왜 들이대요, 맞고 아프다고 할 거면서. 언제부터 기다 렸는데요."

"좀 됐어. 기다려도 올 생각이 없는 것 같아서 가려던 참이야."

"전화를 하지."

"받아줄 이유 전혀 없어 보여서, 우리 사이에."

가방 지퍼를 닫고도 시선을 들 수가 없어 채원은 땅바닥만 내려 다보았다. 주옥선 여사 집에서 일을 하고 있다고는, 어쩐지 쉽게 말 이 떨어지지 않았다.

그가 걱정할 것 같았고, 타이밍을 놓친 것 같기도 했다.

"일이 좀 있어요. 카페 일 끝나고 다른 일도 함께 하고 있어서."

"아아, 투잡. 피곤하겠다."

"괜찮아요. 익숙하니까."

"힘든 일은 아니었으면 좋겠는데."

"힘들지 않아요. 걱정 끼치고 싶지 않아서 도망친 건데, 대표님 이 자꾸 걱정하면 내가 뭐가 되겠어요."

발끝으로 바닥을 툭툭 쳤다. 카페 계산대 앞에서 그와 마주 설 땐 이 정도로 민망하거나 떨리지 않았는데.

아무것도 가림막이 없는 공간에서 자유롭게 마주 서 있자니 어 쩐지 고개를 들기가 더더욱 힘이 들었다. 아침의 일도, 무시할 순 없었다.

내가 못 기다리겠다고 하면, 너 어떡할래.

그런 말을 듣고도 멀쩡할 사람은 없을 거다.

다 모르겠으니 너 그냥 나한테 오라고 하면,

너도 미친 척하고 나한테 올래?

"하실 말씀 없으시면 저 집에 들어가도 돼요? 피곤하기도 하고, 내일 또 일찍 출근이라."

"헤어진 거 다 좋아. 다 좋은데."

"……."

"나도 좀 살자."

결국 채원이 고개를 들지 않고 걸음을 옮기려고 하자 그의 음성이 그녀를 붙잡았다. 그녀는 우뚝 멈춰 섰다.

"나도 좀 살자. 안 보고는 못 살겠는데 내가 뭘 어쩔 수가 있어."

두 눈이 질끈 감겼다.

"버틸 만해야 버틸 거 아냐, 사람이. 사람이 버틸 정도는 돼야, 그 정도는 돼야 나도 어떻게……."

밭은 숨이 끊겨 간혹 말이 끊어지고, 다시 이어지고.

"시간이 뭐에 묶였나 봐. 가질 않아. 미친 듯이 일을 하고 미친 듯이 또 일을 해도 시간이 줄지를 않아. 줄지를 않고……."

채원은 천천히 감았던 눈을 떴다. 단 한 번도 들어본 적 없던, 자신 없는 그의 목소리가 귓가에 남아 마음을 쳤다.

"아무것도 못 하겠다, 아무것도. 아무것도 할 수가 없어……."

그를 향해 천천히 돌아섰다. 누구랄 것 없이 붉게 물든 눈빛을 하고, 누구랄 것 없이 귀한 것을 잃은 사람의 표정을 하고서.

"밥, 먹었어요?"

"……."

"베이글만 먹는다고 살아져요? 살 빠진 것 좀 봐. 실연당했다고 광고하는 것도 아니고."

……나로 인해 굳이 겪지 않아도 될 일을 겪고 있는 나의 남자는.

억울하다는 소리 한번 없이, 될 대로 되라는 억지 한번 없이.

"온 김에 밥 먹고 가요. 나도 배고프고, 밥은 먹어야 하는 거니까."

혼자서 이해하고, 혼자서 물러나고.

몇 번이고 사랑했다가 몇 번이고 남이 되기를 반복하는.

"요 앞에 괜찮은 밥집 있어요. 같이 가요."

채원은 쓰게 올라오는 뜨거움을 태연하게 삼켰다.

인생의 굴곡을 대차게 겪고 나니, 큰일에 대범해지는 용기가 생겼다. 그런 용기가 필요한 때였다.

"가요, 대표님. 어서."

여차하면 당신에게 달려가 안길 것 같았으니까.

사고 이후 어느 정도 원기를 회복한 곽씨가 마사지 숍으로 떠나고, 사무실에 남아 뒷정리를 하던 단희는 진동 소리에 휴대폰을 들었다. 이든의 연락이다.

"휴……."

한참이나 울리는 전화를 바라보던 단희는 다시 주머니에 휴대폰을 넣었다. 몇 차례, 아니 꽤 많은 횟수의 전화가 걸려왔지만 단희는 이든의 전화를 단 한 통도 받지 않았다.

그날, 차 사고를 막아준 일을 해명하기엔 우연치곤 많은 것이 겹쳤고, 그것들 중 설명할 수 있는 것은 아무것도 없었다.

"자전거를 또 어디서 구하나……. 그건 정말 구하기 힘들었는데."

아버지가 사준 자전거와 같은 거라고 좋아하던 이든의 얼굴이 떠오른다.

자전거를 구하긴 구해야 할 텐데. 이미 단종된 것을 겨우 구했건만 또 어디서 구한단 말인가. 다른 걸 사야 하나. 최신형으로 사서 보내면 되지 않을까.

"취향이 있을까. 만나지 않고 자전거만 보내고 싶은데, 방법이……."

"단희 아직 있었어?"

"아, 실장님."

아무도 없는 줄 알고 문을 잠그려던 실장은 단희를 발견하곤 안으로 걸어 들어왔다. 실장은 시계를 힐끔 바라보고는 단희에게 시선을 옮겼다.

"오늘 같은 날이라도 일찍일찍 들어가 쉬지, 선생님도 없는데 뭘 정리를 하고 있어."

"선생님께서 먼지 많은 거 싫어하셔서요. 거의 다 했어요."

"이런 건 다른 사람 시키든가. 니가 이런 것까지 해야겠냐?"

"뭘요. 대단한 일도 아닌데요."

잘못하다가 걸린 아이처럼 단희가 멋쩍게 웃자 실장은 정성도 병이라며 혀를 찼다.

……아. 단희는 무언가 떠오른 듯 실장을 바라보았다.

"저, 실장님."

"아저씨라고 해, 아저씨. 무슨 실장이야, 너하고 나 사이에."

"그냥요. 실장님이 편해서요. 버릇 들면 안 되기도 하고요."

"그나저나 왜, 뭐 할 말 있어?"

"다른 건 아니고 혹시, 오래된 자전거 하나 구할 수 있을까 해서
요. 단종됐거든요."

"단종? 단종된 자전거를 니가 왜 구해. 자전거 타게?"

"제가 자전거를 줘야 할 사람이 있거든요."

"그래? 뭔데? 모델명 알아?"

실장은 금세 관심을 보였다. 여간해선 부탁하는 일이 없는 단희
가 제게 부탁을 해오니 어지간하면 뭐든 들어주고 싶은 거다. 단희
는 모델명을 검색해서 보여주었다.

"단종이라. 국내엔 없다는 거잖아."

"제가 알아봤는데 없더라고요. 혹시 실장님이면…….."

"야아, 우리 단희가 이제 나의 능력을 믿어주나? 기다려봐. 아저
씨가 한번 인력 쫙 풀어서 알아봐줄 테니까. 이깟 거 한 대가 없겠
어? 구해줄게, 기다려."

"정말요?"

단희는 진심으로 활짝 웃었다. 구할 수 있겠다는 말이 허세일
진 몰라도, 당장은 든든하게 여겨졌다. 실장은 단희를 빤히 바라
보았다.

"누구 줄 건데 이렇게 좋아해? 어? 누구 줄 건데?"

"그냥요. 있어요. 제가 신세를 좀 갚아야 해서."

실장은 뭔가 의심쩍다는 표정을 짓다가 털털하게 웃었다. 연애라도 시작했나? 하다가 금세 지워버린 것이다. 단희가, 그럴 리가 없지.

"알았어. 신세 갚아야 하는 거면 갚아야지. 너무 기대는 말고. 일단 최선을 다해서 찾아볼게."

"네. 감사합니다, 실장님."

"난 퇴근. 너무 늦지 않게 가라, 너도."

"네, 들어가세요."

단희를 두고 실장은 퇴근했다. 단희는 저도 모르게 말간 웃음을 지었다.

"잘됐다. 실장님이라면 구할 수 있을지도 몰라."

다행이라는 생각에 자꾸만 웃음이 흐르고, 책상 위를 마저 정리하던 단희는 크리스털로 된 장식품을 마른 수건으로 닦았다. 언젠가 에어밸런스에서 선물로 주었던, 테디베어 형상을 하고 있는 장식품.

고가임을 알 수밖에 없는 여러 천연 보석이 각각의 빛을 뿜어내, 그 빛에 압도당한 곽씨가 아끼는 물건이다.

한성준 대표를 생각하면 당장이라도 박살 내버리고 싶지만, 물건은 죄가 없다며 아직까지 자리를 지키고 있는 장식품이기도 하다. 단희는 정성스럽게 장식품을 닦았다.

……아.

장식품을 닦는 손길이 점점 느려진다.

……아?

단희는 장식품을 가까이서 들여다보았다. 까만 콩처럼 박힌 눈이 오늘따라 영 어색하게 느껴져, 마른 천으로 닦던 단희는 손으로 눈을 문질러보았다.

미끌미끌한 느낌 어딘가에 낯선 감촉, 아주 작은 홈이 느껴진다. 수상쩍은 기운에 주의 깊게 빤히 들여다보던 단희는 입술을 작게 벌렸다.

"아……."

저도 모르게 탄식이 터져, 급히 입을 가로막았다.

놀란 단희는 눈만 깜빡거렸다. 도청기였다.

"어머나, 이게 누구신가? 대표님이네?"

며칠 뻣뻣한 목을 부여잡고 안정을 취했던 곽씨는 차도가 보이자마자 에어밸런스를 찾았다.

미리 연락을 취한 것도 아니요, 마치 주옥선 여사가 아무렇지 않게 드나드는 것처럼 곽씨 또한 그런 태도를 보였다.

관계를 잘 모르는 회사 직원들의 인사를 고고하게 받으며. 마치 회사의 대주주라도 된 것처럼.

"대표님, 어때, 그동안 잘 지냈고?"

기가 죽은 너의 모습을 구경하러 왔다는 것처럼 곽씨는 성준을 바라보며 웃었다. 사무실 천장을 찌르는 웃음소리는 아무것도 모르는 사람이 들어도 영 흉측한 기운이 있었다.

"······김 실장."

"네, 대표님."

성준은 곽씨를 바라보다가 민권을 향해 고개를 작게 돌렸다.

"언제부터 에어밸런스에 개나 소나 드나드는 건지?"

"죄송합니다, 시정하겠습니다, 대표님."

"뭐, 뭐야? 개, 개나 소?"

곽씨는 웃음을 뚝 그쳤다.

"개나 소라니. 지금 그거 나 들으라고 하는 소리인······."

"아, 정정."

성준은 다시 민권을 바라보았다.

"관리 잘해. 개만도 못한 사람들이 회사에 들어오는 일 없도록."

"네, 대표님."

성준은 볼일이 끝났다는 것처럼 곽씨를 지나쳤다. 허. 아직도 뻔뻔하게 기가 살아 있는 성준의 태도에 곽씨는 헛웃음을 토하다가 빠른 걸음으로 성준을 따라갔다.

"당신 나 이렇게 대하면 안 돼. 못 들었어, 여사님한테?"

무시한 채 걸어간다. 곽씨는 조금 더 빠른 걸음으로 두다다 다가가 성준의 앞에 섰다.

"부적! 부적 가지러 왔다고 내가!"

의미도 뜻도 모르고 휘갈긴 종이 쪼가리를 찾으러 왔단다.

"대표실에 두고 간 내 부적 가지러 왔다고. 내가 괜히 온 줄 알아?"

기도 안 차는 탓에 성준은 조금 더 미간을 일그러뜨렸다.

직원들이 지나다니는 로비. 곽씨의 입술 사이로 여러 말이 흘러 나와봤자 직원들에게 도움 될 것이 없다.

"이곳 에어밸런스의 대주주이신 우리 주옥선 여사님께서 당장 거둬오라는 명이 있으셔서 온 거라고, 대표님. 알아들어?"

회사 입지를 두고 불안해하는 직원들의 심리를, 곽씨는 이용할 줄 아는 사람이다.

"거둬오라는 뜻이 뭐겠어요? 에어밸런스에 조금도 미래지향적 인 여지를 남겨두지 않겠다는 여사님의 확고한 의지 아니겠어요?"

직원들이 멀찍하게 멈춰 서서 바라보고 있다. 성준은 주변을 살펴보는 눈길을 하다가 다시 곽씨를 바라보았다. 이번에도 내가 이겼다는, 뱀 같은 미소를 짓고 있는 곽씨를 향해 턱 끝을 들어 올 렸다.

……그래. 아직 끝난 것은 아무것도 없다.

"여사님께서 원하신다면 돌려드려야겠죠."

"아무렴. 이렇게 나와야지. 진작 이럴 것이지 말이야."

이 싸움, 이 시간, 아직 끝나지 않았다.

성준은 곽씨를 바라보다가 의미심장한 미소를 흘렸다. 그러곤 다시 민권을 향해 고개를 돌렸다.

"김 실장."

"네, 대표님."

"모시고 올라와."

"네, 알겠습니다."

그래. 해보자. 끝장은 봐야 하는 거니까.

"정채원이 회사를 그만뒀다며?"

속을 뒤집어놓기로 작정은 하고 온 듯 곽씨는 내내 심기를 건드리는 말만 했다.

대표실로 올라온 곽씨는 소파에 털썩 앉았다. 손톱을 바라보다가 후, 하고 바람을 불었다.

"내가 이 나이까지 인생 거저 산 줄 알아? 멍청하기는. 하룻강아지가 범 무서운 줄 모르고 덤비면 이렇게 되는 거야."

찔러대는 말을 해도 돌아오는 대꾸가 없으니 곽씨는 웃음을 터트렸다. 꿀 먹은 벙어리처럼 공격을 해오지 못하는 성준을 보고 있자니 막혔던 속이 뻥 뚫리는 기분이다.

성준은 책상 앞에 섰다. 그러곤 서랍을 열어 종이를 포장한 비단보를 꺼내 들었다.

"내가 누군 줄 알고 덤벼, 덤비기를. 화만 자초하고 끝날 걸 왜 그랬어, 대체. 응?"

툭, 서랍을 닫고 성준은 다시 소파 앞으로 걸어갔다. 테이블 위에 비단보를 던지듯 내려놓았다.

곽씨는 느긋하게 다리를 떨며 비단보를 바라보다가, 들고 일어났다. 입꼬리를 길게 늘어트리는 웃음을 짓고 비단보를 흔들던 곽씨는 성준에게 바짝 다가가 섰다.

"이봐, 한 대표. 내가 당신 때문에 무슨 망신을 당했는지 알아?"

아직도 그날만 생각하면 자다가도 벌떡 일어나는 요즘. 곽씨는 순식간에 돌변한 눈매를 하며 성준을 쏘아보았다.

"나 건드리지 마. 당신한테 피해 준 거 없잖아, 안 그래? 나 건드려봤자 좋을 거 하나도 없어. 이제 알았겠지만."

그러다가, 어르고 달래듯 성준의 재킷을 툭툭 털었다. 잔뜩 혼을 내고 화를 풀어주려는 어른처럼 곽씨는 음성을 내렸다.

"궁금하진 않아? 내가 어떻게 주 여사님께 버림받지 않았는지?"

"……."

"빌었어. 개처럼. 납작 엎드려서."

말끝에 웃음을 실었다. 지독한 시간이었다는 듯 곽씨는 고개를 절레절레 흔들다가 성준을 올려보았다.

"너도 빌어봐. 개처럼. 그럼 혹시 아니? 내가 너와 이 회사를 지켜주는 든든한 지원군이 될지."

발꿈치를 들며 곽씨는 성준의 귓가에 다가갔다. 역한 향수 냄새, 지독한 음성이 뒤섞이지만 성준은 미동도 하지 않았다.

"여사님께서 너를 버릴 준비를 하시더라고?"

"……."

"그러게 말 좀 잘 듣지 그랬어. 이런 일 없도록 조심했어야지."

들었던 발꿈치를 천천히 내리며 곽씨는 비단보 속에서 부적을 꺼내 들었다.

"세상 사람들이 전부 이성적으로 살고 있는 것 같지? 아니야. 이성적이라는 건 말야, 그만큼 나를 해치는 것으로부터 멀리, 안전하게 살았을 때 쓸 수 있는 말이라고."

딴에는 무척 즐거울 때나 짓는 표정을 하며, 곽씨는 주우우욱 부적을 찢었다.

"턱 끝까지 물이 차올랐는데 이성적일 수 있을까? 물 밖에 있는 사람은 절대로 물속에 갇힌 사람의 심정을 이해하지 못해."

"……."

"다만 난 그것을 잘 이해하고 이용했을 뿐이야. 그러니 날 너무 원망하지 말아요, 한 대표."

아, 이제 곧 여사님을 뵈러 가야겠다. 지금 기분 그대로.

"덕분에 그동안 즐거웠어, 한 대표."

"아빠, 아빠. 여기는 어디야?"

"여기는 태리 고모가 일하는 곳이야."

"아아? 태리 고모가 여기 있어?"

"응. 여기 있어."

오후로 접어드는 시간. 반찬을 내고 나온 민권은 딸아이와 함께 태리의 미술관을 찾았다.

오늘은 태리의 미술관에서 꽤나 큰 규모를 자랑하는 전시를 오픈하는 날. 이제 막 행사가 시작될 예정이라 인파가 더 많이 몰리기 전에 태리를 만나고 돌아설 생각이다.

민권은 한 다발의 꽃을 들고 딸아이의 손을 잡고 미술관에 들어섰다.

"아빠, 태리 고모는 어디 있어?"

"글쎄, 아빠도 찾아봐야 할 것 같은데."

"아빠, 전화해봐."

"알겠어."

민권은 태리에게 전화를 걸었다. 바쁘게 움직이고 있는지 전화 연결이 되지 않는다.

"오셨어요? 실장님 오신다고 연락 받았어요."

"아, 네. 안녕하세요."

평소 안면이 있는 미술관 직원이 살갑게 다가와 인사를 건넨다. 다은이를 보고 빙긋 웃은 직원은 태리의 부재를 알렸다.

"관장님께서 지금 인터뷰 중이신데 예정보다 길어지고 있어요. 끝나면 바로 나오실 거예요."

"아아, 네. 알겠습니다."

"의자 마련해드릴게요. 앉아서 기다리시겠어요?"

"네, 감사합니다."

아이를 의식한 직원은 앉아서 기다릴 수 있는 의자를 마련해주었고, 민권은 딸아이와 함께 자리에 앉았다.

제법 한가한 바깥의 풍경과는 달리 관람이 허락된 공간으로는 사람들이 북적북적했다. 시작 전부터 기대를 모았던 전시인 만큼 관심도 대단했다.

"다은아, 아빠 화장실 좀 다녀올게. 여기 앉아 있을 수 있어?"

아빠의 휴대폰을 만지작거리던 다은이는 번쩍 고개를 들며 끄덕였다.

"응. 다은이는 여기 있을 수 있어. 아빠 다녀와."

"다은이도 화장실 갈래?"

"아니. 나 여기 있을래. 이거 볼래."

"알았어. 그럼 아빠 휴대폰 가지고 여기 있어. 어디 가면 안 돼."

"알았어. 다은이 여기 있을게."

민권은 딸아이를 두고 일어서서 화장실로 향했다. 짤막한 다리를 흔들며 다은이가 휴대폰으로 동영상을 시청하고 있던 그때, 누군가가 곁으로 다가와 의자에 앉았다.

"재밌어?"

모르는 사람이 와서 말을 거니 다은이는 뚱한 표정을 지으며 올려다보았다. 무섭게 생긴 아저씨다.

"그런 거 가까이서 보면 눈 나빠진다. 벌써부터 그런 거 보고 그러면 못써."

"아니에요. 하루에 30분은 봐도 된다고 했어요."

"누가? 애비가 그러더냐? 30분은 봐도 된다고?"

"아닌데요? 우리 할머니가 그랬는데요?"

"아아, 할머니. 할머니 말은 잘 들어야지."

무서운 아저씨가 '할머니'라는 단어에 헛기침을 한다. 다은이는 빤히 바라보다가 입술을 열었다.

"아저씨는 누구예여?"

"그러는 너는 누구냐?"

"저는 김다은인데여. 아저씨는 누군데여?"

"나? 내가 누구긴. 말해주면 니가 알겠냐?"

무서운 아저씨에게서 풍기는 묵직한 향이 낯선 다은이는 슬쩍슬쩍 몸을 옮겨 비켜 앉으며 휴대폰으로 시선을 돌렸다. 얼마 지나지 않아 다시 시선을 들고 보니 무서운 아저씨가 바라보고 있다.

"우리 아빠 화장실 갔어여."

"안 물어봤는데."

"우리 아빠는 김, 민 자, 권 자세여."

"안다."

다은이는 더욱 뚱한 표정을 지었다. 이 무섭게 생긴 아저씨는 대체 뭐 하는 사람인가 싶은 표정이다.

"몇 살이냐?"

"다섯 살이여. 아저씨는 몇 살인데여?"

"나? 난 범띠인데."

"버엄? 그게 모지?"

무섭게 생긴 아저씨는 다시금 헛기침을 뱉었다. 지나가던 직원이 무섭게 생긴 아저씨를 발견하고는 기절초풍하는 표정을 짓고 달려온다.

"아, 회, 회장님!"

달려오는 직원에게 손을 들며, 윤 회장은 멈추라 지시했다.

"올 것 없어. 다리가 아파서 쉬고 있는 중이니 볼일 보게."

"아, 네! 관장님께서 그, 금방 나오실 겁니다!"

"볼일 보라니까."

"네! 아, 알겠습니다!"

연락도 없이 들이닥친 윤 회장의 등장에 직원은 기함하는 표정을 지으며 돌아섰다. 오신 것도 당황스러운데 김 실장 딸아이 옆에 앉아 계시니, 이 일을 어쩐다? 설마, 누군지 알고 앉아 계시는 건 아니겠지?

"해장님?"

윤 회장은 힐끔, 다은이를 바라보았다

"그래. 회장님."

"해장님이 머예여?"

"높은 사람이다. 높은 사람. 아주 높은 사람."

"우리 아빠는 실장님인데."

"안다. 그래서 마음에 안 들어."

"우리 아빠 마음에 안 들어여?"

윤 회장은 다은이의 말에 아차 싶은 표정을 지으며 다시 바라보았다.

이렇게 어린아이를 가까이서 바라본 것이 얼마 만인가. 어린아이 시절의 태리가 떠오르는 것도 같다.

"우리 아빠 착해여. 우리 아빠 디개디개 착한데."

"그것도 마음에 안 들어."

"나도 아저씨 마음에 안 들어여."

"뭐, 뭐야?"

어쭈. 지 아빠 흉 좀 보았다고 마음에 안 든단다. 홱 고개를 돌리며 휴대폰 액정으로 시선을 돌린다.

윤 회장은 입가를 가리며 연거푸 기침을 쏟다가 아이가 바라보고 있는 휴대폰으로 시선을 주었다. 안 보여주려는 듯 작은 등을 돌리며 휴대폰을 가린다.

뭔가 말을 자꾸 붙여보고 싶은데 작은 등이 매섭게 돌아서서 식은땀이 난다. 권력 중심의 세상에서 숨을 쉬어온 윤 회장은 이 작은 등을 어떻게 해야 하는지, 머릿속이 하얘졌다.

저쯤 민권이 등장하자 윤 회장은 자리에서 일어섰다. 무섭게 생긴 아저씨가 일어나자 다은이는 고개를 위로 올리며 바라보았다.

"다음에 또 볼 일 없겠지만 휴대폰은 30분만 봐라. 눈 나빠진다."

민권이 자신을 발견하기 전에 윤 회장은 서둘러 안으로 걸음을 옮겼다. 다은이는 뚱한 표정을 지은 채 그 모습을 바라보았고, 민권은 아이의 곁에 자연스럽게 앉았다.

"다은이, 아빠 잘 기다렸어? 태리 고모 이제 나올 거야."

"응. 알았어. 아빠, 그런데 버엄이 뭐야?"

"버엄? 버엄이 뭐지? 그게 뭘까?"

전시는 성공적으로 시작되었다.

주 여사는 자꾸만 시간을 확인했다. 평소처럼 흔들의자에 앉아 끼이익, 끼이익, 다리를 움직이다가.

"왜 이리 늦어, 오늘은."

꽤 지났나 싶어 시간을 보면 2분. 10분 지났나 싶어 다시 들여다보면 3분.

깜깜한 어둠에 덩그러니 놓여 흔들의자에 몸을 맡긴 채 시계만 들여다보고 있던 그때. 똑똑, 노크 소리와 함께 문이 열린다.

……왔다. 주 여사의 표정이 아주 잠시 밝아졌다가, 다시 무료하게 변했다.

"여사님, 안녕하세요! 저 왔어요!"

소란스러운 목소리가 어둠 사이를 가르다

"어후, 오늘도 서재는 대단히 깜깜하고 삭막하네요. 여사님 숨은 쉬고 계시죠?"

한결같은 타박에 주 여사의 입꼬리가 미세하게 올라간다.

"약 드실 시간이에요. 오늘은 식사도 잘 하셨다면서요? 잘하셨어요. 소문이 자자해요, 아주."

가까이 온다. 가까이 온다.

"약 드실 수 있으시죠? 괜찮으시죠?"

채원이 생글생글 웃는 얼굴을 하며 약을 내어주자 주 여사는 손을 뻗어 약을 받았다. 어라, 한 번에 약을 받으니 채원은 약간 당황한 표정을 지으며 물을 건넸다.

천천히 한 번에 꿀꺽 약을 삼키며 주 여사는 물잔을 채원에게 돌려주었다.

"지각한 건가?"

"에이, 지각은요."

"지각인데?"

"……죄송해요, 솔직히 15분 늦었어요."

"벌써 기강이 해이해졌나? 실망이군그래."

"어, 그런 건 아니에요. 그런 건 아니고요. 사실은."

짜잔! 채원은 다시금 팔을 불쑥 내밀었다.

하도 불시에 팔을 내미니 이젠 좀처럼 놀라지 않는 주 여사가 채원의 손을 내려다보았다. 그러다가 동그랗게 눈을 떴다.

"여사님, 이거 좋아하시죠?"

"아……."

"직원분들께 들어보니까 여사님께서 이거 좋아하신다고. 보니까 오는 길에 파는 곳이 있더라고요, 버스에서 내려서 사 오느라 늦었어요."

주 여사는 눈을 천천히 감았다가 떴다.

유달리 좋아해서 즐겨 먹던. 그리도 즐겨 먹던 때가 있었던.

"음, 그러니까 늦은 거 봐주세요. 정상참작, 오케이? 이거 사느라 늦었단 말예요."

인절미였다.

"하나만 더 드세요. 네? 따끈따끈해서 맛있는데."

"됐으니 자네나 먹게."

인절미를 가만히 내려다보다가 주 여사는 저도 모르게 받아 들었다. 같이 먹자는 채원의 말에 저도 모르게 봉지를 열었다.

채원이 앙, 하며 한입에 인절미를 넣고 오물거리자 주 여사 또한 따끈따끈하고 쫄깃쫄깃한, 인절미를 한입 가득 물었다.

한입. 딱 한입이었다. 주 여사가 더 이상 먹기를 원하지 않자 채원도 인절미가 든 봉투를 내렸다. 하나라도 드셨으니 발전 아니겠나. 채원은 그쯤에서 멈추기로 한다.

"그런데 왜 요즘은 인절미 잘 안 드세요? 간식으로 거의 매일 드셨다면서요."

"그것만 보면 체기가 돌 듯 가슴이 불편한데, 꿀떡꿀떡 넘어가겠나."

"아아, 그러셨구나."

"나보단 형재가 인절미를 좋아했지. 지 아빠 식성을 꼭 닮아서, 누룽지니 인절미니 그런 것을 참 좋아했어."

떨어진 콩고물을 물티슈로 닦던 채원은 멈칫했다. 여사님의 입에서 형재 군의 이야기가 시작된 것 또한, 처음이었다.

"인절미만 보면 체기가 돌아 한동안 쳐다보지도 않았지. 꼭 막히는 기분이 들어서."

"죄송해요. 괜히 사 왔나 봐요."

"됐네. 뭘 다 알고 하겠는가, 자네가."

채원은 입술만 오므리다가 다시 고개를 돌렸다. 주 여사의 시선은 어느덧 형재 군의 액자에 머물러 있다.

"우리 지금이라도 형재 군 보러 가요, 여사님."

"됐네. 자네하고 내가 거길 왜 가."

"왜 저랑 가면 안 되는데요?"

"자네가 퍽이나 마음 다해 빌겠군그래. 얼마나 미울까? 우리 아들이."

"밉지 않아요. 덕분에 빚을 갚았는걸요."

"때문에 한 대표하고 헤어졌지."

"아, 그렇구나."

아아, 그렇지. 맞다.

채원이 중얼거리자 주 여사는 힐끔 채원을 바라보았다. 깨달음이 왔다는 것처럼 고개를 끄덕이자 주 여사는 쯧쯧 혀를 차다가 다시 입을 열었다.

"보고 싶어 몸 닳지 않는 걸 봐선 한 대표가 쫓아다녔던 모양인데."

"저 몸 닳아요, 여사님. 안 보이세요? 저 살 엄청 빠졌는데."

"잘만 떠들고 잘만 종종거리며 쏘다니던데. 그 정도 기운이면 천일은 거뜬히 버티겠구만."

"어제 대표님 만났어요. 만나서 밥 먹었어요."

"……"

주 여사는 침묵했다. 뜨거운 기운이 발끝에서 올라오는데, 무슨 감정인지 확인하기 어려웠다.

"밥 먹고, 서로 안부 묻고 했어요. 아, 여기서 일한다는 말은 안했어요. 대표님 걱정할까 봐."

"왜, 내가 자네 괄시라도 하고 구박이라도 한다 생각할까 봐?"

"대표님은 그럴 수도 있지 않을까요? 인과 충분한데?"

"……말이라도 못하면."

"헤헤."

헤헤. 채원이 실없이 웃자 주 여사는 웃지 말라며 눈에 힘을 주었다. 어렵쇼. 눈에 힘을 주니 더 크게 웃는다.

가까스로 웃음을 참던 주 여사가 저도 모르게 피식, 새는 웃음을 터트리자 채원은 깜짝 놀란 표정을 지었다.

"여사님, 지금 웃으셨어요?"

"헛소리 말게. 그런 적 없으니."

"아닌데? 지금 웃으셨잖아요. 그렇죠? 웃으셨죠?"

"아니라니까? 가서 일이나 해."

"와, 여사님 웃으셨어. 와, 대박. 희망이 보이네요, 점점."

웃었다, 아니다, 옥신각신하며 어둠 속에서 시끄러운 대화를 나누던 그때.

끼이이익, 문이 열렸다.

"어머나."

낯선 탄식에 주 여사와 채원은 동시에 시선을 돌렸다. 이윽고 두 사람의 표정은 딱딱하게 굳었다.

"여사님, 이게 무슨 일인가요? 어머나 세상에."

그곳엔 놀란 곽씨가 서 있었다.

"너 뭐야, 너 뭐야 도대체!"

쿵쿵 소리를 내며 곽씨는 서재 안으로 들어섰다. 신경질적이고 공격적인 걸음으로 다가오더니 다짜고짜 채원의 어깨를 밀쳤다.

과도하게 화장을 올린 눈을 희번덕거리며 곽씨는 목소리를 높였다.

"너 뭐야, 니가 뭔데 여길 들어와! 니가 왜 여기 있냐고! 너 아주 웃기는 애다, 정말? 이젠 대놓고 여사님한테 수작을 부려?"

곽씨는 채원을 주옥선 여사에게서 떨어트리며 주 여사에게 걸어갔다. 그러더니 측은하고 당황한 표정을 지으며 채원을 가리켰다.

"여사님, 어떻게 댁에 저런 험한 것을 들이셨어요. 쟤가 어떤 앤 줄 모르세요, 여사님? 여사님을 배신하고 계약을 함부로 어긴 애라고요, 쟤가."

곽씨는 주 여사의 손을 잡았다.

"여사님, 무엇에도 흔들리시면 안 돼요. 저는 정말, 돈 때문이 아니라 여사님을 위해 존재하는 사람이에요. 저 이제 돈도 뭐도 필요 없어요. 여사님은 제가 지켜드릴 거예요, 제가."

"선생은 날 왜 보자고 했는가?"

웅? 곽씨는 별다른 대꾸 없이 왜 왔느냐고 묻는 주 여사를 바라보다가 말을 뚝 멈췄다. 저 눈엣가시 같은 것이 왜 이곳에 드나드는지 알 길이 없어 답답할 지경이다. 간신히 붙여놓은 여사님과 자신의 사이를 이간질하고 있는 것은 아닌가.

정말 그런 거 아냐?

"왜 보자고 했느냐니까."

"네? 아, 네."

곽씨는 여전히 고까운 눈으로 채원을 훑다가 다시 주 여사에게 시선을 돌렸다. 그러곤 세상 더없이 상냥한 낯빛으로 입술을 열었다.

"아드님 뵈러 가야죠, 여사님. 형재 군 보고 싶으시죠? 오늘 저하고 같이 가요."

내내 평온하던 주 여사의 눈빛에 변화가 깃든다. 곽씨는 채원에게 우월함을 과시하듯 턱을 들어 올렸다.

"어쩐지 꿈자리가 뒤숭숭해서, 아, 이건 정말이에요 여사님. 꿈자리가 뒤숭숭해서 어쩐지 여사님의 마음이 제 마음과 같다는 생각에."

"그러게. 별일이 다 있네. 선생이 먼저 우리 형재를 보러 가자는 말을 다 하고."

"어머나, 여사님. 제가 언제는 이런 말씀 안 드렸나요? 제가 여사님 모시고 많이 다녔는데."

"전부 다 나의 청이었지. 발등에 불이 떨어지긴 한 모양이야."

······크흠. 본전도 못 건졌다는 생각에 곽씨는 자신의 머리를 매만졌다. 하지만 채원의 앞에서 망신을 당하기엔 아직 일렀다. 다르다는 것을 보여주어야 한다.

"여사님, 앞으론 더 많이, 더 세심하게 신경 쓰며 아드님 모시겠습니다. 죽는 날까지 이 은혜 잊지 않을 거예요. 어서 가시죠, 여사님."

곽씨는 주 여사의 팔을 친절하게 끌며 나가자고, 이끌었다.

흠. 가만히 서서 곽씨를 바라보던 주 여사는 의자에서 일어나 천천히 걸음을 옮기기 시작했다. 의도적으로 채원의 어깨를 툭 밀며 걸음을 옮기던 곽씨는 지나칠 때까지 채원을 노려보았다.

"건방지게 어딜 드나들어, 주제도 모르고."

분이 가시질 않는다는 표정을 지으며 주 여사의 곁에 찰싹 붙어 걷던 곽씨가 걸음을 멈췄다. 느리게 걷던 주 여사가 문을 열고, 자리에 멈춘 까닭이었다.

"여사님, 뭐 두고 나가는 물건이 있으세요?"

곽씨가 어서 나가자는 듯 팔을 끌자 주 여사는 곽씨를 향해 먼저 나가라 손짓했다.

"오늘은 내 할 일이 있으니 때를 봐서 전화하겠네. 오늘은 선생과 동행할 수가 없겠으니 가보게."

"……네?"

얼떨결에 서재 밖으로 나간 곽씨는 눈을 동그랗게 떴다. 3, 4초 후, 그게 무슨 말이냐는 것처럼 당황해서 굳은 웃음을 지었다.

"그게, 그게 무슨 말씀이세요, 여사님. 아드님 보고 싶으시잖아요. 여사님한테는 제일 중요한 일인데."

"연락하겠다고, 내가 지금 말했을 텐데?"

"정말…… 안 가세요?"

"들어가게. 멀리 나가진 않겠네."

주 여사는 별다른 대꾸 없이 서재의 문을 닫았다.

아, 저, 할 말이 남은 곽씨가 손을 이리저리 뻗어보지만 문은 쿵, 닫혔다.

"어머. 어머 세상에."

허. 곽씨는 닫힌 문을 바라보며 짙은 탄식을 뱉었다.

"이게 무슨 일이야? 나 지금, 퇴짜 맞은 거야?"

다물어지지 않는 입을 크게 벌린 채 곽씨는 한참이나 서 있었다.

심장은 불안함을 경고하듯 쿵쿵 뛰었다.

쿵. 문을 닫은 주 여사는 한참이나 서서 그 자리에 머물다가 힐끔, 뒤를 돌아 채원을 바라보았다.

어색하게 서 있는 채원을 바라보다가, 주 여사는 다시 자리로 돌아왔다. 흔들의자에 앉고, 늘 바라보는 곳에 시선을 주었다.

"왜, 뭐 할 말이 있나?"

"네? 아, 아니요. 그런 건 아니고요."

"자네도 이만 나가보게. 좀 쉬고 싶으니."

"아…… 네. 알겠습니다."

채원은 어쩐지 떨어지지 않는 발걸음을 돌리며 인절미 봉투를 들었다. 다 드셨으니 치워야 맞다.

"두고 가게."

나가려는데, 여사님의 목소리가 들린다. 채원은 뒤를 돌아 여사님의 뒷모습을 바라보았다.

"두고 가게. 콩고물 냄새가 고소하니, 좋구만."

"아…… 네! 네, 알겠습니다!"

채원은 후다닥 봉투를 내려놓으며 뒷걸음으로 문 앞까지 갔다. 쿵쾅, 우당탕, 장식장에 걸리고 팔꿈치를 찧으며 채원은 요란 법석한 소리와 함께 퇴장했다.

"……성가신 친구로구만."

주 여사는 가만히 먼 곳에 시선을 주다가 흔들의자를 움직였다.
아직은 뜨끈한 인절미 냄새가 주 여사의 숨 끝에 맡아졌다.

이튿날. 카페 출근을 하려고 채원은 집을 나섰다.

아침엔 커피를 내리고 오후엔 주 여사의 시중을 드는 바쁜 인생.

"아으, 일복을 타고났지, 타고났어."

얼마간 번역 일을 하며 편한 일을 한다 싶었다. 채원은 지하철을 놓칠까 봐 빠른 걸음으로 골목을 걸었고, 얼마 걷지 않아 툭 튀어나온 성준이 합류했다.

"여어, 좋은 아침."

"홍길동이세요? 동서남북 출몰이 자유로우시네요."

헤어진 이후로 더 자주 보는 것만 같은, 두 번 차이고도 서성거리는 전 남친의 등장.

"출근해? 나도 출근길인데."

"출근을 왜 우리 집 앞에서 해요?"

"내 마음이야. 난 돌아가는 거 취미거든. 너한테도 빙빙 돌아가고 있지."

"고생이 많아요. 회사 앞에 있는 집에서 굳이 출근을 우리 집 앞까지 와서 하다니."

채원은 종종 걷다가 쓱 멈췄다. 어디까지 따라올 거냐는 듯 바라보았다.

"차는 어디에 있어요?"

"내 차? 나 차 안 가져왔는데?"

"차를 안 가져왔다고요? 왜?"

"왜긴 왜야, 니가 안 타고 갈까 봐 안 가져왔지. 아쉬워? 원해?
지금 나보다 내 차를 더 원해?"

"……뭐 타고 갈 거예요? 버스? 지하철? 택시?"

"나? 나는 무조건 너 타는 거."

끙. 영리하다. 지하철을 타고 간다고 하면 버스를 타고 간다고
말하려고 했는데.

채원은 차도 두고 왔다며 따라 대중교통을 타겠다는 성준을 측
은하게 바라보았다. 아아, 세상 참 불쌍한 중생이다.

지하철역으로 걸어가니 뚜벅뚜벅 쫓아온다. 채원은 버릇처럼 이
어폰을 꺼내려 가방을 열었다가, 도로 닫았다.

"출근 시간에 사람 많아요."

"지하철도 안 타본 사람 취급하네. 그리고 사람 많은 거 대환영."

저쯤 지하철이 들어온다. 채원은 사람들 사이에 묻혀 지하철에
올라탔다. 꾸역꾸역 안으로 밀려 들어가고 난 후, 그가 어디 있나
돌아보고 싶지만 고개를 편안히 돌려볼 정도의 간격도 없었다.

하. 몇 정거장만 참으면 된다. 몇 정거장만.

"숨은 잘 쉬고 있나?"

용케도 바로 뒤에 있었던 모양이다. 그의 목소리가 들려, 채원은
저도 모르게 피식 웃었다.

"너무나 잘 쉬고 있죠."

"저기 저 아저씨 이제 일어날 것 같은데, 자리 도전?"

"어림도 없네요. 한 발자국도 못 움직이는데 무슨."

조용히 하라며 채원은 쉿, 손가락을 들어 보이고 다시 앞을 바라보았다.

고단한 아침 출근길. 많은 사람이 모인 지하철 안은 이상하리만치 고요했다. 성준은 꽉꽉 들어찬 사람들 틈에서 채원의 옆을 방어하듯 막고 있다가, 귓가에 얼굴을 가져다 댔다. 느닷없이 그의 숨이 느껴져 채원은 두 눈을 번쩍 떴다.

"아침 먹고 출근할래? 나 공복인데."

남들에겐 들리지 않을 정도로 조용조용 말을 걸어오니 채원은 따라서 작게 답했다.

"먹고 출근할 시간이 없어요. 지각할 순 없잖아요."

"그럼 내일부턴 조금 더 일찍 나올까? 밥이라도 먹고 출근할래?"

"우리가 나란히 앉아서 조식을 함께할 사이인가요? 느닷없이 궁금해지네?"

"밥 한 끼 같이 먹는다고 깨진 사이가 붙나? 밥은 죄가 없거든."

밥 한 끼 먹는다고 안 이어진단다. 채원은 그의 말에 또다시 소리 없는 웃음을 터트렸다.

밤사이 얼마나 계획하고 집 앞까지 찾아왔겠나. 밥 한 끼 먹어도 괜찮다는 말을 하려고.

"별로 신빙성이 없어서 안 되겠어요. 밥 몇 번 같이 먹다 보면 다른 것도 하고 싶어질 것 같거든요."

"다른 거? 예를 들면?"

"뭐, 비가 오면 술도 한잔 마시고 싶을 거고 날이 추우면 카페에서 차도 한잔 마시고 싶어질 거고."

"그런 게 제일 하고 싶어?"

"뭐, 그러고 보니 별거 없네요."

채원은 이제 더 말하지 않겠다는 것처럼 입을 다물고 앞을 바라보았다.

그런 와중에 다음 역에 도착했다. 내리는 사람들이 미는 탓에 더 비좁아진 자리로 채원이 어쩔 바를 모르자 성준은 자신이 서 있는 쪽으로 더 꽉 끌어당겼다.

"비켜줘야 사람들이 내리지."

가까워졌으나 떨어질 수도 없다. 한 손으로는 허리를 감고, 다른 한 손으로는 다른 사람들이 치고 나가지 못하게 채원의 어깨 부근을 막았다.

파도처럼 사람들이 나가고 들어서자 지하철이 다시 출발했다. 그는 허리를 감은 손만 내렸을 뿐 조금의 틈도 없이 가까웠다.

"아, 그리고 책임져. 나 요즘 아침에 베이글 안 먹으면 일이 안 돼. 길들여졌다고."

그가 다시 귓가에 속삭이자 채원은 피식 웃으며 답했다.

"좋은 현상이네요. 오늘도 모닝 베이글 하나 하세요."

"그런데 말야. 우리 이렇게 가까워도 돼? 나 좀 설레는데."

"뭐, 뭐예요?"

지가 철썩 붙어놓고 하는 말 좀 보소. 채원은 당황함에 힐끔 뒤를 바라보았다. 천연덕스러운 표정을 짓고 있다.

"별게 다 설레네요. 아침 출근길에."

채원이 아무 일도 아닌 듯 대꾸하자 성준은 억울하다는 듯 미간을 좁혔다. 또다시 귀에 속닥속닥, 조용히 그녀에게 말을 걸었다.

"넌 아닐지 몰라도 오랜만에 가까이 서 있으니 설렌다고 나는. 이런 거 저런 거 막 하고 싶어져."

"대체 뭐가 그렇게 하고 싶은데요?"

채원이 도저히 모르겠다는 것처럼 되묻자 성준은 허락을 받았다는 것처럼 그녀 어깨에 얼굴을 기댔다.

"이런 거."

산소 공급을 받듯 깊게 숨을 들이마시며, 잠시 눈을 감았다. 채원은 주변 사람들이 혹시 이상하게 보진 않을까 잠시 주변을 살피다가 제 어깨에 얼굴을 기댄 성준을 바라보았다.

향을 맡고 싶었다니. 당황스럽고 짠하기도 한 지금.

"이게 제일 하고 싶었어요? 이게 뭐라고."

"아니. 다른 건 여기서 못 하잖아."

"……."

"나도 의식은 있는 사람이야."

그는 함부로 방해하지 말라는 듯 눈을 감은 채 미동도 하지 않았다. 채원은 귓불까지 붉어진 얼굴을 하고는 눈만 깜빡거렸다. 그의 숨이 목덜미에 퍼질 때마다 식은땀이 맺힐 것 같았다.

"정신 차려요. 대표님 나한테 차였다고요."

"알아. 내가 한두 번 질척거리는 것도 아니고, 익숙해지도록 해. 정신 차려야 할 사람은 너지 내가 아니더라고."

지하철은 평온하게 내달렸고, 채원은 마른침만 연거푸 삼켰다. 심장이 뛰어대는 까닭에 미칠 것만 같았다.

"에어밸런스가 홍진그룹으로 흡수되면 여러모로 좋은 일 아닙니까?"

"그러게 말입니다. 성장 폭이 다른 거야 두말하면 입 아픈 일이지요. 윤 회장님, 안 그렇습니까?"

주옥선 여사의 제안을 받고 난 후, 윤 회장은 여러 주주의 의견을 들어보고자 만남을 가졌다. 듣지 않아도 충분히 예상 가능한 일이었지만 역시나 주주들은 홍진그룹으로의 흡수를 긍정적으로 평가했다.

"에어밸런스는 홍진그룹의 기업 이상과 맞지 않습니다. 홍진그룹의 전문 분야가 아니지 않습니까?"

"맞습니다. 에어밸런스가 이대로 흡수된다면 추구하던 기업의 이상향이 유지될 수 없을 겁니다."

한편으로는 반대의 의견도 있었다. 윤 회장은 모두의 이야기를 경청하며 말을 아꼈다.

에어밸런스가 홍진그룹으로 흡수되는 일은 득과 실이 공존했고, 진통이 예상되었으며, 겪어보지 않은 갈등이 시작될 수 있었다.

신중해야 했다. 주옥선 여사의 제안엔 앙심이라 해도 좋을 사적인 감정이 다분히 묻어났으니까.

홍진그룹이 에어밸런스를 흡수한다면 한성준 대표는 함께할 수 없을 것이다. 단지 주 여사가 바라는 것은 어떠한 방식이 더해지건 간에 한성준 대표의 해임.

"에어밸런스가 흡수된다면 한성준 대표는 해임될 것입니다."

윤 회장은 소란을 잠재우며 입을 열었다. 찬반의 의견을 나누던 주주들은 일제히 놀란 표정을 했다.

"우리 홍진그룹은 양성 차원에서 에어밸런스를 흡수할 생각이 충분합니다. 다만 그 과정에서 당연히 에어밸런스의 대표는 홍진그룹 안의 적임자가 자리를 대신할 겁니다."

"아……."

아……. 주주들은 뜻을 알 수 없는 탄식을 흘렸다. 홍진그룹은 에어밸런스의 독립적인 색을 지우고 자신들의 색을 채우기 위해 그룹 내의 누군가를 대표로 내세울 것이다.

자연히. 자연스럽게.

"우리가 의논해야 할 것은 에어밸런스가 홍진그룹으로 흡수가 되느냐 마냐가 아니라."

한성준 대표는 물러나야 할 것이다.

"에어밸런스의 대표가 바뀌는 것에 대한 부분이니 생각들 잘해 주시지요."

"윤 회장님의 뜻은 어떠십니까? 한성준 대표의 해임을 원하시는 겁니까?"

"……."

윤 회장은 자신을 향하는 질문에 잠시 말을 아꼈다. 자신을 향하는 많은 눈빛을 외면하다가, 이윽고 입술을 열었다.

"오늘은 내 의견보다 여러분의 의견을 먼저 듣고 싶습니다. 이해 해주시지요."

말 한마디로 판도를 뒤집을 영향력을 지니고 있으니, 윤 회장은 신중한 자세를 유지했다. 자신은 주옥선 여사의 의중을 전했고, 이 제는 남은 주주들의 의견을 들어봐야 한 때였다.

젊고 유능한 사업가의 미래를 앞에 둔 주주들은 각자 생각에 잠 겼다. 선뜻 어느 손을 들 수 없는, 난제였다.

아메리카노 세 잔 주문이 들어왔다. 에어밸런스의 사원증을 목 에 건 직원 셋이 각자 계산을 마치고 주문대 근처에서 대화를 나누 기 시작했다.

채원은 커피를 내리며 테이크아웃 잔을 준비했다.

"유난히 이번 주총 앞두고 지라시 많지 않아? 나 정말 걱정된다."

"그러니까. 회사가 점점 커져서 그러는 건지, 아니면 진짜 문제 가 있는 건지 감도 못 잡겠어."

"전부 거품은 아닐 거야. 나 오늘 아침에도 지라시 하나 받았잖 아. 우리 홍진그룹으로 진짜 흡수될 수도 있다는데?"

"나도 받았어, 아침에. 전사에 돌았을 거야."

카페에서 일을 하다 보니 본의 아니게 에어밸런스에 대한 이야 기를 듣게 된다. 채원은 묵묵히 커피를 내리며 직원들의 이야기를 들었다.

알고 싶지 않은 이야기까지 과다하게 듣고 있는 요즘, 이걸 잘된 일이라고 해야 하는 건지 아니라고 해야 하는 건지.

"우리 대표님 해임되면 어떡해. 난 그게 제일 걱정이야."

"조직 자체가 바뀔 거야. 그건 어쩔 수 없거든. 대표님은 유능하니까 어디서든 다시 성공하지 않을까?"

"넌 참 남의 인생이라고 쉽게 얘기한다. 회사 좀 키워놨더니 덥석 남이 물어가게 생겼는데, 니가 대표님이면 퍽이나 좋겠다."

멍한 눈빛으로, 채원은 넋을 놓았다.

"채원 씨, 채원 씨?"

"아, 네. 죄송합니다."

커피를 다 내리고도 채원이 움직이질 않자 보다 못한 다른 직원이 그녀를 낮게 불렀다. 그제야 정신이 번쩍 들었다는 것처럼 채원은 빠르게 커피를 컵에 옮겨 담았고 손님들에게 내어주었다.

"주문하신 아메리카노 나왔습니다."

"감사합니다, 수고하세요."

휴. 한차례 손님들이 빠져나가고 채원은 생각을 정돈하듯 숨을 뱉었다. 요즘 같아선 에어밸런스 사원증을 걸고 들어오는 사람들만 보아도 심장이 벌렁벌렁한다. 이번엔 또 어떤 이야기를 듣게 될까 싶은 마음에.

"어서 오세요."

잠시 쉴 틈도 없이 카페 문이 열리고 손님이 들어선다.

채원은 종소리에 자동적으로 인사를 먼저 했고, 주문대로 걸어갔다.

……어라?

"어?"

등장한 손님이 주옥선 여사라는 것을 확인한 채원은 우뚝 멈춰 섰다. 주 여사는 천천히 주문대로 걸어왔다.

"어머, 여사님이 여기 어떻게 오셨어요?"

"커피 한 잔 주게. 커피를 그렇게 잘 내린다니 궁금해서 들러 봤지."

매일 쏟아낸 아무 말 대잔치 속 카페 아르바이트 이야기를 기억하신 모양이다. 채원은 '커피를 마시러 왔다'는 주 여사의 말에 웃었다.

"아아, 네. 커피요. 커피 드시러 되게 멀리까지 오셨네요."

아직은 밝은 해가 쏟아지는 시간. 여사님의 외출이 새삼 반가워지는, 그런 시간.

"여사님, 날이 좋죠? 잘 나오셨어요."

채원은 웃으며 커피를 내렸고, 잔에 담아 주 여사에게 건넸다.

"커피 나왔습니다. 맛있게 드세요."

"자네 퇴근 시간은 몇 시인가?"

"저요? 저는 아직 멀었는데요?"

"그러니까 몇 시?"

"두 시간 정도 남았어요. 왜요?"

"그럼 저기 앉아서 두 시간 기다릴 테니 퇴근하면 자리로 오게."

"아아, 여사님 댁에 같이 가자는 말씀이세요?"

두 시간 뒤 퇴근하면 주 여사 집으로 출근을 해야 하는 채원은 차를 태워주시려는 모양이다, 생각하며 되물었다.

"그건 아니고, 자네와 누구 좀 만나고 올까 하는데."

"저랑요? 누구를요?"

"우리 아들."

"……네?"

네? 채원은 멍한 표정을 지었다.

주 여사는 커피잔을 들며 저쯤 앉아 있겠다고, 손가락으로 알려 주었다.

"우리 아들. 형재 좀 보러 갈까 하는데 운전해줄 사람이 필요해 서."

걸음의 시작일까.

"기다리겠네. 수고하시게."

"네! 네네네! 그럼 기다려주세요, 여사님!"

부디 그랬으면, 하고.

"아무리 다시 생각해봐도 썩 아름다운 조합은 아니군그래."

주옥선 여사는 당최 이 상황을 받아들이기 힘들다는 것처럼 중 얼거렸다. 기다리던 채원의 퇴근 시간이 다가왔고, 이제 형재를 보 러 가나 싶었던 와중에 성준이 등장했다.

주 여사는 무슨 이런 상황이 다 있느냐는 표정을 지었다. 사람

속도 모르고 채원이 웃는다.

"하하, 실은 제가 운전을 못해서요."

"해서. 운전수 섭외랍시고 한 대표를 부른 건가?"

"마음에 안 드세요? 걱정 마세요. 대표님이 보기보다 운전을 잘 하거든요."

······끙. 주 여사는 한숨을 내쉬며 고개를 돌렸다. 둘이 다녀올까 싶은 마음에 운전기사도 돌려보냈는데, 채원에게 당연히 있을 줄 알았던 운전면허가 없단다.

그러더니 성준이 등장해, 본인이 오늘의 운전기사란다.

"두 사람, 헤어졌다고 하지 않았나?"

"헤어졌죠. 대표님하고 저, 지금은 남인데요. 적당히 알고 적당히 모르는."

"한 대표가 남의 부탁을 이렇게 쉽게 들어준다고?"

"몰랐는데 대표님은 이용당하는 거 은근히 좋아하더라고요."

"자네니까 이용당해주는 거겠지. 한 대표가 어디 그럴 사람인가?"

"뭐, 부정은 않겠어요. 중요한 건 오늘 여사님과 저의 안전 운전을 책임져줄 사람을 구했다는 것뿐이니까요."

채원의 대답 앞에 더는 할 말이 없다. 이 상황이 무안하고 민망해, 주 여사는 잠시 고개만 주억거리다가 시선을 돌렸다.

아무 일도 없었다면 어서 오라, 웃으며 반겼을 한 대표를 대하기가 껄끄럽고 불편하기만 하다. 마주 보며 웃을 사이가 되지 못해 어떤 표정을 지어야 하는지도 어려웠다.

채원은 옷을 갈아입고 오겠다며 사라졌고, 결국 주 여사는 성준과 둘이 남았다.

"기어이 바쁜 사람을 오라 가라 했구만."

말끝에 주 여사는 자신의 머리를 매만지며 헛기침을 했다. 성준은 시선을 내리깔며 자신을 바라보지 않는 주 여사를 향해 입을 열었다.

"불편하실 줄은 알지만 편안하게 다녀오셨으면 합니다."

"노력은 해보겠네."

주 여사는 짧게 답하며 매듭을 지었다. 잠시 후 퇴근 준비를 모두 마친 채원이 나타났고, 주 여사는 두 사람과 함께 출발했다.

그리운 아들이 있는 곳으로. 이상한 조합과 함께.

"그 계집애가 대체 거기서 일을 왜 하냐고, 왜."

열 받아서 못 살겠다. 곽씨는 분이 풀리지 않는 음성으로 몇 번이고 같은 말을 내뱉었다.

오랜만에 방문한 주 여사 집에서 정채원을 본 순간, 순식간에 눈이 뒤집혔다. 그 망할 것이 어쩌다가 그곳까지 점령해버렸는지 알 길은 없었지만, 정채원이 요즘 그곳에서 일을 하고 있다 하더라.

놀라 자빠질 뻔했다. 아니, 이게 말이 되는 일인가?

"그 여우 같은 게 여사님을 어떻게 구워삶는지 알 수가 있어야지 말이야."

정채원만 생각하면 밤에 잠도 안 올 지경이다. 가뜩이나 돈줄도 막히고 옥살이처럼 지내야 하는 요즘, 스트레스가 이만저만이 아닌데.

"무슨 생각인지 도통 알 수가 없네. 여사님한테 딱 붙어서 이간질하고 있는 거 아냐?"

간신히 주 여사의 마음을 붙잡았는데, 그 계집애가 나타나 마음을 흔들고 있는 건 아닌지 우려되었다.

어차피 볼일도 봤겠다, 돈도 어느 정도 뜯어냈겠다, 각도 재다가 슬슬 도망치면 좋겠는데 이젠 그것도 쉽지 않다.

분명 늙고 교활한 노인네가 자신에게 사람을 붙여놨을 거다. 도망치려는 낌새가 포착되면 바로 잡혀 들어갈 게 뻔해.

곽씨는 좀처럼 펴지지 않는 인상을 한 채 사무실 복도를 걸었다. 주 여사에게 동영상을 보내기 위해 기도하는 공간을 문턱이 닳도록 드나드는 요즘, 피곤한 일은 한두 가지가 아니었다.

"그 망할 것을 어떻게 떼어내지. 여사님께서 마음을 바꾸면 난 어떻게 되는 거야."

휴. 곽씨는 복도를 걷다가 자신의 사무실 앞에 다다랐고, 저쯤 누군가와 통화를 하고 있는 실장을 발견했다.

"그래? 그럼 못 구할 것 같다는 거야? 아, 구해야 하는데. 더 알아볼 곳은 없을까?"

뭘 구하고 있는 것 같다. 곽씨는 실장을 빤히 바라보았다.

"아니 좀 필요해서 그래. 그 모델이 꼭 필요하다는데. 어어. 조금 더 알아봐. 그래 알았어."

뭘를 더 알아보라며 전화를 끊는다. 곽씨는 휴대폰을 내리는 실장에게 다가갔다.

"뭘 구하는데?"

"아. 오셨습니까, 선생님."

실장은 휴대폰을 내리며 웃었다.

"단희가요. 자전거 한 대를 구해달라는데 그게 오래된 거라, 찾기가 쉽지 않네요."

"자전거? 단희가? 무슨 자전거?"

웬 자전거 타령인가 싶어 곽씨는 되물었다.

"운동이라도 하려는 모양인가? 무슨 대단한 자전거인데 실장이 나서서 구해?"

"그게 아니라, 뭐, 얼마 전에 누구 자전거를 망가트렸다네요? 그래서 다시 구해줘야 한다고. 알아보고 있었습니다."

"아아, 그래. 오지랖도 태평양이지. 예전에도 날치기당할 때 자전거 배상해줘야 한다더니. 무슨 자전거를 이렇게 많이 해먹는지 몰라 걔는."

곽씨는 별일 아니라는 생각에 다시 발길을 돌렸다.

단희 걔도 보다 보면 참 엉뚱한 구석이 있다. 오래된 자전거면 더 비싼 최신형의 자전거를 사주면 쉬울 일을, 굳이 똑같은 걸 사주겠다고 저렇게 사서 고생을 하……

사무실로 걸어가던 곽씨는 우뚝 멈췄다.

"자전거."

얼마 전, 차로 날아들던 자전거가 생각났다.

"자전거."

어디선가 튀어나와 자신의 차를 향해 자전거를 집어 던진 사람의 몸집은 아담했지. 키와 체격은 단희만 했다.

"……자전거?"

곽씨는 한참이나 무언가를 생각하듯 하다가 고개를 돌렸다. 실장은 아직 그 자리에 있었다.

"실장, 그날 있잖아. 정채원 동생 시험 보러 가던 날."

"네, 선생님."

실장이 가까이 다가온다. 곽씨는 표정을 감춘 채 물었다.

"나 그날 밖에 나간 거, 단희도 혹시 그전에 알고 있었어?"

"네, 알고 있었죠. 단희가 물어보기에 답해줬습니다. 왜 그러세요?"

"아냐. 내가 말을 해줬나 안 해줬나 생각이 안 나서. 단희한테 뭐 좀 물어볼 게 있어서."

"아, 네네. 알고 있었습니다. 편안하게 물어보십시오."

"알았어. 수고."

곽씨는 사무실 문을 열고 안으로 들어가 쿵, 문을 닫았다. 문고리를 잡은 채 눈을 느리게 감았다가 떴다.

자전거가 날아들던 그날의 영상을, 머릿속으로 무한히 반복하고 되감았다. 영상은 조금씩 또렷해지고, 자전거를 집어 던지던 낯선 사람의 형체도 조금씩 또렷해졌다.

곽씨는 두 눈을 부릅떴다.

"이게 감히……."

확실해졌다. 그날, 그 불청객은 단희였다.

지나치다 말할 수 있을 만큼 푸른색이 지배하는 공간 속, 안겨 있듯 위치한 사찰寺刹이 도착한 주 여사를 반겼다.

오는 내내 말이 없더니, 물 한 모금도 드시질 않더니. 유골함이 모여 있는 안쪽으로 들어서고, 그 사이사이를 조심히 걸어 지나치더니 결국 멈췄다.

"형재야, 엄마 왔어."

채원과 성준은 조금 멀찍하게 떨어진 채 멈췄다. 숨을 고를 틈도 없이, 주 여사는 아들의 얼굴을 만난 것처럼 미소 지었다.

"잘 있었어? 엄마 왔는데, 형재야."

아들을 향해 연거푸 말을 걸었다. 작은 공간 안에 들어 있는 한 장의 사진을 바라보며 영상통화를 하듯. 이국땅의 아들과 소통을 하듯.

"잘 있지? 답답해? 아니지? 괜찮지? 요즘은 꿈에도 잘 안 오고. 엄마는 형재 보고 싶은데. 응?"

무슨 수를 써도 인공적으로 만들어낼 수 없는, 자식을 향한 마음이 실린 웃음이 입가에 맺힌다. 주 여사는 동행한 사람이 없는 것처럼 계속해서 떠난 아들에게 말을 건넸다.

꿈에서조차 모습을 감춘 아들을 향한 투정이었고, 찬바람에 시릴까 더운 기운에 힘 빠질까 하는 염려였다.

아들과 자신 사이를 가로막은 유리를 만지고 싶지 않다는 듯 주 여사는 몇 번이고 손을 뻗었다가 내렸다가, 뻗었다가 내렸다가를 반복했다.

"엄마는 잘 있어."

다시 뻗었다.

"아니, 엄마 사실 요즘 아파. 잠도 잘 못 자고, 밥도 잘 못 먹고, 그래."

다시 내렸다.

"내 새끼 보고 싶어서 엄마가 아무것도 못 해. 내 새끼가 보고 싶어서 엄마가."

덤덤한 걸까, 혹은 삼켜내는 걸까. 이런 말 저런 말, 오가던 여러 갈래의 마음을 묵묵히 읊던 주 여사는 애정을 담았던 미소를 천천히 지워냈다.

그러곤 채원과 성준을 향해 고개를 돌렸다. 서 있는 것 외엔 무엇을 할 수 있는지 짐작도 하지 못하는 두 사람을 한참이나 바라보다가.

어쩐지 닮은 것도 같은, 하지만 닿지 못한 채 각자 서 있는 두 사람을 바라보다 보니.

"형재야, 오늘은 엄마가 사람들이랑 같이 왔어. 다들 너 보고 싶다고 해서."

인생이란 무엇인가. 얻음과 잃음 속에 널뛰는 감정은 무엇인가.

아아. 쌓음도 부서짐도 이토록 부질없다.

"형재야, 인사해."

……부질없다.

"엄마 친구들이야."

일각의 기쁨도, 유한한 슬픔도. 내 안에 담기엔 모두 다.

"오늘 시간 내주어 고맙네."

바닥을 디딘 다리의 감각이 사라져갈 때쯤, 주 여사는 이제 그만 돌아가자고 말했다.

출발하기 전 화장실을 다녀오겠다며 채원이 사라진 공간. 주 여사는 건조한 음성으로 성준을 향해 툭 하고 말을 뱉었다.

"피차 얼굴 보기 껄끄러운 것이 자명한데, 고마워."

"한 번쯤 오고 싶었습니다. 실례가 되는 일일까 싶어 말씀드리지 못했습니다."

"그랬군. 그랬군그래."

주 여사는 떠나는 순간까지 아들을 보고 싶은 마음에 시선을 사진에 두었다. 언제든지 찾아올 수 있는 곳이지만, 그것이 마음처럼 쉽지 않더라.

"회사가 뒤숭숭할 텐데. 어떠오, 견딜 만한가?"

"버티고 있습니다. 할 일이 있고, 해야 할 일이 있고, 책임져야 할 직원들이 있으니까요."

"내가, 홍진그룹으로 에어밸런스를 흡수시키자고 윤 회장님께 제안했네."

"알고 있습니다."

"……그래. 알겠지. 어찌 모르겠나, 자네도 듣는 귀가 있을 텐데."

주 여사는 아들을 향해 둥근 미소를 지었다. 보아도 보아도 보고 싶어 갈증만 쌓이는, 알 수 없는 일이었다.

"따져 묻지 왜 가만히 있었어. 쉽게 물러날 준비가 되어 있단 뜻인가?"

"……."

"지켜야 할 다른 것들보다 자존심이 더 중요했나?"

"물론 그런 것은 아닙니다."

"그럼?"

"저도 나름의 준비는 하고 있습니다. 이대로 물러날 수 없으니까요."

성준의 대답을 잠시 곱씹던 주 여사는 피식 웃음을 터트렸다. 언제 만나 어떤 대화를 나누어도, 그는 참 한결같은 사람이다.

"물러날 수 없어 맞설 준비를 하고 있다. 이런 패를 내게 보여주어도 되겠나?"

"뭐, 물어보시니 어쩔 수가 없어서요. 저도 알려드리고 싶진 않습니다."

"그래. 뭐, 준비하고 있다니 죄책감은 좀 덜어보겠네."

주 여사는 맥이 풀린다는 것처럼 너털웃음을 지었다. 결국 마지막까지 서로의 적이 되어보겠다는 대화치고는 상당히 분위기가 유연했다.

"여사님."

"말하게."

주 여사는 웃음을 갈무리했다. 사진을 바라보며 '엄마 이제 갈게'라고 눈으로 말하는 것 같았다.

"혹시 준비한 패가 성공하지 못한다면, 그때 가서 여사님을 찾아가 자존심을 다 버려도 되겠습니까?"

뜻밖의 질문에 주 여사는 힐끔 성준을 바라보았다. 눈빛만으로는 무엇도 알아차리기 힘들었다.

"한 대표, 우리가 후일을 어떻게 장담하겠는가?"

"……."

"그건 그때 가서 얘기해보도록 하지. 내가 한 대표의 절망일지 희망일지, 아직은 잘 모르겠으니."

채원이 돌아왔다.

며칠째 단희는 어두운 표정을 하고 있다. 평소에도 표정이 많은 것은 아니었지만, 유달리 생각이 많은 것 같은 얼굴을 한 채 자리에 앉아 있기 일쑤였다.

도청기. 분명 도청기였다.

"휴……."

곽씨의 이런저런 일의 뒤를 처리해주며 따라다닌 세월 동안 다뤄보지 않은 것이 별로 없을 지경인데, 그런 것들 중 도청기는 필수품이었다.

항상 그녀 선에서 처리했기에, 곽씨는 시킬 줄이나 알지 그런 장비 정보에 몹시 취약했다.

단희는 단번에 알 수 있었다. 그 장식품은 에어밸런스에서 어떠한 목적을 지닌 채 보낸 것이 틀림없는, 도청기였다.

"말씀을 드려야 하는데……."

발견한 직후 바로 말씀을 드려야 한다고 생각했다. 사무실 안에서 오고 간 수많은 대화를 떠올리니 아찔하기가 이루 말할 수 없었다. 곽씨가 노상 뱉어온 주 여사에 대한 욕설, 공사를 짜며 했던 계획.

"아…… 말씀을 드려야 하는데……."

셀 수조차 없는 그 많은 흠집이 고스란히 담겼을 거다.

단희는 계속해서 불안한 표정을 지으며 입술만 물어뜯었다. 당장 곽씨에게 알려야 한다는 생각과는 달리, 어쩐지 마음은 내키지 않았다.

차라리 장식품을 깨트린 것처럼 해서 없애버릴까 싶기도 했지만 고가의 장식품을 깨버리고 난 이후의 상황이 막막하기도 했다.

왜 이렇게 망설이는 건가. 곽씨에게 사실대로 말하질 못하고 왜 이렇게까지 망설이는 건가. 왜. 왜?

"아니야. 말씀드려야 해. 지금이라도 가서 당장 선생님께……."

에어밸런스를 떠올리면 자연스럽게 채원이 떠올랐다. 채원이 떠오르면 응당 따라올 것이 오는 것처럼 이든이 떠올랐다. 단희는 연신 불안한 표정을 하다가 결국 자리에서 일어섰다.

그래, 말씀드려야 한다. 더 큰 일이 생기기 전에, 그래서 정말 문제가 생기기 전에, 당장.

"아…… 그럼 일단 선생님 계신 곳으로 가야겠다."

결심한 듯 단희는 있던 공간을 벗어나 곽씨의 사무실을 찾았다. 똑똑, 문을 두드리니 들어오라는 소리가 들린다.

단희는 조심히 문을 열었다. 들어서는 모습을 빤히 바라보는 곽씨를 향해 인사를 마친 단희는 가까이 다가갔다. 오늘따라 도청기가 설치된 장식품이 더욱 반짝거리는 것만 같다.

"왔니?"

"네, 선생님."

말해야 한다. 하지만 이것도 도청이 될 텐데. 선생님을 일단 바깥으로 모실까?

"저, 선생님. 저하고 잠시 밖으로……."

"야."

쟁하고 울리는 것만 같은 곽씨의 음성에 단희는 시선을 들었다.

"너니?"

"네?"

무얼 알고 그런 것은 아닌데, 속눈썹이 바르르 떨렸다.

"너지?"

"……네?"

마른침이 꿀꺽 넘어갔다.

"너잖아. 그렇지?"

"무슨…… 말씀이신지……."

"자전거."

단희는 입술을 작게 벌렸다. 곽씨는 손등에 턱을 괴며 단희를 응시했다. 비릿하게 찢어져 올라가는 입꼬리는, 바라만 보아도 소름이 끼쳤다.

"너 맞아. 그 자전거."

장식품은 유달리도 반짝거렸다.

"내 공사 망친 사람. 너."

지구상에 이런 사랑

"외출 오래 하셔서 피곤하시죠. 들어가서 푹 쉬세요, 여사님."

사찰을 빠져나와 주 여사의 집 앞에 도착하니 해가 떨어졌다.

채원은 집 앞 커다란 현관문 앞에 서서 주 여사를 바라보았다. 주 여사를 따라다니느라 오늘의 근무시간을 모두 다 써버렸다.

"자네도 따라다니느라 수고했네."

"뭘요. 오랜만에 바람 쐬고 온 것 같아서 좋은데요."

"운전을 빙자한 데이트도 하고. 좋았겠군그래."

"무슨요. 이런 가시방석 데이트는 하나도 안 좋거든요."

"이제 가시 같은 사람도 사라지겠다, 본격적으로 한 대표와 데이트할 생각 아닌가?"

"어쩐지 데이트하라고 권고하시는 것 같은데, 이건 느낌 탓인가요?"

······끙.

주 여사는 요리조리 말을 돌리는 채원을 바라보다가 앓는 소리를 냈다.

오는 길, 가는 길을 모두 더해 채원과 성준은 별다른 대화를 나누지 않았다. 그렇게 서로 남처럼 대하기를 바랐으면서도, 실상 그런 모습을 두고 보니 아쓰럽기도 했다.

"저, 여사님."

이만 가보라고, 채원이 뒤돌아서기만을 기다리던 때. 주 여사는 채원이 부르는 소리에 시선을 들었다.

"오늘 아드님께 친구라고 소개해주셔서 감사해요."

뜻밖의 감사 인사를 받았다.

"사실 저 오늘 여사님께 감동했어요. 저를 그렇게 생각해주실 거라곤 기대 안 했거든요."

주 여사는 막연한 눈빛으로 응시했다. 부끄럽고 어려운 말을 하듯 머뭇거림이 있는 채원의 모습은 진심이었다.

"여사님께서 제게 바라신 게 뭔지 조금 더 알 것 같았어요. 그냥 그렇다고, 꼭 말씀드리고 싶었어요."

아니, 아니다. 진심을 판단할 수 있나? 돈으로 통곡을 사고, 돈으로 정성을 사는 내가 타인의 진심을 믿을 수 있나?

"감사합니다. 제가 앞으로 더 열심히 아드님을 위해 기······."

"쓸데없는 소리 말게."

······믿을 수 없다.

"아들이 보는 앞에서 매정하고 지독한 사람은 되고 싶지 않아 그저 둘러댄 것일 뿐, 그 이상도 이하도 아니니 감동하고 감사할 일은 아니네."

"아…… 네……."

"자네하고 내가 오늘 우리 형제에게 다녀왔다고 해서 개선될 것은 아무것도 없어. 괜한 기대 말게."

"……."

"한 대표도 물론이고."

멀찍하게 서서 대화가 끝나기를 기다리고 있는 성준을 잠시 바라본 주 여사는 다시 마음을 가다듬었다.

철컥. 때마침 투박하고 무거운 문이 열리며 주 여사의 비서가 달려 나온다. 주 여사가 집 안으로 들어가려 하자 성준은 고개를 숙였고, 채원도 급히 주 여사를 향해 인사했다.

천천히 주 여사가 사라지자 다시 현관문은 굳게 닫혔다. 문이 닫히며 지이잉, 하는 진동이 느껴지는 것만 같아, 채원은 몇 번이고 닫힌 문을 바라보았다.

괜한 기대 말게.

뭘 기대하고 한 이야기는 아니었는데.

한 대표도 물론이고.

아직 갈 길이 한참이나 멀었구나.

"휴. 어렵다, 어려워."

채원은 뿌, 하고 볼 바람을 불다가 뒤로 돌아섰다. 주 여사의 차를 반납하고 나니 두 사람은 얼떨결에 뚜벅이 신세가 되었다.

성준은 주머니에 손을 찔러 넣으며 웃었다. 채원은 녹슨 곳 하나 없는 눈빛으로 그를 바라보았다.

"이제 너하고 나, 둘만 남은 것 같지?"

⋯⋯감정만 흔들리지 않게 잘 갈무리하면 되는 일이라고 생각했다. 산전수전 겪어오며 그 정도 일에 무너지겠나, 나름 자신도 있었다.

"좀 걸을까."

사랑 때문에 신경질이 난다.

안전하던 나를 요란하게 흔들어대는. 고요하던 나를 소란하게 휘젓고 마는.

"곁으로 올래?"

지구상에 둘만 있는 것 같은 우리가, 멀어진다는 것은 가능한 일인 건가요.

가능한 건가요.

"네, 갈게요."

"⋯⋯."

"곁으로."

자꾸만 아닌 것 같은데. 그럴 수는 없을 것만 같은데.

"여보세요? 아직 회의 중? 난 지금 집에 들어왔어."

모처럼 집에 일찍 들어온 태리는 민권에게 전화를 걸었다. 들어오는 길에 잠깐 에어밸런스에 들러 그의 얼굴을 보고 싶었지만, 상황이 여의치 않았다.

— 회의가 조금 전에 끝났어. 안 그래도 전화하려고 했는데.

"바쁘네. 힘들겠다."

화장대에 차 키를 툭 던지며 태리는 의자에 앉았다.

— 웬일로 집에 일찍 들어갔어? 운동도 안 하고?

"나? 아, 나? 나 어, 나? 내일 일이 좀 있어서."

거울 속 제 얼굴을 들여다보던 태리는 뜨끔하는 표정을 지었다.

— 내일? 내일 무슨 일인데 벌써 집엘 들어가.

"아, 아니. 아빠랑 일이 좀 있는데 그런 날 늦게 들어오면 싫어하셔서. 뭐. 별건 아니고."

— ……선 보냐?

"서, 선은 무슨! 아니야아아! 선은 무슨 선!"

— 누구랑 보는데.

"아니, 누구랑이 아니라, 아니 그러니까 선은 아니고 내 말은."

— 그러니까 어느 댁 누구와 식사를 하느냐고. 내 말도 그건데.

태리는 입술을 꾹 닫았다. 그러자 쉽게 포기하는 듯한 음성이 휴대폰 너머 들려왔다.

— 됐다. 어느 댁 누구인지 내가 알면 뭐 하겠냐.

"아…… 아냐. 그런 건 정말 아니고 우리 미술관에 두루두루 좋은 일이라고 해서.

— 더 설명하지 마. 대충 감이 오려고 하니까.

"밥만. 밥만 먹고 올게."

태리는 입술을 물어뜯다가 손끝을 문질렀다. 덤덤한 그의 목소리가 외려 불안했다.

팩스가 들어오는 소리도, 내선이 울리는 전화 소리도, 그 안에서 태평하게 전화를 받고 있는 그의 음성도 전부 다 불안했다.

"밥만. 응? 정말 밥만 먹고 온다니까?"

— 너도 애 아니고 나도 애 아니야. 배고파서 먹는 밥 아닌 것도 알고, 시간이 남아돌아 각자 부친 묘 쓰고 만나는 게 아닌 성노 살 알고.

"……미안해. 아빠를 못 이겼어."

— 못 이겨. 넌 내내 못 이길 거잖아. 언제고 넌 또 식사를 하러 갈 테고, 그러다가 둘이 차를 마셔야 할 거고, 그러다가 뭐, 언론에 노출되고.

"……."

— 수순이겠지.

태리는 천천히 손을 내렸다. 아, 그냥 말하지 말고 다녀올 걸 그 랬나. 정말 식사만 하고 올 건데. 정말 아무 일 없이, 아빠를 난처하 게 만드는 일만 피하고 돌아올 건데.

네게 괜한 근심을 안겨주었나. 말하지 말 걸 그랬나.

"김 실장, 화났어?"

— 호칭 빼라. 너한테 그런 호칭으로 불리고 싶은 기분 아니거 든, 지금.

"자기, 화났어?"

— 아니. 화는 안 났는데 복합기가 말을 안 들어. 부술까?

……화가 머리끝까지 난 것 같다.

태리는 손톱을 물어뜯다가 마른침을 삼켰다. 어우, 화를 어떻게 풀어줘야 할지 눈앞이 캄캄하다.

"나 지금 자기 회사 앞으로 갈까? 나 좀 만나줄래?"

— 됐고. 일찍 자라. 좋은 컨디션으로 나가야지.

"자꾸 비꼬지 마, 응? 잘못했어. 진짜 한 번만, 응? 한 번만."

— 복합기 부서졌어. 이따가 전화할게.

"여, 여보세요? 여보세요?"

기어이…… 부쉈어……?

태리는 다급하게 그를 불렀다. 아아, 이대로 전화를 끊으면 어쩐지 전화 연결이 안 될 것만 같다.

안 돼! 안 돼! 이대로 전화를 끊을 수는 없어!

"자기야, 응? 여보세요? 전화 끊지 마. 응? 여보세요?"

— 밥만 먹고 와라.

"……네?"

네? 여보세요?

태리는 매달리다시피 두 손으로 휴대폰을 잡고 통화하다가 눈을 동그랗게 떴다.

"여보세요?"

— 밥만 먹고 온다며. 밥만 먹고 오라고.

"아, 네! 네네! 네네네네!"

— 치마 입냐?

"네?"

— 아니, 뭐, 궁금한 건 아니고. 됐다.

"아뇨! 안 입을 건데요! 안 입어요, 그런 거!"

— 됐어. 내일도 변함없이 예쁠 예정이겠지. 끊자.

"아…… 미안해……. 그건 내가 어떻게 할 수 있는 부분이 아니야……."

태리는 예쁘지 않을 방법 같은 건 없다는 것처럼 탄식 섞인 음성을 했다.

복합기 부서졌다더니 복사하는 소리가 신랄하게 들려온다. 휴. 커플 싸움에 복합기 부서졌다고 성준 선배한테 욕을 바가지로 먹을 뻔했는데.

— 밥 먹고 와. 어쩔 수 없는 거 다 알아.

"아…… 이런 부처님……."

— 알면 잘해. 때때로 공양도 좀 하고.

무심한 듯 툭툭 농담을 던지니 태리는 이제 좀 살겠다는 것처럼 배시시 웃었다. 혼기 꽉 찬 미혼 남녀가 마주 앉아 묘한 분위기 속에서 밥을 먹겠다는데, 기분 좋을 애인 누가 있겠나.

"밥만 먹고 올게! 약속!"

— 끊자. 나 또 회의 있어.

"알았어, 끝나고 연락해!"

통화를 마친 태리는 휴대폰을 내리며 가슴을 쓸어내렸다. 휴, 어찌 말하나 내내 고민했는데, 다행이다.

"아가씨, 회장님 들어오셨어요. 나와보셔요."

"네, 지금 내려가요."

태리는 활짝 웃으며 밖으로 나섰다.

……서로의 상황을 이해하고 받아들이며, 때로는 싫어도 참아주는 것.

"아빠, 안녕히 다녀오셨어요."

내가 너를 위하듯이 네가 나를 위하는 것. 사랑하니까.

대궐 같은 집들이 모여 있는 조용한 길을 따라 한참을 걸었다. 채원은 담이 높은, 회장님들께서 지내고 계실 것 같은 집들을 바라보다 허탈한 미소를 지었다.

이렇게 대단한 집들과 견줄 바는 아니지만 그녀도 아담한 정원이 딸려 있는 이층집에서 나고, 자랐다. 아빠가 만든 목조 그네가 있었고, 철 따라 낭만이 다른 식물들이 계절을 알려오기도 했었다.

그래, 그랬지. 꿈같지만 그런 시절도 있었는데.

"왜 이렇게 자꾸 붙어요?"

채원은 신경 써서 간격을 유지해보지만 자꾸 붙는 성준을 바라보며 우뚝 멈췄다.

"나? 내가? 내가 언제 붙었는데?"

성준은 전혀 그런 적 없다는 듯 황당하다는 표정을 지었다.

"자꾸 붙잖아요. 봐요, 내가 대표님 피하다가 어디까지 왔는지."

여차하면 담벼락에 어깨가 쓸릴 것만 같다. 채원은 비켜서라는 것처럼 눈에 힘을 주었다.

허. 성준은 기가 막힌다는 듯 탄식하다가 슬금슬금 옆으로 비켜섰다. 거참, 모르는 척 좀 해주지.

"인심 야박하네. 내가 한 몸처럼 가자는 것도 아니고 옆에 좀 서서 걷겠다는데 그걸 그렇게 밀어내나?"

"누차 말씀드리지만 우리가 그럴 사이는 아니거든요."

"그럼 나 오늘 왜 불렀어. 어? 회사에서 열심히 일하고 있는 사람 왜 불렀냐고 왜 우리가 그럴 사이인가?"

"아니면 안 오면 그만이지?"

"……."

서럽다. 성준은 떨어지라며 휘휘 손을 젓는 채원을 바라보다가 더욱 눈꼬리를 올렸다.

"거참 섭섭하네. 알겠고, 한 1미터 떨어져주면 되나? 대화는 통화로 할래?"

"한 걸음 정도만 떨어지라고요. 대표님하고 내 손이 닿을 것 같잖아요."

"닿으면 뭐! 닿으면 뭐 어때서!"

어어? 이 남자 보소?

채원은 절대 안 된다는 듯 고개를 절레절레 저었다. 내가 그 아침 지하철에서 얼마나 힘들었는데 말이야. 알지도 못하면서.

"닿으면 어떻긴요, 꽉 잡고 싶지. 몰라서 물어요?"

"……아니, 뭐, 굳이 그렇다면 뭐, 잡으면 될 일 같기도 하고."

금세 음성이 너그러워진다. 채원은 그만 참지 못하고 웃음을 터트렸다. 그러다가, 조금씩 미소를 지웠다.

"회사 분위기 안 좋다고, 다들 걱정 많던데."

내내 걱정이던, 내내 신경 쓰이던 질문을 던졌다.

"괜찮아요?"

힘든 구석이 많을 줄 알면서도 도망친 것 같아, 마음이 쓰이지 않을 수 없었다. 어떻게 지내고 있는지 빤히 보이는 것만 같아, 더는 모르는 척하기도 어려웠다.

"괜찮아."

이런 거짓말을 들으려고 물었던 건 아니었는데.

"회사 키우면서 위기 아니었던 적 없었어, 한 번도."

"그래도……."

"그리고 그런 걱정을 니가 왜 해. 해도 내가 해야지."

채원은 조바심이 이는 얼굴을 하며 성준을 바라보았다. 그는 다소 불만이라는 것처럼 미간을 작게 일그러트리며 고개를 비스듬히 꺾었다.

"니가 그런 걱정까지 하면 내가 뭐가 돼. 회사 지키느라 너랑 헤어진 것도 자존심 상해 돌아가시겠는데."

"……."

"한번 붙잡아보지도 못하고, 니가 내민 사직서 찢지도 못하고 그대로 너 회사 내보냈는데. 그날만 생각하면 아직도 잠이 안 오는데."

참담한 심정은, 전부 읊을 수도 없을 것이다.

"너하고 바꾼 회사야. 무슨 수를 쓰더라도 이 회사 지킬 테니까 걱정 마."

왜일까. 거짓말이라도 믿고 싶다. 어쩐지 당신이라면 할 수 있을 것도 같다.

전부 믿는다는 것처럼 고개를 끄덕이자 그가 불쑥 손을 내밀더니, 손끝을 잡을 듯 다가오더니, 바람이나 겨우 스쳐 갈까 싶은 간격을 두고 손끝을 멈췄다.

……사랑 참 대단하다.

"그러니까 앞으로 너는 네 걱정만 해."

중력이 우스운, 계절이 하찮은.

세월이 만만하고, 현실이 객쩍은.

"이것 봐. 벌써 잡고 싶잖아, 내가."

이토록 막무가내일 수 있을까 싶게 만드는, 사랑이란 게, 참.

"너 맞아. 그 자전거."

"……."

"내 공사 망친 사람. 너."

본디 언변에 재주가 없고, 거짓말에도 능하지 않은 단희는 당황함을 온몸으로 표출했다. 입술은 긍정도 부정도 하지 않았지만 빠르게 굳어버린 얼굴이, 흔들리는 눈동자가 이미 많은 것을 실토했다.

곽씨는 그런 그녀를 빤히 바라보다가 눈동자를 위로 올리며 짧은 웃음을 토했다.

"아, 황당해 죽겠네. 니가 감히 나를 배신해? 니가? 니가?"

"아…… 그게 아니라……."

"검은 머리 짐승은 거두는 게 아니라더니 내가 너한테 내 발등을 찍힐 줄 누가 알았니? 응?"

"아뇨, 아뇨. 선생님, 그게 아니라……."

"시끄러워!"

유리가 깨지는 것처럼 날카로운 소리가 사무실 안을 가득 울린다. 이미 사색이 되어버린 단희는 말문이 트이지 않은 사람처럼 눈만 감았다가 떴다.

자신이 이 방에 왜 들어왔는지도 잊어버리고, 무엇을 어떻게 설명해야 하는지도 잊어버렸다.

"왜 그랬어?"

곽씨는 차분했다.

"응? 왜 그랬니. 말해봐, 왜 그랬는지."

거울을 들여다보기도 하고, 손톱을 내려다보기도 하며.

"말을 해봐, 말을. 왜 그랬는지는 알아야 할 거 아냐, 나도. 안 그래?"

"……."

"제정신이야? 감히 내 뒤통수를 쳐? 너 때문에 내가 죽을 뻔했어. 알아?"

"……죄송합니다."

과거를 생각하는 회로도, 다음 일을 생각하는 회로도 꽉 막힌 듯 머릿속은 깜깜했다. 마주하고 있는 것만으로 다리가 후들거릴 정도로 곽씨의 분위기는 단희에게 공포, 그 자체였다.

"단희야, 내가 너를 섭섭하게 했니?"

입속이 헐어 피가 나는 것 같았다.

"내가 미워? 왜 나를 배신한 거지? 내가 다친 걸 보고 즐거웠니? 그래?"

"아…… 그런 건 아니고……."

"내가 죽길 바랐어? 그래서 자전거를 집어 던졌어, ㅣㅏ한테?"

"아닙니다……."

"죽길 바랐는데, 내가 불행하게도 살았어? 응?"

곽씨는 전혀 다른 쪽을 생각하고 있었다. 그러한 사실이 불행인지 다행인지 가늠도 할 수 없었다.

재깍재깍, 흘러가는 초침 소리가 오늘따라 크게 들렸다.

"죄송합니다, 죄송합니다……."

"너를 거두는 게 아니었어. 난 처음부터 니가 마음에 들지 않았거든. 입이 무겁고 오갈 곳 없어 그거 하나 겨우 건져 데리고 있었던 거지."

"……."

"그런데, 내 곁에 둘 수 없다고 너를 바깥으로 내보낼 수도 없는 일 아니겠니?"

단희는 무릎을 꿇었다. 설한풍을 맞는 것처럼 몸이 벌벌 떨렸다.

"서, 선생님, 죄송합니다. 죄송합니다."

"단희야, 너도 죽고 싶어?"

단희는 새파랗게 질린 입술을 덜덜 떨었다. 곽씨는 후, 하며 손끝에 부드러운 바람을 불었다.

"내가 너한테 험한 일 시킨 거 아니잖아. 왜 나를 배신해. 험한 일은 다 내가 하고, 응? 손에 피를 묻혀도 다 내가 묻히고, 넌 내가 꽃길만 걷게 했잖아."

"다, 다신 안 그럴게요. 안 그럴게요, 선생님."

"내가 너 하나 어쩌지 못해서 이렇게 있는 거 아니야, 단희야. 알지?"

"네. 잘 알고 있습니다. 잘 알고 있습니다."

"그래. 나 있지, 너 하나 없애는 거 일도 아니야. 내가 정채원 동생도 반병신 만들 수 있었어. 니가 끼어들어서 망쳤잖아. 그렇지?"

"……."

"내가 사람을 안 죽여본 것도 아니고, 너도 강형재처럼 뼈도 못 추리게 해주랴?"

단희는 천천히 고개를 들었다. 충격에 휩싸인 두 눈을 바라본 곽씨는 소름 끼치는 웃음을 뱉었다.

"왜, 놀랐니? 그럼 걔가 그냥 죽었겠니? 뺑소니는 그냥 일어났을까?"

"아……."

"내가 한 거야. 그 사고, 뺑소니, 너 몰랐지? 나 그런 사람이야, 단희야. 그런데 니가 이런 나를 배신하면 어떡해."

곽씨는 단희를 바라보다가 서늘하게 짓고 있던 미소를 지우며, 자리에서 일어섰다. 장식품은 여전히 홀로 빛을 뿜었다.

"너도 내가 언제든지 죽일 수 있어."

"……."

"그런데 말야, 니가 이 세상에서 사라지고 나면, 누가 너의 죽음을 슬퍼해줄까? 강형재는 지 에미라도 슬퍼한다지, 넌 누가 있니?"

공포를 이기지 못한 눈물이 바닥으로 뚝뚝 떨어졌다.

"그럴 사람, 있긴 있니?"

"윤 회장님께서 이미 접촉을 끝낸 상황입니다. 찬반이 갈리긴 했지만 대부분 홍진그룹으로 흡수되는 것에 긍정적이었다고."

민권은 서류를 내려놓으며 성준의 앞에 섰다. 생각이 많은 눈빛으로 책상을 내려다보던 성준은 흠, 하며 낮은 숨을 내쉬었다.

실질적인 이익을 따를 수밖에 없는 대다수의 주주들은 윤 회장의 제안을 기쁘게 받아들였을 것이다.

"오만 곳에 회사 지킬 거라고 떠들고 다녔는데 진짜 지킬 수 있을까 모르겠다."

"대표님께서 윤 회장님을 따로 찾아뵙는 건 어떨까요?"

"타이밍이 좋지 않아. 찾아갈 거면 주 여사님을 먼저 찾아가는 게 낫겠지."

성준은 의외로 덤덤한 목소리로 민권이 가져다준 서류를 열었고, 신중한 눈빛을 했다. 나름의 준비를 하고 있다고 큰소리를 쳤는데, 주주총회에서 결과를 뒤집을 수 있을지 자신이 없다.

후. 이럴 땐 스스로를 믿는 수밖에 없다.

"시킨 일은 어떻게 됐어?"

"일정 체크하고 있어요. 주총 전엔 결과 나올 겁니다."

"부디 결과가 잘 나와야 할 텐데. 그것밖에 쓴 패가 없는데."

성준은 사활이 걸린 문제라는 듯 신중한 표정으로 중얼거렸다.

"곽씨 쪽은 뭐 좀 건진 게 있나?"

"……."

"아직도 별거 없어?"

여전히 말이 없는 민권을 향해 시선을 쓱 올렸다. 녀석은 무슨 생각 중인지 멍한 눈빛을 하고 있다.

"이봐, 김 실장."

"……아, 아아, 죄송합니다."

"집에 무슨 일 있어?"

"아뇨. 아무 일도."

민권은 아니라며 손을 저었다. 평소보다 반응이 과격하니 성준은 더욱 이상하다는 듯 녀석의 표정을 살폈다.

"일이 없는 게 아닌데? 뭔데. 무슨 일인데?"

"대표님, 사람은 왜 이렇게 쿨 하기가 힘들까요."

응? 알아들을 수 없는 말을 하자 성준은 응? 하며 눈썹을 씰룩거렸다. 쿨 하기가 힘들다니. 김 실장이?

"니가 안 쿨 하면 세상 누가 쿨 하다는 소리인데? 그런 사람이 세상에 존재하긴 해?"

"그러게요. 저도 제가 쿨 한 사람인 줄 알았는데, 그것도 아니었네요."

집의 문제가 아니라, 태리와의 문제인 게 분명하다. 성준은 턱을 괴며 녀석을 올려다보았다.

"왜, 태리랑 싸웠냐? 한판 떴어?"

"금수저 부러운 적 없었는데, 오늘 같아선 수저에 도금이라도 하고 싶은 심정입니다. 뭐, 이 정도만 설명할게요."

차마 말을 뱉기도 어려운지 민권이 대충 얼버무린다. 이놈 저놈, 연애가 눈물겹기는 이루 말할 수가 없다.

"대체 왜 이렇게 연애하는 게 힘드냐? 원래 다 이런 거야?"

"제 말이요."

"남들은 잘만 하던데. 어? 잘 연애하다가 결혼도 하고, 뭐, 깨도 볶고. 이건 무슨 숯가마도 아니고 시커먼 재만 남았어. 이게 연애야? 연애냐?"

"제 말이요."

에휴, 너나 나나.

성준은 한숨을 길게 내쉬며 나가보라 손짓했다. 쿨 하지 못해 앓고 있는 민권을 바라보고 있자니 심란하기가 이루 말할 수 없다.

"나가봐. 너 때문에 나의 불행도 떠올랐으니까."

"곽씨 쪽은 별 이상 없어요. 요즘 사무실에도 잘 안 나타나는 것 같더라고요."

"예의 주시해. 말을 가려 하는 타입은 아니니 뭐라도 나오겠지."

"네. 안 그래도 오늘 날 잡고 한번 털어보려고 했어요. 나가보겠습니다."

민권은 터덜터덜 뒤를 돌았다. 수시로 시계를 들여다보지만 오늘따라 시간이 가질 않는다.

지금쯤이면 식사를 하고 있겠구나, 민권은 생각을 지우려는 듯 세차게 고개를 저었다. 괜찮은 척해보려고 해도 괜찮을 수 없는, 기를 쓰고 다가서도 그녀와의 간격은 점점 더 벌어지는 것만 같았다.

"어찌 또 문체부 쪽으로 옮겨가시게 되었습니다, 장관님."

보건복지부 장관을 역임하다가 문화체육관광부 장관으로 이동하는 대단히 이례적인 일을 앞두고, 함경섭 장관은 홍진그룹 윤 회장을 만났다.

"대통령님의 뜻이 그러니 난들 뭐 어쩌겠나. 요즘 문화체육계에 말이 많다 보니 내가 가서 질서 정리를 좀 했으면 하는 뜻이 계셔서."

"그게 다 장관님께서 대통령님의 신임을 얻고 계신 증거가 아니겠습니까."

"속내야 알 수 없지만 좋은 일이라, 나도 그리 여기고 있네."

"진심으로 축하드립니다, 장관님."

곁에 앉은 태리는 생글생글 웃으며 인사를 건넸다. 그런 태리의 인사가 나쁘지 않은지, 함 장관은 손을 들어 가볍게 인사를 받았다.

"어때, 요즘 미술관 운영은 괜찮고? 듣기에 굵직굵직한 전시도 곧잘 따내던데."

"장관님 덕분입니다."

태리는 저도 모르게 허리를 더욱 바짝 일으키며 긴장의 촉을 세웠다.

"윤 관장 능력이 좋은 건지 애비가 능력이 좋은 건지, 여하튼 나이도 젊은데 대단하네."

"허허, 장관님. 제가 뭘 안다고 딸아이가 하는 예술에 힘이 되겠습니까. 장관님께서 두루두루 살펴주셔야."

"어허, 사람. 큰일 날 소리를 하네, 나한테 벌써 밑작업 치는 겐가?"

"그럴 리가 있겠습니까, 장관님."

경제를 쥐락펴락한다는 윤 회장도 권력 앞에선 작아졌다. 잠시 정색하는 듯하여 자리를 어둡게 만든 함 장관은 이내 웃음을 터트렸다.

"농이네, 농. 사람, 긴장하기는. 내가 우리 윤 관장 앞길을 안 살피면 누가 살피나? 안 그런가?"

"감사합니다, 장관님. 제가 누를 끼치지 않도록 더욱 세심히 갤러리를 살피겠습니다."

태리는 부친을 대신하여 더욱 상냥하게 웃었다. 식사는 이미 차려졌는데, 약속한 함 장관의 차남이 늦고 있다.

먼저 먹자는 장관의 말에 따라 세 사람은 식사를 시작했다. 한참이 지나고 나서야 문이 열리고, 차남이 들어섰다.

"이게 무슨 실례야, 손님들 모시고."

함 장관이 낮게 타이르자 벨기에서 이제 막 귀국했다는 그의 차남이 털썩 자리에 앉아 물부터 마시더라.

"인사해라. 여기 홍진그룹 회장님, 윤필목 회장님이시다."

"알아요. 뉴스에 많이 나오시던데, 크고 작은 일로."

어딘가 모르게 삐뚤어진 언동이다.

"우리 아들이오. 개차반 같아서 사람 좀 만들어보려고 벨기에에 보냈었지."

"안녕하십니까. 윤태리입니다."

태리는 분위기를 느끼며 인사를 했다. 어찌 되었건 신중해야 한다. 아슬아슬한 상대의 무례함도, 선을 넘는 태도도 지금은 짚고 넘어갈 때가 아니다.

"너냐? 그 갤러리 한다는."

이런 일은 수도 없이 많았다.

"네, 그렇습니다."

"반반하네. 생각보다."

물을 쭉 들이켠다. 함 장관은 잠시 아들의 얼굴을 바라보다가 윤 회장 쪽으로 시선을 돌렸다.

"이, 외국물을 좀 먹다 보면 사람이 튀는 태가 좀 있으니 이해해 주게. 이것도 다 한때라고, 어린놈들은 이 나이 때 객기가 있을 수도 있거든. 안 그런가, 윤 회장?"

"그래서, 아빠는 뭐 주기로 하셨어요?"

윤 회장이 뭐라 입을 열기도 전에 물잔을 내리며, 아들은 부친 함 장관을 바라보았다. 그러곤 턱 끝으로 태리를 가리켰다.

"돈이야 물리고 질릴 만큼 있을 거고, 아빠는 뭘 주기로 하셨냐고요 저 집에."

"말 가려 해야지. 아무리 객기 부릴 나이라 해도 사내자식이 자리는 가릴 줄 알아야지."

"뭘 주기로 하셨으니까 쟤도 팔려 나왔을 거 아녜요. 뭐, 우리 홍진그룹 회장님께서 차기 대권 도전이라도 하시려나?"

이런 타입 수도 없이 많이 보았다. 질리고 물리도록 보았지만, 이런 놈은 또 처음이라.

태리는 더 이상 웃고 있는 얼굴을 유지하기 힘들어 딱딱하게 굳은 표정을 했다.

"이득 챙겼어요? 나랑 쟤랑 결혼하면 아빠한테 얼마나 준다는데. 넉넉하게 준대요? 홍진그룹 정도면 격은 얼추 맞는 것 같고, 돈 걱정은 없겠네. 나 그럼 나가는 길에 차부터 좀 바꿔도 되나?"

"이 자식이 뭐라는……."

함 장관이 대책 없이 질러대는 정신 나간 아들놈을 향해 입을 여는 순간.

타앙! 거칠게 컵을 내려놓는 소리에 모든 시선이 윤 회장의 손으로 향했다. 금이 가고 주저앉은 컵의 잔해 사이로, 윤 회장의 두꺼운 손 마디마디에 피가 맺혔다.

"어이, 거기 젊은 친구."

부친의 대응에 태리는 눈을 커다랗게 떴다.

"말 가려 해야지. 아무리 객기 부릴 나이라 해도 사내자식이 자리도 가릴 줄 몰라 사람 구실이나 제대로 하겠는가?"

"뭐, 뭐라고요?"

"장관님 댁에 근심이 하나 있는데 그것이 무언가 하니 그 댁 차남이라. 원정 도박, 대마초, 폭행 사건 덮느라 자네 부친께서 연고 없는 벨기에로 빼돌린 사실을 모르는 이가 있을 거라 생각하나?"

"이보오, 윤 회장."

"자식 하나 잘못 둔 죄로 네 부친께서 어떤 길을 걷고, 어떤 이들과 손을 잡고, 또 어떤 돈을 받아 자네 뒷바라지를 했는지 안다면 이렇게 입을 놀릴 수 없겠지. 내 읊어줄 테니 들어볼 의향은 있나? 무슨 검은돈이 자네 부친 손을 타고 건넜는지, 알려주랴?"

"이보오, 윤 회장!"

"아, 아버지."

장황하게 흘러나오는 비장한 말들에 놀란 함 장관과 태리는 윤 회장을 거듭 말렸다.

객기에 물든 어린 녀석의 두 눈이 뒤집어진다. 아버지의 권력을 등에 업고 평생을 갑질에 물들어 살아온 녀석은 충격에 입을 멍하니 벌렸다.

사람을 짓눌러 뭉개버릴 것 같은 눈빛을 하며, 윤 회장은 일어섰다.

"자네는 시대를 잘못 타고난 게지. 이르든가, 혹은 늦었든가. 네 부친께서 이뤄온 많은 것이 네 그림자 하나로 무너질 테니 두고두고 후회하게. 네 부친께서 쌓아온 많은 인맥, 그 사이에 내가 껴서 적잖은 혼선이 빚어질 테니까."

"이, 이보시오, 윤 회장님. 윤 회장님."

다급해진 함 장관은 따라서 일어섰다. 일어서지 않아도 된다고, 윤 회장은 손짓으로 막아섰다.

여전히 오만한 표정에 분노만 담은 어린 사내를 바라보다가, 윤 회장은 실소했다.

"잘못 알고 있는 것이 있는데, 오늘 이 자리가 아쉬워 몇 날 며칠을 벼르고 기다려 만든 것은 내가 아니라 자네 부친인 것을, 내가 돌아간 뒤에 잘 새겨들었으면 하네. 다신 볼 일 없겠지. 나를 다신 볼 일 없어야 자네 신상에도 이로울 테니 새겨듣게."

윤 회장은 머뭇거리는 태리의 손을 잡고 기껏로 식당을 빠져나왔다. 대기 중이던 차에 오르고 즉시 출발하며 창문을 내렸다.

나라의 장관이니 벼슬자리가 상당하여 만나는 사람마다 예우를 다하는 것은 당연했다. 대외적인 관계야 한참 우위를 선점한 듯한 함 장관이었으나, 그 속내를 들여다보면 홍진그룹과 관계를 유지하며 끈을 이어가고 싶어 하는 쪽 또한 함 장관이었다.

아이러니했지만 어쩔 도리가 없었다. 지닌 권력이란 영원하지 않았고, 홍진그룹이 가진 힘은 어쩌면 세기를 이어갈지도 몰랐으니까. 이번에도 몇 번이고 만남을 청해오며 기댈 끈을 만들어보려던 것 또한 함 장관이었다.

"살다 살다 이 나이에 별 미친놈을 다 보겠구만."

좋은 사내일 거란 기대는 없었지만, 좋은 사내였으면 하고 미약한 희망을 걸었던 자신이 한심하고 우스워진다.

들끓는 열을 어쩌지 못하고 타이를 거칠게 비틀어 헝클어트렸다. 어쩌면 이렇게도 멀쩡한 놈들이 없다는 말인가.

"충격받지 마라. 사는 세상이 달라 벌어지는 일이니 웃고 넘겨버려."

차창 밖에 시선을 둔 윤 회장은 차마 딸아이를 바라볼 용기가 나질 않아, 시선을 먼 곳에 준 채 툭 하고 말을 뱉었다.

"저는 괜찮아요. 어차피 그 댁 차남 소문이 안 좋았던 건 저도 알고 있었으니까요."

"그 정도로 형편없을 줄이야. 뒤가 구릴 바엔 그래도 차라리 저런 놈이 낫다. 애초에 거를 수 있게 해주니까."

"아빠는…… 괜찮으세요?"

괜찮은 거냐고 물어오는 딸아이의 질문에 답할 자신이 없다. 끓어오르는 화를 삭이고, 또 삭여도 치밀어 오르는 화를 어쩔 바 모르겠다. 내 자식이 상품처럼 언급되던 순간의 수치와 분노를, 다스릴 재간이 없었다.

"태리야."

"네, 아빠."

"평생 고개 숙이지 마라. 그 누구에게도."

잘난 것들은 잘났다며 밥그릇 싸움을 하려 들고, 기를 꺾으려 들고, 그 위에 군림하려 들었다. 아무리 눈 딱 감고 딸아이 앞날의 이득만 보려 해도 타협이 되지 않는 하나.

"숙이지 마라. 이해와 윤리가 따르지 않는 이상 절대로 숙이지 마."

그런 결혼을 시킬 수는 없다.

"나중에 네 애비가 죽고 없어도 절대로. 절대로 너를 우습게 보고 짓누르려 하는 것들에게 지지 마라. 당당하게 고개 들어. 그래도 된다."

"……네, 아빠."

윤 회장은 딸아이의 대답을 가슴에 품으며 불어드는 바람을 시원하게 맞았다. 딸아이는 피가 흐르는 아빠의 손이 걱정되는지, 슬그머니 손을 가져가 휴지로 피를 닦았다.

"저기, 아빠."

상처를 누를 때마다 다소 통증이 일었지만 그런 것쯤이야 윤 회장에게 아무런 타격도 줄 수 없었다.

"김 실장은 안 그래요."

이런 말들이, 오히려 통증이 되었다.

"김 실장은 저밖에 몰라요. 세상에서 가장 나를 존중하고, 따뜻하게 대해주는 사람이에요."

급하게 맥이 뛰는 손을 빼려 하자 딸아이가 손을 꽉 잡는다. 고운 손에 피가 묻을 것 같아 윤 회장이 무의식중에 손을 내려다보자, 태리는 더욱 손을 잡았다.

"그 사람이 좋아요."

"……."

"사는 세상이 달라 벌어지는 일들이 있다면, 그 사람이 사는 세상에 들어가 겪고 싶어요, 아빠."

들어가겠단다. 초대를 하는 것도 아니고, 새로운 세상을 만들어 가겠다는 것도 아닌, 그가 있는 세상으로 들어가고 싶단다.

……대체 어쩌면 좋을까.

윤 회장은 딸아이가 붙잡고 있는 자신의 손을 빼내며 창밖만 응시했다. 한동안 침묵이 이어졌다.

"여어, 바쁘네."

테이블 위를 반질반질하게 닦고 있던 채원은 고개를 들었다. 오늘은 어인 일로 출근 시간에 오질 않더니.

"지금 출근해요?"

"아니. 새벽에 왔는데. 나 기다렸어?"

"별로 대답하고 싶지 않은 질문이네요."

출근 시간이 조금 지난 카페는 한산했다. 북적거리며 가게 안을 가득 채웠던 출근 전 커피 손님들이 우르르 빠져나가고, 이제 숨 좀 돌려보나 싶다.

채원은 바닥을 쓸기 위해 의자를 빼냈다. 급하게 성준이 따라붙는다.

"뭐, 내가 할게."

"괜찮아요. 이게 뭐라고."

채원이 말려보지만 성준이 빠르게 움직이며 1인용 소파를 밀었다. 더는 거절하지 않고 채원이 빗자루를 움직이자 성준은 옆에 바짝 서며 다른 소파를 가리켰다.

"저것도 옮겨줄까?"

"대표님 안 바빠요?"

"바빠. 지금은 한가하고."

"회의 없어요?"

"있지. 30분 후에."

"대표직에서 안 쫓겨날 궁리는 하고 있는 거 맞죠?"

"쫓겨나면, 안 만나주려고?"

"속세에 찌든 사람이라 미안해요. 그럴 수도 있거든요."

성준은 맞은편 의자를 번쩍 들어 옮기며 피식 웃음을 터트렸다. 바닥을 쓸며 채원도 따라 웃었다.

"오늘도 끝나면 여사님 댁으로 가나?"

"아뇨. 오늘은 휴무랍니다."

얼마 만에 쉬어보는 건지 모르겠다. 휴. 채원은 허리를 펴며 일어섰다.

"그럼 퇴근하고 오늘은 나하고 놀래? 시간 좀 내주나?"

"놀자니. 대표님 나한테 차인 사람 맞아요?"

"차였으니까 놀자고 하지, 찼으면 놀자고 하겠어?"

"그럼 난 찬 사람이니까 거절해도 되겠네요?"

"……"

다른 테이블로 옮겨 간다. 성준은 채원의 뒤를 졸졸 따라갔고, 그녀가 바닥을 쓸기 쉽게 의자를 빼주었다.

"밥은 먹는다며. 그럼 밥 먹자."

"저번에 대표님하고 밥 먹어보니까 밥이 잘 안 넘어가더라고요."

"왜? 좋아하는 사람 앞에선 밥이 잘 안 넘어가?"

"원래 맞은 쪽은 발 뻗고 자도 때린 쪽은 못 그러는 법이라."

방어력이 강화됐다. 성준은 바닥에 시선을 고정한 채 청소를 하는 채원의 등허리를 뚱한 표정으로 바라보았다.

밥도 먹어주려 하지 않고, 놀아주려 하지도 않고. 이제야 전 남친이 되었다는 게 실감이 난다, 실감이 나.

"대표님, 섭섭해도 할 수 없어요."

어쭈, 속을 훤히 들여다보고도 이렇게 매몰차게 군다 이거지.

"요즘 들어 다시 헷갈리기 시작했단 말예요. 헤어진 게 맞긴 맞
는지, 조금씩 헷갈려서 더는 안 되겠어요."

오호라. 그러니까 지금 헷갈려서 확실하게 선을 그어보겠다, 이
말인 거지 지금.

바닥을 열심히 쓸던 채원이 테이블 아래 떨어진 작은 머리핀을
발견한다. 그녀를 빤히 바라보던 성준도 머리핀을 발견했고, 누가
먼저랄 것 없이 줍기 위해 다리를 구부리며 테이블 안으로 머리를
구겨 넣었다.

동시에 손을 뻗었고, 좁은 테이블 안에서 두 사람은 눈이 마주
쳤다.

"……아야!"

놀란 채원이 머리를 들다가 테이블에 머리를 찧었다. 머리를 비
비며 채원이 먼저 일어서려 하자, 성준은 그녀의 얼굴을 잡고 그대
로 입을 맞췄다.

"……!"

좁은 테이블 아래, 불편한 자세로 서로의 입술이 닿았다. 놀란
채원이 눈을 커다랗게 치떴다. 닿은 입술의 감촉이 너무나 선명하
고, 또 새롭다 말하기엔 지나치게 익숙해서.

"뭐, 점점 더 헷갈린다며. 내가 안 헷갈리게 해주려고."

"아, 으어, 어, 워으어, 으어."

닿았던 입술이 떨어지자 그가 뻔뻔한 말을 해온다. 채원이 기능을 상실한 기계처럼 이상한 소리를 내자 성준은 다시 손을 끌었다.

조금 더 깊고, 조금 더 오랜 시간 입술을 부딪친 그는 천천히 눈을 떴다.

"나 선 넘었으니까, 또 차봐."

"……."

"이제 다 모르겠고, 나도 내 멋대로 살 거니까 열 번이고 백 번이고 어디 한번 차봐."

테이블에 찧어 찌르르했던 머리의 통증도, 열감기에 걸린 듯 뜨거웠던 입술의 감촉도 지워진다.

"오늘은 못 놔줘. 그러니까 퇴근하고 만나."

사랑이, 끊는다고 끊어지던가요.

"나 이제 올라가야 하니까 아메리카노 한 잔 내려주고."

그럴 리가요.

진심은 진심으로

죽지 않을 만큼의 음식만 제공하며 가둬두라는 곽씨의 명령에, 단희는 작은 방에 갇혔다. 휴대폰도 빼앗기고 소지품도 몽땅 빼앗겼다.

아주 작은 창만 하나 있을 뿐 아무것도 없는 방. 단희는 하루 종일 멍한 눈빛을 한 채 시간을 흘려보냈다. 며칠이 지난 건지, 시간이 흐르긴 한 건지 아무것도 알 수가 없었다.

똑똑. 끼이이익, 노크 소리와 함께 문이 열렸다.

"단희야, 밥 먹어야지."

식사를 챙겨 온 실장이 쟁반을 들고 나타났다. 하루 세 번, 실장은 단희의 식사를 챙기기 위해 이곳에 걸음 했다.

"아침도 잘 안 먹고. 거의 다 남겼던데 어디 아파?"

쟁반을 그녀 앞에 내려주며 물어보지만 별말이 없다. 실장은 근심 어린 표정을 하며 단희의 표정을 살폈다.

어쩌자고 이 소심하고 조용한 단희가, 곽씨의 일에 끼어들어 훼방을 놓았는지 모를 일이다. 전후 이야기를 모두 들은 실장은 답답하다는 듯 미간을 좁혔다.

"왜 그랬어. 응? 선생님 어떤 분인지 잘 알면서. 왜 그랬어, 단희야."

"……."

"그 양반이 얼마나 무서운 사람인지 알면서도 이래? 지금 주 여사님께 잘못 걸려서 그렇지, 또 무슨 꿍꿍이인지 알 수가 없다고."

단희는 멀건 국그릇에 시선을 고정했다. 실은 초점 없이, 그저 고개를 떨군 것이다.

"그 정채원이 동생, 니가 아는 사람이야?"

내내 반응하지 않던 단희는 고개를 저었다. 아는 사람이라 칭하기도 애매한 한 줌의 사건만 닿은 사이. 나름 안전했던 삶을 헝클어트리면서까지 도울 이유가 하등 없던, 그런 사이.

"에효, 언젠가 이런 날이 올 줄 알았지. 그런데 그게 너일 줄은 몰랐다."

휴. 긴 한숨을 뱉은 실장은 주머니를 뒤적거리다가 쟁반과 함께 들고 들어왔던 작은 박스를 열었다. 그러곤 새 휴대폰을 꺼내 단희에게 내밀었다.

"쓰던 것은 버려. 이건 새로 개통한 거니까 이거 가져가. 연락처는 옮겨놨어."

"……."

들고 들어왔던 작은 박스를 열어, 얼마간의 돈을 넣은 봉투를 꺼내 단희 손에 쥐여주었다.

"아껴 쓰면 석 달은 쓸 거야. 가급적 멀리 떠나. 버젓한 직장은 구하기 힘들겠지만 뭘 해서 먹고살아도 지금보단 낫겠지."

뜻밖의 말이 실장의 입을 통해 튀어나오자 단희는 고개를 들었다.

"나가서 열심히 일도 하고, 정당하게 월급도 받고, 그러다가 좋은 사람 만나서 결혼도 하고 애도 낳고. 인마, 그렇게 살아."

"아······."

"나는 곽 선생하고 서로 약점을 잘 쥐고 있어서 괜찮아. 아저씨 걱정은 말고 빨리 여기서 나가. 택시 잡아뒀으니까 터미널까지 타고 가고. 발 닿는 대로 가."

"아······ 아······."

새로운 휴대폰과, 두둑한 봉투를 손에 쥔 단희는 손끝을 떨었다. 실장은 단희의 어깨를 툭툭 쳤다.

"자전거, 택시 트렁크에 실어놨어. 구하느라 진짜 힘들었다. 처분은 네가 알아서 해. 가져다주든지, 그대로 폐기하든지."

"아······."

단희가 애처로운 탄식만 내뱉자, 실장은 단희의 손을 끌고 일어났다. 빛을 모르는 아이가 홀로 빛을 따라 걷는 것이 얼마나 어려운 일인지, 그는 잘 알고 있다.

떼기 힘든 걸음을 떼려는 단희에게 실장은 힘을 실어주었다.

"지금이라도 사람답게 살아라, 단희야."

잘 살아라. 그래도 된다.

"여기서 있었던 일은 다 잊고, 새 출발 해. 나도 잊고 곽 선생도 잊고, 전부 다 잊고. 알겠지?"

가능한 한 모든 것을 지워버려. 새로 태어난 것처럼 모든 것을 다시 시작해.

"힘내고. 어서 가."

"아저씨……."

언제나 실장이라고 부르던 단희의 입술 사이로 '아저씨'라는 호칭이 튀어나오자 실장은 웃었다.

곽씨가 잠시 자리를 비운 사이. 단희는 그곳을 빠져나왔다.

얼마간의 돈을 쥐고, 택시 트렁크에 자전거를 싣고. 빛이 고이는 자리가 어딘 줄도 모른 채, 헤맬 것을 예상하며.

큰일 났다. 좀처럼 당황하는 일이 없던 민권은 초조한 기색을 하며 엘리베이터 앞을 서성였다.

'홍진그룹 윤필목 회장님께서 로비에 도착하셨습니다.'

이를 어쩐단 말인가. 모처럼 이른 퇴근을 하겠다며 대표가 자리를 비운, 하필이면 이런 날.

하필이면 이런 날 한 통의 연락도 없이 윤 회장이.

"휴, 미치겠다."

어쩔 바를 몰라 구두 끝으로 바닥을 툭툭 치던 민권은 엘리베이터 문으로 비치는 자신의 모습을 바라보다 다시 점검했다.

머리 스타일을, 타이를, 재킷을 다시 손보던 민권은 띵동, 하는 소리와 함께 엘리베이터가 멈추자 황급히 뒤로 물러났다. 문이 열리며 윤 회장이 내렸다.

"어서 오십시오, 회장님."

윤 회장은 힐끔 민권을 바라보다가 주변을 휘휘 둘러보았다.

"한성준 대표가 부재중이라 부득이하게……."

"됐네. 없을 수도 있지."

크게 상관없다는 것처럼 윤 회장은 안으로 걸음을 옮겼다. 비상이 걸린 비서실 직원들은 꼿꼿하게 서서 윤 회장을 향해 깍듯한 인사를 했다.

"이쪽으로 모시겠습니다."

민권이 빠르게 대표실 문을 열자 윤 회장은 잠시 망설이다가, 안으로 들어섰다. 주인 없는 방에 들어가기가 다소 껄끄러웠던 윤 회장은 내부를 둘러보는 듯 시선을 다른 곳에 주다가 자리에 앉았다.

빠르게 따뜻한 차가 나오고, 민권은 두 손을 모은 채 윤 회장이 앉은 자리 뒤에 섰다.

"한성준 대표 전화가 부재중이라 다시 시도해보겠습니다."

"됐네. 그냥 둬. 어차피 그쪽에 볼일이 있어서 온 것도 아닌데."

소파에 깊숙하게 등허리를 기댄 채 앉아 손끝으로 팔걸이를 툭툭 치던 윤 회장은 한참이나 그렇게 시간을 보냈다.

"좀 앉게."

민권은 즉각 반응하며 고개를 숙였다.

"아닙니다, 회장님."

"앉으라니까."

두어 번 눈을 감았다 뜬 민권은 빠르게 판단을 마친 뒤 걸음을 옮겨 윤 회장의 앞쪽에 섰다.

"편하게 말씀 주십시오. 여기 있겠습니다."

"뭐, 그럼 자네 편한 대로 하게."

더는 앉으라고 채근하지 않으며 윤 회장은 다시 주변을 살폈다. 젊은 감각, 젊은 대표가 있는 공간은 자신이 머물고 있는 회장실과 다소 분위기가 달라, 그것이 또 마음에 들었다.

이곳에 앉아 있노라면 대기업 사무실에서는 느낄 수 없는 자유롭고 유연한 분위기가 느껴지는 것 같기도 했다.

"태리는 어디 있나?"

"두 시간 전에 머리를 자르러 간다 하기에, 알겠다고 했습니다."

묻고 답하며, 두 사내는 빠르게 과거를 복기했다. 윤 회장은 자신의 딸이 어디서 뭘 하는지 자네가 몰랐으면 좋겠다고 말을 했고.

민권은 죄송하지만 아마 다음에도 알고 있을 것이다, 답을 내어 놓았었다. 누구도 잊었을 리 없고, 누구도 질문과 답의 뜻을 모를 수 없었다.

"우리 딸이 얼마 전에 그러더군. 사는 세상이 달라 겪어야 할 일들이 있다면, 자네가 사는 세상 속으로 들어가 겪고 싶다고."

그녀의 음성이 귓가에 박히는 것 같다.

"철없는 것이 하는 말에 하도 기가 막혀 내가 며칠 잠을 좀 설

쳤지."

"……."

"그 답을 자네는 어떻게 생각하나?"

민권은 슬그머니 주먹을 말아 쥐었다.

"우리 딸이, 자네가 사는 세상 속으로 들어가는 게 맞다고 생각하는가?"

"아닙니다."

"그럼, 내가 어떻게 하면 좋겠는지 자네가 말해보게."

"……."

민권은 다시 입술을 굳게 닫았다. 대체 무슨 말을 뱉을 수 있을까, 생각만으로도 시간은 흘렀다.

쉽게 답을 내어놓지 못하니 윤 회장은 낮은 실소를 터트렸다. 웃음은 곧 한숨이 되었고, 깊은숨이 가득 차 밀려 나왔다.

민권은 천천히 무릎을 꺾으며 바닥에 내려앉았다. 윤 회장은 크게 당황하는 일 없이 녀석을 바라보았다. 굳은살이 박인 것 같은 윤 회장의 눈빛은 흔들리는 법이 없다.

"자네 지금 뭐 하는 건가?"

결국 이런 그림을 보게 되는 건가, 막연한 상상에만 빗대었던 그림 앞에, 두 사내는 같은 생각을 했다.

가급적 일어나지 않았으면 했던. 가급적, 가급적 이런 그림만큼은 만들고 싶지 않았던.

"입이 열 개라도 회장님께 드릴 말씀이 없습니다. 심려를 끼쳐드려 죄송합니다."

"자네 무릎을 팔아 해결될 일 같으면 진작 시켰겠지. 일어나게."

"죄송합니다."

"나는 죄송할 일을 아주 싫어해. 그 뒤에 따라붙을 말들이 부정적이거든."

"……죄송합니다."

윤 회장은 버릇처럼 한숨을 뱉었다.

아마도 오래되었을 것이다. 언제부터였는지 물어보기 겁이 날 만큼, 그만큼이나 오래된 마음일 것이다. 계산 같은 것은 할 줄도 모르고, 할 이유도 없는 딸아이는 저 무릎이 내 앞에 꺾일 것을 두려워했을 것이다.

계산해야 할 것이 많아 밀어냈을 것이 분명한 저 사내는, 이제 잡은 딸아이의 마음을 쉽게 놓아줄 것 같지 않았다. 먹살이라도 잡고 다그쳐야 하는 건지, 가진 것을 모두 빼앗겠다 협박이라도 해봐야 하는 건지.

아니. 그런 일들이 씨알이나 먹혀들긴 하려는지.

"사별이라 했나?"

"……예."

말한 적 없지만 알고 있는 전 부인의 죽음을 언급하며, 윤 회장은 느리게 눈을 감았다가 떴다.

"자네도 딸을 키우는 입장이니 내 심정을 충분히 이해할 거라 생각하는데."

"……예."

"집안이 어찌 되었건 미래가 어찌 되었건, 그런 건 둘째 문제로

치더라도 작은 흠집 하나 없는 딸을, 내가 자네에게 어찌 맡기겠나?"

"……"

"자네가 나를 이해해줬으면 하는데. 어렵겠는가?"

헤어져라. 지금이라도 늦지 않았으니, 부디 갈라서라.

많은 것은 오지 않은 미래가 해결해줄 테니, 당장 눈이 먼 것 같은 그 마음 좀 냉정히 잘라내보아라.

"어렵겠나?"

하도 이를 꽉 물고 있었더니 어금니가 주저앉을 것 같다. 민권은 한참이나 그렇게, 냉기가 올라오는 바닥에 무릎을 대고 앉아 고개만 숙이고 있다가 입술을 열었다.

"죄송합니다."

그러나 어쩔 수 없다는 말.

"죄송합니다, 회장님."

되돌리기엔, 이미 너무 늦어버렸다는 그 말.

이 순간 민권에겐 보고 싶은 사람이 생겨나기 시작했다. 딸아이가 보고 싶은 건지 그녀가 보고 싶은 건지, 우선순위를 정하기 힘들 만큼 동시다발적으로 떠오른 두 사람.

"죄송하다라. 그게 답이라 이거지."

사랑과 현실은 어쩜 이렇게도 다를 수 있을까 싶다.

"나중에라도 나를 원망 말게. 오늘의 대답을 후회하지도 말고. 알겠나?"

아무리 흔들고, 아무리 합쳐보아도 결국엔 분리되고 마는.

무슨 수를 다해도 단 한 방울 섞여들지 않고 갈라지고 마는.

태어날 때부터 성질이 다르다는, 그래서 섞일 수 없다는 물과 기름처럼.

"이 조합을 자주 보는 것 같은데, 온전히 내 느낌 탓인가?"

이번엔 성준의 연락을 받고 집을 나선 주옥선 여사는 세트처럼 서 있는 성준과 채원을 바라보며 중얼거렸다. 주 여사를 만날 거라곤 예상하지 못한 채원이 입꼬리만 씰룩거리며 웃었다.

"그러게요. 느낌 탓만은 아닐 거예요, 아마도."

"한 대표, 날 왜 보자고 한 거요? 버젓이 둘이 같이 있는 모습 자랑하려고 연락했나?"

"그럴 리가 있겠습니까. 식사 같이하시죠."

"밥을 먹자고? 갑자기 왜?"

"제가 안 챙기면 밥을 잘 안 먹는 두 사람을 어렵게 모셨으니까요."

주 여사는 힐끔 채원을 바라보았다. 그러다가 다시 성준을 바라보았다.

"지성으로 승부 보는 사람인 줄 알았더니, 꾀도 쓸 줄 아는 사람이었구만 자네."

채원이 보고 싶긴 한데, 둘이 만나자니 양심에 찔려 자신을 불러낸 모양이다.

끙. 주 여사가 앓는 소리를 내자 당황하는 기색이 역력한 채원은 성준의 팔을 툭, 쳤다. 그러더니 광대가 올라가지 않는 거지 같은 웃음을 흘렸다.

"하하, 하하하하, 무슨, 제가 밥을 얼마나 잘 먹는데요. 하하."

"보기 흉하니 그만 웃게."

"네, 여사님."

채원은 머쓱하게 웃음을 지웠다. 퇴근하고 놀자더니. 밥을 먹자더니. 테이블 아래서 사람 입술까지 훔쳐가 온종일 정신을 못 차리게 해놓더니. 여사님을 만날 줄이야!

"아아, 그러고 보니 자네 오늘 휴무 아닌가?"

"네, 맞아요. 밖에서 여사님을 뵙고 나니 느낌엔 출근한 것 같기도 해요."

채원이 축 어깨를 늘어트리며 중얼거리자 주 여사는 피식, 하고 웃음을 흘렸다. 저렇게 솔직해서야.

"아, 지금 제가 뭐라고 했죠? 여사님, 저는 여사님을 만나서 행복하답니다. 오해 마세요."

"됐네. 휴무에 나타난 고용주가 반가울 리 있겠나. 이해하네."

"아, 하하."

"또, 또. 그렇게 웃을 거면 웃지 말라니까?"

"네네. 알겠습니다."

성준은 도란도란 이야기를 나누는 주 여사와 채원을 바라보았다. 어느 틈인지는 잘 모르겠지만 둘 사이가 살가워진 것 같은, 오가는 퉁명스러운 말 속에 가시가 없는 것 같은, 그런 느낌이 들었다.

좋은 현상인가. 성준은 작게 미소를 그리며 메뉴판을 열었다.

"제가 알아서 주문해도 되겠습니까? 이 집 잘하는 음식 많습니다."

"대표님, 제 건 제가 고를래요. 비싼 거 먹어도 되죠?"

"그러든가."

채원이 덥석 메뉴판을 가져가더니 정독을 한다. 이건 뭐냐, 이건 맛있냐, 다소 떨어진 간격 사이로 채원과 성준이 질문과 답을 이어간다.

주 여사는 두 사람을 가만히 응시했다.

한 대표는 참 빈틈이 없는 사람이에요.

언젠가 한 대표에게 자신이 건넸던 말이 떠올랐다. 메뉴판을 뚫어져라 바라보며, 몇 개 없는 메뉴에 대해 심도 있는 대화를 나누는 채원과 성준을 바라보다가, 문득.

그는 무엇을 물어도 답이 막혀본 적 없고, 미래에 궁금해할 수 있는 모든 부분까지 당장 설명을 끝마치는 사람이었다. 다소 불안한 요소엔 상당히 많은 수의 차선을 가지고 있었고.

"그럼 난 이거 먹을래요."

"아아, 그래. 그럼 그것도 주문할게. 그런데 그거 하나 가지고 되겠어?"

말이 차선일 뿐 최선에 가까운 대비책이었기에 항시 든든했다.

"엇, 그럼 하나 더 먹어도 돼요?"

"언젠 안 그랬던 것처럼. 시켜."

벌어지기 전에 모든 일에 대비를 한다는 것은 생각보다 어려운 일이요, 누군가에겐 불가능에 가까운 일이란 것도 잘 알고 있다.

그런 의미로 그는 항상 완벽했다. 그 완벽함이, 유일한 단점이었을 만큼.

"여사님, 식전 수프는 어떤 걸로 하시겠습니까?"

"알아서 주문해주오. 내 식성이야 자네가 잘 알고 있으니."

"알겠습니다."

또다시 메뉴에 대해 갑론을박이다. 싸울 게 없어 저런 걸로 싸우나 싶을 만큼, 식전 수프 하나를 두고 치열하게 대화를 나눈다.

"넌 이거 먹으라니까? 여기는 이게 더 맛있다니까!"

"아니, 난 이거 먹고 싶단 말예요. 이거 먹으면 안 돼요?"

"아니, 입맛에 안 맞을 것 같은데."

"그럼 대표님 거하고 바꿔 먹죠 뭐."

"아…… 그런 생각을…… 하고 있었구나……. 알았어…….'"

주 여사는 갈라섰으나 갈라서지 못하고, 헤어졌으나 헤어지지 못한 두 사람을 바라보다가 저도 모르게 허탈한 웃음을 짓고 말았다.

이제야 알겠다. 한성준의 빈틈. 한성준을 숨 쉬게 하는 자그마한 빈틈.

완벽하지만 모든 것을 내려놓게 하고, 한 치 앞을 보지 못해 허우적거리게 만드는, 그의 빈틈.

"주문하겠습니다, 여사님."

"그러오. 모처럼 출출하니 한 대표의 선택을 기다려보겠소."

채원이었다.

은은한 분위기 속 식사가 이어졌다. 자신의 식사는 뒷전으로 미룬 채 채원과 주 여사를 챙기는 성준의 손끝은 분주했다.

본디 가리며 먹는 스타일이 아닌 채원의 바쁜 젓가락질이 새삼 반가웠고.

"새우 잘 먹네. 더 주문할까?"

"아뇨. 난 이제 그만. 너무 배불러요."

평소보다 더 많은 양의 식사를 이어가고 있는 주 여사의 젓가락질도 무척 반가웠다.

"여사님, 더 필요한 건 없으십니까?"

"나도 그만. 너무 많이 먹은 것 같은데."

"잘 드시니 보기 좋습니다."

주 여사는 자신의 빈 잔에 물을 채우는 성준의 손끝을 바라보았다. 먼발치서 세 사람을 바라보기를, 다정한 가족의 분위기, 아들과 며느리, 혹은 딸과 사위 같지 않을까.

"요즘 여사님 모시고 식사 대접을 못 해서. 앞으론 종종 챙기겠습니다."

혹은 의가 좋은 남매, 그리고 어머니.

"됐네. 자네한테 내가 무슨 좋은 사람이라고 때마다 밥을 챙기려 드나."

"그런 말씀 마십시오. 일전엔 제가 송구했습니다. 언사가 거칠었습니다."

제가 그토록 존경했던 여사님께서

어떻게 이렇게까지 망가지셨는지, 참담할 뿐입니다.

주 여사와 성준은 같은 날, 같은 말을 떠올렸다. 자신이 끼어들 분위기가 아닌 것을 느낀 채원은 그저 조용히 두 사람의 이야기를 경청했다.

주 여사는 성준이 채워준 물잔을 들었고 가볍게 물을 삼켰다.

"한 대표의 언사가 거칠었다면 내 언사는 망나니 칼끝이었지. 받기도 민망한 사과를 하는가."

"아닙니다. 제 잘못입니다. 그날 이후로 사실 내내 마음이 무거웠습니다."

나도 그랬다고 말할까. 내게도, 사실은 그런 마음이 다녀갔다고 말을 할까.

"이왕 말이 나왔으니 다 있는 자리에서 질문 하나 하겠네."

주 여사는 마음의 소리를 얄팍하게 모른 척하며 이번엔 채원을 바라보았다. 식사를 마친 채원은 두 손을 공손히 모아 무릎에 두었다.

"우리 집에서 일을 하는, 자네의 진짜 이유가 뭔가?"

이번엔 성준이 침묵했다.

"어떻게든 내 마음을 돌려 한 대표와 잘 지내고 싶은 건가? 아니면 나를 구워삶아 한 대표의 에어밸런스 자리를 지키게 해주고 싶은 건가?"

"……."

"둘 다인가?"

채원은 곧게 뻗은 시선으로 주 여사를 바라보았다. 집에 들어온 이유. 가까이 지내려 하는 이유.

원하는 것을 얻기 위해 가증스러운 연기를 이어가며 곁을 배회하는 게 아니냐는 물음. 곽씨와 다를 바 없는 사기극은 아니냐는, 물음.

"그런 이유는 아니었어요."

"⋯⋯."

"사실 제가 그런 목적을 지니고 여사님께 접근했다 해도, 여사님께서 그 빠른 시간 안에 제게 흔들려주실 분도 아니잖아요."

"⋯⋯."

"오히려 저는 저를 일하게 해주신 여사님의 마음이 궁금했는데요."

당황했는지 주 여사의 눈썹이 꿈틀거린다. 채원은 테이블 모서리를 바라보다가 다시 시선을 들었다.

"솔직하게 말씀드리자면 제 목적은 단 하나, 곽 선생이라는 사람이 더는 여사님께 필요하지 않은 존재가 되길 바랐어요."

주 여사의 입술이 작게 벌어진다.

"함께 슬퍼해주고, 곁에서 아드님의 이름을 불러주는 사람이 그 사람밖에 없다고 하셨죠. 그래서 놓지 못하게 되었다고, 그래서 필요했다고."

그녀는 문득 그런 생각이 들었다고 한다. 아무리 위로를 받고 슬픔을 나누어도 여사님께서 나아질 수 없었던 건, 거짓된 현실에서부터 오는 공허함 때문은 아니었을까 하고.

곽씨와 슬픔을 나누면 나눌수록, 그래서 더 아프게 된 건 아니었을까 하는.

"제가 여사님의 공허함을 채우고 싶어요. 방법은 잘 모르지만 저도 노력하고 있으니까요."

곽씨의 존재를 조금씩 지워가는 일. 사기꾼에게 기대 있던 마음을 조금씩, 조금씩 거둬오는 일.

"내게 2억을 받았기 때문에 기간을 그렇게 채우려는 건가?"

"뭐, 처음엔 그런 생각도 있었어요. 부정하진 않을게요. 하지만 지금은 그런 것과는 상관없이 곁에 있고 싶어졌어요."

"⋯⋯."

"저를 친구라고 불러주셨잖아요. 여사님께서 뭐라고 말씀하셔도 저는 그 말 믿어요."

울컥하고 뜨거운 것이 올라온다. 주 여사는 흐려지는 시선을 거두며 긴 숨을 내쉬다가 가방을 들고 자리에서 일어섰다. 갑자기 주 여사가 움직이니 당황한 성준은 얼떨결에 따라 일어섰고.

또 말실수를 했구나, 괜한 말로 여사님의 화를 불렀구나, 채원은 입술을 꾹 깨물었다.

"오늘은 이만 가보겠네."

"아⋯⋯ 여사님. 그럼 제가 모시겠습니다."

모시겠다는 성준의 말에 주 여사는 손을 들어 보이며 거절했다. 시선은 채원에게 두었다.

"내일은 출근할 것 없네."

마음이 복잡하다.

"오늘 출근한 셈으로 치고, 내일 하루 푹 쉬게."

"……네?"

채원이 당황한 듯 고개를 들자 주 여사는 턱 끝으로 성준을 가리켰다.

"흔히 올 날은 아닐 테니 두 사람 데이트라도 하라고."

"네?"

"예?"

채원과 성준이 눈을 크게 뜨며 되묻자 주 여사는 의자를 돌아 나왔다.

……삶이란 언제나 질문과 착각, 오류와 수정, 고찰과 후회의 연속.

그러면서 참값에 근접하거나, 혹은 멀어졌다.

"데이트. 데이트 모르나?"

우리는 어떤 삶을 살아야 하는가. 주 여사는 수많은 시행착오 끝에, 이번에야말로 그 답에 근접해 가고 있다는 기분을 느꼈다.

"데이트하게. 방해꾼은 이만 사라져줄 테니."

비록 오차 범위가 대단히 큰 착각일지라도.

설령 이번에도, 잘못된 추리로 인한 서글픈 오류일지라도.

사랑을 하는 동안 수도 없이 느꼈던 기분이 살아났다.

흔히 올 날은 아닐 테니

두 사람 데이트라도 하라고.

그를 떠올리면 나는 그 순간 무척이나 푸른 들판에 서 있었다.

바람이 불었고, 머리칼이 자유롭게 흩날렸다. 종잡을 수 없는 달고 진한 꽃향기가 코끝에 매달렸고, 솜뭉치 위를 걷는 것처럼 바닥은 말캉거렸다.

데이트. 데이트 모르나?

푸른 하늘은 손에 닿을 것처럼 낮고 넓게 펼쳐졌다. 눈을 떠도 뜨지 않아도, 입꼬리를 끌어 올려 웃어도 혹은 웃지 않아도, 당신을 떠올리면 매 순간이 기뻤다. 행복을 뛰어넘는 행복이라는 것이 내 안에 존재했다.

"진짜 가셨네. 이러려고 모셨던 건 아니었는데."

미리 경험하는, 천국 같았다.

둘만 남아버린 지금이 다소 당황스러운지 성준은 어색한 미소를 지었다. 뜬금없이 데이트를 하라며 자리를 떠난 주 여사의 변한 태도가 사실은 가장 당황스러웠다. 채원은 부산하게 손끝을 움직이는 그를 응시했다.

……천국. 그래, 천국 같았다.

"여사님은 무슨 생각을 하고 계신 걸까요? 갑자기 데이트를 하라니."

"글쎄, 나도 잘은 모르겠지만 여사님께 심경의 변화가 생긴 것 같다."

성준은 주 여사를 떠올렸다. 차오르는 분노를 어쩌지 못하고 몸을 떨며, 갈라지는 음성으로 가슴을 치던 주 여사의 모습이 불과 얼마 전이었는데.

"오히려 여사님께서 이렇게 나오시니까 더 불안한데요, 나는."

채원 역시 주 여사를 떠올렸다. 마치 주주총회를 앞두고 성준을 향한 마지막 위로를 표하는 것처럼, 주 여사의 배려는 불안함으로 다가왔다. 둘만 남은 지금의 시간이 기회처럼 여겨지지 않고 찜찜한 위기처럼 느껴지는 건, 그간 겪은 일들이 성냥했기 때문이리라.

두 사람은 근심 묻은 눈길로 서로를 바라보다가 허탈한 웃음을 터트렸다.

"내 나이가 누구 허락이나 맡으면서 데이트할 나이가 아닌데. 이러고 있다."

"그마저도 즐기지 못하고 있죠. 진짜 해도 되나 싶어서."

이게 뭐야. 생각할수록 황당하니 웃음밖에 나오질 않는다.

성준은 기가 막힌다는 표정을 지으며 한참을 웃다가 자리에서 일어섰다.

"나가자. 이러고 있을 일은 아닌 것 같은데."

"이제 어디 가요?"

"어디든. 데이트해야지. 1분 1초가 알차고 꽉 찬 데이트."

채원은 따라 일어섰다.

"시간이 1박 2일이나 있다고요."

"외박 가능한가?"

"무슨 소리예요, 지금. 불가능해도 해야죠."

오. 성준은 채원의 대단히 공격적인 멘트에 눈썹을 씰룩거렸다. 그녀가 재킷을 챙기더니 황급히 곁으로 다가온다.

그림자만 밟아도 불법이라며 떨어지라고 으르렁거리더니, 이젠 합법처럼 손을 잡는다. 강아지 머리 비비듯 제 볼에 손을 가져가더니 쓱쓱 비빈다.

"아, 진짜 잡고 싶었다고요. 대표님 손."

"사람의 온도 차가 너무 커서 내가 자꾸 당황하게 된다. 이해하지?"

"내가 뭐 대표님 차고 싶어서 찼나? 모레는 다시 찰 예정이지만 내일까지는 떨어지지 말라고요, 내 옆에서."

"고맙다. 예정까지 알려줘서."

모레 다시 차일 예정인 남자는 다소 불만스럽게 대꾸했다. 고된 노동 끝에 꿀맛 같은 휴식을 얻은 사람처럼, 채원은 편안하게 웃었다.

"가요, 데이트하러. 우리가 또 말은 잘 듣잖아요."

"그럼그럼. 약속을 지킬 줄 아는 참된 어른이지."

"주어진 일엔 최선을 다하는 정직한 일꾼이기도 하죠."

채원은 어서 나가자며 성준을 끌었다.

다가오는 미래는 여전히 불안하고, 여전히 아무것도 알 수가 없었지만.

본디 내일의 일은 내일을 맞이한 사람만이 알 수 있는 거니까. 내일이 궁금한 나는 오늘을 잘 살아내는 수밖에 별도리가 없다.

"으아아, 뭐부터 하지, 뭐부터 하지? 대표님, 우리 뭐 할래요?"

열심히 살아낸 오늘의, 보상 같은 내일이 다가오길 기다리며.

"단희 씨!"

약속 장소로 빠르게 달려온 이든은 먼저 나와 기다리고 있는 단희를 발견했다. 이든이 자신의 이름을 크게 부르자 놀란 단희는 습관처럼 주변을 살폈다

단희의 상황을 알 리 없는 이든은 무척이나 반가운 표정을 지으며 단희의 맞은편에 앉았다.

"단희 씨, 잘 지냈어요? 대체 어떻게 된 거예요, 전화도 안 받던데."

"일이 좀 있었어요."

"아아, 일이요. 그랬구나. 사실 걱정 많이 했거든요."

살가운 성격의 이든은 앉자마자 단희의 근황을 염려했다.

그날, 어디서 어떻게 나타났는지도 모르게 등장한 그녀가 차에 치일 뻔한 자신을 구해주고 사라졌다. 우산을 되돌려주러 왔다는 황당한 말만 남긴 채.

아무리 생각해도 이상한 일이었다. 아무리 생각해봐도, 이상한 일.

"제가 그날 일을 계속 생각해봤는데 도저히 뭐가 뭔지 잘 모르겠더라고요. 단희 씨가 사라지고 나서 사고 차량 있는 곳으로 다시 갔는데, 차량이 흔적도 없이 사라……."

"정이든 씨."

"아, 네."

이든은 말을 멈추며 단희를 바라보았다. 그러고 보니 그녀가 자신의 이름을 부르는 것이 처음이라는 생각이 들었다.

단희는 모자를 조금 더 푹 내려쓰며 입을 열었다. 시선은 테이블 끝에 닿았다.

"이곳 모퉁이를 돌아 나가면 편의점이 하나 있는데, 그 옆에 자전거 보관소가 있어요."

"……네?"

"저 때문에 망가졌으니 제가 다시 구해드리는 게 맞는 것 같아서요."

"아? 그 자전거를 또 구하셨다고요? 단희 씨가 왜요? 아니, 그걸 또 어떻게 구하셨어요?"

"죄송한데 제가 시간이 많은 편이 아니라."

"아, 네. 네. 하지만 제가 또 그걸 단희 씨한테 받는 건 아닌 것 같은데요."

"받아주세요. 어차피 제겐 필요한 물건이 아니라서."

어딘가 모르게 불안해 보이는 그녀를 바라보다가 이든은 갸우뚱했다. 잘은 알 수 없었지만 그녀는 초조해 보였고, 다급해 보였다.

"빨리 가보셔야 하는 거죠?"

"네. 시간이 없네요."

단희는 망설임 없이 고개를 끄덕였다. 서울을 떠나기 전 마지막으로 해야 할 일을 처리하고 있는 것뿐이었으니, 서둘러 일어나 빠져나가야 했다.

"아, 그러면 이것만 좀 드릴게요."

이든은 가방을 뒤적거리다가 작은 선물 상자를 꺼내 단희에게 건넸다. 푹 눌러쓴 모자 사이로, 단희는 그가 건넨 상자를 바라보았다.

"받기만 해서 죄송한 마음에 식사라도 대접해드리고 싶었는데 자꾸 때가 맞질 않더라고요. 빈손으로 자전거를 받은 게 자꾸 마음에 걸려서,"

"아닙니다. 이러지 않으셔도 돼요."

"받아주세요. 제가 아직 경제적으로 독립을 한 상황이 아니라서 값이 나가는 선물은 아니니까 편하게."

이든은 손끝으로 상자를 조금 더 단희 쪽으로 밀었다. 태어나 선물이라는 것을 받아본 적 없는 그녀의 삶.

누구도 그녀에게 대가 없는 무언가를 건넨 적이 없었고, 본인 스스로도 자신을 위한 선물을 사본 적이 없었다.

다른 의미로 심장이 뛰었다. 저 작은 상자 하나가, 저 예쁜 포장지에 둘러싸인 작은 박스 하나가 나를 위한 것이라는 말에.

"열어봐요. 단희 씨 마음에 들었으면 좋겠어요."

단희는 머뭇거리다가 상자를 향해 손을 뻗었다. 벗겨내기 좋게 포장된 비닐을 뜯고 상자를 열었다.

"아……."

머리를 예쁘게 묶을 수 있는 헤어핀과 백화점에서 줄곧 보았던 로고의 향수 하나.

단희는 선뜻 꺼내지 못하고 바라만 보았다. 아무리 들여다보아도 자신에게 어울릴 만한 물건은 아닌 것만 같았다.

"제가 딱히 단희 씨의 취향도 모르겠고, 고민은 정말 많이 했는데요."

"……"

"누나한테 생일 선물을 했을 때 가장 반응이 좋았던 걸로 샀어요. 저도 여자 선물은 경험이 없어서."

이든은 멋쩍다는 듯 머리를 긁적였다. 단희는 별 반응 없이 그대로 박스를 닫으려다가 결국 향수병을 들었다. 뚜껑을 열고 향을 맡으니, 눈이 번쩍 뜨일 만큼 은은하고 향긋한 냄새가 코끝을 물들였다.

"향은 어때요? 좋아요?"

"……네. 좋아요."

"다행이다. 그게 꽃향기인데요, 뿌리면 꽃다발을 선물 받은 것 같은 기분을 들게 해준대요."

"……"

"저는 단희 씨가 매일매일 꽃다발 선물 받은 기분으로 살면 좋겠어요. 잘 웃는 편은 아니신 것 같아서, 웃는 일도 많았으면 좋겠고요."

단희는 울대에 맺힌 공기가 팽창하는 기분에 꿀꺽하며 숨을 삼켰다. 꽃향기라는 말에 가져온 것이 떠오른 단희 역시 가방을 열어 작은 봉투를 하나 꺼냈다. 이든은 멀뚱멀뚱 바라보았다.

"이게 뭐예요?"

"저도 돌려드려야 할 것 같아서요."

봉투 안에 들어 있는 것은 다름 아닌 말린 꽃. 얼마나 정성스럽게 말렸는지 상한 잎이 하나도 없다.

자신이 병원 앞에서 단희에게 꽃을 나누어 주었다는 것을 잊은 이든은 당최 모르겠다는 것처럼 바라보았다. 기억을 되살려줄 생각은 없는지, 단희는 천천히 일어났다.

"어, 벌써 가시게요?"

"네."

……그 꽃을 쥐고 처음으로 빌어보았는데, 나의 첫 번째 소원이 이루어지면 좋겠다.

"시험, 좋은 결과 있길 바랄게요."

당신의 불행에 일조했던 내가 바랄 일은 아니겠지만.

"그리고 죄송합니다."

"네? 뭐가요?"

"그냥, 이것저것요. 이것저것, 많은 것이 미안해요."

"단희 씨, 내가 진짜 묻고 싶은 게 있는데 그냥 물어볼……."

"죄송했습니다."

단희는 이든을 향해 허리를 굽히며 인사했다. 멍하니 그녀를 바라보던 이든은 입술을 굳게 닫았다.

정중함을 넘어서, 과도하게까지 여겨지는 단희의 인사를 바라만 보며, 이든은 비로소 말린 꽃의 기억을 되찾았다.

이대로 버려지긴 아깝잖아요.

"저는 정이든 씨 덕분에 인생을 바꿀 수 있었어요. 감사합니다."

이대로 버려지긴 아깝잖아요.

"그럼 이만 가보겠습니다. 건강하고 행복하세요."

맞아요. 당신이 말한 대로였어요. 버려질 삶 같은 건, 어디에도 없는 거잖아요.

— 보고 싶다. 김 실장, 오늘 나랑 잘래?

"쿨럭."

쿨럭. 쿨럭쿨럭. 민권은 넋을 놓고 있다가 한 대 얻어맞은 사람처럼 두 눈을 크게 떴다.

자처한 야근. 밀린 숙제를 하고 있다가 태리에게 전화를 걸었는데, 그녀는 저돌적이어도 너무 저돌적인 거지.

"의미가 순수하다는 건 잘 알겠는데 문장이 그런 것밖에 나오질 않는 거야?"

— 누가 내 의미가 순수하대? 불순한데? 왜 순수하게 받아들여?

"나 야근 중이거든."

— 알아. 퇴근은 할 거 아냐. 너네 회사 근처 호텔에서 하루 자자. 어때?

어, 어떻긴. 무슨 그런 질문을…….

민권은 아무도 없는 사무실을 휘휘 둘러보았다. 통화만 하고 있을 뿐인데, 누가 듣는 것도 아닌데 항상 부끄러움은 그의 몫이었다.

"아서라. 널 데리고 외박을 했다가 내가 회장님께 무슨 변을 당하려고."

— 뭐 어때? 내가 애야? 어차피 끝난 게임이라는 걸 아빠한테 알

려줄 필요가 있어.

"넌 아빠지만 나한텐 회장님이거든."

— 쫄보. 이럴 거면 무릎은 왜 꿇었니? 어유, 어유, 따님을 당장 놓아드리겠습니다, 하지.

"그랬다간 너한테 변을 당할 것 같아서."

민권은 툴툴 부은 태리의 목소리에 대꾸하며 웃었다. 시계를 슬쩍 바라보니 음, 지금 퇴근하면 적당할 것 같기도 한데. 조금 더 하면 숙제를 끝낼 수 있을 것 같기도 하고.

"이따가 전화하면 나오든지."

— 뭐? 이따가? 얼마나 이따가?

"알 수 있나. 일이 끝나야 퇴근하는 건데."

— 야, 김 실장. 너는 내가 그렇게 만만해? 니가 오랄 때까지 휴대폰 보고 있다가 오라는 니 전화 한 통이면 내가 달려 나가게? 그래서 이따가 호텔 갈 거야?

만만한 태리는 금세 달려 나갈 전투태세를 갖추는 듯했다.

"듣던 것만 마저 듣고 정리하고 연락할게. 얼마 안 걸려."

— 알았어. 전화 줘.

전화가 끊긴다. 민권은 가만히 휴대폰을 바라보다가 웃음을 터트렸다.

회장님을 만나 무릎을 꿇은 사건이 내내 마음에 걸리는지, 그녀는 평소보다 더 많은 연락을 해왔고, 더 많은 애정을 표했다. 서로가 얼싸안고 뜨거운 눈물을 흘리며 사랑을 위로하는 일은 성격상 벌어지지 않았지만.

"하여튼 진짜 저돌적이야, 윤태리."

그녀는 그녀의 방식으로 그를 위로했고, 그는 그의 방식대로 괜찮다는 답을 했다.

휴. 그러나저러나 어서 일을 끝내야 태리를 만날 수 있다. 민권은 밀린 곽씨 사무실의 도청 기록을 듣고자 프로그램을 돌렸고, 그다지 건질 것이 없어 대강 빠르게 돌리며 부분 부분을 확인했다.

"……아."

그러다가 어느 순간에 멈췄다.

"아……."

입술은 점점 더 벌어졌다. 대체 자신이 뭘 들었나 싶어 한참이나 눈을 감았다가 뜬 민권은 서둘러 되감기를 했다.

두 번을 들어도 처음과 같은 반응을 이어가던 민권은 일어서려다가 바닥에 털썩 주저앉았다.

내가 사람을 안 죽여본 것도 아니고,

너도 강형재처럼 뼈도 못 추리게 해주랴?

"아……."

내가 한 거야. 그 사고, 뺑소니, 너 몰랐지?

민권은 천천히 헤드셋을 벗었다. 사무실엔 어두운 정적이 흘렀다.

"주주총회 준비는 많이 했어요?"

"글쎄다. 준비를 했다고 해야 하나, 사실 내 입장에서 할 수 있는 일이 별로 없어서."

"그것도 그렇겠네요."

쫓아낼 궁리를 하는 사람들 앞에서 준비할 수 있는 일이 뭐가 있을까. 채원은 천천히 고개를 끄덕였다.

"내가 대표님을 도와줄 수 있는 게 아무것도 없다니. 성질 나 죽겠어."

"스페인어로 위로해줄래?"

"됐어요. 농담할 기분 아니거든요."

"이봐, 아직 나 안 쫓겨났다고. 하루 정도는 더 연명할 수 있는데 벌써 한숨을 쉬고 그래."

"……미안해요. 안 그러려고 노력 중인데 잘 안 돼요."

이 사람 앞에서 이러면 안 되는데. 안 되는 건데. 채원은 아차 싶은 마음에 턱 끝에 힘을 주며 시선을 들었다.

"내가 너무 힘 빠지는 소리만 해댔죠. 미안해요."

"난 나보다 니가 더 걱정이다. 여사님 댁에서 일하는 건 안 힘들어?"

"저는 뭐, 어쨌든 고용 안정은 된 것 같아서 괜찮아요."

"고용 불안정에 시달리는 사람 앞에서 그게 할 소리인가? 섭섭하네."

"헤헤."

작은 선술집을 찾은 두 사람은 따끈한 국물 요리 하나에 술 한 잔을 청했다. 무엇부터 해야 시간을 알차게 보낼 수 있을지 욕심은 많았지만, 가장 하고 싶은 일은 눈을 마주치는 일이었다.

마주 앉아 눈을 마주치며, 밀린 이야기를 풀어내는 것. 테이블 위에 은연중 올린 손을 잡으며 쨍한 술잔을 기울이는 것.

"처음에 너 여사님 댁에서 일한다는 소리 들었을 때, 정말 깜짝 놀랐어."

"사실 일을 하려고 찾아간 건 아니었고 반지 돌려드리러 갔다가. 누가 그날 그만뒀다기에 냉큼 하겠다고 했죠."

"여사님 무섭지 않았어?"

"무서웠어요. 그런데 상상했던 것보다 실제는 훨씬 더 무서웠어요."

채원은 턱을 괴며 처음을 생각했다. 같은 사람이 맞나 싶을 정도로, 어두운 집 안의 주 여사는 지독하리만치 감정적이었다.

"창문 한 번 열었다가 무슨 일이 있었는지 알아요? 대표님은 상상도 못 할걸?"

혼란에 빠져 발버둥 치는 사람을 본 적이 없으니 대응도 쉽지 않았다. 바라만 볼 뿐, 굵은 숨이나 내쉴 뿐 주 여사의 발작을 어떻게 막아야 하는지 눈앞이 캄캄했다.

이튿날은 출근조차 막막했다.

"그런데 눈치 없는 척 아무것도 모르는 척, 그냥 막 따라다녔더니 여사님이 조금씩…… 뭐랄까, 음, 경계를 풀어간다고 해야 하나? 그렇더라고요."

"좋은 일이네."

"내가 오히려 여사님께 안 좋은 영향을 미쳐서 대표님 회사에 더 나쁜 일이 생기는 건 아닌가 걱정도 됐지만."

"……."

"아무것도 하지 않으면 아무 일도 벌어지지 않는 거니까. 뭐든 해보는 수밖에 없는 거죠, 우리는."

제법 어른스러운 말을 뱉었다는 생각이 들었는지 그녀가 웃는다. 성준은 옅은 전등 아래 수줍게 웃는 그녀 얼굴이 좋게 끼리 있었다.

"사기꾼한테 속아서 반지 끼고 다니며 벌벌 떨던 정채원이 맞나 싶다."

"와, 그건 정말 안 당해본 사람은 몰라. 이게 이성적인 판단이 안 된다니까요. 하나도 말이 안 되는데 그냥 그때는 전부 믿겨서."

또 열 받는다며 웃는다.

마음을 안고 헤어졌던 일들마저 웃음거리로 만들어버리며. 그래, 복잡한 지금의 일들도 언젠가 돌아보면 별것 아닌 일들이 되어 있겠지. 그저 묵묵히 걸어가다 보면 그런 날도 오는 거겠지.

"다 마시고 우리 뭐 할까?"

"음, 글쎄요?"

"우리 집에 갈래?"

채원의 심장이 쿵, 하고 떨어진다.

"집에 가서 가볍게 한잔 더 할까?"

"아…… 뭐…… 어……."

"호텔도 나쁘지 않아."

채원의 시선은 조금 더 이리저리 흔들렸다. 당당하게 1박 2일을 선언했던 조금 전과는 달리 훅, 치고 들어오는 그의 말은 심장을 널뛰게 했다. 마른침이 꿀걱하고 넘어간다.

"아니, 뭐, 그렇게 단도직입적으로 물어보시면 제가 뭐라고 말을 할……"

채원이 어디든 상관없다는 말을 빙빙 돌리며 어물쩍거리던 그때.

"잠깐만. 김 실장 전화 왔네."

성준은 김 실장에게 걸려온 전화를 받았다.

"여보세요."

전화만 끊으면 이곳을 나가자던 성준의 얼굴에 웃음기가 조금씩 사라져간다. 웃음이 사라지더니, 미간에 주름이 팬다.

무슨 일이 벌어졌구나. 알 수 있었다. 채원은 덜컥 다가온 불안함에 마른 주먹을 쥐었다.

간신히 얻은 1박 2일의 휴가도, 그래서 한순간도 빠짐없이 붙어 있으리라 했던 다짐도 잠시 미뤄야 할 것 같았다. 이런 기회, 언제 다시 올지 모르지만.

"알겠고, 끊어. 금방 갈게."

지금은 그를 보내주어야 할 것 같았다.

시간이 하염없이 흐를 때까지 성준은 같은 공간, 같은 자리에 앉아 몇 번이고 같은 구간을 재생했다.

내가 사람을 안 죽여본 것도 아니고,

너도 강형재처럼 뼈도 못 추리게 해주랴?

있을 수 없는 일이었다.

내가 한 거야. 그 사고, 뺑소니, 너 몰랐지?

있어선 안 되는 일이기도 했다.

한참 만에야 성준은 헤드셋을 벗어 책상 위에 내렸다. 심장을 쥐어짜는 듯한 통증이 쉽게 사라지진 않아, 미간을 구겼다 폈다 펴기를 반복했다.

"어떻게 사람이……."

그러니까. 그러니까.

"대표님. 이건 처음부터 계산된 일이었다는 거네요. 주옥선 여사님을 겨냥하고 처음부터."

겨우 수단 하나 만들자고. 쓰고 나면 사라질 그깟 돈이나 쥐어보자고, 젊고 화창했던 청춘의 목숨을.

"미치겠다……."

성준은 마른세수를 하며 깊은 한숨을 내쉬었다. 당장이라도 일어나 주 여사에게 달려가야 하는 것이 마땅했으나, 막상 모든 전말을 알고 나니 그것 또한 쉽지 않았다.

타인의 충격도 이럴진대, 하물며. 하물며.

"자신의 아들을 죽인 사람에게 위로받고, 이용당한 그 심정을 이제 어떻게……."

사기꾼이라는 것을 알면서도 모른 척할 만큼, 많은 것을 기대고 있던 사람이었다. 비록 돈이 목적인 사람이라 해도 뿌리치지 못할 만큼, 위로에 웃고 위로에 울던 사람이었다.

그런 주 여사의 앞에 서서, 그 사람이 당신의 아들을 죽였다고.

"내 입으로 내가 이걸 어떻게 여사님께……."

사기꾼인 것을 밝히고자 마음을 먹었을 땐, 쉬웠다. 그로 인해 주 여사의 마음이 다치는 것을 깊게 생각하려 들지 않았다.

당연히 알려야 하는 일이라 생각했고, 그래서 많은 경우의 수를 따지지 않았다. 지금의 것도 그때와 같은 오만의 선택은 아닐까.

"그래도 알리셔야 합니다, 대표님. 이건 그냥 넘길 수 있는 사안이 아닙니다."

모든 것을 알게 된 주 여사는, 어떻게 되는 걸까.

"사람을 죽였어요. 사람이 죽었다고요."

성준은 고개를 떨궜다. 치밀어 오르는 분노 사이로 주 여사의 심정이 너무나 걱정되었다.

"대표님."

"알아. 당연히 말씀드려야지. 알아. 아는데 다만 걱정이 좀 돼서."

얼마 전까지만 해도 잘 보이지 않던 주 여사의 마음이 들여다보이는 것 같다.

"이걸 받아들이실 수 있을까. 그런 줄도 모르고 곁을 주었으니, 여사님은 얼마나 괴로우실까."

"어쩔 수 없어요. 그건 우리가 판단할 문제는 아니니까요."

"휴……."

"정 힘드실 것 같으면 여사님께 제가 말씀드릴까요?"

"아냐. 됐어. 내가 해. 해도 내가 해야지."

"그렇다면 빨리 말씀을 드리는 게. 주주총회 시작하기 전에 말씀드리는 게 좋을 것 같은데요, 우리에게도."

민권은 차분히 현재 상황을 정리했다. 지금이라도 주 여사의 마음을 돌릴 수 있는, 홍진그룹으로의 흡수를 막을 수 있는, 어쩌면 마지막 기회일지 모른다고 민권은 설명했다.

"저기, 김 실장."

"네, 대표님."

"미안한데 나 지금 니가 하는 말 하나도 안 들린다."

성준은 고개를 숙인 채 손을 작게 들어 보였다. 민권은 말을 멈추며 성준의 손끝을 바라보았다.

미세하게 떨고 있는 그 손이, 얼마나 많은 고통을 참고 있는지 알게 했기에 민권은 더 이상의 말을 삼갔다. 거듭 숨을 고르고 나서야, 성준은 입을 열었다.

"오전 중에 김 변호사 회사로 들어오라고 해줘."

"네, 대표님."

"아침 일찍 들어와야 할 거야. 주총 전에 이야기 좀 나눠야 하니."

"알겠습니다. 전달하겠습니다."

"어차피 여사님은 주주총회 참가하시려면 내일 회사로 오실 테니, 일단 어, 일단."

성준은 갈피를 잡지 못하겠다는 것처럼 말꼬리를 흐렸다. 눈물이 가득 고인 얼굴을 떨구며 성준은 한참이나 말을 잇지 못했다.

민권은 조용히 다가가 성준의 어깨를 붙잡고 위로했다. 현실이 악몽처럼 여겨져, 성준은 그만 참지 못하고 이를 아득 물었다.

"이게…… 사람이냐……?"

설마하기로 사람까지 죽였을 거라곤 상상도 하지 못했다.

"어떻게 사람이…… 어떻게 사람이 이럴 수가 있어……?"

사람을 죽인 것도 모자라, 그 부모를 찾아가 가슴 치는 통곡을 만들어내며 돈을 뜯어냈다. 곽씨의 뱀 같은 웃음과 눈이 떠올라 성준은 꽉 쥔 주먹을 떨었다.

"반드시 대가를 치르게 해야 합니다. 하지만 우리도 불법적 도청이었기 때문에 증거로 사용할 순 없어요. 방법 물색해보겠습니다."

"그래, 물색해보자. 일단, 일단 물색해보고……."

말이 쉽게 이어지지 않는다. 성준은 고개를 떨궜고, 민권은 그의 어깨에 가만히 손을 올리며 위로했다.

새벽이 지나고 동이 틀 때까지, 성준은 그 자리 그대로 앉아 뜬 눈으로 밤을 지새웠다.

많은 번뇌를 실은 주주총회의 아침이 밝았다.

"이 망할 년. 그냥 해치웠어야 하는 건데."

도망친 단희를 떠올리며 곽씨는 이를 갈았다. 겁에 질릴 만큼 으르며 협박하였으니 얌전하게 처신하리라 생각했다. 도망칠 정도의 깜냥도 되지 않을 거라 여긴 것이 큰 화근이 될 줄이야.

"발톱을 숨기고 있던 거였어. 내가 호랑이 새끼를 키웠지 뭐야."

곽씨는 단희를 거둔 것이 천추의 한이라며 탄식했다.

"그런 눈빛을 하고 있는 것들이 제일 큰 사고를 쳐. 사람 속을 안 보여주는 눈."

수년을 보았지만 잘 모르겠더라. 가타부타 말이 없으니 부려먹기는 수월했지만, 인간이라면 응당 따라야 할 반응조차 모르는 단희가 한편으로는 두렵기도 했다.

차라리 단희가 도망친 건 잘된 일일지도 모른다. 언제까지 일을 도모할 사이는 아니었으니까.

"배운 기술도 없이 반반한 얼굴 하나로 할 수 있는 일이 뭐가 있겠어? 결국 얼마나 인생이 가혹한지 알게 될 테지."

제 발로 사라졌으니 나타날 일은 아마 없을 거다. 자신에 대해 많은 것을 알고 있는 단희였지만, 그것을 손에 쥐고 빌미를 삼아 무언가를 뜯어내려 하는 위인은 아니었다.

다른 건 몰라도 그 정도는 알 수 있었다. 단희는 아무것에도 나서려 들지 않았으니까.

"나도 부쩍 힘에 부치는데, 사람 하나를 또 어디서 구해 오나."

점점 일하기는 힘들어지는데 믿고 일을 도모할 사람은 줄어든다. 나이가 들어서인지 점점 사기 치는 것도 힘들고, 게다가 요즘은 CCTV가 많아 예전처럼 공사를 짜는 것도 쉽지 않았다.

판을 떠나야 하나. 내가 돈을 얼마나 모았지?

"가만있어보자……."

곽씨는 의자를 밀고 일어나 바닥을 뜯었다. 자신만이 알고 있는 비밀 금고를 열어 현금 다발을 꺼냈다. 눈으로 당장 세기도 힘든 만큼의 액수를 바라보던 곽씨는 저도 모르게 웃음을 흘렸다.

"백 세 인생인데, 이 정도 돈이면 노후가 될까? 조금 부족할 것 같은데."

전국을 떠돌며 사기를 쳐댔으니 더 이상 대한민국에 자신의 미래는 없다.

"이참에 한국을 뜰까? 말이 안 통하면 어때, 돈이면 다 되는 세상인데."

한인들이 주로 모여 사는 곳에 가서 공사 몇 개만 더 하고 아늑한 노후를 맞이할까? 아주 글로벌하고 럭셔리하게 남은 인생을 살아봐?

곽씨는 돈다발을 흔들며 가만히 생각하다가 돈을 금고에 정리해서 넣었다. 끼이익, 육중한 소리와 함께 금고가 닫히고 곽씨는 뜯었던 바닥을 다시 붙였다.

그래. 주옥선 여사한테 코가 꿰어 이렇게 옥살이하듯 사느니, 말이 통하지 않는 해외라도 여기보단 낫겠다.

"정리해야겠어. 더 이상 뜯어낼 돈도 없고."

결심이 선 듯 곽씨는 고개를 두어 번 끄덕였다. 한성준 대표만 생각하면 머리가 지끈거리고, 정채원은 말할 것도 없다. 그런 어린 것들을 상대하며 스트레스받느니 쿨 하게 떠나버리면 그만이지.

"오늘이 주주총회라 했던가? 구경 가야 하는데, 아쉽게 됐네."

곽씨는 때마침 오늘이 한성준 대표가 일선에서 물러나게 될 날이라는 것을 생각하고 화통한 웃음을 터트렸다.

주 여사 집에 전화를 넣어보니 정채원은 오늘 휴무라 하고, 주 여사는 짧은 휴양을 떠났다고 한다. 주주총회에 참석하지 않는 걸 보니 한 대표의 얼굴도 보고 싶지 않다는 뜻으로, 해석 가능하다.

곽씨는 한 대표가 선물로 주었던 장식품을 가만히 바라보았다.
그러다가 손톱 끝으로 장식품을 톡톡 건드렸다.

"잘 가라. 멀리 안 나갈게."

주옥선 여사가 빠진 주주총회의 결과를 빨리 듣고 싶어 곽씨는
다리를 떨었다. 이번엔 또 어떤 비웃음을 전해줄까 하는 상상만 잔
뜩 안고서.

"한성준 대표의 해임 안에 대한 찬반 투표를 시작하기에 앞서
한성준 대표의 이야기를 듣도록 하겠습니다."

주옥선 여사가 불참한 가운데 주주총회가 시작되었다. 성준은
꽤나 덤덤한 표정을 하며 앞으로 나아가 단상에 섰다.

여기 모인 모두가 자신의 해임을 바라고 있는 것 같은 느낌을 떨
쳐버리기 힘든 만큼 웃는 것도 힘이 들었다. 표정을 덤덤하게 유지
하며, 성준은 입을 열었다.

"에어밸런스 대표 한성준입니다."

에어밸런스 대표. 성준은 많은 수식어 가운데 가장 상징적인 의
미의 단어를 택했고, 장내는 조용했다.

"이 자리에 계신 많은 분 덕분에, 에어밸런스는 눈부신 발전과
성장을 거듭할 수 있었습니다. 다시 한번 감사 말씀 전합니다."

사업을 시작하면 여러 가지의 변수가 따르게 되는데, 그 많은 갈
래의 변수 중 이런 일도 포함이 되어 있었다. 대기업이 막대한 자

본을 이유 없이 쏟아줄 거란 생각은 처음부터 하지 않았으니까.

홍진그룹이 투자를 선언했을 때, 언젠간 그룹 내로 흡수될 수도 있겠구나 하는 생각을 했었다. 빈번하게 발생하는 일이다 보니 나만 피해 갈 수는 없겠구나, 하는 생각 또한 했었다.

"투표를 시작하기 전 여기 모이신 분들께 한 가지 사실을 알려 드리고자 합니다."

성준은 설명을 도와줄 서훈을 바라보았다. 대표님의 사인이 떨어지자 서훈은 만들어 온 자료 화면을 켰고, 모두는 화면을 응시했다.

"보고 계신 자료는 현재, 에어밸런스만이 가지고 있는 독보적 기술에 대한 내용입니다."

성준은 목소리에 힘을 실었다. 자료는 빠르게 페이지를 넘어갔다.

"현재 보고 계신 자료는 준비하고 있는 신사업에 관련된 기술 부분입니다. 이 역시 내년 상반기 실제 생산을 앞두고 있습니다."

성준의 설명과 서훈이 만들어 온 자료가 함께 어우러지며 시선을 압도한다. 난데없이 사업 설명을 하고 있으니 주주들은 도무지 뜻을 모르겠다는 시선으로 자료 화면만 응시했다.

회사를 이만큼 키운 공로를 인정해달라는 건가. 감정에 읍소해 보겠다는 전략인가.

가장 상석에 앉은 홍진그룹의 윤필목 회장 또한 표정을 감춘 채 화면을 바라보았다. 간략한 사업 설명과 비전이 적혀 있던 구간이 빠르게 지나가고, 잠시 화면이 멈췄다.

주주들은 침묵했다. 반응으로는 무엇도 예측할 수 없었다.

"한 대표, 갑자기 이런 자료는 왜 보여주는 겁니까?"

"그 질문을 기다렸습니다."

성준은 다시 서훈을 바라보았고, 서훈은 준비한 다음 자료를 화면에 띄웠다. 화면을 바라보던 성준은 힘을 준 음성으로 말을 떼었다.

"에어밸런스가 부유하고 있는 단독 기술, 그중 가장 핵심 기술은 제가 이곳을 떠나는 이상 더는 에어밸런스의 것이 아니게 될 것입니다."

약간의 소란이 일었다. 성준은 공격하듯 말을 이었다.

"나누어 드린 자료에 적힌 모든 핵심 기술의 특허출원, 발명자는 에어밸런스가 아닌 대표 한성준이기 때문입니다."

특허. 커다란 소란이 일었다. 주주들의 표정에 당황함이 인다.

"현재까지 에어밸런스는 대표인 한성준의 개인 특허로, 법인에 무상 사용권을 주었습니다."

서훈은 빠르게 다음 자료 화면으로 넘겼다. 윤 회장은 가만히 바라보다가 피식, 새는 웃음을 터트렸다. 시선이 모이기 전 서둘러 입가를 가리며 윤 회장은 애써 터진 웃음을 거뒀다.

"에어밸런스가 홍진그룹으로 흡수된다면 사용하던 특허의 무상 사용권 역시 사라질 것입니다."

저마다의 소리가 뒤섞인다. 성준은 잠시 숨을 고르며 혼란에 빠진 주주들을 바라보았다.

독보적인 기술로 공기 청정의 새 역사를 쓰고 있던 에어밸런스의 모든 핵심 특허의 주인은, 에어밸런스가 아닌 한성준 대표였다고 한다.

이게 대체 무슨 일인가. 그럼 한성준 대표가 빠진다면? 핵심 기술을 사용할 수 없는 에어밸런스는 어떻게 된다는 거지?

"한 대표, 그럼 해임과 동시에 에어밸런스에 아무런 기술을 배포하지 않겠다는 건가?"

주주 중 누군가 큰 소리로 묻자 물을 끼얹은 듯 조용해진다. 성준은 잠시 호흡을 가다듬고 입을 열었다.

"오래 생각해보았습니다. 비록 제가 떠나도 에어밸런스가 성장했으면 하는 바람이 있으니까요. 공존할 방법에 대하여 지금부터 설명을 드리겠습니다."

성준의 마이크가 꺼지고 서훈에게 넘어간다. 서훈은 짧게 자신에 대한 소개를 마친 뒤 다시 자료 화면을 켰다.

"지금까지 한성준 대표는 개인의 특허로 에어밸런스에 무상 사용권을 제공하였으나, 향후 무상 사용권을 제공할 목적과 이유가 사라진다면 사용권을 취득할 방법은 크게 두 가지가 있습니다."

특허를 사용할 수 있는 두 가지의 방법. 주주들은 마른침을 꿀꺽 삼켰다.

"첫째. 한성준 대표의 특허를 에어밸런스에 유상 양도하는 방법."

특허의 주인을 옮겨라.

"유상 양도의 방식은 에어밸런스가 특허 평가가 끝난 금액을 한성준 대표에게 일시 지급해야 하며, 이후 한성준 대표는 로열티를 받게 됩니다."

서훈은 다음 페이지를 넘겼다.

"평가법인에 의뢰하였고, 평가받았습니다. 향후 기존 핵심 기술 배포, 신개발 기술이 완성된 이후 5년간 예상 매출은 8조 7,000억 원."

주주들의 눈이 휘둥그레진다.

"에어밸런스 순이익의 11퍼센트가 한성준 대표의 로열티로 책정됩니다. 이는 단순 예상 매출 계산으로 특허 평가 금액은 제외되었습니다."

엄청난 숫자 앞에 자리에서 벌떡 일어나는 주주들이 생겨났다. 탄식과 비명이 섞인 소리가 여기저기서 터져 나왔다.

서훈은 정리하듯 말을 맺었다.

"가치는 매 순간 상승할 것으로 보이며, 언제든 재확인이 가능합니다."

자료 화면이 꺼졌지만 여전히 소란스러웠다. 윤필목 회장은 여전히 아무것도 알 수 없는 표정을 짓고 있었고, 성준은 다시 마이크를 잡았다.

"무상으로 지급해온 특허의 사용권은 유상으로 지급 받을 수 있습니다. 이것이 첫 번째 방법이고."

주주들은 소란을 잠재우며 다시 성준을 바라보았다.

"에어밸런스가 핵심 기술을 지금처럼 자유롭게 사용할 수 있는 방법 그 두 번째는, 발명자인 제가 에어밸런스의 대표를 맡는 방법입니다. 어디에도 존속되지 않은 형태로 말입니다."

두 번째 방법, 들을 필요도 없는 일이었다. 모두가 알고 있었으니까.

"에어밸런스가 홍진그룹으로 흡수되는 이상, 저는 대표직을 이어갈 생각이 없습니다. 기술이 사라진 에어밸런스가 홍진그룹으로 흡수된다면 무엇을 할 수 있을까요."

성준은 텅 빈 주옥선 여사의 자리를 바라보았다. 주 여사는 오늘 하루 종일, 연락이 되지 않았다.

지금 이 모습을 보셨다면 여사님은 웃으셨을까, 화를 내셨을까. 잔꾀 한번 잘 부렸다며 웃어주신다면, 참 좋았을 텐데.

"어떤 선택이건 저는 여기 모이신 여러분의 선택을 존중하겠습니다."

처분을 기다리는 신세가 되었지만 마음은 가벼워졌다. 에어밸런스는 한성준이고, 한성준이 곧 에어밸런스라는 것.

"이만 마치겠습니다."

주주들도 깨달았을 테니까.

투표가 시작되었다. 각자의 이득을 셈하며 모였던 사람들은 입을 꽉 다문 채 말을 아끼며 투표에 참여했다.

윤 회장이 가장 먼저 투표를 끝마쳤고, 하나둘 투표함에 용지를 집어넣었다. 주옥선 여사 대신 참여하게 되었다는 변호사는 들고 온 007가방을 열어 밀봉된 투표용지를 꺼내 개봉했고, 투표함에 넣었다.

그러니까, 주 여사는 이미 마음을 정한 대로 투표에 참여하게 된 것이다.

"여사님께서 불참하신 것이 큰 변수가 될 것 같은데요."

투표가 끝나기를 기다리던 민권은 성준의 뒤에서 조용히 중얼거렸다. 엄청난 로열티를 지급하게 되더라도 홍진그룹은 에어밸런스를 포기하지 않을 수도 있다.

아니, 어쩌면 그쪽이 더욱 신빙성 있는 판단이다. 많은 돈을 성준에게 지불해야 한다고 해도 특허를 양도받을 수 있다면 그것이 이득일 거라고, 홍진그룹은 판단했을 수도 있으니까.

성준은 침착한 표정을 이어갔다. 어느 쪽으로 선택이 기울건 손해 볼 것 없는 일이라고 거듭 스스로 생각했다.

모든 투표용지가 모였고 드디어 열람의 시간이 도래했다. 랜덤으로 선발된 주주 측 관계자와 민권이 개봉에 참여했고, 긴장감은 최고조에 이르렀다.

각자 가진 지분율이 다른 관계로 기명투표로 진행되었다. 찬반이 엇갈리고, 종이가 개봉될 때마다 설치된 모니터로 비율이 변동되었다.

주주 측 관계자가 종이를 내리자 순서에 따라 다음 용지를 집어든 민권의 얼굴로 당황함이 실렸다가 사라진다. 성준은 마른 입술을 꽉 닫으며 민권을 바라보았다.

"홍진그룹 윤필목 회장님. 해임안 반대."

자신의 그룹으로 에어밸런스가 흡수되길 희망하던 윤 회장의 반대표가 나오자 주주들은 시끄러운 소리를 내며 말도 안 된다는 제스처를 취했다.

투표는 계속 진행되었다. 해임안 반대 의견이 속출한다. 아마도 특허권자가 성준이라는 사실이 크게 작용한 듯했다.

빠르게 치솟는 반대 의견 투표율을 바라보던 성준은 저도 모르게 마른 주먹을 쥐었다. 현재 투표율 79퍼센트, 해임안이 부결되었다.

……됐다.

이미 결과가 나온 후라 주주들은 고개를 끄덕이며 대부분 수긍하는 반응이었고, 일부는 박수를 쳤다. 분위기와는 관계없이 주주 측 인사는 다음 종이를 잡았다.

"명실그룹 전 대표이사 주옥선 여사님."

성준은 눈을 질끈 감았다.

"해임안 반대."

"……하."

하. 저도 모르게 탄식이 터졌다.

주주총회의 불참으로 더욱 뜻을 알 수 없던 주 여사가 해임안 반대 의사를 전해 온 것이다. 성준은 다리에 힘이 풀리는 기분이 들어 잠시 휘청거렸다.

"찬성 18퍼센트, 반대 82퍼센트. 이로써 한성준 대표 해임안의 부결을 알립니다."

성준은 해임안 부결 표시가 커다랗게 적힌 모니터를 응시하다가, 주주들이 있는 방향으로 돌아섰다.

박수가 쏟아진다. 허리를 깊숙하게 구부리며 성준은 주주들 앞에 다짐했다.

……지키고 싶은 게 많은 남자는, 자신과의 약속을 지켰다.

"믿고 맡겨주셔서 감사합니다. 오늘을 잊지 않고 보답하겠습니다."

이젠 그녀를 잡으러 갈 때였다.

"회장님!"

주주총회가 끝나고 어수선한 가운데 윤 회장은 조용히 자리를 떴다. 몰래 나온다고 나왔는데 어떻게 알고 성준이 따라 나와 자신을 부른다.

윤 회장은 멈춰 서서 뒤를 돌았다.

"회장님, 벌써 가십니까?"

"볼일 다 끝났는데 가야지. 뭐 하러 따라 나왔어."

"아직 인사도 드리지 못하고 해서."

그 뒤로 민권이 묵례를 한다. 윤 회장은 그런 민권을 바라보다가 성준에게 시선을 옮겼다.

"감사 인사를 하려거든 관두게. 자네 말을 듣고 보니 건질 이득이랄 게 시원찮아서 내버려둔 것뿐이니. 대기업 갑질이네 횡포네, 까딱 잘못하면 그런 소리나 듣기 십상인데."

"믿어주셔서, 감사합니다."

"내가 사람을 믿고 그리했겠나. 우린 종이에 적힌 숫자 빼고는 믿는 게 없지."

윤 회장이 반대표를 줄 거라고는 상상하지 않았다. 일말의 기대조차 없던 일이었다. 윤 회장에겐 미운털이 박힌 자신과, 눈엣가시 같은 민권을 함께 날려버릴 수 있는 기회였으니까.

"태리는 지금 뭐 하나?"

사람 속이란, 도무지 알 수가 없다.

윤 회장의 뜬금없는 질문에 민권은 움찔하며 고개를 들었다. 자신을 향한 윤 회장의 시선을 바라본 민권은 다시 고개를 숙이며 입을 열었다.

"회사 주변 카페에 있습니다."

"여기? 에어밸런스?"

"네, 회장님."

딸아이가 이 주변 어딘가에 있다고 이실직고하는 민권을 바라보다가 윤 회장은 당황함에 기침을 뱉었다.

"자네를 보러 온 모양이지?"

"······."

"주로 우리 딸이 자네를 찾는 모양이야?"

"서로 노력하고 있습니다."

"내가 오늘 여기 온 거, 태리도 알고 있을 텐데?"

"알고 있습니다."

허어. 윤 회장은 연거푸 탄식을 뱉었다. 머리카락이 보일라 꼭꼭 숨어도 모자란 판에, 애비가 출몰한 것을 알고도 버젓이 회사 주변을 서성이는 꼴이라니. 아주 대놓고 염장을 지르시겠다?

"한 대표, 내가 말이야. 요즘 혈압약을 끊었어. 왜인 줄 아나?"

"아······ 의사가 끊으라 해서······?"

"먹어도 소용이 없어서!"

윤 회장은 버럭 하며 목덜미를 부여잡았다. 열이 들끓으니 눈앞에 팽팽 돈다.

하. 이 화상들과 마주하며 혈압을 상승시키느니 빨리 빠져나가야겠다. 윤 회장이 다시 앞으로 걸어가자 성준과 민권은 슬금슬금 따라 걸었다.

"알아서 갈 테니 오지 말고 볼일 보게. 주주들 있는 자리 오래 비우지 말고."

"……그럼 멀리 안 나가겠습니다. 살펴 가십시오."

성준의 허리가 내려가자 민권도 따라 허리를 숙였다. 엘리베이터를 향해 걷던 윤 회장은 잠시 멈췄다가, 민권을 바라보았다.

"나는 말이야. 야망만 있는 놈도 싫지만 야망 없는 놈은 더 싫어."

민권은 발끝을 내려다보았다.

"뭐든 과도하면 탈이 나는 법이지만 부족한 것도 흠이란 말일세. 뭐라도 나를 설득시킬 근거를 가져오란 말이야. 하나도 없잖아, 하나도."

말끝에 윤 회장은 혀를 끌끌 차며 엘리베이터에 올랐다. 승강기가 빠르게 내려가고, 성준은 허리를 펴며 민권의 어깨를 툭툭 두드렸다.

"들었지, 김 실장. 비책을 알려주셨잖아, 회장님께서."

"이제라도 회사 하나 설립해야 할까요."

"우리 회사 대표 니가 해라. 내가 그냥 비서 할게. 누가 하면 어 떠냐, 나랑 내가 같이 만든 회사인데."

성준과 민권은 두런두런 이야기를 나누며 다시 회의장으로 들어섰다. 그를 기다리고 있던 주주들의 축하를 받으며, 성준은 다시 한 번 자신의 입지를 다졌다. 주 여사는 여전히 부재중이었다.

'여사님께선 오늘 하루 그 어떤 연락도 받지 않으시겠다고 하셔서. 죄송합니다, 대표님.'

'정말 급한 일인데, 안 되겠습니까?'

'댁에 계시지도 않거니와 휴대폰도 두고 가셨습니다. 저희도 연락을 취할 방법이 없습니다.'

성준은 방문했던 주 여사 집을 빠져나왔다. 채원에겐 하루의 휴가를 주고, 성준에겐 해임 반대표를 주고, 휴대폰도 버려둔 채 홀연히 떠났다.

내일 돌아온다고 하니 그저 기다리는 수밖에 없다. 어쩌면 앞으론 일어나지 않을, 주 여사의 마지막 휴가일지도 몰랐다.

"휴……."

해임안이 부결되었으나 그다지 기쁜 감정은 남지 않았다. 자리를 지켰다는 감동을 느낄 새도 없었다. 주 여사에게 전달해야만 하는 진실이 가슴을 무겁게 짓눌러, 숨을 쉬는 것만도 벅찼다.

"휴……."

한숨은 끊이질 않고 새어 나왔다. 심장 부근이 갑갑해, 주먹으로 가슴을 툭툭 치며 집으로 향하는 운전대를 잡았다.

채원에게 전화를 걸어볼까 휴대폰을 바라보다가 관두기로 한다. 어제, 급하게 자리를 박차고 나갔으니 걱정하고 있을 텐데. 제대로 된 데이트도 하지 못하고 헤어져 속상했을 텐데. 그런 그녀와 통화를 하며 목소리를 밝게 올릴 자신이 없다.

속도 모른 채 어둠은 느긋하게 깔렸다. 기분에 따라 달리 보이는 도심의 야경이 오늘따라 더욱 시늘했다.

집으로 향하는 길을 재촉하고, 하염없이 달려 지하 주차장에 도착했다. 성준은 무거운 발걸음을 옮겨 집의 비밀번호를 눌렀다.

띡, 띡, 띡, 띡. 잠금이 풀린 문을 열며 성준은 안으로 들어섰다. 으레 예상되는 어둠이 아닌 거실 불이 켜져 있다.

내가 불을 켜두고 나갔던가? 성준은 의아한 시선으로 구두를 벗으려다 멈췄다. 가지런히 놓인 여자 구두 한 켤레. 자신이 사서 그녀에게 선물했으니 당연히 익숙할 수밖에 없는, 검은 구두.

"왔어요?"

슬리퍼를 끄는 소리와 함께 그녀가 모습을 드러낸다. 성준은 구두를 내려다보던 시선을 들어 자신을 맞이하는 채원을 바라보았다.

아……

"하루 종일 연락도 없고, 걱정돼서 왔어요."

"기다리지 말고 연락하지."

"대표님 바쁠까 봐. 기다리는 건 얼마든지 할 수 있으니까요."

성준은 천천히 신발을 벗으며 안으로 들어섰다. 함께 먹을 밥을 했는지 내내 잃었던 식욕을 자극하는 냄새가 난다.

주방 쪽을 힐끔, 바라본 성준은 다시 그녀를 응시했다. 집주인

없는 집에 찾아와 집주인을 맞이하는 분위기가 어색한지, 그녀가
웃는다.

"언제부터 와 있었어?"

"음, 4시쯤? 이런 날 혼자 불 꺼진 집에 들어오는 거, 너무 싫을
테니까요."

주주총회의 결과를 모르는 그녀는 아마도 내내 마음을 졸였을
거다.

희망보단 절망이, 긍정보단 부정이 마음을 어지럽게 했을 것이
다. 해임이 되고 집에 홀로 들어설 우울한 걸음을, 걱정했을 거다.

"저, 대표님."

감추려 해도 드러나는 그의 어두운 표정을 바라보니 가슴이 철
렁하고 내려앉는다. 채원은 주주총회의 결과를 부정적으로 확신하
며 조심스럽게 입을 열었다.

성준은 답 대신 고개를 비스듬히 기울였다.

"힘내요."

"……."

"내가, 아무것도 할 수 없지만 또 뭐든 해줄 수 있어요."

발끝이 뜨거워져 가만히 서 있기가 힘들다. 성준은 터벅터벅 걸
어가 그녀의 어깨에 턱을 괴었다.

그러자 기다렸다는 듯 그녀가 토닥토닥, 등을 어루만지며 손끝
으로 위로를 건넨다. 내내 수고했다고, 당신은 내내 잘했다는 소리
가 귓가에 들리는 것만 같았다.

후…….

성준은 한숨이 아닌 긴 숨을 내쉬며 그녀의 어깨에 얼굴을 기댄 채 눈을 감았다.

"채원아, 정채원."

"……네."

"지킨다고 했잖아, 전부 다."

채원은 토닥이던 손을 멈췄다. 두 눈을 동그랗게 떴다.

"잘 지키고 왔고, 잘하고 왔어. 걱정하지 마."

"아…… 아!"

아! 채원은 의외의 결과라는 듯 탄성을 내질렀다. 성준은 그녀의 탄성 소리에 피식 웃음을 흘렸다.

"자본주의 웃음소리. 잘 들었어."

"그럼 안 잘렸어요? 해고 안 당했어요? 그런 거 진짜 맞아요?"

채원이 얼굴을 보고 말하자는 것처럼 쓱 뒤로 물러서자 성준은 다시 간격을 좁혀 그녀의 허리를 감았다. 품 안에 쏙 들어오는 그녀를 안고, 감각이 둔해질 때까지 그대로 두었다.

"축하해요, 대표님. 진짜진짜 축하해요."

"축하는 나중에."

"나중에 언제?"

"너 찾고 나서."

성준은 벽에 걸린 시계를 바라보았다. 아직 우리에겐 데이트로 할당받은 시간이 남아 있다.

"12시 되려면 좀 남았는데, 데이트해야지."

"아, 데이트요."

"최선을 다해서."

"아아, 최선을 다해서."

채원은 성준의 말을 곱씹다가 웃음을 터트렸다. 가까스로 그의 품을 빠져나와 얼굴을 바라보던 채원은 주방 쪽을 턱 끝으로 가리켰다.

"데이트도 좋고, 최선을 다하는 것도 좋지만 일단 식사부터 하죠, 우리."

"기대해도 되는 맛인가?"

"동업하고 싶게 만드는 맛일걸요."

채원은 손만 씻고 오라며 주방으로 걸어갔다. 성준은 그녀의 뒷모습을 빤히 바라보다가 너털웃음을 흘리고 말았다.

"음식까지 잘하면 뭐 어쩌라는 거야? 데리고 살고 싶게."

"매일 오는 식당이 아니거든요. 빨리 손 씻고 와요."

아. 같이 살고 싶다. 아! 같이 살고 싶다!

저녁을 먹고 뒷정리를 얼추 끝낸 뒤 소파에 앉아 과일을 먹던 채원은 성준을 빤히 바라보았다. 그는 포크를 손에 쥔 채 넋을 놓은 시선을 하고 있다.

"무슨 생각을 그렇게 해요?"

"……아. 별거 아냐, 아무것도."

"별거 아니긴 해도 생각할 거리가 있긴 한 것 같은데. 비밀?"

채원이 비밀이냐고 묻자 성준은 빙그레 미소를 지었다. 주 여사의 아들을 죽게 만든 범인이 사실은 곽씨였다고, 채원에게도 말이 떨어지지 않았다.

그 충격과, 그 분노와, 이어서 들이닥칠 슬픔을 나누어 주고 싶지 않았다.

"비밀은 아닌데 오늘 말고 내일이나, 모레나, 내 되면 말할게."

"에잇, 그렇게 말하니까 더 궁금한데?"

"참아주라. 오늘은 그냥 넘어가주시죠."

"알았어요. 말해줄 때까지 기다려볼게요."

채원은 정말 궁금하지만 참아보겠다는 표정을 지으며 고개를 끄덕였다. 그가 당장 털어놓지 않는 것이 이상했지만, 나중에 듣고 나면 이해가 될 거라 생각했다.

"네 앞에서 내가 너무 딴생각만 하고 있었지. 미안."

성준이 미안하다며 계면쩍은 웃음을 짓자 채원은 눈길을 모아 그를 바라보았다. 들고 있던 포크를 내려놓으며, 채원은 입을 열었다.

"나는요, 요즘 들어 느낀 게 있어요."

살며 굳이 겪지 않아도 될 것들을 겪으며 지내다 보니, 깨달은 바가 있다.

"대표님이 힘든 모습 나한테 보여주기 싫다고 나를 피하거나 멀리한다면? 나는 어땠을까?"

그녀의 시계는 거꾸로 돌았다.

"그런 생각이 문득 들었어요. 나는 스페인에서 대표님한테 힘든 모습 보여주고 싶지 않아서 이별을 감행했는데, 그게 최선인 줄로만 알았는데."

헤어졌으면 좋겠어요.

"와…… 내가 얼마나 어리석은 생각을 했던 건지 알겠더라고요."

상대의 마음을 지레짐작하고, 오지 않은 미래를 불행으로 확신하며.

이별해야 한다. 헤어져야 한다.

"만일 대표님이 이번에 나를 멀리했다면, 그게 나를 위한 길이라고 생각했다면 나 정말 억울했을 것 같거든요."

"……."

"아닌데, 난 아닌데, 그런 건 날 위한 길이 아닌데, 하면서 엄청 슬퍼했을 것 같아요."

준비된 나의 사랑을 믿지 못하고 그대가 돌아섰다면, 나의 시간은 그곳에 멈췄을 것이다. 이제야 당신이 얼마나 슬펐을지, 얼마나 억울했을지 깊숙하게 느껴졌다.

"대표님이 힘든 마음을 기대올 때마다 내가 더 단단해지더라고요. 더 정신 차리게 되고, 더 강해지게 되고."

도망치지 말걸.

"멋대로 판단하고 멋대로 도망쳐서, 미안했어요. 이 말을 꼭 해야겠더라고요."

당신도, 그랬을 텐데.

"전부를 헤아리지 못하고, 모든 걸 믿지 못해서, 미안했어요."

상황을 바꾸어보고 나니 이제야 이해되는 시간. 기쁜 일도 힘든 일도 함께해야 하는 이유를 비소로 알게 된 시간.

"이래서 경험이 중요한가 봐요. 이런 일을 겪지 않았다면 대표님과 이별한 게 얼마나 잘못된 선택이었는지, 내내 몰랐을 테니까."

한동안 말없이 이야기를 들어주던 그의 얼굴이 가까이 다가온다. 채원은 자연스럽게 눈을 감았다.

그가 허리를 감자 심장의 박동은 불규칙적으로 뛰기 시작했다. 가벼운 입맞춤이라 말하기엔 열기가 있었고, 격렬하다 말하기엔 부드러운 감이 있었다.

바깥으로 기울어지니 더는 버티지 못하고 그녀의 상체가 천천히 소파에 닿았다. 한참이나 헤집고 나서야, 한참이나 어울리고 나서야 두 사람의 입술은 가까스로 떨어졌다.

"이제 데이트해야지. 본격적으로. 아직 시간이 많이 남았거든."

"그럼요. 우리는 약속을 지킬 줄 아는 참된 어른이니까요."

"주어진 일에 최선을 다하는 정직한 일꾼이기도 하지."

아직 우리에겐 넉넉한 밤이 남았다며 서로 시그널을 보냈다. 진한 입맞춤을 한 것과는 다소 어울리지 않는 장난기가 묻은 눈빛으로, 그가 묻는다.

"침대? 아니면."

"……."

"소파?"

잔뜩 긴장한 채 그의 질문을 듣던 채원은 기운 빠진다는 듯 웃었다. 질문의 난이도가 황당하니 그저 공기 빠지는 풍선처럼 웃음이 실실 새어 나왔다.

채원은 피식피식 웃다가 성준을 바라보았다. 잔뜩 밀착한 채 위에서 내려다보고 있는 그의 시선을 똑바로 마주하다가, 눈을 작게 떴다.

"그러는 대표님은 어디였으면 좋겠는데요?"

"나? 난 상관없는데."

"그럼 나도 상관없어요."

어쩐지 그녀가 발칙하게 웃자 성준은 아주 마음에 든다는 것처럼 눈썹을 꿈틀거렸다.

그러다가 속삭였다.

"그럼 침대로 가자."

자. 이제 데이트를 할 시간이다.

햇살이 충분하게 들어오는, 따스함이 너울대는 아침이 찾아왔다.

먼저 눈을 뜬 성준은 곁에서 잠든 채원을 조용히 바라보았다. 몹시도 편안한 얼굴을 하고 고른 숨을 내쉬며 그녀는 단잠에 빠져 있다.

아주 오랫동안 보고 있던 모습 같기도 하고, 또 아주 오랜만에 보는 모습 같기도 하다. 낯설지만 익숙한 채원의 잠든 모습을 바라보다가 성준은 손바닥으로 그녀의 얼굴 위를 가렸다. 햇살에 눈을 뜰 것 같아서, 단잠을 방해할까 싶은 마음에.

"안 그래도 돼요."

눈가에 그늘을 만들어주자 그녀가 중얼거린다.

"일어났어?"

"일어났죠."

눈도 못 뜬 채 그녀가 대답을 해오자 성준은 빙긋 웃었다. 잠에서 이제 막 깬 얼굴로 눈꺼풀을 올리는 것에 약간의 용기가 필요했는지, 그녀가 이리저리 뒤척이더니 슬그머니 눈을 뜬다.

그가 느꼈던 낯설고도 익숙한 감정을,

"굿모닝."

그녀도 느꼈다.

"웅. 굿모닝. 잘 잤어요? 언제 일어났담?"

"잘 잤지. 조금 전에 일어났어."

성준이 한없이 다정한 손길로 머리를 쓸어 넘겨주자 채원은 조금 더 이불을 끌어올렸다. 다시 눈을 감고 잠을 청하려는 듯 보이는 그녀를 향해 그는 또다시 흔연한 미소를 지었다.

"여전히 잠이 많네."

"일어나기 싫어. 침대 왜 이렇게 푹신해요?"

"너 일어나고 싶지 않게 만들려고."

"쳇, 나 만나고 산 것도 아니면서."

"언젠간 만나야지 했거든."

농담인지 진심인지 알 수는 없지만 듣기에 나쁘지는 않다. 채원은 코끝을 찡그리는 미소를 짓다가 다시 눈을 떴다. 햇살이 들어오는 느낌으로 봐선 이미 출근 시간을 넘긴 것 같긴 한데.

"몇 시예요?"

"됐어. 시간이 뭐가 중요해."

"출근 안 해요?"

"전쟁터에서 복귀한 장수에게도 휴식은 필요한 법이거든."

"괜찮은 휴식이네요. 옆에 미인도 있고."

"미인은 잘 모르겠고 날 차버리고 갔던 전 여친은 있네."

"쳇."

채원이 눈을 부릅뜨며 힘을 주자 성준은 고개를 숙여 그녀 이마에 입을 맞췄다. 약간은 간질간질하고, 또 약간은 어색하기도 한 아침의 풍경.

"슬슬 일어나지? 배 안 고파?"

"일어나기 싫어. 왠지 일어나면 꿈에서 깰 것 같단 말예요."

눈을 뜨고 잠은 벌써 달아났음에도 그녀는 지금을 꿈이라 칭했다. 당신과 내가 함께 누워 아침을 맞이하는 일, 현실은 아닐 거라고.

이런 일이 쉽게 벌어질 수는 없는 거라면서.

"알았어요. 일어날게. 이제 출근해야 하죠?"

"회사도 가봐야 하고, 다른 일도 있고. 오늘은 좀 바쁘게 움직여야 할 것 같다."

"오케이."

"그래서, 난 언제 다시 차이는 건데?"

채원이 낑낑거리며 이리저리 몸을 뒤척인다. 질문이 우스운지 피식 웃다가, 그녀는 이불을 돌돌 말고 움직이며 그의 품에 파고들었다.

"데이트 끝났으니까 오늘 다시 뺑 차버려야지."

"그러니까 오늘 언제."

"내가 침대에서 일어나면?"

"그럼 넌 좀 더 누워 있어라. 영위하는 와식 생활도 나쁘지는 않아."

"여사님 말씀 잘 들어야죠. 우리가 할당받은 날은 어제 하루뿐이었다고요."

눈 깜짝할 사이에 지나가버린 날이 아쉬운지 채원은 입술을 이리저리 움찔거렸다.

"다음엔 한 6박 7일짜리 데이트 허용권 얻어올게."

"9박 10일짜리 정도 가져와주면 좋겠어요."

"그래. 한 달에 두 번 정도 차이는 건 내 정신 건강에도 좋을 것 같긴 해."

더는 이길 재간이 없는지 그녀는 소리 내어 웃었다. 한 침대에 누워, 햇살을 맞이하며 건네는 아침 인사라기엔 허무한 감이 아주 없지 않다.

"어이, 정채원 씨. 찰 때 차더라도 밥은 같이 먹어줘라."

그가 먼저 일어섰다.

"나 밥해줄 거예요?"

"해줄 생각이 없어 보이니 내가 해야겠지?"

"오, 기대해도 되는 맛인가요?"

성준은 그녀의 질문에 웃음을 터트렸다. 스페인에서 보냈던, 흔하고 흔한 아침의 시간이 떠올랐다.

다행이다. 다시 만난 아침이 다르지 않아서.

"같이 살고 싶어지는 맛일걸. 미리 체험하는 신혼이라 생각해."

"오오오. 기대할게요."

다시 만난 너와 내가, 변함이 없어서.

'여사님께서 기다리고 계십니다.'

오전 출근을 마치고 주 여사가 돌아왔다는 연락을 받은 성준은 곧장 주 여사의 집으로 향했다.

가는 내내 무거웠던 발걸음. 몇 번이고 뱉어낸 깊은 한숨. 성준은 쓴 기운이 밀려오는 마음을 간신히 다잡으며 주 여사가 있다는 서재로 올라갔다.

손님을 맞이할 기운이 전혀 없는 어두운 복도를 따라 걷다 보니 익숙한 공간이 나왔다. 채원은 아직 카페에서 일하는 중이고, 그녀가 오기 전에 이야기를 매듭짓고 싶었다.

굳게 닫힌 서재 문 앞에 선 성준은 가만히 시선만 떨구다가 준비되었다는 듯 노크를 했다. 똑, 똑.

"들어오게."

여전히 두려웠고, 또 여전히 막막했지만, 성준은 주 여사의 음성을 따라 문을 열었다. 어둠이 감싼 공간 사이로 흔들의자에 앉아 있는 주 여사의 뒷모습이 보인다.

"왔는가, 한 대표."

몇 걸음 앞에 있는 주 여사의 모습이 어쩐지 아득하고 막연하게

만 느껴진다. 폭이 넓은 걸음을 바르게 옮긴 성준은 의지할 곳 없어 보이는, 그 쓸쓸하고 외로운 뒷모습에 고했다.

"네. 왔습니다, 여사님."

"무엇 하러 여기까지 걸음 했어. 나눌 얘기가 없기로는 이제나저제나 변함없는데."

주 여사는 그가 찾아온 이유를 오해하고 있음이 분명했다. 해임안에 반대표를 던진 이유를 듣고 싶었을 것이고, 해임을 반대했으니 감사 인사를 전하러 왔으리라.

그런 마음이 없는 것은 아니었으나 그것들을 선두에 세울 생각이 없던 성준은 마른침을 삼켰다. 응당 예상한 대꾸가 돌아오지 않자 주 여사는 입을 열었다.

"직접 가서 투표를 했다면 좋았을 텐데, 바깥나들이를 오랜만에 해서 그런지 몸이 좋지 않아서."

"……."

"소식은 잘 전해 들었소. 축하하네. 윤 회장님도 반대표를 주었다지?"

반대표를 준 것이 이제 와 민망한지 주 여사는 여전히 다른 곳을 응시했다.

"왜 그랬느냐고 물으려거든 넣어두시오. 그저 늙은이 변덕이 심해 그날은 그러고 싶었다 정도로. 그렇다고 내가 자네에게 실망한 것들이 제자리를 찾지는 않……."

"여사님, 드릴 말씀이 있습니다."

"묻지 말라니까."

"그런 것은 아니고. 회사나 제 일신과 관련된, 그런 일은 아니고……."

어쩐지 성준의 말꼬리가 흐려지는 것 같아 주 여사는 흔들의자를 멈췄다. 미약하게 움직이던 의자가 멈추고, 주 여사가 고개를 돌려 그를 바라보았다.

어두운 서재의 기운만큼이나 어두운 표정을 하고, 그것보다 더 지독한 눈빛을 하고서.

"무슨 일 있는가, 자네?"

말을 꺼내야겠다는 생각만으로 목이 메는지 침착하지 못한 고개를 떨구며.

"자네, 한 대표, 무슨 일인데 그래."

주 여사는 자리에서 일어섰다. 채원과 무슨 일이 있는 건가, 혹은 그 아이에게 무슨 일이 생긴 건가 싶은 마음에 심장은 철렁하고 내려앉았다.

주 여사는 속도를 내었지만 마음만큼 빠르지 않은 걸음으로 성준의 앞에 섰다.

"이봐요, 한 대표. 무슨 일인데. 무슨 일이 있었는데 이렇게……."

"여사님……."

아무렇지 않은 듯 입을 열고 싶었지만 마음대로 되지 않는다. 성준은 고개를 떨군 것으로 모자라 두 눈을 질끈 감았다.

"형재 군을 죽게 만든 사람을……."

주 여사의 얼굴을 바라볼 자신이 없었다.

"찾았습니다……."

"……."

말이 끝났는데, 답이 돌아오질 않는다. 성준은 차마 고개를 들지
못하고 천천히 눈을 떴다.

"……."

세상과 함께 그대로 멈춰버린 것 같은 주 여사의 침묵이 이어
지고. 다른 말을 차마 붙일 수 없어 성준이 굳은 숨만 내뱉고 있던
그때.

"자네 지금…… 뭐라 했나? 아니, 뭘 찾았다고? 무엇을……?"

손끝이 차가워, 성준은 주먹을 말아 쥐었다.

"무엇을 찾아? 뭘 찾았다고……? 우리 형재…… 뭐……?"

용서받을 수 없는 심한 장난을 친 사람처럼 성준은 천천히 무릎
을 꿇고 앉았다. 다리에 힘이 풀려, 도저히 서 있을 수가 없었다. 살
면서 그다지 흘려본 적 없는 눈물이 두 볼을 타고 흘렀다.

"뭐라 했느냐니까? 뭐가 어째? 뭐가 어쨌다고? 뭘 찾았……."

"그날 밤, 형재 군을 뺑소니치고 도망친 사람."

"……."

"그 사람을…… 찾았습니다……."

허물어지듯 주 여사도 다리의 힘을 잃고 풀썩 주저앉았다. 쥐고
흔드는 것처럼 심하게 떠는 손으로 성준의 어깨를 우악스럽게 잡
으며, 주 여사는 목소리를 높였다.

"자네! 자네 이게 대체 무슨 소리야. 이게 대체 무슨 소리냐고!
누군데! 그게 누군데!"

삼키기엔 너무나도 뜨거운 것이 밀려 올라와, 성준은 몇 번이고

입술만 깨물며 거친 숨을 쉬다가.

"여사님의 곁에…… 있었습니다……."

입을 열었다.

꿈쩍도 하지 않는 자신의 어깨를 있는 힘을 다해 흔들던 주 여사의 손이 툭, 하고 바닥으로 떨어진다.

"곽씨……."

가진 전부를 잃은 사람의 마지막 세상이 무너진다.

"그 사기꾼이…… 범인이었습니다……."

"아아……."

……무너진다.

"아아…… 아아악……. 으아아아악……!"

부옇게 부유하는 먼지만이 가득한, 절규 속 종말이었다.

"네? 한성준 대표님이 지금 와 계신다고요?"

여느 때처럼 카페 퇴근을 마치고 인절미를 사서 주 여사의 집으로 출근을 마친 채원은 뜻밖의 이야기를 전해 들었다. 다름 아닌 그가 이곳에 있다는 것.

"아휴, 근데 지금 난리도 아니었어. 세상에 이게 웬일이래."

"네? 왜요?"

"몰라. 잘은 모르겠는데 막, 어휴, 내가 심장이 다 떨려서 가만히 서 있을 수가 없네."

엄청난 것을 목격했다는 듯 가슴을 쓸어내리는 직원을 바라보다가 채원은 갸우뚱했다. 무슨 일인지 종잡을 수 없으니 그저 기다려보는 수밖에.

"여사님 막, 그 대표님 앞에서 소리 지르시다가 혼절하셨어."

"네에? 왜요?"

"난들 아나? 나도 모르지. 대표님이 막 뛰어 내려와서 급히 올라가보니까 여사님이 쓰러지셨더라고, 세상에."

"허……."

채원은 당황한 듯 탄식을 뱉었다. 사건의 전말까지는 아직 모르는 입주 직원들은 큰일 날 뻔했다는 듯 입을 모아 근심을 쏟았다. 채원은 직원의 팔을 잡았다.

"저기, 그래서 지금 여사님은요? 여사님은 지금 괜찮으세요?"

"지금은 괜찮아. 정신 차리셨어. 무슨 일 생길까 봐 아까는 진짜, 어후."

"그래서 지금 두 분 어디 계신데요?"

"여사님 침실에 계신데, 근처에 얼씬도 말라 하셨어. 두 분 얘기 중이야, 아직도."

"아……."

채원은 너무나 걱정스러운 마음에 주 여사의 침실 방향으로 고개를 올렸다. 일어날 기운이 없는 주 여사가 침실까지 대표를 불러다가 기어이 오늘 해야만 하는 이야기가, 대체 뭐란 말인가.

어제, 내내 넋을 놓고 멍하니 생각에 잠기던 성준의 모습이 떠올라 마음은 더욱 불안해졌다.

"괜히 쏘다니다가 한 소리 듣지 말고 채원 씨도 여기 있어. 그건 뭐야? 인절미네?"

"아, 네. 드세요. 많이 사 왔어요."

"아유 따뜻해라. 여사님 지금 드시면 좋을 텐데. 오늘은 이거 드시고 목멜까 봐 드리지도 못해."

"네, 할 수 없죠. 따뜻할 때 꺼내 드세요."

"같이 먹지그래?"

"아뇨. 저는 밥을 늦게 먹어서요."

할 일을 잃은 직원들이 인절미를 먹겠다며 주방 안으로 사라지자, 채원은 입술을 꾹 깨물며 침실 방향만 하염없이 바라보았다.

도대체 무슨 일인지 모르겠다. 모르는 만큼, 꼭 그만큼의 커다란 불안함이 가슴을 꽉 메웠다.

눈을 떠보니 침실이었던 주 여사는, 안정을 되찾기도 전에 성준을 애타게 찾았다. 이미 온몸은 지탱할 힘을 잃어, 침대 헤드에 기대어 비스듬히 앉은 채 주 여사는 성준과 오랜 대화를 나누었다.

녹음된 파일을 함께 듣고, 역겨워 들을 수 없는 곽씨의 웃음과 말들을 귀에 새기며.

"여사님, 괜찮으십니까?"

조금 전처럼 소리를 지르거나 울거나 혼절하는 일은 벌어지지 않았다. 다만 주 여사는 체온을 잃어버린 사람처럼 핏기 없는 얼굴을 하고 침묵했다.

그러다가.

"한 대표."

"네, 여사님."

"그 아이 부친께서 있는 병원의 화재도, 그 여자의 소행이란 말이지."

"네. 병원 방화는 본인이 하지 않았고 사람을 써서 진행한 것 같습니다."

"그 아이 동생도 사고를 위장하려 했고. 우리 형재처럼."

"네. 그랬습니다."

주 여사는 많은 것을 알게 되었다. 단희에게 미친 듯이 퍼붓던 곽씨가 사무실 안에서 그간 있었던 행적을 줄줄이 읊은 것이 전부 녹음되었기 때문이다.

의도하지는 않았겠지만 곽씨가 자신의 만행을 이야기할 때에는 자신의 집이나 차 안에서가 대부분이었으므로 뒤늦게 알게 된 것이 흠이라면 흠일까. 아니, 이제라도 알게 되었으니 그저 다행이라고 해야 할까.

"도청은 어쩌다가 생각했나?"

"예전에도 말씀드렸듯이 합리적 의심이 시작되었습니다. 사기꾼이었고, 심증을 확정 짓기 위해 수단이 필요했습니다."

"그랬군. 그랬군그래."

"하지만 이런 일을 상상하지는 않았습니다."

침착함을 찾은 성준의 음성은 낮고, 덤덤했다. 주 여사는 성준의 말끝에 고개를 느리게 끄덕이며, 기계적으로 눈을 감았다가 떴다.

"괜찮으십니까?"

이미 답을 알고 있는 부질없는 질문을 던졌다. 성한 곳 하나 없어 보이는 주 여사의 손끝에 진동이 이는 것을 바라보다가, 성준은 고개를 숙였다.

몸의 모든 것들을 전부 토해버린 사람처럼 파리한 얼굴로 숨만 내쉬던 주 여사도 끝내 고개를 떨궜다. 하염없이 불어드는, 억장이 무너지는 충격과 한스러움을 한낱 인간인 그녀가 감당할 수 있을 리 없었다.

주 여사의 볼을 타고 소리 없는 눈물이 흘렀다. 저것이 피눈물이지 싶었다.

"우리 형재가…… 아휴…… 우리, 우리 형재가 얼마나…… 얼마나 이 애미 보기가 한심했을까……."

더는 무너지지 않기 위해 어금니를 꽉 물고 있는 것이 느껴졌다.

"어떻게 이런 일이…… 이런 일이 있을 수 있어……. 우리 형재가 그렇게…… 그렇게 간 줄도 모르고……."

"모를 수밖에 없었습니다. 여사님의 탓, 아닙니다."

"그런 줄도 모르고 우리 형재 편히 눈을 감으라고…… 그 여자의 손을 빌려서…… 그 방에 우리 형재 사진을 걸어놓고…… 그 여자 얼굴을 매일 보게 했어…… 내가……."

죽게 만든 여자의 얼굴을 매일 보게 했다는 사실이 가장 끔찍하게 다가왔다.

"어찌 이런 일이 있을 수 있나……. 어떻게, 어떻게 이런 일이……."

아휴…… 아휴…… 형재야, 아휴…….

파르르 떨리는 입술로, 주 여사는 아들의 이름만 불러댔다. 떨어지는 속도보다 차오르는 속도가 빨라, 눈물은 장마의 빗줄기처럼 쏟아졌다.

세상이 무너지는 것을 저항 없이 받아들이는 사람처럼 한참이나 울음을 토하다가. 극심한 분노도, 커다란 충격도 현실로 다가오지 않는 무기력의 공간 속에서 숨만 쉬다가.

어느덧 밝았던 해가 기울고, 더는 눈물도 마음을 씻어내주지 못한다는 것을 깨달았을 때.

"한 대표."

"네, 여사님."

"이제 어떻게 해야 합니까?"

눈물이 덕지덕지 말라, 표정을 짓는 일조차 힘든 얼굴을 들었다.

"이제 내가 어떻게 해야 하는지 알려주오. 내가, 어떻게 해야 하는 건지."

이러고 있을 때가 아니다. 이렇게 가슴 치며 눈물만 흘려봤자, 아무것도 도움이 되지 않는다.

"경찰에 신고를 하면 되겠나?"

"아닙니다. 아직은 증거가 불충분하여."

"그 여자를 죽일 방법은 없겠는가?"

"……."

"죽여줄 수는…… 없겠나……?"

수시로 울컥하는 뜨거움을 어쩌지 못하고 말을 뱉은 주 여사는 이내 손을 내저었다.

"아니, 아닐세. 그럴 수는 없는 거지. 그럴 수는 없지."

"여사님 마음은 십분 이해합니다. 제 마음도 실은 별반 다르지 않습니다."

"……그런가."

주 여사는 실소를 터트렸다. 아들의 목숨을 앗아간 사람을 알았음에도 절차를 밟아야 한다는 현실이 우스웠다. 생각할수록 황당했다.

"찾아가 난도질을 해도 시원찮을 판에 증거가 불충분하여 아무것도 할 수 없다니."

"불법적인 경로로 녹음을 했기 때문에 증거로 사용할 수가 없습니다. 섣불리 시도했다가 증거 불충분으로 풀려날 수도 있습니다."

"하…….."

"곽씨를 따라다니던 비서가 잠적한 것 같습니다."

"비서? 아…… 그, 어린 비서 말하는 건가? 녹음 당시 함께 있던?"

"네. 찾아보고 있는 중인데 쉽지 않습니다."

"작정하고 숨은 사람을 또 어찌 찾겠나."

"숨은 쪽보다 더욱 작정하고 찾으면 또 찾아지지 않겠습니까."

"그럼 그쪽은 내가 맡아보지. 내가 뭐라도 할 것이 있으면 말하게. 무슨 일이든 할 것이니."

성준은 차분한 시선으로 주 여사를 바라보았다. 불덩이를 삼킨 것처럼 가슴이 타는 통증이 자꾸 일어, 주 여사는 깊은숨을 몇 번이고 쉬었다.

"결정적 증거를 잡을 때까지, 곽씨가 눈치를 채는 일은 없어야겠습니다."

주 여사는 느리게 눈을 감았다가 떴다.

"어려운 일이라는 것은 알지만 평소처럼 곽씨를 대하셔야 합니다."

"하⋯⋯."

"경계를 드러내지 마시고, 분노를 숨기셔야 합니다."

성준의 말에 주 여사는 입술을 꾹 깨물었다. 가능한 일인가 싶어, 주 여사는 한참이나 불규칙한 숨만 내쉬다가 고개를 끄덕였다.

"알겠네."

"눈치가 빠른 사람이니 조심하셔야 합니다, 여사님."

"⋯⋯노력하겠네."

검은 밤의 파도가 밀려온다.

모든 것이 고요해지는 아침의 바다를 만날 수 있을까. 흔들리는 대로 몸을 내맡길 수밖에 없는, 거칠고 맹렬하게 너울대는 파도를 힘겹게 지나.

얼마나 사랑하는지

"그래서, 우리 결혼은 언제 해?"

"쿨럭."

쿨럭. 민권은 커피를 마시다가 기침을 뿜었다. 윤태리와 대화를 나누다가 사례가 들리지 않은 적이 하루도 없는 것 같다.

민권은 익숙하다는 듯 냅킨을 들고 입술을 닦았다. 휴. 이미 만 렙임에도 불구하고 그녀는 렙업을 멈추지 않았다. 만렙 위에 더한 만렙이 있을 수도 있다는 것을, 실감하는 요즘이다.

"결혼이라니. 무슨 결혼 이야기가 나와, 뜬금없이."

"그럼 안 해?"

저, 저, 해맑은 처자의 질문 좀 보소. 이번엔 식은땀이 난다는 것 처럼 민권은 냅킨으로 이마를 닦았다. 윤 회장의 매서운 눈초리가 등 뒤에 꽂히는 것만 같다.

"김 실장. 너 그럼 나 왜 만나? 결혼할 것도 아니면서?"

"만난 지 얼마나 됐다고 결혼 타령이야."

"만난 시간이 중요해? 내가 너를 좋아한 시간이 얼만데?"

"그게 그렇게 쉬운 문제는 아니잖아."

"너 어려운 문제 잘 풀잖아. 공부 잘했다며."

정말 몰라서 저러는 걸까, 알고도 저러는 걸까. 몰라서 그런다면 알려주면 되지만 알고도 그런다면 할 말을 잃게 만드는 거지.

중요한 건 그녀가 몰라서 그러는 건 아니라는 말씀.

"우리 아빠가 반대해서 그래?"

그녀는 턱을 괴고 그게 뭐 대수냐는 표정을 짓는다.

"반대 좀 하면 어때. 반대하는 결혼, 이 세상에 우리만 있는 건 아니잖아?"

가만히 눈을 맞추며 그녀의 이야기를 듣다 보면, 세상에 어려울 일은 하나도 없을 것만 같은 기분이 든다. 그래, 말마따나 반대하는 결혼이 꼭 우리만 있는 것도 아닌데.

"반대하는 결혼 했다가 나중에 상속 없을까 봐 그래?"

"뭔 소리를 하는 거냐, 지금."

"그런 게 아니면?"

집요하게 물어온다. 민권은 가만히 머그잔을 내려다보다가 시선을 들었다. 언제고 피할 수만은 없고, 언젠가는 서로 나눠야 할 이야기.

"알다시피 나는 혼자가 아니야, 윤태리."

매일매일 다정하기만 바랐기에, 가급적 미루고만 싶었던 이야기.

"내게는 아직 어린 딸이 있어."

"그래서?"

"너와 내가 부부가 되는 일도 중요하지만, 다은이와 셋이 가족이 되는 의미가 사실은 더 클지도 몰라."

"……그래서?"

"쉽게 결정할 수 있는 문제는 아니라는 얘기지."

민권은 태리의 시선을 피해 다시 머그잔을 잡았다. 태리는 그의 말을 곱씹다가 입술을 열었다.

"내가 다은이 엄마가 되기엔 자질이 부족하다는 뜻이야?"

"그런 뜻은 아니고."

"정확하게 말해줘. 난 추측하는 일에 자신 없으니까."

"지금은 딱히 뭐라고 정의를 내릴 수는 없어. 너도 해보지 않은 일이고 나도 해보지 않은 일이니까."

태리는 소리 없이 들었다.

"아직 다은이가 어리고, 자신의 의견을 피력할 수 있는 나이가 아니라서 이런 부분을 나중에 어떻게 받아들일지, 솔직하게 말해선 자신이 없어."

"……."

"너에게도 여러모로 쉬운 일은 아닐 테니까 생각이 많은 것뿐이야."

다정한 기운이 감도는 카페 안에, 생각이 많아진 연인은 잠시 침묵했다. 잠시 후, 정적을 깨며 태리의 입술이 열렸다.

"할 말 없게 만드네. 뭐, 나도 몰랐던 건 아니지만."

그녀는 쓸쓸함이 다녀간 얼굴을 했다.

"그래. 네 말이 맞아. 내 자식도 안 키워본 내가 누구 자식을 얼마나 대단히 잘 키울 수 있겠어. 나도 그렇게 생각해."

"……."

"예상하는 것보다 훨씬 많은 문제가 기다리고 있겠지. 지금은 가늠도 할 수 없는, 상상조차 해본 적 없는 일들. 그런 거."

잘 키워내겠다는 의지로만 되는 일은 아니라는 것쯤은 알고 있다. 어느 날은 서러울 것이고, 또 어떤 날은 상처받으리라. 그것이 누구건 간에.

"그런데 조금 섭섭하다. 너는 네가 사는 세계만 지키려고 아등바등하는 거. 너 때문에 헝클어진 내 세상은 들여다보지 않는 거."

"……."

"나는 하염없이 너만 기다리고, 네 세상이 열리기만을 기다리고. 그래, 이번에도 기다려야 하는 거지. 내 세상이 어떻게 되든 말든."

해명하고 싶은지 민권의 시선이 변한다. 태리는 고개를 내리며 커피를 삼켰다.

"미안해. 난 아이가 없어서 니가 쥐고 있는 만큼의 근심이 없어. 낳아본 적 없는 내가 깊이를 이해한다는 것 자체가 오만이겠지. 아니, 내 성격이 그냥 그래. 마냥 희망적이거든."

"……."

"달라질 것 없는 근심만 안은 채 미적거릴 바에야 너하고 둘이 손잡고 가면 뭐라도 하겠지, 난 그렇게 생각했어."

끝내 태리는 가방을 들고 일어섰다. 민권은 그녀가 내려놓은 빈 머그잔만 응시했다.

"당장 내일모레 결혼하자는 거 아니었어. 기다리라고 하면 또 기다렸겠지, 나는. 그런데 나도 사람이다? 나도 상처받는다구."

몰랐던 것도 아닌데. 머리로는 다 이해하는데. 마음이 온전히 따라주지 않는 현실의 섭섭함.

"더 사랑하는 게 죄지 뭐. 나 오늘은 먼저 갈래. 내 세상이 엉망진창이라, 나도 정비가 필요하거든. 내 세상은 내가 지키지 않으면 아무도 지켜주지 않을 것 같아."

"……."

"너는 해본 결혼, 나는 못 해봐서 미안하다. 갈게."

태리가 걸음을 옮긴다. 민권은 한참이나 그 자리에 그대로 앉아 그녀가 마시고 내려둔 머그잔만 바라보았다.

커피를 주문하고 한 번도 바닥까지 마셔본 적 없는 그녀의 잔이 텅 비었다. 아마도 목이 탔으리라.

"휴…… 이런 등신……."

가슴이 터져버릴 것 같은 답답함에 민권은 자신의 머리를 헝클며 깊은숨을 내쉬었다.

너도 맞고 나도 맞는 말들 속, 거쳐야 할 문제를 직면한다. 저 멀리 결승선을 두고 수많은 장애물을 뛰어넘어야 하는 달리기 선수처럼.

"아직도 여사님 댁이라고?"

— 응. 아직요.

서로 엇갈린 까닭에 주 여사 집에서 마주치지 못한 성준과 채원은 통화를 했다. 이미 퇴근을 하고도 남았을 시간에 채원이 머물고 있다 말하자 성준은 시계를 들여다보았다. 늦어도 너무 늦은 시간.

"집에 안 가고 뭐 해. 시간이 이렇게 늦었는데."

주 여사 집을 나서고, 벌써 세 번째 통화다.

— 그냥요. 발길이 잘 안 떨어지네.

"왜. 여사님 때문에?"

— 그렇죠, 뭐. 혼자 계시는데, 무슨 일 있을까 봐 걱정이 돼서.

"피곤하겠다. 저녁은 먹었어?"

성준은 근심이 묻어나는 음성으로 물었다.

— 그냥 있어요. 나도 좀 멍해서.

"아아, 그래."

성준은 이해한다는 듯 짤막하게 대꾸했다. 주 여사의 집을 나서고 잠시 후 걸려온 그녀의 첫 번째 전화에 성준은 곽씨의 범행을 이야기했다. 무슨 일이 있었느냐는 그녀의 질문을 더 이상 외면하기가 어려웠다.

"괜찮아?"

— 나는 괜찮죠. 여사님이 걱정이지, 나는 괜찮아요.

그냥 좀 멍하단다. 뉴스에서나 볼 법한 악독한 일이 주변에서 벌

어졌다는 게, 자신의 세상 부근에 벌어졌다는 게 무섭고 놀랍다고
했다.

— 대표님은 괜찮아요?

책상에 앉아 관자놀이를 짚고 있던 성준은 멈칫, 하며 고개를 들
었다.

— 대표님 안 괜찮을 것 같은데. 괜찮은 거 맞아요?

타인의 상처를 들여다보는 일에 집중해 자신이 받은 고통 같은
건 들여다볼 새 없었던 그가, 그녀의 질문에 지끈거리는 통증을 느
낀다. 성준은 힘없는 미소를 지었다.

"괜찮아."

— 아닌데. 안 괜찮을 것 같은데.

"괜찮아졌어, 덕분에."

누구도 멀쩡하지 않고, 누구도 괜찮을 수 없는 시간. 그저 같은
크기라 가늠하며 서로가 서로를 위로할 수밖에.

— 여사님은 걱정 마요. 내가 옆에 잘 붙어 있을 테니까.

"집에 안 가?"

— 여기 있으려고요. 집에 가기도 늦었고, 이런 날 혼자 있는 거
누구든 너무 싫잖아.

마음이 어여쁘고 감사한 까닭에 성준은 흔연한 미소를 지었다.

"그래, 그럼. 오늘 잘 부탁할게."

— 걱정 말고 대표님도 퇴근해요. 너무 늦게까지 일하지 말고.

"퇴근은 무슨, 난 이제 시작이야."

채원이 곁에 있겠다니 근심을 한결 내려놓을 수 있겠다. 슬프다

고 멍하니 사색만 할 수 있는 현실은 아니니 밀린 업무를 지금부터라도 처리해볼 생각이다.

― 알겠어요. 그럼 열심히 일해요. 이따가 다시 연락할게.

다시 연락하겠다는 채원의 말에 성준은 소리 없이 웃었다. 그녀에게 얼마 만에 들어보는 다정한 멘트인가.

"안 돼. 나 집중 깨지면 곤란하니까 내가 전화할 때까지 연락하지 마."

― 헐…….

연락하지 말라니 황당한지 탄성이 터진다. 성준은 귀엽다는 듯 눈을 질끈 감았다가 떴다.

― 연락하지 마요? 진짜?

"진짜지 그럼. 연락하지 말았으면 좋겠어."

― 헐……. 나 지금 대표님한테 차였나 봐.

"너만 차냐? 나도 좀 차보자. 말복에 서리 내릴 한이라고, 이게."

― 헐……. 대박 빵 차였다…….

채원이 조금도 상처받지 않은 음성으로 상처받은 척하자 성준은 소리 내어 웃었다. 이윽고 그녀의 작은 웃음소리도 들려온다.

"연락하지 마. 이렇게 말하니까 스릴이 상당하네. 뭐라도 되는 남자 같고, 좋네."

― 되게 매달리고 싶게 만드는 멘트였어요.

"간이 작아서 다시는 못 뱉을 멘트야. 일생에 한 번으로 만족할 테니 이따 연락 줘. 언제든."

그녀의 웃음소리를 듣고 나니 마음이 더욱 놓인다.

— 힘내요, 대표님.

"그래. 기회 되면 밥도 좀 먹고 그래. 굶지 말고."

성준은 채원과 전화를 끊었다. 머리가 터질 것 같아 무엇부터 해야 하는 건지 혼란스러웠지만 우선 밀린 결재부터 처리해야 했다. 각자의 한숨을 담은 밤이 깊었다.

"아범 왔냐?"

고인 한숨을 모두 털어내고, 짊어지고 왔던 시름을 벗어두고 나서야 민권은 집으로 들어섰다. 현관문 소리에 잠에서 깬 황 여사는 조용히 방을 나왔다.

"깨셨어요?"

민권은 미안한 음성을 했다. 거실 불을 켜며 황 여사는 반쯤 감은 눈을 비볐다.

"밥은?"

"먹었어요. 다은이 자요?"

"잔다. 열이 좀 있는 것 같더니 목욕하고 밥 먹이니 내려가더라고."

"아아, 네. 병원 안 가도 돼요?"

"내일 눈뜨는 것 보고. 내 알아서 할 테니 신경 쓰지 마라."

자나 깨나 아들 걱정뿐인 황 여사는 바쁜 회사 일에 치여 사는 아들의 삶이 애처로웠다. 완벽하게 육아를 덜어줄 순 없어도, 최대한 가져오고 싶은 엄마의 마음.

"씻고 어여 자. 늦었는데."

"다은이 좀 보고요."

"씻고 만져."

"아아, 네."

민권은 다은이 방으로 향하다가 다시 걸음을 틀어 화장실로 향했다. 오늘따라 딸아이 얼굴이 그리운 느낌.

길고 시렸던 하루의 기억을 떨쳐버리려는 듯 머리까지 탈탈 털어 씻은 민권은 곧장 아이 방으로 향했다. 입을 조금 벌리고 쌕쌕거리며 잠든 아이의 얼굴은, 바라만 보고 있어도 힐링이요 평화였다.

"아빠 어떻게 하지, 다은아. 어떻게 하면 좋을까."

한참이나 아이의 얼굴을 들여다보다가.

"아빠가 태리 고모를 많이 사랑하는데, 어떡하지."

그런데 조금 섭섭하다.

너 때문에 헝클어진 내 세상은 들여다보지 않는 거.

태리의 음성이 귓가에 맺히는 것 같아 입술을 꾹 깨물었다.

그런데 나도 사람이다? 나도 상처받는다구.

연락이 먼저 올 리 없으니 잘 자라고, 미안하다는 메시지라도 보내볼까. 누구보다도 내가, 너와 함께하는 미래를 바란다고 이기적인 말을 보태볼까.

사랑한다고 하면 믿어주려나. 이제 와서 그런 말이, 네게 닿기는 닿을까.

"잘 자, 아빠 딸. 우리 다은이."

민권은 잠든 다은이 얼굴에 태리가 겹쳐 보이는 것 같아 천천히 아이의 침실을 빠져나왔다.

"저기, 애비야."

여전히 거실 불이 켜져 있고, 식탁에 앉아 있던 모친의 음성에 민권은 고개를 돌렸다.

"좀 앉아봐라."

어지간한 일로는 퇴근한 자신을 불러 앉히는 일이 없는 어머니가, 자신을 부른다. 민권은 식탁 의자에 앉아 어머니를 마주 보았다.

"하실 말씀 있으시면 편하게 하세요."

순간 네 얼굴이 떠올랐다.

"다은이가 그때 보았던 네 지인을 계속 찾아대는데."

"……아, 네."

"내가 쉽게 물어볼 말은 아니라서 두려 했다만 상황이 어떤 건지 좀 알고 싶어서."

"상황요?"

"마음의 준비를 하고 있어야 하는 건지, 아닌 건지."

한눈에 보아도 심상치 않은 관계였음을, 어머니께서 모르셨을 리가 없다. 그동안 얼마나 물어보고 싶으셨을까.

민권은 자신의 눈을 쳐다보지 못하는 어머니를 바라보다가 빙그레 웃었다. 하필이면 오늘, 이런 질문을 받게 되었다.

"진지하게 만나는 사이예요. 미리 말씀 못 드려서 죄송해요."

"결혼 생각도 하는 거냐?"

"일단 둘의 생각은 그런데, 둘만 있는 거 아니니까 신중히 생각하고 있어요."

황 여사의 표정에 기쁨인지 실망인지, 도무지 종잡을 수 없는 감정이 다녀간다. 민권은 가만히 어머니의 다음 말을 기다렸다.

"애비야."

"네, 어머니."

"예습을 해도 세상 제일 어려운 게 부모다."

"……."

"복습을 해도 생각처럼 안 되는 게, 또 부모야."

불 하나를 켠 채 마주 앉은 어머니와 아들은, 서로에게 미안한 삶 앞에 처연했다.

"자식을 만들고 키우는 일만큼 어렵고 학습되지 않는 일이 또 어디 있겠니. 다 알고 하려거든 천년 만년을 살아도 안 되는 거다."

"……네."

"백번도 신중해야지. 천번도 다시 돌아봐야지. 그래도 저래도 답을 모르겠거든 해보는 수밖에 없다."

"……."

"답을 모르겠다는 것 자체가 이미 네 안에 변하지 않는 생각이 존재한다는 뜻이니까."

어머니는 아들의 마음을 읽었다.

"먼저 나서 무얼 어쩌라는 말은 못 해주겠다. 하지만 내일을 살아도 모레를 살아도 그다지 변할 것들이 아니라면 그만 헤매고 결정 내려도 된다. 그 말 해주려고 불렀다."

"네, 어머니."

황 여사는 더 붙이는 말 없이 자리에서 일어섰다. 어머니가 방문을 닫으며 사라지고 나서야 민권은 천장을 향해 고개를 꺾으며 한숨을 내쉬었다. 그러다가 밤이 깊도록 울리지 않는 휴대폰을 가만히 바라보았다.

……갈등이 요란하게 마음을 두드린다.

"더 사랑하는 쪽이 약자라면 내가 더 약자, 아닌가."

내가 너의 미래를 해치지 않았으면. 나의 사랑이, 너의 슬픔이 되지 말았으면.

세상 가장 싫어하는 어두운 계열의 옷을 차려입고, 문신처럼 하고 다니는 액세서리들을 내려놓고, 곽씨는 해가 높은 점심경 주 여사의 집을 찾았다. 현관을 들어서니 청소 중인 직원이 자신을 바라본다.

몇 번이고 벨을 눌렀지만 기척도 없더니, 간신히 대문이 열려 들어오자 직원 서너 명이 각자 일을 하고 있다. 곽씨는 짜증 섞인 목소리를 내었다.

"왜 이렇게 문을 늦게 열어? 밖에 한참 서 있잖아. 초인종 소리 안 들려?"

"……."

힐끔 바라본 직원들이 별다른 대꾸 없이 각자 일을 이어간다. 사기꾼인 것을 들키고 급격하게 달라진 입주 직원들의 태도가 영 못

마땅한 곽씨는 눈을 치켜떴다.

자신을 그림자 취급하며 본체만체하니, 생각 같아선 입주 직원들의 머리채라도 잡고 흔들고 싶다.

"여사님은 어디 계시고?"

"……."

한 명도 답을 해주지 않는다. 곽씨는 마른행주로 장식장을 닦고 있는 직원을 빤히 바라보았다.

"여사님 어디 계시냐고. 내 말 안 들려?"

"위로 올라가보쇼. 계시던 곳에 계시겠지 뭘 묻고 그런대?"

"뭐, 뭐야?"

평소보다 더욱 쌀쌀맞게 돌아오는 직원의 대꾸에 음성을 높이던 곽씨는 힐끔힐끔 자신을 위아래로 훑는 직원들 사이를 신경질적으로 걸었다. 걸으며 뒤를 돌아보니 직원들이 못마땅하다는 표정으로 바라보고 있다가 이내 시선을 피한다.

"뭐지, 기분이 이상한데?"

상냥하지는 않아도 적대감을 드러내던 직원들은 아니기에 곽씨는 고개를 갸우뚱하다가 걸음을 옮겼다.

"에효, 여기저기 푸대접받는 신세라니. 내가 저런 것들한테 눈총이나 받을 사람이 아닌데."

빨리 정리하고 한국을 떠야겠다. 곽씨는 점점 더 확고해지는 결심을 떠올리며 서재 앞에 섰다.

마지못해 문을 두드린다는 심정으로 똑, 똑, 노크를 마친 곽씨는 문을 열었다. 조금 전까진 볼 수 없었던 미소를 장착했다.

"여사님! 저 왔어요!"

……주 여사가 어떤 밤을 보냈는지도 모르고.

"오늘 컨디션은 좀 어떠세요?"

그녀가 어떤 생각으로 긴 밤을 흘려보냈는지도 모른 채, 곽씨는 상냥한 음성을 하며 주 여사의 곁으로 다가갔다.

항시 앉아 있던 흔들의자를 벗어나, 오늘은 뒷짐을 진 채 서 있다. 주 여사의 등 뒤로 다가간 곽씨는 주 여사가 돌아서 자신을 바라봐주길 기다렸고.

"여사님, 오늘은 날이 너무 좋답니다. 이런 날 형재 군을 위한 기도를 올린다면 형재 군이 얼마나 기뻐하겠어요."

"……."

별다른 대꾸가 없던 주 여사는 한참 후에 천천히 뒤를 돌았다. 평소보다 훨씬 더 수척해진 주 여사의 표정을 바라본 곽씨는 입술을 작게 벌렸다. 핏발 선 눈빛은 살아 있는 자의 것이 아니었다.

"자네, 왔는가?"

……뭔가 잘못되었다.

곽씨는 일순간 빠르게 예감했다.

"이제 보니 아주 꿀이네? 님도 보고 뽕도 따고, 도랑 치고 가재 잡고."

태리는 커피를 내리는 채원을 한 번 바라보고, 마주 앉은 성준을 한 번 바라보았다. 회사 앞에 도착했다고 연락을 했더니 웬일로 올라오란 소리 없이 카페에서 보자고 하더라.

커피 마시고 싶던 차에 잘됐다 하며 들어섰더니, 채원이 있다.

"퇴사했다고 하더니 채원 씨 여기서 일하는 거야? 한성준 능력 좋다? 채원 씨 여기 들이려고 카페 인수도 했니, 혹시?"

"아아, 카페 인수. 그거 좋네, 그것까진 생각 못 했는데."

"그럼 생각난 김에 인수해. 나도 와서 일하게."

"김 실장의 반대 시위가 여기까지 들려오는 것 같다."

"쳇, 반대를 하든지 말든지. 여하튼 김민권, 뭐든 좋다고 말하는 꼴을 못 봤어."

뭐가 떠올랐는지 태리가 툴툴거리며 커피를 마신다. 점심시간의 카페는 사람들로 북적였고, 채원은 부지런히 움직이고 있었다. 가만히 그 모습을 바라보던 성준은 힐끔 태리를 바라보았다.

"싸웠냐?"

"일상다반사. 노코멘트."

때마침 민권에게 전화가 온다. 성준은 휴대폰을 들며 중얼거렸다.

"여기 양반 못 되는 놈 전화 온다."

"나, 나 만났다고 말하지 마."

어럽쇼? 어인 일로 태리가 민권에게 자신의 행방을 숨긴다. 대강 통화를 마치고 전화를 끊자 이번엔 태리의 휴대폰이 울린다.

가만히 액정을 내려다보던 태리는 끝내 민권의 전화를 받지 않는 것으로 응수했다. 성준은 비스듬히 고개를 꺾었다.

"뭐야. 김 실장하고 크게 싸웠어?"

"차라리 싸웠으면 좋겠다. 이건 싸움도 안 되고 이겨도 져도 전부 내 손해고."

태리는 알 수 없는 말만 늘어놓다가 다시금 채원을 바라보았다. 친절한 미소를 장착한 채 손님들을 대하는 그녀를 하염없이 응시하다가.

"선배, 채원 씨하고 결혼할 거야?"

"해야지."

"둘은 좋겠다. 결혼이 마음만 먹으면 할 수 있는 일이라서."

잔을 들던 성준은 멈칫했다. 그제야 그녀의 근심이 무언지 알 것 같고, 민권의 전화를 피한 이유를 알 것만 같았다.

"선배. 김 실장은 내가 여전히 못 미더운가 봐."

턱을 괴고, 저토록 예쁜 사람은 처음 본다는 것 같은 눈빛으로 채원을 보며.

"다 믿어주기엔 내가 좀 모자란 사람인가 봐. 아니면 김 실장이 이젠, 아무도 믿을 수 없는 사람이 되어버린 건 아닐까?"

부러우면 지는 거라는 요즘의 세상을 살고 있으면서, 그래도 부럽다. 만사가 부러운 것들 천지다.

태리는 시선을 거두며 고개를 내렸다.

"선배. 그 사람은 답을 알기 전엔 죽어도 움직이려 하지 않아. 그런데 인생이 어떻게 그래? 두드려본다고 전부 답이 나와? 그런데 그냥 두드려. 하염없이 두드리고만 있어."

"김 실장 입장에선 어쩔 수 없지. 어쩔 수 없어."

"그래, 알아. 어쩔 수 없어. 그 어쩔 수 없음을 좀 뛰어넘을 순 없어? 인간이 왜 그 모양이야? 스스로 희생하는 것도 좋지, 좋은데. 그건 희생 아니고 학대야, 선배."

"……."

"내가 못된 엄마가 될까 봐 걱정스러운 걸까? 내가 다은이한테 상처를 줄까 봐? 다은이가 나 때문에 불행해질까 봐?"

"야, 인마. 무슨 그런 말을 해."

"……휴. 몰라, 지금 내 멘탈 엉망이야."

휴. 태리는 여간해선 내쉬지 않는 한숨을 쉬었다. 성준은 가만히 그녀를 바라보다가 입술을 열었다.

"김 실장은 니가 못된 엄마가 될까 봐, 다은이한테 상처를 줄까 봐 그러는 게 아니라 자신 때문에 니가 불행해질까 봐 고민이 많은 것 같다."

태리는 깜빡 눈을 감았다가 떴다. 지르르, 손끝이 저려왔다.

"우리는 겪어본 적 없는 일들을 겪은 사람이야. 겪어보지 않은 사람은 절대로 상대방을 가늠할 수 없어. 물론 네가 제일 수고스럽겠지만."

"……."

"그리고, 내가 김 실장이라고 해도 너는 좀 부담스럽지 않겠냐?"

"왜? 내가 예뻐서?"

"오늘은 아니라고 말 안 할게. 그리고 모두가 알다시피 넌 많이 배웠고, 가졌고, 누리고 있으니까."

"예쁘다는 말은 쏙 빼네?"

"그런 말은 김 실장한테 가서 들어. 내 눈에 예쁜 사람은 한 명밖에 없어."

"재수 없어. 위로를 하려면 똑바로 해."

"내가 지금 누굴 위로할 입장이 아니야. 위로를 받아도 내가 받아야 할 입장이거든."

쳇. 태리는 밉지 않게 눈을 흘기다가 커피를 마셨다. 채원 씨가 내려줘서일까, 오늘따라 커피는 더욱 따뜻하고 향이 좋다.

"어렵다, 선배. 난 왜 이렇게 다들 말리는 결혼이 하고 싶은 거니."

"스스로 팔자를 볶아대는 재주가 있지. 남다른 재주야."

"볶을수록 고소한 향이 나는 깨 같은 여자가 되고 싶다."

성준은 그만 웃음을 터트렸다. 깨 볶는 여자가 꿈이라는 눈앞의 후배 태리는, 내일도 모레도 변함없이 그를 사랑할 거란 걸 잘 알고 있다.

"전화 좀 받아줘라. 우리 김 실장 생각보다 여리다고. 상처 주지 마."

"나, 난 안 여리냐? 나는 스테인리스야? 이것들이 아주 웃기고 있어!"

태리가 버럭 하자 커피를 내리던 채원이 바라본다. 시선이 느껴진 태리는 채원을 향해 싱긋 웃으며 손을 흔들어주고는 성준을 노려보았다.

"집안의 반대 같은 거 겪어본 적도 없는 주제에, 선배가 내 마음을 알기나 해? 내 속이 문드러진다고."

"집안의 반대는 위로라도 받지. 우린 누구의 반대에 부딪히고 있는 줄 알아? 내 속은 청정 구역이냐?"

"……주옥선 아줌마는 잘 계셔?"

잊고 있던 사실이 떠올랐다는 듯 태리가 주 여사의 근황을 묻자 성준은 말없이 씩 웃었다. 아니. 잘 계실 리가.

"여사님은 잘 계셔,"

"반대 좀 그만하라 그래. 뭐 하는 짓이야? 그 아줌마 진짜 이상해. 이해를 할 수가 없어."

"이해되는 인생이 몇이나 되겠냐. 별로 없는 것 같다."

이제 그만 일어날 생각인지 시계를 들여다보던 성준이 지갑을 챙긴다.

"선배 말하는 거 들어보면 늙은이 같아."

"늙은이 같은 게 아니라 늙은이다. 아주 폭삭 삭았다, 요 며칠 동안."

성준은 커피잔을 가져다주려는지 트레이를 들고 일어섰다. 주문대로 가져가니 기다렸다는 듯 채원이 다가왔다.

"오늘도 끝나고 여사님 댁으로 가나?"

"가야죠. 초조해 죽겠어요. 빨리 여사님 댁에 가보고 싶은데."

"피곤하겠다. 제대로 쉬지도 못하고."

"그런 걸 따져가며 있을 때가 아니니까요. 대표님이나 좀 쉬면서 일해요."

채원이 머그잔을 쥐며 말하자 성준은 빙그레 웃었다.

……삶의 근간을 흔드는 힘겨운 일이 닥쳤을 때, 기댈 수 있는

누군가가 곁에 있음은 천운에 가까운 안도였다.

네게 기댐과 동시에 너를 지탱한다.

"나 올라갈게. 수고하고."

서로 한 몸처럼 움직이니 결과는 불 보듯 뻔했다. 함께 넘어지거나, 함께 버티거나.

그런데 말이야, 아무것도 알 수 없는 미래지만 이제는 전혀 불안하지 않다. 넘어진다면 서로의 엉덩이를 툭툭 털어주고 일어나면 그만이지. 함께 버텼다면 서로의 어깨를 툭툭 쳐주며 안아주면 그뿐이다.

"네, 이따가 연락할게요. 힘내세요, 대표님."

이런 게 운명 공동체일까. 맞아. 너도 그렇게 생각하지.

"여사님, 혹시 무슨 일 있으셨나요?"

서재 한편에 마련된 티 테이블에 앉아 주 여사를 바라보던 곽씨는 표정에 근심을 묻힌 채 입을 열었다. 여러 해 동안 상대의 기운을 미리 읽으며 사기를 쳐온 곽씨는 눈치가 빨랐다.

뭐에 홀린 듯 성준에게 무턱대고 믿음을 보였던 사건 이후로, 신변을 경계하는 일은 더욱 늘어났다.

주 여사는 차를 홀짝 마시며 잔을 내렸다. 노란빛이 영롱한 꽃차는 바라보기만 해도 따스했다.

"일이랄 것이 뭐가 있겠나. 매일이 같은 생각, 같은 시간인 것을."

"오늘따라 집 분위기도 그렇고 여사님도 그렇고, 한기가 느껴질 정도라."

"그러한가."

"네. 집 안에 혹시 제가 모르는 일이 생겼나 해서."

주 여사는 흐릿한 실소를 터트렸다. 곽씨와 대면하고 있자니 오장육부가 타들어가는 것만 같은 고통이 반되었다. 언제까지 버틸 수 있을지, 자신도 없었다.

"자네가 모를 집안일이라는 게 있을 수 있겠나. 항시 무슨 일이 생기면 자네부터 찾는 나인데."

"그럼요. 여사님, 사소한 일이라도 전부 제게 털어놓아주세요. 저는 한시도 여사님의 신변을 걱정하지 않는 때가 없답니다."

"우리 아들의 기도는, 잘하고 있나?"

주 여사는 찻잔을 붙잡다가 손을 내렸다. 덜덜 떨리는 손끝을, 곽씨가 알아챌 것만 같았다.

"그럼요. 잘하고 있죠."

미처 보지 못한 곽씨가 한껏 웃으며 답을 하자 주 여사는 눈을 질끈 감았다가 떴다. 그 얼굴을 바라보기가 힘겨워, 고개만 끄덕였다.

"요즘은 기도하러 가는 발걸음도 가벼워요. 이게 전부 여사님께 바치는 감사다, 생각하면 기도하는 시간마저 제게 행운이니까요."

쓴 물이 올라와 주 여사는 마른침을 삼켰다.

"그런데 여사님, 이 집 안에 정채원은 언제까지 둘 생각이신가요?"

"그건 왜 묻소?"

"솔직히 말씀드리면 그 아이는 여사님 곁에 두지 말았으면 해요. 생각보다 영악하고 욕심이 많은 사람이랍니다. 순진한 척하며 본심을 드러내지 않아요."

어제, 그 밤. 채원은 눈물에 번진 자신의 시간을 말없이 지켜주었다. 격한 숨소리 한번 내지 않고 마치 없는 사람처럼, 어깨를 쓸어간 채 등을 만지며, 조용한 위로를 건네주었다.

간신히 잠이 들었던 새벽이 지나고 나니 카페 출근을 위해 집으로 돌아갔단다. 직접 만들었다는 버섯죽을 그릇에 담아놓은 채, 그대로 퇴근을 했더라.

"그 아이를 이 집에서 내보내라는 뜻인가?"

"집에서 내보내는 일뿐만이 아니라, 곁을 주시지 말라는 말씀을 드리는 거랍니다."

"그게 자네가 할 소리인가?"

"네?"

곽씨는 상처받았다는 눈빛을 했다. 주 여사가 입술을 꽉 닫자 곽씨는 손을 뻗어 차가운 주 여사의 손을 잡았다.

"여사님, 저는요, 이제 아무 욕심 없어요. 남은 삶 여사님께 바치고, 평생을 봉사하고 헌신하며 살기로 마음먹었어요. 저를 거둬주신 감사함을 제가 어떻게 잊겠어요?"

손등을 감싼다. 원치 않는 감촉에 주 여사는 이를 꽉 깨물었다.

"처음에 그릇된 의도로 여사님을 만났지만, 여사님은 이제 제 인생의 빛이고, 은혜고, 그래요. 우리 그랬던 것처럼 서로 기대고 의지하고, 그렇게 남은 삶을 살아요. 네?"

"내가 자네에게 줄 것이 있네."

"뭔데요?"

주 여사는 자연스럽게 곽씨가 쥐고 있는 자신의 손을 뺐다. 그러곤 곁에 두었던 작은 상자를 열어 흰 봉투를 꺼냈다.

"아……."

한눈에 보아도 두둑한 봉투. 봉투를 보자마자 본성을 숨기지 못한 곽씨의 탄성이 흐른다.

"받아두게."

열어보지 않아도 돈이라는 것쯤은 알 수 있었다. 두둑한 봉투를 밀며 건네자 곽씨는 봉투를 내려다보다가 침을 꿀꺽 삼켰다. 얼마 만에 받아보는 봉투인가 싶었다.

"일이 있고 나서 자네를 쭉 지켜봤네. 한결같이 우리 형제를 위해 기도해주고, 위로해주는 자네에게 큰 감동을 받았어."

"아…… 여사님……."

곽씨는 눈물이 그렁그렁한 눈빛을 했다. 주 여사는 덤덤히 말을 이었다.

"사람의 정성을 어찌 공으로 받을 수 있겠나. 밀렸던 만큼 넣었으니 앞으로도 쭉 우리 형제를 위해 힘써주게. 부탁하네."

곽씨는 황급히 바닥에 무릎을 꿇으며 앉았다. 얼마일까. 5천? 8천? 1억?

"여사님, 제가 어쩌다가 여사님 같은 분을 만나 이렇게 새 인생을 사는지 모르겠어요. 더 열심히 여사님과 형재 군을 위해 남은 인생을 바치겠습니다……."

아니면, 그 이상?

곽씨는 무릎을 내다 버린 듯한 모습으로 고개를 숙였다. 오랜만
에 심장이 두근두근하고, 열처럼 기쁨이 차오른다.

"곽 선생 자네 없이, 내가 누구를 의지하겠나."

주 여사의 말을 설렁설렁 넘겨들으며 곽씨는 고개를 숙인 채 입
꼬리를 끌어 올렸다.

"그 아이는 내가 조만간 정리하겠네. 자네 말을 들어야지."

"네, 여사님. 그러셔야죠. 그러셔야 합니다."

돈 버는 일, 너무 쉽지 않아? 나는 그렇게 생각해.

"아니 글쎄, 이게 그렇게 쉬운 일이 아니라니까 그러네. 이런 증
거만으로 사람 찾는 게 쉽지 않다니까?"

이든이 경찰서를 찾아가자 담당 형사는 미간을 좁혔다. 병원 방
화범을 잡아달라며 찾아오는데, 참으로 달갑지 않은 위인이다.

"자꾸 우리를 찾아와봐야 뾰족한 수가 없어요. 우린 뭐 잡기 싫
어서 안 잡나?"

"용의자를 잡는 건 둘째 치고 수사가 어디까지 진행이 되었는지
만 좀 알려달라니까요?"

"어허, 글쎄 우리가 다 때 되면 연락 준다니까. 우리가 앉아서 노
는 것도 아니고, 바쁜 거 안 보여요?"

형사는 곁에 수북하게 쌓인 파일을 가리켰다. 이든은 아무리 기다려도 방화범에 관련된 소식을 접하지 못해 아쉬움을 토로했다.

"병원에 불을 질렀다고요. 방화는 큰 죄 아닙니까?"

"물론 큰 죄지만 피해가 크지 않았고, 또 유사 범죄도 일어나지 않았고, 사람을 찾는 것도 단서가 있어야 하는 거지 CCTV 흔적 몇 개만 가지고 우리가 사람을 어떻게 찾아요?"

형사는 답답하다는 음성을 했다.

"지금 관내에 그것보다 더 큰 사건이 얼마나 많은지 알아요? 부친께서 다친 것도 아니라면서, 병원 측도 가만히 있는데 왜 이렇게 매번……."

"그럼 CCTV 자료라도 다시 보여주세요. 가지고 계신 건 맞죠?"

형사는 이든의 요청이 황당하다는 표정을 지었다.

"저번에 보여줬잖아요."

"저번에 언제요?"

"저번에 보고 갔는데? 아닌가?"

형사는 사건 일지를 열어보았다. 보여준 것 같은데 전혀 본 적 없다는 표정을 짓고 있으니. 일지를 살펴보던 형사는 고개를 끄덕였다.

"아아, 정채원 씨가 와서 보고 갔네. 가족 맞죠?"

"아, 네. 누나예요."

"그래. 누나가 와서 보고 갔어. 그때 뭐라더라, 무슨 여자를 잘 봐달라고. 이제 기억나네."

"여자요?"

이든은 금시초문이라는 얼굴을 했다. 쉽게 돌아갈 생각이 없어 보이는 이든의 얼굴을 힐끔 바라본 형사는 한숨을 푹 내쉬며 키보드를 두드렸다. 몇 번 마우스를 달깍거리고 나서야 모니터를 돌려 보여주었다.

"여기. 여기 여성분."

이든은 처음 보는 광경이라는 듯 모니터를 주시했다. 반대편 사내의 움직임만 주시했을 뿐, 의자에 앉아 있는 여성을 본 건 처음이다.

"이 의자에 원래 아무도 앉질 않는다면서요. 뭐, 주인이 있다던가?"

"네, 맞아요."

형사는 고개를 끄덕이며 말을 이었고, 이든은 형체를 조금 더 잘 알아보기 위해 눈을 가늘게 떴다.

"뭘 좀 알아보겠어요? 확대해줄게요."

형사는 부분을 잘라 확대했다. 점점 사진이 커져가고, 의자에 앉아 있는 여성의 모습이 조금씩 확대되었다.

해상도가 좋지 않은 까닭에 확대할수록 이미지에 균열이 생겼지만, 이든의 표정은 점점 더 굳어갔다.

"이 여성분 본 적 있어요? 병원에 문의하니까 관계가 없는 사람이라고는 하던데. 그날 병원을 방문한 방문객도 아니고."

입술이 작게 벌어졌다.

"방화범으로 추정되는 남성과 연관이 있다고 우리도 추측은 하는데 더 이상 자료가 없어서 뭘 어떻게 할 수가 없어요."

"맞아요? 확실해요? 이 여자분이 방화범하고 관계가 있어요?"

"뭐, 들어온 시간, 동선, 대부분 남성과 일치하고. 퇴각 경로 시간 일치하고."

"아……."

검은 옷, 검은 모자. 드문드문 고개를 들며 용의자의 동선을 살피는 모습.

"알아요, 이 여자분? 본 적 있어요?"

이든은 눈을 느리게 감았다가 떴다.

이것저것, 많은 것이 미안해요.

종잡을 수 없는 사과를 하던 단희의 음성이 귓가에 맴히는 것만 같다.

죄송했습니다.

왜 사과를 받아야 하는지 알 수 없었던, 이유가 선명해지는 것도 같았다.

"일단 우리도 수사 종결된 건 아니니까 좀 기다려봐요. 병원 측도 뭐 새로운 단서가 나오면 주겠다고 했으니까."

믿을 수 없다는 것처럼 화면만 바라보았다. 별생각 없이 자료 화면을 끄려던 형사는 고개를 올려 이든을 바라보았다.

"뭐 알아요?"

이든은 눈만 감았다가 떴다.

"뭐 아는 것 같은데? 이 여성분, 알아요?"

형사는 다시 사진을 열어주었다. 조금 전보다 확대해주고, 윤곽을 또렷하게 만들어주며, 이든을 바라보았다.

작은 변화도 놓치지 않겠다는 듯한 매서운 눈길로 이든을 바라보며 형사는 다시 물었다.

"정이든 씨가 아는 사람이라는 거죠, 지금. 그럼 이 사건이 단순 방화가 아니라 아는 사람의 소행이라는 거죠?"

왜 이런 일이 벌어진 걸까. 무엇 때문에.

"정이든 씨, 맞습니까?"

그녀에게 돌려받은 꽃을 수첩 어느 한 구간에 잘 꽂아두었는데. 서로 더는 연락하지 말자, 건강히 지내라기에 전화번호를 지웠는데.

지우기엔 어딘가 모르게 감사한 기억. 만날 때마다 뭔가 이상한 일로 가득 찬 인연이었다고, 그리만 여겼는데.

이든은 입술만 꽉 깨물었다. 그런 채 시간이 흘렀다.

단희의 번호를 찾아 전화를 걸어보지만 결번이 되었다. 이든은 휴대폰을 내리며 잡다한 상념이 담긴 한숨을 내쉬었다. 분명, CCTV 속 여성은 단희였다.

'그러니까, 정이든 씨가 아는 사람이란 말이죠.'

'네. 그렇습니다.'

경찰서에서 몇 가지 질의응답을 끝내고 집으로 돌아왔다. 화면 속 여성이 단희가 분명하다 해도, 도저히 이해가 되지 않는 구석들이 있었다.

'어떤 관계입니까?'

'관계라 칭할 만한 사이는 아니었습니다. 날치기를 당할 때 도와준 것뿐이었어요.'

'도와주었는데 왜 부친의 병원에 불을 질렀을까요? 짐작이 가는 것은 더 없습니까?'

'……없습니다.'

아무리 기억을 되돌리고 되돌려봐도 이런 일을 당해야 할 만한 사건은 없었다. 아니, 외려 몇 번이고 만나 인사치레를 하고 싶어도 연락을 받아주지 않던 쪽은 단희였다.

단지 도와주었을 뿐이다. 서로의 마음이 오고 갈 만한 사건이나 시간이 있었을 리도 없다. 미움을 살 만한, 혹은 깊은 원한 관계에 있을 만한 일은 아무리 기억을 탈탈 털어도 없었다.

"대체 왜……."

이든은 가만히 중얼거리다가 고개를 들었다.

"집에 있었어?"

때마침 귀가한 채원의 음성이 들리자 이든은 고개를 돌렸다. 아버지 병실 근처에 불이 났다는 이야기를 듣자마자 사색이 되어 눈물을 터트렸던 누나의 모습이 선연하다. 불안한 마음에 보인 눈물이었다 해도, 누나의 불안한 행동엔 지나친 감이 있었다.

"저기, 누나."

"응? 밥 안 먹었어?"

"아니, 그게 아니라. 좀 앉아봐."

단희는 수배자가 되었다. 알고 있던 전화번호는 그녀의 명의가 아니었고, 아는 거라곤 오직 이름뿐이니 찾기가 쉽진 않을 거라.

이든은 누나가 곁에 다가와 앉자 바로 시선을 응시했다. 영문을 모르는 채원은 눈을 동그랗게 뜨며 마른침을 삼켰다.

외, 외박하고 왔다고 잔소리를 하려는 건가? 동생의 기류가 범상치 않았기에 당장 드는 생각이라곤 이런 것뿐인 채원은 이든의 눈치를 살폈다.

"왜? 나 왜 불렀는데?"

"나 오늘 경찰서 다녀왔거든."

"……경찰서?"

이든은 어디서부터 어떻게 설명을 해야 하는지 모르겠단 표정을 지으며 자신의 머리를 헝클어트렸다.

"그러니까, 그게. 나도 무슨 말을 하고 싶은 건지는 잘 모르겠는데. 있잖아, 누나."

평소답지 않게 서두가 길다. 채원은 어딘가 불안해 보이는 동생을 응시했다.

"그…… CCTV 봤거든. 의자에 앉아 있는 여자."

"아아. 그래, 맞아. 여자가 앉아 있더라. 우리 층에 볼일 있는 방문객이나 가족은 아니었어."

"그래. 그 여자."

"그런데 왜? 니가 아는 사람이야?"

누나의 질문에 이든은 입술만 들썩였다. 답을 기다리는 누나의 시선을 느끼며 잠시 뜸을 들이던 이든은 고개를 들었다.

"그런 것 같아, 누나."

채원의 입술이 멍하게 벌어졌다.

"그 여자, 내가 아는 사람인 것 같아."

이든은 집 앞에 세워둔 자전거를 떠올리며 의식의 흐름대로 이야기를 이어갔다. 단희를 처음 알게 된 계기. 도와주었고, 답례를 받았고, 병원에서 마주쳤으며, 다시 도움을 받았으며, 다시 답례를 받고 헤어진.

"그런데 누나, 아무리 생각해봐도 도저히 모르겠어. 나한테 왜 그런 건지. 무슨 이유로 그런 짓을 한 건지."

"너…… 때문은 아닌 것 같아."

응? 이든은 내리깔고 있던 눈을 들었다.

동생의 이야기를 가만히 경청하던 채원은 어쩌다 이런 일에 동생까지 엮이게 된 걸까, 가슴 깊은 곳에 매달려 있던 탄식을 쏟았다.

곽씨의 녹음 파일 속 정황을, 이젠 동생에게도 말해줘야 할 때가 온 것 같았다.

"너 때문 아니고, 이든아. 그건 다, 누나 때문이었어."

누나와 동생이 앉아 대화를 나눈, 제법 긴 시간이 흘렀다.

모든 구절을 평온하게 들을 수 없었던 동생은 간간이 의미를 상실한 탄식을 흘렸고, 모든 나날을 평범하게 말할 수 없었던 누나는 드문드문 버거운 복기에 쉼을 반복했다.

"아…… 그러니까 누나 그…… 공장 사람들 월급 정산하려고……."

"해야지. 그땐 아무 생각도 없었어. 갑자기 어떤 아줌마가 나타나서 2억을 준다는데, 내가 그걸 마다할 이유가 없었으니까."

전부 다 돈 때문이다. 돈으로 시작해서, 돈으로 끝나는 이야기. 누군가는 돈을 벌기 위해 사람의 사연을 이용했고, 누군가는 그러한 사연의 대상이 되었다.

돈. 벌지 않으면 아무도 내게 선뜻 줄 리 없는, 돈.

이든은 지난 몇 달간 세상에 없는 공간에서 살아온 누나를 바라보다 미간을 구겼다.

"왜 말 안 했어? 나한테라도 말을 하지."

"너 시험 준비하는데 내가 어떻게. 아니, 그게 아니라 해도 말이 쉽게 떨어지진 않았을 거야."

"그럼 이제 어떻게 되는 거야?"

"글쎄. 나도 잘 모르겠어. 일단 지금은 대표님을 믿고 기다려보는 수밖에 없거든."

"하…… 무슨 이런 일이 있을 수 있어. 말도 안 돼."

이든은 탄식을 쏟아내며 허공만 바라보다가 누나에게 시선을 주었다. 어지러운 시간을 보낸 누나가 가엽고 안쓰러워 말문이 막혔다.

"니가 알고 있다는 CCTV 속 여자가 누군지는 잘 모르겠는데, 그 사기꾼과 관련이 있긴 할 거야."

단희를 모르는 채원은 추측만 했다.

"일단 난 대표님 만나서 이야기를 좀 해야겠어. 그 CCTV 영상이 중요한 단서가 될 수도 있거든."

시계를 바라보던 채원은 자리에서 일어섰다. 이든은 멍한 시선을 들었다.

"누나 또 어디 가?"

"일하러 가지. 아까 말했던 그 여사님 댁에서 요즘 일하거든."

주야장천 바쁜 누나는 스스로를 가여워할 틈도 없이 움직였다. 신발을 신는 누나를 바라보던 이든은 슬리퍼를 신고 누나를 따라나섰다.

"왜 나와? 집에 있지."

"그냥, 요 앞까지만 배웅해줄게."

"대표님 왔는데, 그럼 나온 김에 인사할래?"

"지금? 집 앞에?"

채원은 입술을 슬며시 움직이며 웃었고, 앞장서 집 밖으로 나갔다. 슬리퍼를 끄는 소리가 뒤를 잇는다.

운전석에 앉아 있던 성준은 채원을 바라보다 그 뒤의 이든을 발견하고 급히 차에서 내렸다.

"여어, 동생!"

"안녕하세요, 대표님."

성준이 손을 들어 보이며 인사를 건네자 이든은 고개를 숙이며 인사했다. 채원이 다녀오겠다며 차에 올라타자 성준은 보조석 문을 닫아주며 이든을 바라보았다.

"형이라고 부르라니까 왜 또 대표님이야. 잘 지냈고?"

"네. 잘 지냈어요. 잘 지냈긴 한데."

이든은 괜한 머쓱함에 머리를 긁적였다. 말은 하지 않아도, 누나와 대표님이 헤어졌다는 것쯤은 알 수 있었다. 그런데 갑자기 이 분위기는 무엇이란 말인가?

"저, 대표님."

응? 성준이 눈빛으로 답하자 이든은 자연스럽게 보조석에 올라탄 누나를 바라보다가 조용한 음성으로 물었다.

"두 사람 헤어진 거 아니었어요?"

"아…… 우리?"

성준은 힐끔 뒤를 돌아 채원을 바라보고는 씩 웃었다.

"너네 누나는 나랑 헤어졌다고 하는데 나는 아직 안 헤어졌고, 상황이 지금 그래."

"네?"

"차였는데 내가 버티는 중이거든."

"아……."

아……. 이든이 깊은 깨달음이 동반된 소리를 내자 성준은 녀석의 어깨를 툭툭 쳤다.

"너네 누나는 너무 어려운 사람이야."

"아…… 네……. 알죠……."

"그런 의미로 동생도 항상 수고가 많아."

성준은 다음에 보자고, 다음엔 밥이라도 한 끼 하자고 말하며 돌아섰다. 운전석에 그가 앉자 이든은 보조석 창문 가까이로 허리를 숙였다. 창문을 내린 채원이 인사를 건넸다.

"다녀올게. 쉬고 있어."

"알았어. 남은 이야기는 나중에 다시 해. 다녀와, 누나."

이든의 시선은 성준에게 옮겨 간다.

"조심히 운전하세요! 형님!"

금세 호칭이 변한다. 성준은 부드러운 미소를 띠며 손을 들어 보였다.

차는 떠났고, 이든은 남았다. 멀어지는 두 사람을 바라보던 이든은 다시 집으로 걸음을 옮겼고, 자전거 앞에 멈췄다.

해야만 하는 일이니 단희의 신변에 대한 이야기를 형사에게 전해주었지만, 마음이 상쾌하거나 속이 시원한 것만은 아니었다. 모든 것이 밝혀질 것 같아 기대가 되는 것도 아니었다.

가만히 바라보다가 그 앞에 무릎을 굽혀 앉은 이든은 살아 있는 것을 만지듯 자전거의 이곳저곳을 자상하게 쓰다듬었다.

"넌 어디서 왔어?"

그녀는 지금 어디 있을까?

"널 여기에 둬도 괜찮은 건지 모르겠다."

에효. 이든은 한참이나 자전거를 쓸어내리다가 자리에서 일어나 집으로 들어갔다.

얽혀서 풀어지지 않던 실타래가 이제야 풀리는 것 같았다. 조금씩. 천천히.

동생과 나누었던 이야기를 하다 보니 어느덧 주 여사의 집 앞이었다. 채원은 안전벨트를 풀며 성준을 바라보았다.

"데려다줘서 고마워요. 그냥 버스 타고 와도 되는데."

"버스 타고 와도 되고, 내가 데려다줘도 되지. 중간에 시간이 뜨길래 잠깐 온 거야."

"여사님께 할당받은 데이트 시간 알차게 꽉꽉 채워 다 썼는데, 그러고도 만나는 줄 알면 여사님 화내실걸?"

"여사님께서 화를 내시기엔 내가 이번에 받은 베네핏이 상당해서. 이 정도는 괜찮지 않을까?"

말로는 못 이기겠다는 것처럼 채원이 도리질을 치며 웃자 성준은 따라 웃었다.

수시로 어두운 기운이 밀려오고, 상시로 우울한 기운에 빠져드는 요즘. 이렇듯 사소한 안도라도 찾지 않으면 하루는 걷잡을 수 없을 만큼 길게 느껴졌다.

웃는 행위는 노력이 되었다. 행복이라는 단어는 유토피아의 것이 되었다.

"힘내요, 대표님."

하루에도 몇 번이고 뱉어내는 그 말.

채원은 이 한마디를 이길 만한 말을 찾지 못하겠다는 것처럼 그에게 말했다. 운전대를 잡고 그녀를 가만히 바라보던 성준이 입을 열었다.

"내가 보기엔 너도 너무 힘들 것 같다."

"나? 나는 괜찮은데?"

"여기저기 위로만 하고 다니면서, 너는 언제 돌보는데?"

"나는 뭐, 나는 괜찮으니까요. 진짜로."

채원이 거짓말을 들킨 사람처럼 어색하게 웃자 성준은 그녀의
어깨 위에 손을 올렸다. 슬픔에 깊긴 주 ㅣ사를 매일 들여다보
며 말없이 감정을 쏟아가는 일은, 아마도 쉽지 않을 거다.

"잠깐 뒷좌석으로 와봐."

"뒷좌석요?"

운전석에서 내린 성준은 차량 뒷좌석에 올라탔다. 채원이 영문
모르겠다는 표정을 지으며 따라 올라타자 손목시계를 들여다본다.

"아직 출근 시간 남았으니까, 좀 기대고 있을래?"

"응? 어디에?"

"여기."

성준은 자신의 어깨를 툭툭 쳤다. 이제야 뒷좌석으로 오라던 이
야기가 이해되고, 채원은 웃음을 터트렸다.

……굳이 말하지 않아도, 서로의 고단함을 너무나 이해하는 우리.

"대표님 안 만났으면 난 어쩔 뻔했을까?"

채원은 그의 어깨에 기대며 중얼거렸다.

"알면 고만 좀 차. 하도 차여서 이제 내성이 생겼어."

"그럼 이제 역할을 좀 바꿔볼까요? 내가 차이는 쪽으로. 대표님
이 차는 쪽을 해요."

"장래 희망이 정채원 남편인데, 내가 너를 어떻게 차냐?"

성준은 그녀가 조금 더 편히 기댈 수 있도록 어깨를 내려주었다. 채원은 세상에서 가장 좋아하는 그의 향을 깊게 마시며 빙그레 웃음 지었다.

"꿈이 같은 사람을 만나 좋네요."

이제 남은 시간은 5분 남짓. 어둠의 세상 속에 잠긴 주 여사를 만나러 갈 때였다.

"여사님! 저 왔어요!"

문을 두드릴 자신이 없어 몇 번이고 막막한 한숨만 내쉬다가 서재 문을 열었다.

이젠 이 공간에 빛이 생긴다면 어색할 것 같은 느낌마저 든다. 세상과 단절된, 빛과 희망은 완벽하게 차단된 것 같은 공간 속으로 채원은 걸음을 옮겼다.

언제나처럼 흔들의자에 앉아 있는 주 여사의 뒷모습이 시선을 잡아당겼다. 뿌 하며 볼 바람을 불어넣던 채원은 금세 웃는 얼굴을 한 채 주 여사의 앞에 섰다.

거만의 부를 쌓고도 붙은 숨을 처리하는 것이 어려운 주 여사의 삶. 인생이라는 단어를 다시 보게 하는 요즘, 채원은 얼굴 근육이 굳어버린 것만 같은 주 여사를 바라보았다. 이윽고 따뜻하게 웃었다.

"여사님, 오늘은 좀 어떠세요?"

고개를 당겨 올리는 일도 벅찬 주 여사의 시선이 올라온다. 채원은 느닷없이 마주한 주 여사 얼굴을 빤히 바라보았다.

"왔는가?"

"네, 저 왔어요."

어울리지 않는 그녀의 밝은 음성이 발아래 잠긴다. 주 여사는 눈물겨울 지경으로 애를 쓰는 채원의 웃는 낯을 바라보다가 그 곁으로 시선을 옮겼다.

"바깥 날씨는 어떤가?"

"네? 날씨요?"

느닷없이 날씨를 물으니 채원은 이곳에 오면서 보았던 풍경을 떠올렸다.

"오전엔 비가 좀 올 것 같더니 지금은 날이 아주 좋아요. 미세먼지도 없고."

"커튼을 좀 걷어보게."

"……네?"

믿을 수가 없어 다시 물었다. 주 여사는 턱 끝으로 긴 커튼이 치렁치렁하게 늘어진 창가를 가리켰다.

"커튼 좀 열어보라고 했는데."

"아…… 네! 네네네네! 네네!"

화들짝 놀란 채원은 창가 쪽으로 급하게 걸음을 틀었다. 행여나 주 여사의 마음이 바뀔까, 그녀는 빠르게 커튼을 걷었다.

암막을 뚫지 못한 채 고여 있던 빛줄기가 사정없이 쏟아진다. 눈이 부신 듯 주 여사는 눈꺼풀을 내리며 주름을 만들었다. 빛이 들어온 공간 속 주 여사의 얼굴을 바라보니, 어둠 속에 있을 때보다 훨씬 더 창백하고 파리했다.

햇살 머금은 세계. 아마도 오랜만일 것이다.

"창문도…… 열까요?"

이게 뭐라고 심장이 쿵쿵 뛰어, 채원은 긴장한 채로 조심스럽게
물었다. 잠자코 눈을 감은 채 아무 말이 없던 주 여사가 잠시 후 고
개를 끄덕인다.

총알처럼 튀어나간 채원이 창문을 하나하나 열기 시작했다. 기
다리고 있었다는 것처럼, 시원하고 부드러운 바람이 쏟아져 들어
오기 시작했다.

잘 가꾸어진 정원 속 꽃과 나무 냄새가 섞여 들어온다. 아침나절
젖었던 흙의 냄새도 함께 스며들었다.

아껴두었던 숨을 쉬듯, 주 여사의 가슴팍이 크게 부풀었다가 내
려간다. 그런 반응 하나하나를 놓치지 않고 바라보던 채원은 따라
숨을 크게 내쉬었다.

시원한 향, 상쾌한 공기. 주 여사의 서재는 이런 것들을 품은 곳
이었다.

"……좋네요."

채원이 진심을 다해 툭, 하고 말을 뱉어내자 흔들의자가 끼이이
익 하며 움직였다. 길게 눈을 감았던 채원이 눈꺼풀을 들어 올리자
자리에서 일어나는 주 여사의 모습이 보였다.

"도와드릴게요, 여사님."

"됐네. 다리가 불편한 건 아니니."

채원의 도움을 거절하며 일어선 주 여사는 느리고 힘없는 걸음

을 옮겨 창 앞에 섰다. 주 여사가 무슨 표정을 짓고 있는지 알 수 없어, 뒤에 선 채원은 늘어진 주 여사의 그림자만 바라보았다.

"지금까지 수고 많았네."

환한 햇살에 역광으로 담겨 모습을 숨긴 주 여사의 음성. 채원은 눈을 감았다가 떴다.

"내일부터는 집으로 올 것 없이."

"아……."

긴장한 까닭에 마른 주먹을 쥐었다. 별다른 말이 떨어지지 않아, 채원은 입술만 사리물었다.

해고 통보였으나 이유를 물을 수 없었고, 싫다며 떼를 쓸 수도 없었다. 어쩐지 주 여사의 음성 안엔 많은 뜻이 담겨 있어, 그대로 따라야만 할 것 같은 청이 느껴졌다.

주 여사는 고개를 좀 더 들며 하늘을 올려다보았다. 이토록 파란 하늘이라니. 이토록 시름없는 하늘의 평온함이라니.

"일방적 해고이니, 급여는 알아서 넉넉히 챙겨 넣어주겠네. 그동안 수고 많았어."

"하지만 어째서……."

간신히 물었다. 햇살이 주 여사를 집어삼킨 것처럼, 작은 어깨는 검은 그림자로 뒤덮였다.

"내가, 자네를 어찌 보겠나?"

시커멓게 일렁이던 파도가 잠잠해지고, 비로소 먼 수평선 너머의 태양을 확인하고 나니.

"그런 모진 말들로 자네 가슴에 못을 박고, 흉측한 일들로 자네 인생을 헝클어트린 내가."

인생이란 그런 것이 아니더라.

"어떻게 자네 얼굴을 보겠나. 놓아주어야 맞는 거지."

"아……."

"그동안 미안했네. 내 귀한 자식의 억울함에 미쳐 다른 이의 인생 같은 건 볼 수 없었어."

"……."

"자네 부친과 동생이 겪은 일도, 결국은 나 때문이니 그 또한 면목이 없고."

한 걸음 다가서려다가, 채원은 멈췄다. 더욱 강렬해지는 빛이 정말로 주 여사를 삼켜버릴 것 같았지만, 좀처럼 다가갈 수 없었다.

"미안했네."

입술 사이로 태어난 말이, 가슴으로 들어와 살아난다. 채원은 먹먹함에 불규칙한 숨만 내쉬었다.

"이런 말도 염치가 없어 할 수 없다는 걸 알지만, 아무 일도 없던 때로 돌아가 자네 인생을 살게. 한 대표와 함께."

"여사님……."

"이래도 저래도 우리 형제는 돌아오지 않을 텐데, 그것을 깨닫기가 이렇게 힘들었구만."

떠난 이는 돌아오지 않는다. 영영 이별을 고한 이는, 이곳에 나타나지 않는다.

울음으로 바닥을 닦아도, 웃음으로 환한 수를 놓아도.

알았으나 몰랐다. 나도 너를 따라 영영 모르고 싶었다.

"내가 자네를 비롯한 모두를 힘들게 했어. 우리 형제마저도."

텅 빈 웃음이 쉽게 왔다 힘겹게 사라진다. 기어이 햇살이 모두 집어삼킨 것 같은 주 여사를 바라보다 채원은 걸음을 옮겼다. 주 여사의 뒤에 가깝게 서서, 두 손으로 그녀의 어깨를 잡았다.

"아뇨. 저 아무 데도 안 가요, 여사님."

주 여사는 아스라이 눈을 감았다

"싫어요. 저 내보내지 마세요. 저 안 가요. 여기 있을 거예요."

해를 쬔 까닭일까. 무척이나 오랜만에 몸속의 피가 달구어지는 기분이 들었다.

"때가 되면 제가 제 발로 나가요. 월급 안 주셔도 올 거고, 오지 말라고 문 걸어 잠그셔도 와서 두드릴 거예요."

주 여사는 강한 어조로 답하는 채원의 음성에 눈을 감았다가 다시 떴다. 차마 이 예쁜 아이의 얼굴을 바라볼 자신이 없어, 주 여사는 여전히 햇살 속에 갇힌 채 입을 열었다.

"그럼 나를 간간이 찾아와, 커튼을 걷어줄 수 있겠나?"

……저 먼 하늘 위, 청량한 아들의 얼굴이 보이는 것만 같다. 검은 밤 구름 속에 숨어 있는 줄 알았더니.

너는 이토록 금실 같은 빛 속에 감싸 안겨 있었구나.

"창문을, 열어줄 수 있겠나?"

"그럼요……. 그럼요…… 물론이죠……."

눈물이 왈칵하고 쏟아졌다. 채원은 주 여사의 어깨를 잡은 채 고개를 떨궜다.

주 여사는 창밖으로 손을 내밀었고, 내려오는 햇살을 받았다.

진정 따뜻했다. 등 뒤의 온기가. 손등에 닿은 금빛 닮은 햇볕이.

❧

잠깐 반짝이던 해가 사라지고, 예고되었던 대로 비가 쏟아졌다.

민권은 먹구름이 가득 낀 창밖을 내다보며 태리에게 전화를 걸었다. 길게 이어지던 통화 연결음이 자동 응답으로 넘어갈 때까지 그녀는 답이 없었다.

[연결이 되지 않아 삐 소리 후…….]

그녀의 음성 대신 등장한 기계음이 전화를 받을 수 없음을 알려 온다.

"……휴."

민권은 휴대폰을 내리며 짧은 숨을 내쉬었다. 빌어먹을 날씨는 왜 이렇게 우중충한 거냐. 시커먼 하늘을 바라보자니 타들어간 자신의 속을 들여다보는 것만 같아, 민권은 미간을 일그러트렸다.

일관하는 무응답이, 결국 너의 답인가.

며칠 동안 아무런 연락이 닿지 않는 태리를 떠올리다가 저도 모르게 다시금 깊은 한숨을 내쉬었다. 이러지도 저러지도 못하는 마음에 한숨만 늘어난 요즘.

"그 정도 한숨으로 땅이 꺼지겠어? 더 쉬어라, 더."

"아. 오셨어요, 대표님."

남들이 하는 사랑도 모두 이렇게 고달픈가, 궁금해지기까지 하는 요즘.

"무슨 일 있어?"

"일은요 무슨. 자나 깨나 대표님 걱정, 회사 걱정뿐이죠."

"아직도 태리하고 화해 안 했냐? 꽤 오래가네?"

"대표님이 그걸 어떻게 아세요?"

민권은 홱, 곁을 돌아보며 성준에게 물었다. 휴대폰을 꽉 쥐고 있는 민권의 손을 내려다본 성준은 쯧쯧, 혀를 차며 고개를 들었다.

"야, 윤태리 극단적인 거 몰라? 모하고 도밖에 없어요. 그런 애랑 윷놀이를 하려니 그게 게임이 되냐?"

"그럼 어떡합니까. 저는 도, 개, 걸, 윷 모, 전부 들여다봐야 하는 데요."

"그러니까 니가 못 이기는 거야, 걔를."

"이기고 싶은 생각, 해본 적도 없네요."

에효. 그래도 태리가 성준에게는 연락을 했었던 모양이다. 그러한 사실이 안도로 다가와 그런 이유로 또 한숨이 쉬어졌다. 그녀가, 아주 증발해버린 것은 아니라는 생각에.

"죽겠네요. 연락이 안 되니까."

민권은 휴대폰만 내려다보며 중얼거렸다.

"회장님께서 태리 어디 있냐고 물어도 모른다고 답을 해야 하는 때가 왔어요, 정말로."

"난 태리 어디 있는지 아는데."

홱, 민권은 또 한번 고개를 들며 성준을 바라보았다. 여차하면 울게 생긴 녀석의 두 눈을 실컷 구경하던 성준은 씩 웃었다.

"태리, 지금 다은이 유치원에 갔다."

"……예?"

"오늘 뭐 유치원에서 합동 생일 잔치 한다던데? 며칠 후면 다은이도 생일이라며."

"아? 합동 생일 잔치요? 우리 어머니 그런 말씀 없으셨는데?"

"널 데려갈 생각이 별로 없으셨나 보지."

왜? 어째서? 학부모 모임이라며? 왜?

집안일을 성준에게 듣는 것도 황당하거니와, 그런 일을 왜 나만 빼고 모두가 공유하고 있는지 당황스러움을 금치 못하던 그때.

태리, 지금 다은이 유치원에 갔다.

조금 전, 성준이 해준 말을 복기했다.

"아……."

민권이 눈만 깜빡깜빡거리자 성준은 녀석의 어깨를 툭툭 쳤다.

"그 이상하고 극단적인 학부모가 유치원에서 뭔 짓을 하고 있는지 알 수 없어. 가서 동반 상승을 하든지 동반 하락을 하든지 알아서 하고, 더 늦기 전에 가봐."

민권은 비 오는 창밖을 가만히 바라보다가 뒤를 돌았다. 그럼 다녀오겠다는, 자리를 비워 미안하다는 말도 건네지 못한 채 엘리베이터를 향해 빠르게 걸었다.

그러다가, 뛰었다. 그런다고 엘리베이터가 빨리 오는 것도 아닌데. 그런다고 그녀에게 지금 당장 닿을 수 있는 것도, 아닌데.

"좋을 때다, 좋을 때."

성준은 녀석의 뒷모습을 바라보다가 중얼거렸다.

"아닌가. 좋을 때는 쟤가 아니라 나지, 이제."

에효. 대표는 밀리고 치이는 일터로 다시 되돌아갔다.

에어밸런스는 오늘도 평화로웠다.

작정하고 내릴 준비를 마친 빗줄기는 점점 더 굵어졌다. 바닥에 닿은 빗물은 거칠게 튀어 올랐고, 우산을 쓰고 조심스럽게 걸어도 무용지물이었다.

이든에게 단희의 신원 정보를 제공받은 형사는 수사망을 좁혀 나갔다. 처음 단희를 마주쳤다는 주얼리 숍 탐문 수사를 마친 형사는 몇 시간 전 단희가 현금을 인출하는 장면을 포착했다.

서울에서 꽤나 떨어진 지방의 작은 도시. 단희의 흔적은 그곳에서 발견되었다.

거리를 좁힌 형사들은 단희가 투숙하고 있는 것으로 추정되는 모텔 안으로 들어섰다. 신분증과 단희의 사진을 제시하며 형사는 카운터를 보는 직원에게 물었다.

"여기 투숙하는 사람 중에 이런 여자 본 적 있습니까?"

직원은 사진을 빤히 바라보았다. 기억이 나는 듯 나지 않는 듯 가만히 들여다보던 직원은 고개를 작게 끄덕였다.

"아, 네. 맞아요. 장기 투숙 고객이신데. 며칠 됐어요."

"몇 호입니까?"

"잠시만요. 그분이…… 아아, 413호요."

직원은 단희가 지내고 있는 방의 호수를 알려주었고, 형사와 모텔 직원은 엘리베이터를 타고 올라갔다. 방 앞에 선 형사들은 잠시 주변을 살피다가 413호 방문을 두드렸다.

똑, 똑.

누구세요? 안에서 여자 목소리가 들려온다. 형사 중 한 명은 목소리를 낮추며 답했다.

"프런트인데요. 잠시 욕실 점검 좀 해도 되겠습니까?"

"잠시만요."

마스터키를 쥐고 있는 직원과 형사들은 잠자코 기다렸다. 부산한 소리가 들리더니 문이 열린다.

"욕실요? 무슨 문제 있어요?"

문이 열리자 서 있던 형사들은 미간을 일그러트렸다.

"프런트에서 오신 거 맞아요? 누구세요?"

등장한 여성은 단희가 아니었다.

"자기, 누가 왔어? 뭔데 문을 열었어?"

욕실에서 이제 막 씻고 나온 듯한 사내가 여자의 뒤에 서서 밖을 바라본다. 이래저래 상황을 설명하고 사과를 마친 형사들은 다시 아래로 내려왔다.

"호수 맞습니까?"

"맞는데. 잠시만요, 제가 오늘 출근한 지 얼마 안 돼서."

직원은 빠르게 손님 입출 기록을 살폈고, 잠시 후 난감한 듯 턱을 문질렀다.

"아아, 그 손님 퇴실하셨네요."

"예? 언제요!"

"세 시간 전에요."

"이런!"

형사들은 빠르게 모텔 밖을 빠져나왔다. 또다시 단희가 사라졌다.

"용의자를 잡아야 우리도 조사를 하죠. 정이든 씨가 여기 와서 서성인다고 뭐가 나옵니까?"

이든은 오늘도 경찰서를 찾았다. 단희의 행방을 알 수 있는 방법은 이곳에 오는 것뿐이었다.

"용의자를 체포하면, 제가 볼 수 있을까요?"

"왜요. 봐서 뭐 하게. 해코지라도 하시려고?"

"아, 아뇨. 그게 아니라. 물어보고 싶은 게 있어서요."

"절차 밟으셔야 하고, 여기 있다고 만날 수 있는 것도 아니니까 돌아가요. 아, 잡아야 뭘 만나든지 말든지 할 거 아뇨!"

형사는 거추장스럽다는 듯 음성을 높였다. 딱히 뭘 괴롭히는 것도 아닌데 가만히 앉아서 바라보고 있는 시선이 부담스러웠다.

형사는 용지를 정리하며 힐끗, 이든을 바라보았다. 윽박지른 게 미안하다는 눈빛이었다.

"거, 질기네 질겨. 일 안 해요?"

"시험 쳤어요. 얼마 전에."

"아아. 그럼 좀 집에 가서 쉬든가."

"쉴 만큼 쉬었어요."

"그럼 놀든가."

"딱히 놀고 싶은 것도……."

"그럼 자든가! 거참 나 원!"

형사는 답답하다는 듯 허어어어어, 굵은 탄식을 했다. 누군 잠을 못 자 죽을 지경인데, 시간이 남아돌아도 잠이 안 온다니. 잠이란고로 머리만 대면 쏟아지는 게 아니었던가?

"지금 소재 파악이 되어서 추적 중이니까, 뭐, 연락 오겠죠. 내가 바로 연락 줄게요, 정이든 씨한테."

"어? 소재 파악했어요? 어디쯤에 있어요?"

"아니, 그건 우리가 말해줄 수가 없죠. 이것도 말 안 해주려다가 큰마음 먹고 말해준 건데."

때마침 전화 한 통이 걸려온다. 형사는 발신인을 확인하고는 이든의 눈치를 보며 전화를 받았다.

의자를 빙, 돌려 뒤를 돌았다.

"어어, 말해."

단희를 찾으러 간 형사들이 헛걸음했다는 소식이 들려온다. 굵은 기침을 하며 알겠다고 말한 뒤 형사는 전화를 끊었다.

그러므로 수사는 다시 원점이고, 다시금 CCTV를 이 잡듯이 뒤져야 했다.

"하……."

"저, 곽 형사님이라고 하셨죠."

"예. 왜요."

"지금 그 전화…… 실례지만……."

"거참! 가서 기다리니까! 정이든 씨 이거 업무방해죄 성립돼요! 예?"

'업무방해죄' 소리에 이든은 슬금슬금 일어났다. 이렇듯 보채지 않으면, 이렇듯 조르지 않으면, 수사는 더뎠고 신석이 없었다.

지난 얼마간 많소 체험했으니 이러면 안 되는 줄 알지만 자꾸 경찰서를 배회하게 되었다.

"야 인마! 현수야! 남 형사!"

"예! 부르셨습니까!"

곽 형사는 다른 형사를 부르며 관자놀이를 문질렀다.

"이거 가서 다시 뽑아야 하니까 견적 좀 짜봐."

"아…… 잘 안 됐습니까?"

"가니까 없었대. 이미 튀었나 봐. 가서 협조 공문 보내고 CCTV 다시 조회하자."

"예."

자리로 돌아가려던 남 형사는 이든을 힐끔 바라보았다.

"요즘 자주 봅니다? 여기는 와서 기다리는 곳이 아니고, 접수했으면 돌아가야 하는 곳입니다."

"네……."

"가셔야 우리도 일하고, 기밀 이야기도 하고, 조서도 꾸미고 하니 양해 부탁드립니다."

"알겠습니다. 민폐 끼쳐 죄송합니다."

이든이 허리를 굽혀 인사하자 남 형사는 이해한다는 듯 툭툭 어깨를 쳤다.

"심정 잘 이해합니다. 우리도 아드님 심정 이해 못 하는 거 아니고, 잡았으면 하는 마음은 여기 있는 사람들도 다 똑같으니, 믿고 맡겨주십시오."

"알겠습니다. 이만 돌아가겠습니다."

이든은 버릇처럼 가져온 책가방을 들었다.

때마침 경찰서로 한 통의 전화가 걸려온다. 저기압인 곽 형사를 대신해 총알처럼 튀어간 남 형사가 전화를 받고.

"아⋯⋯ 예. 예예. 아⋯⋯ 예."

허리춤에 손을 올린 채 심각하게 통화를 한다. 이곳은 하루도 조용할 날이 없구나, 이든은 퍽 답답한 심정에 한숨을 내쉬었다.

"예예. 연결하겠습니다. 예. 수고하십시오. 예."

남 형사는 내선을 눌렀다. 곽 형사 자리의 전화가 울린다.

"뭔데?"

정황상 남 형사가 돌려준 전화라는 것을 알고 있는 곽 형사가 무심하게 묻자, 남 형사는 이든을 바라보며 입을 열었다.

"김단희 씨, 자수하러 왔다는데요."

"⋯⋯뭐?"

곽 형사는 커진 눈으로 남 형사를 바라보았다. 뒤돌아 걸음을 옮기던 이든은 그 자리 그대로 멈췄다. 무슨 말을 들은 건가 싶어 황급히 뒤를 돌았다.

남 형사와 시선이 마주친다.

"김단희 씨 지금 자수하러 서에 왔답니다."

곽 형사는 서둘러 전화를 받았다.

모두가 찾아 헤매던 김단희의 등장이었다.

"기분 잡치게 비가 오네. 뭐 이렇게 음산해, 날씨가."

내리는 창밖의 빗줄기를 바라보다가 곽씨는 중얼거렸다.

곽씨는 비 오는 날이 싫었다. 습한 공기, 어두운 풍경이 싫었다. 평소에는 일절 없던 무섬증이 비 오는 날이면 항시 생겨, 작은 소리에도 깜짝깜짝 놀라곤 했다. 아무리 씻어도 씻어지지 않는 피 묻은 손에서 피비린내가 나는 것만 같은 착각도 일곤 했다.

우르르르 쾅!

"아유! 깜짝이야!"

하늘을 쪼개는 천둥이 치자 곽씨는 저도 모르게 큰 소리를 내었다.

"아우, 씨, 아우, 씨, 아우 놀래라."

심장이 쿵쿵쿵쿵 하며 요란하게 뛴다. 사무실의 불을 환히 켜두었음에도 평소보다 어둡게 느껴지는 공간이 두려웠다.

집에 돌아가고 싶어도, 운전대를 잡을 용기가 나질 않았다. 뒷좌석에서 누군가 쳐다보는 느낌이 소름 끼치게 싫었으니까.

아. 그래도 집에 가야겠다. 도저히 이 공간을 견디기가 힘드니까.

"단희야! 애! 단희……."

집에 가려고 단희를 부르던 곽씨는 말을 멈췄다. 단희가 사라진

게 벌써 며칠인데, 아직도 적응하지 못하고 입만 열면 단희를 찾고 있는 꼴이라니.

"일단 집에 가긴 가야 하는데. 망할 단희 년이 없으니 가지가지 꼬이네, 정말."

얼마간은 그런대로 살아지더니, 단희의 공백은 생각보다 컸다. 물 한 잔도 제 손으로 떠 마시지 않던 삶이었으니 오죽하랴.

이를 박박 갈며 곽씨는 가방을 들었다. 그러다가, 다시 의자에 앉아 잠시 생각에 잠겼다.

"그 노인네가 갑자기 왜 그렇게 마음을 바꾸었을까?"

주옥선 여사가 자신에게 건넨 봉투엔 현금 2억이 들어 있었다. 원체 돈을 물 쓰듯 써주던 사람이었으니 이제 와 놀랄 일은 아니었지만, 자신이 사기꾼인 것을 아는 시점에 그런 큰돈을 쥐여준 것이 다소 이상하긴 했다.

왜? 어째서? 그 노인네가 심경의 변화를 보인 거지?

"정채원 그 기집애가 뭘 꼬드겼나? 이것도 함정 아냐?"

곽씨는 눈을 가늘게 뜨며 중얼거렸다. 돈에 눈이 멀어 즐거웠던 어제와는 달리, 오늘의 기분은 영 찜찜했다.

"……비가 와서 그러나? 돈이 무슨 죄야?"

다시금 우르르 쾅쾅, 천둥이 치니 두 눈을 질끈 감았던 곽씨는 서서히 눈을 떴다. 심장이 쪼그라드는 무섬증이 찾아드니 빠르게 기분 전환할 것이 필요하다는 것처럼, 곽씨는 책상 위 성준이 선물해준 장식품을 바라보았다.

단희가 사라지고 나니 애지중지하던 장식품에도 먼지가 쌓여간다.

"얘도 팔아버릴까? 한국 뜨기 전에 팔아치우는 게."

모르긴 몰라도 꽤나 값이 나갈 거다. 곽씨는 장식품을 바라보다가 덥석 집어 들고 쓱쓱 닦기 시작했다.

지문이 찍힐까 한번 제대로 들어본 적도 없는 상식품을 들고, 영롱하게 빛을 보는 그 아름다움에 잠시 미소 짓다가.

"아니면 유언장을……."

이렇게 푼돈을 뜯어낼 게 아니라 유언장이라도 쓰게 하면 좋을 텐데. 주옥선, 본인이 죽고 나면 모든 재산을 곽진미에게 일임한다. 이런 거.

어때? 좋잖아?

"재산이 수천억은 될 텐데. 부동산은 또 어떻고? 노인네 죽으면 그거 다 뭐 해? 그날 보니 오늘내일하는 얼굴이던데."

오늘내일하지 않아도. 만일에 죽는다면?

"그건 또 쉽잖아."

곽씨는 장식품을 어루만지다가 큰 웃음을 쏟았다.

좀 더 빌빌 기어볼까? 헌신을 다하고 발등까지 핥을 요량으로 설설 기다가, 유언장이라도 남겨주면 그걸로 남은 인생 사는 것도 나쁘지 않은데.

"이건 뭐지?"

생각만으로도 즐거운지 한껏 웃음 짓던 곽씨는 처음으로 이상한 것을 발견했다는 것처럼 장식품을 자세히 들여다보았다. 유난히 까만 눈알이 그저 그런가 보다 했는데, 반짝이는 줄 알고 넘겼던 공간에 홈이 있다.

곽씨는 본능적으로 입술을 꽉 닫고 장식품을 조금 더 끌어당겼다. 초점을 맞추듯 한참이나 장식품의 눈알을 응시하니.

"아⋯⋯!"

곽씨는 소스라치게 놀라 장식품을 책상에 내렸다. 그러곤 두 입을 막으며 의자를 뒤로 밀어 장식품과 멀리 떨어졌다.

아, 이게, 아, 아⋯⋯!

곽씨는 소리 없이 비명을 질렀다. 단희도 알아보았던 그것, 도청기였다.

⋯⋯혼란이 뒤섞이며 어지러움이 밀려든다. 일사병이 다녀간 것처럼 눈앞이 캄캄해지고, 다시 환해지기를 반복했다.

이 안에서 자신이 했던 말들을 되짚어보려 하지만 당황한 마음에 아무것도 떠오르지 않았다. 놓치듯 장식품을 내려놓은 곽씨는 두 눈만 몇 번이고 크게 감았다가 떴다. 생각을 지휘하는 사고 회로는 정지했고, 본능적 감각으로 두려움만 살아남아 손끝이 벌벌 떨렸다.

끼이이이익. 그런 와중에 문이 열렸다. 곽씨는 엄습한 공포를 담은 눈길로 열리는 문을 바라보았다.

"여, 여사님⋯⋯."

우르르 쾅쾅! 심장을 찌르는 것 같은 천둥소리가 등 뒤에서 내리쳤다.

"여사님께서 여긴 어쩐 일로⋯⋯."

주옥선 여사였다.

안녕, 이제는 안녕

무얼 알고 그러는 것처럼 어두컴컴한 하늘은 쉴 새 없이 빗줄기를 뿌렸다. 사무실 유리창을 통해 번쩍거리며 굉음과 함께 뿌려지는 천둥은, 지금의 분위기를 더욱 을씨년스럽게 했다.

곽씨는 느닷없이 등장한 주 여사를 바라보며 자리에서 일어섰다. 연락도 없이, 주 여사가 불시에 사무실을 방문한 것은 처음 있는 일이었다.

"여사님, 미리 연락을 주시지 어떻게 이렇게 연락도 없이 오셨어요."

앞뒤 정황을 모두 알 수 없으니 곽씨는 환한 미소를 장착했다. 주 여사는 곽씨의 친절한 인사를 받으며 안으로 들어섰다.

"주변을 지나다가. 선생의 비서한테 전화를 걸었는데 결번이던데."

"……아, 그러셨구나. 실은 비서가 사정이 있어서 얼마 전에 관뒀지 뭐예요. 저한테 그냥 연락 주시지."

"내가 연락 없이 오면 안 될 이유라도 있나?"

"아뇨, 그럴 리가요. 여사님을 살뜰하게 모셔야 해서 그러는 거죠. 차도 한잔 준비 못 하고 여사님 뵙기가 죄스러워서."

곽씨는 날씨만큼이나 어두운 계열의 옷을 입고 등장한 주 여사를 훑었다. 지하철 입구에서 만난다면 눈길 한번 받지 못할 평범한 인상의 주 여사는.

"그나저나 잘 오셨어요, 여사님. 앉으세요. 안 그래도 여사님을 뵙고 싶었답니다."

가진 자산이 1조에 육박하는, 고개를 아무리 꺾고 보아도 끝을 보기가 힘든 빌딩의 주인, 해외에 퍼져 있는 많은 별장과 토지의 소유자, 그리고 에어밸런스의 대주주.

"나를 기다렸나?"

이 넘쳐나는 재산을 물려줄 자식 하나 없는, 외로운 인생.

"날씨도 짓궂고 꿈자리도 뒤숭숭하고 하니 별생각이 다 들지 뭐예요. 우리 여사님은 잘 계시나, 걱정했죠."

"……."

"여사님 이런 날씨 별로 안 좋아하시잖아요."

"우리 형재 방이 보고 싶어서 왔네."

"아, 형재 군 모셔둔 곳이요?"

곽씨는 입술을 길게 늘어트리며 웃었다. 위혼제를 치른다는 명목으로 커다란 공간을 신당처럼 꾸며두었다.

사기 행각을 걸린 뒤로는 일절 찾아오는 일이 없어 안심하고 있었는데.

"아…… 네, 보고 싶으시면 보셔야죠. 당연히 보여드려야죠."

초는 켜져 있을까? 향은 피워졌나?

단희가 그만두었으니 그 방의 꼬락서니가 어떨지 가늠이 되지 않았다.

"여사님, 잠시만 여기 계셔주시면 제가……."

"아니. 지금 가봐야겠는데."

"아, 뭐, 네. 그럼 일어나시죠."

곽씨는 천천히 일어서며 내내 무표정한 얼굴로 일관하는 주 여사를 훑었다. 이 구렁이 같은 노인네가 어디서부터 어디까지 알고 있는 건지, 알고도 이러는 건지 몰라서 이러는 건지 감이 오지 않았다.

설마, 내가 지 자식을 죽인 걸 알고도 이렇게 침착하겠어?

곽씨는 생각에 생각을 거듭하며 신중하게 움직였다. 주 여사의 작은 행동과 눈빛 하나하나를 놓치지 않고 살폈다.

장식품에 도청기를 박아둔 것은 에어밸런스 한성준의 짓일 거다. 그렇다면 한성준이 주 여사에게 모든 사실을 털어놓은 상황일까? 아직 거기까지 가진 않은 건가?

곽씨는 주 여사를 데리고 복도를 걸으며 머리를 굴렸다. 또각, 또각, 습기 차고 어두운 복도에 곽씨의 구두 소리가 징처럼 울려댔다.

"여기, 기억나시죠?"

곽씨는 굳게 닫힌 문을 열었다. 한동안 사람이 드나든 적 없는 휑한 기운이 떠밀려왔다. 초를 켜지 않은 기도실 앞은 컴컴했고, 향을 피우지 않은 공기는 썰렁했다.

"오늘은 영 꿈자리가 사나워 아무것도 하지 못했답니다. 죄송해요, 여사님."

곽씨는 서둘러 불을 켜고 초를 켤 것처럼 앞으로 나아갔다. 가라앉아 있던 먼지가 폴폴 올라왔다.

"그만두게!"

초를 켜려 하자 주 여사의 단호한 음성이 가로막는다. 성냥을 긋던 곽씨는 멈칫, 했다.

……무엇이 어찌 된 상황이건 간에 오늘 내로 도망쳐야 한다.

곽씨는 모든 계산을 끝마쳤다. 이 순간만 잘 넘기고, 주 여사를 돌려보낸 후에 지금 가진 얼마 정도를 챙겨 달아나야겠다. 당장. 오늘 내로.

"아…… 여사님, 말씀드렸다시피 비서가 갑자기 그만두는 바람에. 제가 조금 정신을 차리지 못하고……."

곽씨가 자신의 상황을 비관하며 가여운 음성을 해보지만 주 여사는 눈길을 그곳에 주지 않은 채 앞으로 나아갔다.

조롱거리처럼 걸려 있는 아들의 사진을 향해, 주 여사는 걸어갔고 멈췄다. 그 뒤에 서서 곽씨는 비스듬히 고개를 꺾었다.

저 노인네가, 알고 있나?

"내 아들의 사진을 가져가야겠네."

"네? 형재 군의 사진을요? 갑자기…… 왜요?"

알고 왔나?

곽씨는 관찰하는 눈길로 주 여사의 뒷모습을 바라보았다. 어느새 작아진 동공은 섬뜩하기까지 했다.

"여사님. 사진을 갑자기 왜 가져간다는 말씀이시죠?"

"이곳에 둘 필요가 없으니까."

주 여사는 아들의 사진을 떼어냈다. 가까이서 들여다보니 때가 끼고 먼지가 늘어붙은 것이 속을 뜨겁게 해, 손바닥으로 아들의 액자를 닦았다.

우르르 쾅쾅!

천둥이 내리치자 주변이 몹시 환해졌고, 다시 어두워졌다. 곽씨는 자신의 손으로 하염없이 액자를 닦는 주 여사를 계속해서 바라보았다.

"영혼결혼식 비용으로 자네에게 주었던 돈이 꽤 많았을 텐데. 정작 정채원에겐 2억밖에 건네주지 않았더군."

"그것도 과분한 액수였죠. 겨우 웨딩드레스 한 번 입는 것으로 2억을 받아 갔는데."

"난 더 챙겨주라고 일렀네."

"모든 걸 제게 일임하신 분은 여사님이세요."

"그 아버지 병원에 불은 왜 지른 거지? 그것도 내가 자네에게 일임한 일이던가?"

……곽씨는 배시시 웃었다.

주 여사는 액자를 깨끗하게 닦은 뒤 천천히 곽씨를 바라보았다. 입술 끝에 매달린 스산한 웃음을, 주 여사는 두 눈에 모두 담았다.

"그 아버지도 모자라 그 남동생까지."

"……."

"죽이려고 했나? 우리 형재처럼?"

"……."

"우리 형재처럼! 죽이려고 했느냐고!"

아아. 알았구나. 전부.

곽씨는 주 여사의 핏빛 서린 눈동자를 마주하며 여전히 웃음을 띠었다. 그러다가 천천히 걸음을 옮기며, 곽씨는 입술을 열었다.

"목숨이 어디 그렇게 쉽게 끊어지는 줄 알아요? 죽이는 건 쉽지만 죽는 건 쉽지 않답니다."

"……."

"형재 군도 그랬죠. 쉽지 않았어요. 한 번 부딪쳤을 때 가주면 참 좋았을 텐데. 세 번이나 밀고 가게 했어."

"……너…… 너……!"

가득 찬 공기가 끔찍했다. 곽씨와 산소를 나누어 마셔야 하는 일이 고문처럼 느껴졌다.

"때로는 모르는 게 약인 순간이 있어요, 여사님. 이런 게 그런 일이에요. 제가 형재 군을 죽였다는 사실을 알게 됐다고 뭐가 달라지나요? 뭐가 달라지지?"

"……."

"아들이 살아 돌아오나? 당신이 나를 죽일 수 있나? 사는 내내 괴롭겠지. 내 손에 당신 아들을 맡기고, 내게 위로받고."

말끝에 곽씨는 이성을 상실한 것처럼 웃음을 터트렸다. 얼마나 크게 웃었는지 곽씨는 눈가에 맺힌 눈물까지 닦아냈다.

"어쩜 그렇게 어리석을 수 있지? 속은 당신이 멍청한 거지 속인 내가 잘못한 게 아니야. 돈에 눈이 멀었는데, 내가 무슨 짓을 못 하겠어? 그러게 누가 그렇게 많이 가지고 태어나래?"

"야아아! 너어어어어!"

주옥선 여사는 짐승의 소리를 내다가 아들의 사진을 붙잡은 채 털썩, 지티에 주저앉고 말았다.

곽씨는 측은지심이 조금도 없는 눈길로 주 여사를 바라보다가 또각, 또각, 굽 소리를 내며 걸음을 옮겼다. 주저앉은 주 여사의 곁에, 무릎을 굽혀 앉았다.

"내가 왜 이런 이야기를 당신한테 들려주는지 알아?"

"……."

"이 방엔 도청기가 없거든."

주 여사는 가슴의 통증을 호소하며 풀썩, 드러누웠다. 짧은 숨은 턱턱 끊어졌고 눈동자는 제 위치를 잃어버렸다.

"괴롭잖아. 그냥 이참에 아들 곁으로 가. 살아서 뭐 해?"

곽씨는 고통에 휩싸인 주 여사의 얼굴을 바라보다가 또다시 빙그레 웃었다. 지금의 상황과는 도통 어울리지 않는, 인정 많은 표정이었다.

"날 탓하지 마. 아줌마가 멍청해서 속은 거야."

주 여사의 끄억끄억 하는 숨소리가 불규칙해진다. 숨이 제대로 쉬어지지 않아 낯빛이 변하는 얼굴을 바라보다가 곽씨는 일어섰다.

"살려…… 살려……."

말을 제대로 잇지 못하는 주 여사의 음성에 곽씨는 걸음을 옮기다가 다시 멈췄다. 천천히 돌아서며 어깨를 으쓱, 올려 보였다.

"살려달라고?"

"……."

"내가 왜?"

곽씨는 그대로 밖으로 나섰다. 주 여사는 부르르르, 떨던 몸을 멈췄다.

"무슨 일이십니까?"

문밖에서 실장을 만난 곽씨는 빠른 걸음을 걸으며 시계를 들여다보았다.

"여기 떠야 하니까 준비해. 기도실 문 잠가. 빨리 움직여."

"예? 아, 네."

곽씨는 사무실 안으로 들어섰고, 실장은 기도실의 문을 잠그려다가 안을 들여다보았다. 축 처진 주 여사를 바라본 실장은 히익, 두 눈을 크게 뜨다가 쿵 하고 문을 닫았다.

덜덜 떨리는 손으로 문을 잠그며, 실장은 부리나케 복도를 나섰다.

"이런 닝기미, 대체 무슨 일이야 이게!"

실장은 미친 듯이 전력 질주 하며 밖을 나섰다.

사무실에 들어서자마자 곽씨는 장식품을 내동댕이쳤다. 쨍그랑! 날카로운 소리와 함께 산산조각이 나고 말자, 그 안에 박혀 있는 도청기가 모습을 드러냈다.

"이런 망할 것들, 찢어 죽일 놈 같으니라고."

되알진 욕을 뱉으며 성준을 떠올린 곽씨는 도청기를 구두 굽으로 밟아 박살 내버렸다.

육중한 금고를 열어 챙길 수 있을 만큼 현금을 가득 챙긴 뒤 주차장으로 내려왔다. 이런 때를 대비해 마련해둔, 한 번도 타보지 않던 대포 차에 올라탄 곽씨는 시동을 걸었다.

"비 좀 그만 와라, 그만! 좀!"

서둘러 떠나야 한다. 재수가 없으면 꼬리를 밟힐 수 있으니. 한두 번 겪어본 일은 아니니 몸을 숨기는 데에야 도가 텄다.

일단 서울만 벗어나면 해결 방안을 금세 물색할 수 있으므로 곽씨는 주차장을 빠져나왔다.

위치 추적이 될 만한 휴대폰은 전원을 종료한 뒤 집어던졌다. 도로 위로 빠져나온 곽씨는 두둑하게 챙겨 온 가방을 룸미러로 바라보며 웃음을 터트렸다.

"하…… 노인네, 진짜. 아들 사진 부여잡고 가는 꼴이라니."

곽씨는 최고 속도로 와이퍼를 움직이다가 신호에 멈춰 섰다.

쾅! 쾅! 우르르 쾅! 미친 듯이 천둥이 내리친다. 곽씨는 어서 신호가 바뀌길 바라는 마음으로 입술을 물어뜯었다. 그때였다.

쾅! 차량이 심하게 흔들리고, 곽씨는 핸들을 잡고 앞뒤로 휘청이다가 고개를 들었다. 뒤에서 차가 들이받은 것이다.

"이런 미친! 어느 놈이 또!"

사고가 났지만 멈출 틈이 없다. 신호가 바뀌면 곧장 달려야 한다. 뒤 차량에서 사람이 내리지만 신호가 바뀌자마자 곽씨는 액셀을 밟았다.

최고 속도로 와이퍼를 움직여보지만 앞을 분간하기가 힘들 정도로 비가 내린다. 곽씨는 핸들을 바짝 잡고 운전을 하다가 삼의 뿌리처럼 여러 갈래로 찢겨 내리치는 천둥에 화들짝 놀랐다. 차의 전면 유리가 박살 날 것만 같았다.

콰과과과광!

"꺄아아악!"

시야가 하얀 세상 속에 잠겼다가, 다시 돌아온다. 두려움에 미친 듯이 속도를 내던 곽씨는 반대편 차선에서 달려오는 커다란 화물차를 보았다.

마치 자신의 차선으로 역주행해서 달려오는 것만 같은 착각이 일어, 곽씨는 비명을 지르며 운전대를 꺾었다.

"으아아아아악!"

곽씨의 차량은 크게 회전하며 외벽을 들이받았다.

쿵…… 하는 소리와 함께 보닛에서 흰 연기가 피어오르기 시작했다. 핸들을 들이받은 머리가 클랙슨을 눌러 시끄러운 소리가 울려 퍼지기 시작했다.

곽씨는 희미해져가는 의식 속에 안간힘을 쓰며 눈을 떴다.

살려줘. 나를…… 살려줘…….

누군가 다급하게 다가와 안을 살폈다. 곽씨는 저절로 감기는 시선 사이로 상대를 바라보았다. 다가온 사람들은 한둘이 아니었다.

"차 문 열어 빨리! 남 형사! 부술 것 좀 가져와!"

"예!"

형사와 경찰. 그리고 도와줄 기색이 전혀 없어 보이는 저 남자.

"이 여자 맞습니까? 확실해요?"

"네. 맞습니다."

성준이었다.

맺혀 있는 모든 것을 쏟아내듯 하더니, 어느새 비가 그쳤다.

숨을 쉬고 있다. 숨을 쉬고 있다.

그런 생각이 들더니 조금씩 살아 있다는 감각이 느껴졌다. 이윽고 익숙한 세상의 소리가 귓가에 걸리고, 주 여사는 천천히 눈을 떴다.

"어, 여사님. 정신이 드세요?"

주 여사는 눈을 지그시 감았다가 떴다. 목소리의 주인공이 채원이라는 것을 알기까지 그리 오랜 시간이 걸리지는 않았다.

주 여사는 아주 조금 고개를 돌려 채원을 바라보았다.

"잠시만요, 여사님. 저 선생님 불러올게요."

채원이 불러온 의료진은 간단한 진찰을 끝낸 뒤, 별다른 이상 소견은 없지만 아직은 절대 안정을 취해야 한다는 말을 남기고 사라졌다.

커다란 1인용 병실에 채원과 주 여사는 둘이 남았다. 주 여사는 눈만 감았다가 뜨며 천장을 바라보았다. 채원은 그런 주 여사를 바라보다가, 입술을 열었다.

"곽씨 잡았어요, 여사님."

닫는 눈가 사이로 빠르게 눈물이 고인다. 주 여사는 말없이 채원의 이야기를 들었다.

곽씨를 잡으려 성준이 차량을 들이받았지만 그대로 달아났다고 한다. 신고를 접수하고 오고 있던 형사들이 뒤를 따라 쫓았는데, 곽씨의 차량이 빗길 교통사고가 났다고.

"크게 다쳐 일단 병원으로 이송되었다는데, 수술 중인 모양이에요."

"나는, 자네가 발견했나?"

"아, 그게."

채원은 발견 당시를 설명했다. 그녀가 기도실에 도착했을 땐, 응급조치를 끝내고 뒤로 나자빠진 실장이 거친 숨을 내쉬며 드러누워 있었다고 한다. 실장이 구급차를 미리 불러둔 까닭에 빠르게 모셔올 수 있었다고.

"조금만 늦어도 큰일 날 뻔했다고 하더라고요. 정말 다행이에요."

"……그랬구만."

그때. 곽씨의 명령대로 기도실 문을 잠그고 내달리던 실장은, 결국 멈칫거리는 자신에게 미친 듯이 욕을 퍼붓다가 다시 기도실로 올라갔다.

서둘러 도망쳐도 늦는다고 자신에게 무자비한 욕을 쏟아보지만 다리는 멈추지 않고 기도실을 향해 내달렸다. 걸어 잠갔던 문을 열고 병원에 구급차 요청을 하며 의식을 잃은 주 여사에게 심폐소생

술을 했다.

　채원과 의료진이 도착하고 나서야, 실장은 연행되었다.

　"비서도 자수를 하고, 실장도 잡혔으니 아마 그들의 모든 범행이 밝혀질 거예요, 여사님."

　"우리 형재."

　"…… 네?"

　"우리 형재 사진은?"

　주 여사는 잊은 물건이 떠올랐다는 것처럼 두리번거렸다. 여차하면 일어날 기세로 고개를 움직이니 채원이 다급히 아래에서 사진을 꺼내 올렸다.

　"여기 있어요. 잘 가져왔어요."

　"아……."

　주 여사는 아들의 사진을 붙잡았다. 그 먼지 많은 곳에, 빛 한 점 없는 곳에 있었음에도 아들의 얼굴은 평화로워 보였고, 맑았으며, 밝았다.

　뜨면 차오르고, 감으면 떨어졌다.

　"아아…… 아아아…… 형재야……."

　주 여사는 고운 아들의 얼굴을 바라보다가, 비로소 인생의 참값을 알게 되었다.

　"엄마가 미안해……. 엄마가 잘못했어……. 엄마가 미안해……."

　모든 것은 그럴 수도 있는 일이니, 흘려보내면 그만이다. 우리는 충분했다.

　"내 새끼…… 내 새끼 엄마가 미안해……. 이제 다 됐다……. 다

됐어······."

떠나보내는 것은 너무 슬프지만, 이 또한 그럴 만했다.

"다 됐다······. 형재야····· 이제 다 됐어······. 끝났어······."

비우고, 내려놓으면 그뿐. 너의 몫까지 내가 살아내면 그뿐.

"용서해라······. 형재야······. 형재야 엄마를 용서해······."

기쁨을 기뻐 말며, 슬픔을 슬퍼 말자.

비워내자.

떠나보내자.

"내 아들 형재야······. 잘 가라······. 잘 있어라······."

졸렬한 마음을 품기보단 차라리.

정신없는 하루가 지나간다.

채원은 주 여사의 병실에서 시간을 보냈고, 성준은 경찰서에서 시간을 보냈다. 퇴원 수속까지 마친 채원은 직원들의 부축을 받으며 집으로 돌아가는 주 여사의 모습을 끝으로, 병원을 빠져나왔다.

정말이지 긴 하루였다.

"여보세요? 대표님 지금 어디예요?"

— 넌 어딘데?

서로가 서로의 안부를 이제야 물어볼 만큼.

"난 여사님 퇴원 수속 마치고 이제 집으로 가려는 중. 아직 병원에 있죠."

— 그럼 거기서 10분만 기다려. 나 근처야.

"아, 근처? 그럼 로비에서 기다릴게요."

병원과 경찰서는 그리 멀지 않았다. 성준은 약속한 시간보다 조금 더 빨리 도착했고, 채원은 도착했다는 그의 말을 들으며 로비 밖을 나섰다.

길었던, 그리고 고단했던 하루의 해는 이미 저물었다.

"여사님은 잘 가셨어?"

서로는 이끌리듯 다가가 손을 맞잡았다.

"잘 가셨지. 나머지 일은 어떻게 됐어요?"

"그쪽도 정신없었어. 일단 자수한 비서가 조사 중이라, 그게 끝나야 윤곽이 좀 더 나오려나 봐."

"아…… 솔직하게 다 말해줬으면 좋겠다. 그러려고 자수한 거겠죠?"

"뭐, 기다려봐야지. 아무래도 그쪽 비서나 실장이나, 곽씨 가까이서 지낸 세월이 오래돼서 쥐고 있는 증거도 있을 거야."

공격의 목적이건 방어의 목적이건, 아마도 곽씨의 약점 한두 가지쯤은 쥐고 있을 사람들이다. 이익 관계로 사기극의 뒤를 봐주던 사람들끼리 의리니 윤리니, 그런 것을 가지고 있을 리도 없었다.

자수를 했다고 해서, 쓰러진 주 여사의 마지막을 못 본 척하지 않았다고 해서, 그들이 스스로 만들어낸 그간의 죄가 씻어지는 것 또한 아닐 거다.

"고생했다, 정말로."

"대표님이야말로 정말 고생 많았어요."

모든 것이 제자리를 찾으려면 아직도 많은 시간이 소요될 줄은 알고 있지만, 어쨌든 오늘은 웃고 싶었다. 주 여사의 다친 마음은 당장 어찌할 도리가 없으니 그저 시간을 두고 천천히 빛이 고인 곳으로 나아가는 수밖에.

"우리도 이만 갈까?"

성준의 말에 채원은 빙긋 웃었다.

마음에 짐을 쌓지 않은 채 당신의 손을 잡는 일, 얼마 만인가. 손가락이 엉켜들고, 그대의 온기는 내 것이 되고.

"응. 가요."

조금 더 가깝게 서도, 그러다가 서로의 허리를 끌어안아도, 누구 하나 우리를 이상하게 보거나 비난하지 않는 시간의 한가운데 섰다.

"너 지금 나한테 너무 붙는 거 아니냐?"

"왜요? 붙으면 안 돼요? 마음 같아선 더 붙고 싶은데?"

"미안해. 운전석은 일인용이라. 둘이 함께 앉을 수 있는 운전석이 있는지 알아볼게."

평소라면 웃지 않았을 그의 시답잖은 농담에 채원은 크게 웃어 버렸다.

"뭐가 그렇게 웃겨. 이제 내 아재개그를 이해하는 건가?"

"너무나요. 너무나 이해하기 시작했네요."

채원은 보조석에 올라탔고, 급한 걸음으로 보닛을 돌아 운전석의 문을 여는 그의 모습을 바라보았다.

이제는 저 남자를 사랑한다고 해서.

이제는 저 남자에게 사랑한다는 말을 한다고 해서.

"출발한다. 어디든 가면 되는 거지?"

"그럼요. 어디든 가면 되는 거지."

이제는 저 남자가 사랑한다고 해서.

이제는 저 남자에게 사랑한다는 말을 듣는다고 해서.

우리의 세상이 헝클어지거나, 누군가의 세상이 무너지는 일은 벌어지지 않는다.

"저, 대표님."

"그런데 언제까지 날 대표님이라고 부를 생각인지? 너 이제 우리 회사 직원도 아니잖아."

"아, 그럼 뭐라고 불러요? 오빠? 자기? 아니면."

"……."

"여보?"

끼이이이익, 차가 덜컹하며 춤을 춘다. 앞뒤로 튕긴 채원을 잡으며 성준이 미안하다고, 손을 들어 보였다.

"조금 전에 그거, 객관식 문항이야? 그렇다면 나는 마지막."

채원은 그의 거침없는 선택에 또 한번 웃음을 터트렸다. 운전을 방해하지 않으려 살포시 그의 팔을 잡으며, 입술을 열었다.

"한성준을 다시 만나서 너무 좋아요. 진짜로."

"결국엔…… 이름이야……? 그것도 풀 네임……?"

호칭 하나에 희비가 교차하니 이제 우리 정말 시작인가. 정말 이렇게 다시 시작해도 되는 걸까.

……우리는 도로 위를 무작정 달렸다. 한 줌의 빛도 없는 암흑

같던 서울의 야경이, 오늘따라 시야에 들어온다.

이제야 예뻤다. 모든 것이. 말도 안 되게.

다은이와 몇몇 아이가 함께 치른 합동 생일 잔치가 끝나고, 단란한 가족의 형태처럼 모여 식사를 마친 뒤. 허리가 좋지 않은 어머니를 대신해 딸아이를 씻기겠다며 민권이 다은이와 함께 욕실로 사라진 공간.

황 여사와 태리는 나란히 식탁에 앉았다. 향이 좋다는 모과차를 앞에 두고, 조용히 깊은 향을 음미하며 다도의 시간을 가졌다.

평소 말이 많은 그녀라 해도 그의 어머니 앞은 어려웠다. 이런저런 눈치를 보지 않는 성격이라 해도, 그의 어머니 눈빛은 곧잘 신경이 쓰였다.

"저기."

욕실에서 들려오는 손녀의 웃음이 끝나고 물줄기 쏟아지는 소리가 들려온다. 황 여사는 그제야 입술을 열었다.

"저, 내가 좀 할 말이 있어서."

"말씀 편하게 해주세요."

"아녜요. 아니, 뭐, 그럽시다, 그럼."

애매한 호칭은 생략된다. 황 여사는 모과차가 담긴 머그잔을 내려다보았다.

"오늘 와줘서 고마워. 다은이가 얼마나 좋아하던지."

"아뇨. 저는 오히려 어머님이 연락을 주셔서 너무 기뻤어요. 저도 너무 즐거웠고요."

"내가 부른 것은 다른 이유는 아니고."

태리는 긴장한 까닭에 손끝을 오므렸다. 황 여사는 머그잔을 가만히 움켜쥐었다.

연락을 하지 않아 모를 거라고 생각했는데, 때맞춰 아들이 유치원에 나타났다. 손녀와 아들, 그리고 앞에 앉은 아가씨가 가족처럼 어울리는 광경을 멀찍하게 떨어져 바라보자니.

"우리 아들이 많이 좋아하는 것 같던데."

"저도 민권 씨 많이 좋아합니다."

"얼마 전에 내가 우리 아들 불러다가 이런저런 이야기를 하며 미리 걱정하지 말고 하고 싶은 대로 하라고, 그렇게 이야기도 했다만."

황 여사는 쓸쓸히 웃었다.

"그런데, 내가 아가씨 부모면 아가씨를 우리 아들한테 주고 싶지 않을 것 같애."

"아……."

"흠을 좀 잡아보려고, 사실 오늘 보자고 한 건데. 흠이라도 있으면 좋겠다 싶어서. 어디 모난 곳이 한 군데라도 있으면 내가 좀 억지라도 부려서 두 사람 이어주려고."

"……."

"그런데, 하나도 없더라고. 아가씨한테서 내가 오늘 하나도 흠을 못 잡았어."

태리는 마른침을 삼켰다.

"나도 우리 아들 귀하고, 우리 손녀 귀하고. 그런 마음이야 말할 것도 없지만, 아가씨 집에선 또 얼마나 귀한 자식일까 생각하니까."

"⋯⋯."

"내가 자네 부모라면 못 줄 것 같더라고, 우리 아들한테."

집안의 극심한 반대에 부딪치던 요즘. 아버지의 냉랭한 반응을 누구보다 잘 알고 있던 때. 차마 아니라는 말은 떨어지지 않아, 태리는 고개를 숙였다.

"처음엔 그랬거든. 우리 아들도 자세히 잘 들여다보면 잘나고, 세상 멋지고, 그래서 언젠간 자네 부모님도 알아주시겠거니 했어. 설령 자네 부모님이 끝까지 반대하셔도 그건 지 몫이지, 그 정도는 호되게 당해야지, 하며 모른 척하려고 했는데."

"⋯⋯."

"아무리, 아무리 생각을 고쳐먹어봐도 우리 아들한테 자네 못 줄 것 같아, 내가 부모라면. 이게 얼마나 기가 막힌 일이냐 하면 두 사람 안 되겠구나, 싶은 거야."

"아⋯⋯ 어머님⋯⋯."

"난 너무 좋았지. 얼굴도 이쁘고 싹싹하고, 또 우리 손녀가 잘 따르고 좋아하고. 좋은 집안에 학벌에, 떵떵거릴 직업에, 우리 아들이 좋아 죽겠다지. 처음 자넬 보고 심장이 덜컹덜컹하면서 남아나질 않았거든."

황 여사는 서둘러 모과차를 한입 삼켰다.

쏴아아아. 아이를 씻기는 물소리와 웃음소리가 맞물려, 멜로디처럼 들려온다.

"그런데 내가 부추기면 안 될 일인 것을 알았어. 짚신도 다 지 짝이 있는 법이라는데, 모양은 제각각이라 해도 크기는 엇추 낮아야 신을 것 아닌가?"

"……."

"세상에서 제일로 잘난 우리 아들이지만 나도 보는 눈은 있고, 또 역지사지로 생각할 줄도 아는 사람이라."

황 여사는 짐짓 무거운 시선을 들었다. 뱉지 못한 많은 말을 눈에 매달아놓고, 고개 숙인 태리를 바라보다가 입술을 열었다.

"도망갈 거면, 지금 가라고."

"……."

"도망갈 생각이 조금이라도 있거든 그냥 지금 가. 지금 가줘. 남자 엄마라는 사람이 쥐뿔 가진 것도 없이 자존심만 세서 모진 말쏟아내서 상처받았다고, 그냥 그렇게 말하고 다녀도 괜찮아."

뜨거움을 방패처럼 막고 있는 입술이 바르르, 떨렸다. 태리는 더욱 고개를 숙였다.

"우리 아들이 나 원망하거든 내가 다 받을게. 자네한테 무슨 말을 어떻게 했길래 떠났냐고, 우리 아들이 나 미워하면 그 미움 다받을게. 그냥 겁나고 무섭고, 그런 마음 모른 척하지 말고 괜찮으니까 도망갈 수 있을 때 도망쳐. 괜찮아."

황 여사는 어느새 차가워진 태리의 손을 끌어다가 잡았다.

"나도 여자고, 내 아들 인생 귀한 만큼 자네 인생도 귀해. 남의자식 키우면서 사랑 시작하고 싶은 여자 어디 있어? 고모 소리 들다가 엄마 소리로 바꾸고 싶은 사람, 어디 있겠느냐고."

그녀가 아주 깊이 숨겨두었던, 누군가 들춰볼까, 혹은 자신이 알아챌까, 저 깊은 곳에 묻어두었던, 형체 없는 두려움과 막막함을 들여다보아준 처음의 사람.

"자식 잘 키웠다고 상 주는 사람은 없는데, 조금만 뭘 놓쳐도 득달같이 달려들어 부모 자격 운운하는 게 세상이야. 내 자식 일도 섭섭한데 하물며."

무작정 그와 아이의 편이라고만 생각했는데 자신의 걱정을 시작해준 사람.

"지금 온 사랑을 놓치는 게 한스러울 수도 있지만, 살다 보면 대단히 잘한 일처럼 여겨지는 날도 올 거야."

황 여사는 옥으로 빚은 것만 같은 태리의 손등을 하염없이 쓸어내렸다.

괜찮다고. 괜찮다고. 너는 너무 예쁜 사람이라, 내가 손을 내밀수가 없겠다고.

"그러니까 괜찮아."

날아가렴. 멀리멀리.

"지금이라도 도망쳐. 우리 아들 두고."

"그럼 김 실장님하고 윤태리 씨는 지금 결혼 문제 두고 서로 고민이 많겠네요."

차려진 메뉴보단 눈앞의 그대가 더욱 마음에 들던 식사 시간을 끝내고, 두 사람은 카페를 찾았다. 취향의 커피를 각자의 앞에 두고 이런저런 이야기를 나누다 보니 민권과 태리의 이야기가 흘러나왔다.

"많겠지. 둘만 좋아서 될 일 같았으면 진작 뭐라도 했을 테니까."

"응, 그랬겠다."

채원은 내렸던 눈꺼풀을 올리며 답했다. 제법 힘들고 고된 사랑을 이어온 사람이다 보니, 타인의 사랑 문제 또한 남 일처럼 여겨지지 않았다.

"어릴 때는요, 사랑을 이길 만한 위기는 없다고 생각했거든요."

그녀는 웃으며 말을 이었다.

"그럴 수밖에 없었던 것 같아. 아무도 알려주지 않았으니까. 읽었던 책에서, TV 드라마에서, 언제나 마지막 장은 사랑의 승리, 이런 것만 봤으니까요."

사랑은 전부를 이겨내는 줄 알았다. 그 무지막지하고 대단한 녀석 앞에, 적수란 없는 줄로만 알았다.

"그런데, 지금은 아니던가?"

"아니라기보다, 절대적 0순위는 아닌 것 같더라고요. 그보다 앞서는 일들이 얼마나 많은지 알 것 같아요. 굳이 순위를 따지자면 좀, 하위권에 있다고 해야 하나?"

채원은 앞에 놓인 잔을 쥐었다.

나이를 먹다 보니 사랑이란 녀석의 순위는 삶에서 점점 밀려났다. 해도 되지만 하지 않아도 되는, 사랑이란 그저 그런 녀석이 되어버렸다.

"웃긴 건 뭔지 알아요? 그런 하위권에 놓인 사랑이라는 게, 작정하고 고개를 들면 무지막지해져버려요. 몹시 불량해져."

성준은 피식 웃음을 터트렸다. 불량해져버렸다는 그녀의 사랑을 떠올리니 그저 웃음만.

"저기 하위권에 놓인 주제에 아무도 말릴 수가 없는 거예요. 초등학교 여름방학 때 아무렇게나 만들어놓은 생활계획표처럼 인생의 계획을 엉망진창으로 만든다니까요."

"비유 좋은데. 작가 해도 되겠어."

"난 여전히 신경 써야 할 일들이 많고, 해야 하는 일, 매듭지어야 하는 일이 너무 많은데, 그게 사랑보다 더 중요하다는 것도 아는데."

"……."

"망했어. 난 이미 불량해졌거든요."

"껌 좀 줄까? 요란하게 씹어볼래?"

"됐거든요? 지금도 충분히 불량하니까 건드리지 말죠?"

하위권 주제에 만렙을 찍으려는 사랑이 주체가 안 된다고, 채원은 눈을 밉지 않게 흘겼다. 성준은 차를 한 모금 삼키며 입을 열었다.

"나는 지난 몇 년간 너랑 내내 싸웠어."

그녀의 숨이 퍼진다.

"아침마다, 밥을 먹다가, 거울을 보다가. 오늘은 어제보다 조금 덜 생각했나? 두 달 전보다 한걸음 정도는 더 멀어지지 않았을까?"

"······."

"술은 마실 수도 없었어. 그래서 끊어버렸지. 매일매일 내가 너를 얼마나 잊은 건지 궁금해했어. 결국 조금도 못 잊었다는 뜻이겠고."

너의 기억과 매일매일 싸워야 했다. 조금은 잊은 것 같다며 햇살 아래 안도하다가, ~~주로 구름 비가 내리는~~ 날엔 절망했다.

이제 좀 벗어났다 싶어 고개를 들다가, 눈이라도 내릴 때면 다시 고개를 숙였다.

"네 말대로 나도 하위권이 되었어. 사랑 같은 건 하면 좋지만 하지 않아도 살 수 있는 나이가 됐거든."

열병 같은 감정에 시달려도 아침 회의를 할 수 있었다. 그리움에 갈증이 나도 프로젝트를 준비할 수 있었다. 공과 사를 가르듯, 그런 마음은 내 안에서 얼마든지 정화가 되었다.

"그런데 정채원은 더 이상 내게 사랑이니 뭐니 하는 감정이라기보다, 뭐랄까."

"······."

"그냥 너는 나."

그녀의 입꼬리가 슬며시 올라간다.

"그냥 삶의 한 부분. 내 인생 모든 순위를 함께 공유하는 사람. 그냥 니가 내 인생 그 자체가 되었더라고."

"대표님 말 진짜 잘한다. 내가 하고 싶은 말이 그거였어요."

"웃기지 마. 난 불량해졌다고 말한 적 없는데?"

할 말 없는지 그녀가 웃는다. 그런 말을 하고 싶었다며 우기고 보는 그녀의 웃음을 빤히 바라보던 성준은 따라서 웃음을 터트렸다.

……이 무렵이었을까. 어떤 위기가 와도 당신의 손을 꼭 잡고 놓치지 말아야겠다고 다짐했던 게.

"저, 대표님."

"그래. 얘기해."

"나 이제 진짜 제대로 말할 수 있거든요. 오늘은 그래도 되는 날이니까."

"뭔데. 뭘?"

당신은 나의 오른팔이 되고, 나는 당신의 왼팔이 되어.

"오늘부터 나랑 1일 해줄래요?"

"아직도…… 1일이 안 됐어, 우리……?"

"그만 찰게요, 이제."

갑시다. 둘이라면 겁날 것 없는 우리만의 세계로.

"우리 이제 헤어지지 말고, 앞으로 잘해봐요."

과거에 했던 약속을 지키려고 미래에서 날아온 사람처럼, 그녀는 손을 내밀었다. 성준은 가만히 그녀의 손끝을 내려다보다가 입을 열었다.

"블록버스터를 보면 왜 항상 엔딩에 두 남녀 주인공이 키스를 하며 끝나는지 이제야 알겠다."

"응? 왜?"

그녀가 둥근 눈망울을 하며 물어오자 성준은 답 대신 채원의 입술 위로 자신의 입술을 내렸다. 멀찍하게 떨어진 두어 테이블의 사람들은 각자의 이야기에 빠져 그들의 입맞춤을 보지 못했다.

성준이 느리게 입술을 떼며 바라보자 채원은 천천히 눈을 떴다.

"어때. 이제 좀 알겠어?"

"너무 잘 알겠는데요. 밖이라 다른 걸 할 수가 없어서 키스를 했네."

"어? 난 그런 뜻 아니었는데. 너 지금 너무 야한 생각 한 거 아니냐?"

"싫어요, 그래서?"

"내 스타일이라고. 완전 내 취향이라고. 나 그 말 하고 있었는데 무슨 소리 하는 거야."

너스레를 떨자 채원은 작게 웃으며 그의 가슴팍을 툭, 하고 쳤다. 그러자 그가 어깨로 그녀의 어깨를 슬쩍 밀었다.

"카페 나가면 어떡할래. 집에 갈 거야?"

성준이 답을 종용하는 눈길로 묻자 채원은 어깨를 움츠리며 생각하는 척하다가 그에게 속닥속닥 귓속말을 했다.

워후! 그는 감탄사를 내뱉고 말았다.

"싫어."

"……"

"나 집에 보내지 마요."

심정을 대변이라도 하듯 비는 수시로 내리고 그치기를 반복했다. 아이를 재우고, 태리의 가는 길을 배웅하려고 나선 민권은 어두운 표정의 그녀를 바라보았다.

내내 웃고 있었던 얼굴은 가면이었을까. 둘만 남아버리자 굳어 버린 그녀의 얼굴은 우리가 넘어야 할 산을, 그리고 바다를 상기시켜주었다.

전력을 다해 도망쳐도 좋다고, 설마하니 어머니가 그런 말을 건넸을 거라고는 꿈에도 생각 못 한 채.

"비가 너무 많이 온다. 우산 쓰자."

입구까지 나온 민권은 들고 있던 우산을 폈다. 큰 우산이지만 하나뿐이기에 민권은 그녀 방향으로 팔을 뻗었다.

하나의 우산을 나눠 쓰기를 거부하는 것처럼 태리가 다가오지 않는다. 마치 가까워지기를 희망하지 않는 것 같아, 간신히 그의 머리나 가렸을 뿐 우산은 태리가 서 있는 방향으로 최대한 기울었다.

내가 자네 부모라면 못 줄 것 같더라고 우리 아들한테.

……힘 빠져.

태리는 추를 매단 듯 느리고 힘겹게 눈꺼풀을 올렸다.

도망갈 거면, 지금 가라고.

"저기, 김 실장."

"말해. 듣고 있어."

"우리, 그냥 그만할까?"

우산을 잡고 있는 손이 더욱 기운다.

태리는 고개를 들었다. 우산에 가려진 하늘이, 보일 리는 없었다.

"그만할까, 우리?"

"……."

"기운 빠져. 전부 다 시시해. 인생 뭐 이래? 뭐가 이렇게 매일매일이 전쟁이야, 정작 싸우고 싶은 사람은 싸우기도 전에 항복부터 하는데."

그러니까 괜찮아.

"우리 그냥 그만할래? 연애니 결혼이니, 이런 거 집어치우고 간간이 외로우면 밥이나 먹을까? 그러다가 누구 하나 결혼하면 껄끄러운 과거로 남겨볼래?"

지금이라도 도망쳐. 우리 아들 두고.

"다들 왜 나더러 도망치래? 정작 도망은 누가 치고 있는데? 술래잡기도 도망간 사람을 잡아야 술래가 바뀌는 거 아냐? 둘 다 도망가는 술래잡기가 어딨어? 세상에 그런 게 어딨냐고."

"……."

"빈말 아냐. 투정 부리는 거 아니고. 나 진짜 오늘은 너랑 헤어질 수 있을 것 같아. 심정이 그래. 윤태리가 김민권 없다고 죽기야 하겠어? 그냥 또 살아지겠……."

"나도, 할 말이 있어."

지금 이 비가, 조금 더 쏟아지면 좋겠다. 태리는 말을 멈추며 그의 다음 말을 기다렸다.

"나는, 나는 사실 욕심도 많고 가지고 싶은 것도 많고, 뭐든 잘하고 싶고 제일 잘하고 싶고, 그래."

"……."

"그런데 내가 욕심을 부리기 시작하면 못 멈출 것 같았어. 어느 순간 내 욕심이 모두를 힘들게 할까 봐, 그래서 제대로 시작도 못

했어."

소란스러운 빗소리가 자신 없는 그의 음성을 쓸어간다.

"너도 알다시피, 너도 알다시피 내가 겁이 많아. 나중에 다은이가 날 원망하면 어떡하지. 나중에 우리 어머니가 섭섭하다 하면 어떡하지. 회장님께서 끝내 날 인정하지 않으시면 어떡하지."

"……."

"니가 지금의 선택을 후회하면, 그땐 정말 어떡하지."

우산 하나를 붙잡는 것도 버거운 듯 점점 우산이 기울고, 기운다. 온전히 우산에서 벗어난 그의 머리 위로 빗줄기는 정신없이 쏟아졌다. 아무도 볼 수 없게 칠해두었던 것들을 벗겨내고, 진심만을 남겨두겠다는 것처럼.

"내내 생각했어. 몇 번이고 생각했어. 아니, 사실은 매일매일 생각했어. 그런데 너와 함께 사는 삶이 어떤 건지 나는 사실 상상이 잘 안 돼."

맥이 풀린다. 태리는 떠밀려오는 이별의 순간을 잠시 맛보았다.

"상상이 잘 안 돼서 잘 그려보지도 못했어. 너랑 내가 함께 사는 일. 너랑 내가, 같이 사는 그런 일. 상상이 안 된다."

헤어지나. 우리는 이대로, 안녕인가.

"그런데 니가 없는 삶은 상상조차 하기 싫어."

태리의 입술이 작게 벌어진다. 귀를 기울이지 않으면 제대로 들리지도 않는 그의 음성에, 그녀는 천천히 고개를 돌렸다.

"그건 상상조차 싫어. 아니, 뭐가 더 나은 건지는 모르겠지만, 여전히 나는 두렵고 겁이 나고, 그렇지만 또 너를 놓치는 일은 이제

나에게……."

"더 크게 말해줄 순 없어?"

"……."

"김민권. 나를 보고 말해. 더 크게."

"가지 마."

가슴이 울렁거려 먼끼기 닐 낏 같았나. 발끝이 빙빙 돌아 그대로 쓰러질 것 같았다.

"가지 마. 그냥, 그냥 곁에 있어줘. 내 뒤에 있으라고 했던 말, 그 거 이제 지킬 수 있게 해줘."

"진심이야?"

"……너무나."

결계를 쳐놓은 듯했던 우산 속 안전한 공간을 벗어난 그녀가, 그 의 목덜미에 매달리듯 끌어안았다. 살며 몇 번 맞아본 적 없는 빗 줄기는 차가웠고, 머리칼이 달라붙어 성가셨지만.

"사랑해, 김민권. 나 아까 거짓말했어. 나, 너 없으면 못 살아."

맞을수록 상쾌해지고, 젖을수록 평온해졌다. 태리는 더 이상 어 쩔 바를 모를 정도로 그를 꽉 안았다.

"나랑 결혼해."

그녀의 청혼에, 젖은 얼굴을 끄덕였다. 민권의 얼굴을 두 손으 로 움켜쥔 태리는 시선을 맞추려 안간힘을 쓰며 다시금 입술을 열 었다.

"결혼하자, 우리. 그리고 잘 살자. 남들만큼 행복하게. 우리, 다 해보자."

어쩌면 나는, 그의 말대로 오늘을 후회할지도 모른다. 하지만 그건 미래의 내가 책임지면 되는 일이니, 현재의 나는 이 선택을 믿는 수밖에 없다.

나는 지금의 나를 믿는다. 지금의 너를 믿듯이.

"그러니까, 강형재 뺑소니 사건의 용의자가 곽진미라는 거죠."

"뭐, 그렇다는 거죠."

연행되어 조사 중인 실장은 자포자기했다는 듯 그간 있었던 일들에 대해 진술했다. 단희가 어디까지 털어놓았는지 알 수 없고, 불리한 거짓 증언을 하느니 사실 그대로 털어놓는 게 상책이었다.

아니, 사실은 언제고 때가 되면 모든 것을 자백해야 하는 순간이 올 거라고 생각했다. 매일 밤을 불면에 시달리며 자괴감에 빠져 사느니, 정당한 대가를 치르는 전과자가 차라리 나았다.

"사기를 치기 위해 무속인을 사칭한 곽진미가 계획하에 강형재를 뺑소니로 사망에 이르게 하고, 그의 모친인 주옥선 씨에게 접근해 돈을 뜯어냈다."

"그렇습니다."

"곽진미와 처음부터 일을 함께 도모했습니까?"

"뭐, 그랬다고 봐야죠. 범행에 쓰인 대포 차도 제가 마련을 해줬으니 같이 도모를 했죠. 처음엔 사람을 죽일 거라고 생각은 못 했고. 아니, 그게 이제 와 중요합니까. 도모했다는 사실이 중요하겠죠."

하루를 살아도 사람답게 살고 싶다.

실장은 계속되는 조사에 지친다는 듯 미간을 문질렀다. 취조를 하면서도 충격인지, 잔뼈가 굵은 검사도 잠시 한숨을 내쉬었다. 사람이 한 일이라고 보기엔 다소 무리가 따랐다.

강형재 뺑소니 사건이 처음은 아니었다. 여러 도시에서 해결되지 않았던 뺑소니 사건, 그중 세 건의 뺑소니에 곽진미가 연루되어 있었다.

대부분 부호의 자식이었고, 비슷한 수법으로 접근하여 얼마간의 돈을 뜯어내고 신기가 딸린다는 변명을 하며 잠적했다. 그러다가 주옥선 여사를 찾았다.

"이제 와서 이러한 사실을 전부 털어놓는 이유는 뭡니까? 그것 좀 물어봅시다."

실장은 검사의 질문이 황당하다는 듯 웃었다. 참으로 쓸데없는 것이 궁금하다는 것처럼, 전부를 내려놓은 웃음이었다.

"밤이면 밤마다 내가 괴물처럼 느껴지는데 잠이 오겠습니까? 잠 좀 자고 싶습니다."

"……."

"얼마 전엔 택시를 탔는데 기사 양반이 좀 까칠하게 나오니까 죽이고 싶더라고. 그때 진심으로 느꼈지. 이거 위험하다."

문제의 해결을 위해 극단적 방법을 쉽게 떠올릴 때, 더는 이렇게 살 수 없다고 생각하고 있던 차였다.

"그러다가 지금 조사받고 있는 단희를 도망시켜줬죠. 내가 도와줬다는 걸 뻔히 알 텐데 그 곽씨가 아무 말 않더라고."

"……."

"지금은 좀 정신없으니 적당한 기회를 봐서 나도 죽이려고 했나 어쨌나, 이건 뭐 살아도 사는 게 아니고."

"왜 도망치지 않았습니까?"

"그건 나도 나한테 묻고 싶은데. 도망친다고 인생이 새것으로 변하겠나, 괴물이었던 내가 사람답게 살 수 있겠나. 그냥 포기했던 것도 같고."

실장은 중얼중얼하며 자신에게 말하듯 답했다. 흠. 검사는 잠시 숨을 내쉬며 생각하는 듯하더니 고개를 들었다.

"지금까지 진술한 것들을 뒷받침할 증거를 가지고 있습니까?"

"증거? 내가 산 역사이고 증거지 뭐가 더 필요합니까?"

"없습니까?"

검사가 다시 되묻자 실장은 가만히 입술을 다물고 생각하다가 시선을 들었다.

"그, 있긴 있는데 사무실에."

증거가 있다 하니 검사의 눈빛은 조금 더 적극적으로 변했다. 실장은 그때 그걸 왜 버리지 않았을까, 하는 눈빛으로 황망하게 웃었다.

"강형재 군의 휴대폰이 나한테 있어요. 폐기하라며 줬는데 그걸 왜 가지고 있었는지 모르겠네."

"아……."

"아마 곽씨가 내게 위협적인 존재가 되거든 내놓으려고 숨겨뒀던 것 같은데 잊어버리고 살았구만. 있어요, 사무실에."

홀가분하다는 것처럼 실장은 웃었다.

"사무실 어디에 있습니까?"

"나랑 같이 가야 할 텐데. 곽씨 금고 위치도 내가 알고. 바깥바람도 좀 쐴 겸 동행해도 되나?"

이상하리만치 마음은 고요해졌다.

— 요즘 외박이 좀 잦다, 정채원?

이든이 전화를 걸어 딱딱한 목소리로 제 이름을 부르자 채원은 뜨끔하는 표정을 지었다. 카페 바닥을 닦던 걸레질을 잠시 멈췄다.

"아니이, 어제는 일이 좀 있었어."

— 일? 무슨 일.

"아니, 뭐, 여사님하고 그냥 좀, 뭐."

— 그냥 좀, 뭐.

"알잖아. 내가 여사님한테 지금 꼭 필요한 존재라."

거짓말이 들통날까 채원의 얼굴은 달아올랐다. 누나 체면에 남자친구 집에서 외박을 했다는 말은 차마 나오지 않았다.

— 이걸 믿어야 해, 말아야 해?

"미, 믿어. 믿어야지. 니가 누나 안 믿으면 세상천지 누굴 믿어?"

— 됐고. 오늘은 들어오지? 들어오겠지, 설마.

"물론이지! 오늘은 들어가지 당연히!"

"너네 누나 오늘도 못 들어가."

이든과 통화를 하던 그때였다. 난데없이 쑥 끼어든 성준이 이든에게 말을 보태자 깜짝 놀란 채원은 뒤를 돌며 입 모양으로 화를 냈다.

이, 이게 뭐 하는 짓이에요!

— 여보세요?

"아냐, 이든아. 아냐. 이든아, 신경 쓰지 마."

"누나 못 들어간다 오늘!"

— 형님?

아오, 정말!

채원은 성준의 어깨를 있는 힘껏 때렸다. 그러고도 분이 안 풀려 발등으로 종아리를 걷어찼다. 정통으로 맞았는지 그가 종아리를 감싸며 한 발로 통통 뛴다.

"여보세요? 여보세요?"

채원은 한 번만 더 끼어들면 가만두지 않겠다는 것처럼 성준에게 주먹을 내밀었다.

"여보세요? 이든아, 밥 먹었어?"

— 세상천지 믿을 사람 하나 없다더니.

"아니야! 아니야! 무슨 소리 하는 거야! 아니야! 누나를 믿어야지!"

— 믿기엔 너무나 대표님 목소리가 분명하고 선명했다.

"아……."

채원은 세상 열 받는다는 눈길로 성준을 노려보았다. 본인이 뭘 잘못했는지도 모르겠는지 성준은 맞은 곳만 아프다며 문지르고 있다.

한 대 더 줘패버려?

— 뭐야. 그래서 오늘 들어온다고 못 들어온다고.

"드, 들어가지! 집에 당연히 들어가지!"

"못 간다! 너네 누나 오늘 못 들어감!"

"아 진짜 왜 이래요, 정말!"

채원이 주먹을 꽉 쥐고 달려들자 성준은 멀찍하게 떨어졌다.

전화 끊기만 해봐! 죽었어!

그녀가 다시 휴대폰을 들며 목을 그어 보이자 성준은 마음대로 하라는 것처럼 어깨를 으쓱 올려 보였다.

"여보세요? 이든아?"

— 나 좀 그만 불러. 알겠고. 나 오늘 친구네서 잘 거니까 들어올 거면 들어오고 말 거면 말고, 알아서 해.

"아…… 그래? 오늘 집에 없어 너?"

— 좋아한다? 굉장히?

"아, 아냐! 좋아하긴 뭘 좋아했다고 그래!"

— 적당히 해라, 정채원. 내가 지켜보고 있다.

"알았어……. 끊어……."

채원은 이리저리 동생의 눈치를 보다가 전화를 끊었다. 어후, 이 럴 땐 오빠 노릇 하려 드는 동생의 성화에 눈치가 이만저만 보이는 게 아니다.

휴대폰을 가만히 바라보던 채원은 다가오는 성준의 발걸음을 느 꼈다.

"뭐야, 이든이 오늘 집에 없대?"

진짜 보내버릴까? 주님 곁으로.

"여어, 그럼 오늘도 정채원은 프리하네? 그치?"

"동생한테 이게 웬 망신살이냐고요! 여사님 집에서 하루 잤다고 했는데!"

채원이 버럭 하며 소리를 지르자 성준은 아까 맞은 곳을 내밀었다.

"때릴 거면 아까 때린 곳을 또 때리는 게 좋아. 맞는 쪽 입장도 생각해줘."

"아오, 진짜! 창피하잖아요! 시집도 안 간 누나가! 어? 막! 외박을! 그게 무슨 자랑이라고!"

"그러니까 하자고, 세대 합가."

아…… 말이 안 통해…….

채원은 사람 패는 눈빛을 하며 성준을 쏘아보았다. 아침에 나란히 손잡고 출근할 때만 해도 세상 애틋했는데.

"오늘도 나랑 같이 퇴근하자. 우리 집으로 가자."

휴. 채원이 걸레를 다시 잡자 성준은 그 뒤를 졸졸 쫓아오며 말을 붙였다.

"시끄럽고 빨리 올라가요. 올라가서 일해요, 얼른."

"우리 집으로 가자. 내가 밥해줄게. 가자."

"밥은 나도 할 줄 알고요, 심지어 잘하고요."

"그럼 내 밥 좀 해주나?"

"예전에도 말했듯이 핏줄 챙기기도 벅찬 나니까 식사 정도는 각자 해결합시다. 네?"

채원은 적극적인 자세로 밀대를 밀었다. 어제 비가 온 까닭에 제법 지저분한 바닥이 조금씩 깨끗해져간다.

"우리 집으로 가자니까? 오늘 집에 아무도 없다며. 가봐야 혼자 있잖아."

"왜 이래요, 진짜? ㅣㅣ 오늘 여사님 댁도 가봐야 하고, 할 일 많단 말예요."

"여사님 지금 요양 가셨는데. 못 들었어?"

"……진짜?"

"진짜. 너 당분간 오지 말래."

채원은 밀대를 잠시 멈추며 성준을 바라보았다. 그는 진짜라며 과장된 손짓을 했다.

"그런데 여사님이 왜 나한테는 아무 말씀 없으셨지?"

"나한테 했으니까. 이미 너랑 나는 하나다, 이렇게 인식하고 계시니까."

"……왜 이렇게 그런 말이 거슬리는지 모르겠네요. 오늘따라 유난히."

"어젠 좋다고 하더니."

"아, 비켜요. 열 받아 죽겠어, 정말."

채원이 다시금 밀대를 잡으려 하자 그가 빠르게 밀대를 잡았다. 그녀보다 조금 더 힘줘 밀대를 문지르자 바닥은 여러 번 문지르지 않아도 빠르게 깨끗해졌다.

"내가 청소해줄게. 끝나고 나랑 놀자."

"한가하세요?"

"어차피 오늘 끝날 일도 아닌데 쉬엄쉬엄하지 뭐. 사람은 빈틈이 있어야 하거든."

이 작자가 대체 뭐라고 하는 걸까. 일 중독에 가깝던 사람이 툭 하고 튀어나와 일을 설렁설렁하겠다고 하니 채원은 눈을 동그랗게 떴다.

"집에 가면, 뭐 하고 놀 건데요?"

"맛있는 것도 먹고, 영화를 한 편 봐도 좋고, 간단하게 술을 한잔 해도 좋고. 그걸 다 해도 좋고."

시원시원하게 밀대를 밀고 앞으로 나아간다. 채원은 빤히 그의 뒷모습을 바라보았다.

"그러고도 시간이 남으면 미래 계획을 좀 세워봐도 좋겠고. 그러고도 시간이 남으면 뭐."

하하하하! 하하하하하하!

걸레질을 하다 말고 갑자기 큰 웃음을 터트리니 채원은 주변을 살폈다. 오픈 전 카페에 누가 있을 리 없지만, 지금의 성준은 정신 나간 사람으로 보이기 딱 좋았다.

"진짜 미치겠다, 내가."

못 이기겠다는 것처럼 채원이 어깨를 늘어트리며 따라 웃자 성준은 걸레질을 멈추며 그녀를 바라보았다.

"같이 있고 싶은데 어떡하냐 그럼?"

"아, 누군 안 그러고 싶대요?"

"그러니까 같이 있자니까? 나랑 놀자니까? 하루 종일? 아침부터 밤까지? 아니, 밤부터 아침까지?"

성준은 거부하면 걸레질을 하지 않겠다는 것처럼 밀대를 인질 삼았다. 그 모습이 다정하고 사랑스러워서, 달려가 손을 꼭 잡아주고 싶었다.

……우리는 사소해졌다.

사소한 것에 웃고 사수한 일로 씨우티기, 사소한 일로 행복해지는.

"내가 다섯 글자로 말할 테니 너도 다섯 글자로 대답해. 집에 가지 마."

느닷없는 다섯 글자 요청에 채원은 눈을 감았다가 떴다.

"집에 가지 마. 빨리 너도 대답해, 다섯 글자로."

사랑합니다, 알겠습니다, 정도의 대답을 예상했던 성준은 밀대를 붙잡고 종전보다 더 큰 웃음을 터트렸다.

"알았다 인마."

사소한 다섯 글자의 화답이었다.

"주말인데 집에 있을 생각은 안 하고 어디를 나가려고 들썩거려?"

가족이어도, 같은 집에 있어도 식사 시간 빼고는 얼굴 보기가 어려운 부친 윤 회장이 어쩐 일로 2층까지 올라왔다.

화장을 마치고 간이 소파에 앉아 민권과 메시지를 주고받던 태리는 고개를 들고 화들짝 놀란 표정을 지었다.

"아빠가 웬일로 2층까지 올라오셨어요?"

서로 질문이나 할 뿐 돌아오는 답이 없다.

윤 회장은 빈 소파에 앉았다. 한 손에 휴대폰을 들고 뚱한 표정을 지으며, 태리는 아빠를 바라보았다. 굉장히 어색하고 서먹한 눈빛이 부딪친다.

"약속 있냐?"

"네."

"누구랑."

"그건 왜 묻는 건데요?"

"또 그놈 만나러 나가는 거겠지. 물으나 마나."

"그러게 답하나 마나 한 걸 왜 물어보세요."

태리는 건성으로 대꾸하며 약간 덜 마른 것 같은 머리를 만졌다. 드라이를 해야 하는데. 아무래도 머리를 좀 더 말려야 할 것 같다.

테이블에 놓아둔 수건으로 머리를 살포시 누르는데 여간 신경이 쓰이는 게 아니다. 태리는 힐끔 부친을 바라보았다.

"왜 올라오셨어요?"

"여긴 내 집 아니냐?"

"그러게요. 이 집 어디에도 제 지분 하나 없는데, 이참에 독립해 드려요?"

"호시탐탐 기회만 엿보는 것처럼 말하는 꼬락서니하고는."

"하실 말씀 있으세요? 저 바빠요. 하실 말씀 없으시면 들어가서 마저 외출 준비하고요."

전투태세에 돌입한 딸아이의 음성이 냉랭하다.

허. 윤 회장은 작게 탄식했다. 잘못은 지들이 해놓고, 왜 애먼 부모를 몹쓸 사람 취급하는 건지 모르겠다.

"오늘은 집에 있어."

"네? 저 나가야 한다니까요?"

"아, 글쎄 집에 있으라니까?"

헐. 태리는 황당하다는 듯 쥐고 있던 수건을 내렸다. 사랑 반대에 결국 감금까지 당하는 건가 싶어, 태리는 충격받은 눈빛을 했다. 허락 없이는 집에서 한 발도 나갈 수 없다는 엄포가 현실로 온 것 같아 끔찍했다.

"그놈더러 집으로 오라 해."

그런데.

"……네?"

그때.

"집으로 오라고 하라고."

"김 실장을요? 오라는 사람 김 실장 얘기 맞아요?"

윤 회장은 자리에서 일어섰다.

조금 전까진 지 애비 잡아먹을 듯 사나운 눈빛을 하더니 금세 변하는 것 좀 보소. 이 꼴 저 꼴 보기 싫어 죽겠다 아주.

"밥때 놓치기 싫으면 서두르라 해. 나는 밥 먹을 시간 미루는 거 제일 질색하는 사람이라 기다려줄 생각 눈곱만치도 없으니."

"아, 알았어요! 알았어요! 튀어오라고 할게요! 날아오라고 할게!"

수건을 집어 던지며 정신없이 휴대폰을 드는 딸아이의 부산한 소리를 뒤로한 채 윤 회장은 걸음을 옮겼다.

애를 한번 데려와보든지 말든지.

목 끝까지 말은 차올랐는데 차마 떨어지지 않는다. 아직 그것까지는 무리인 것 같아, 윤 회장은 고개를 절레절레 저으며 계단을 내려갔다.

"여보세요? 김 실장? 자기! 자기!"

방정맞은 딸아이의 음성에 귀를 후벼 파며 윤 회장은 1층으로 내려왔다.

……앞으로 일이 어찌 되려는가.

"자기 같은 소리 하고 있네. 지 애비 앞에서 그런 소리가 아주 잘만 나오지. 딸을 잘못 키웠어. 에효."

그거야 나는 알 수가 없지.

[희대의 사이코패스 등장…… 밝혀진 뺑소니 사기극 전말]

[총 네 건의 뺑소니 용의자 검거. 충격적인 사건의 진실]

[살인 후 무속인을 사칭해 유족에게 접근…… 모든 것은 계획적으로]

[단독, 뺑소니 사건 유족들의 눈물…… 검찰, 결정적 증거 확보]

[단독, 강형재 뺑소니 사건 결정적 증거 입수! 휴대폰이었다]

·

곽씨는 처음으로 목을 가눴다. 처음으로 팔을 움직였고, 다리를 움직였다.

사고 이후 앞이고 뒤고 형체를 알아볼 수 없을 지경으로 망가져 버린 자동차에 비해, 곽씨의 상태는 비교적 양호했다.

비교가 불가할 지경으로 튼튼하게 제작되었다던 최고급 세단의 품격을 몸소 체험했지만, 눈을 뜬 순간부터 지옥이 시작되었다. 성한 곳이 남아 있지 않은 육신의 고통이야 그렇다 쳐도.

삼엄한 보초 속에 감금되어 있는 병실, 누구 하나 인간적으로 대하지 않는 의료진의 냉랭함, 문이 열릴 때마다 복도를 둘러싼 기자들의 소란이 곽씨를 더욱 끔찍하게 했다.

TV도 없고 휴대폰도 없으니 바깥세상이 어떻게 돌아가고 있는지 알 길은 없었지만 이 정도 상황이면 꼼짝없이 들통난 거라고 볼 수밖에 없었다.

"답답해 죽겠네, 진짜……."

곽씨는 느리게 중얼거리며 눈만 감았다가 떴다. 차량 뒷좌석에 실었던 돈 가방은 이미 경찰 쪽으로 넘어갔을 것이고, 수색을 당했을 테니 사무실 바닥에 숨긴 금고도 이미 털렸을 것이다.

숨긴다고 잘 숨긴 채 살아왔지만 작정하고 찾아대는 공무원들의 눈까지 속일 수 있을 만큼 정교하지는 않았으니, 모아온 돈은 고스란히 빼앗겼겠지.

새삼 아깝다. 빼앗긴 돈만 생각하면 심장이 벌렁벌렁하다. 그 돈을 손에 쥐느라 그동안 얼마나 고생했는데. 얼마나 몸과 머리를 쓰며 살아왔는데.

"이럴 줄 알았으면 그냥 다 쓸걸……."

다 쓸걸. 다 써버릴걸. 누가 뭐래도 그건 내 돈인데. 내 손에 들어온 내 돈인데.

좁은 침대에 꼼짝없이 누워, 생각하는 거라곤 그저 두고 온 현금 다발의 행적뿐. 돈을 전부 빼앗기면 최고의 변호인단도 선임할 수가 없고, 그렇다면 형량을 최대한 줄일 수도 없을 거다.

정말 그 돈을 다 찾았을까? 전부 다 가져갔을까? 난 그럼 감옥에서 얼마나 살다가 나올 수 있는 거지? 옥살이하고 나오면, 내가 몇 살이나 될까?

"변호인을 먼저 알아봐야 할 텐데 실장도 없고 단희도 없고……. 휴……."

그럼 출소 후 나는, 돈 한 푼 없이 또 어떻게 살아야 하는 거지?

곽씨는 암담한 생각에 눈을 느리게 감았다가 떴다. 주옥선 여사의 사건만 수면 위에 드러났을 것이라 여긴 곽씨는 실장이 모든 것을 털어놓았을 거라곤 상상도 못 했다.

"……미친 척할까?"

곽씨는 눈을 번쩍 떴다.

차량 사고 이후 반쯤 미친 사람처럼 연기하면 정상참작 같은 거, 가능하지 않나? 정상적인 수감 생활이 어려워 보이면 다른 방안도 모색해주고 그러지 않나?

미친 척해볼까? 해볼 만하겠는데? 아무것도 기억 안 나는 척?

이거 괜찮은데?

"오호라……."

곽씨는 아무것도 기억이 나지 않는 것처럼 행동을 해야겠다 마음먹으며 슬며시 웃었다. 사기를 치고 다니며 겸비한 연기력이 드디어 제대로 된 빛을 발하나 싶었다.

때마침 간호사가 들어오고, 처음으로 누군가에 눈이 미주쳤나. 곽씨는 눈을 비정상적으로 크게 떴다.

"체크 좀 할게요."

무표정한 간호사가 이것저것 빠르게 확인하며 움직인다. 손길에 따뜻함이나 정성 같은 건 조금도 찾아볼 수 없고, 그저 할 일만 하는 기계적인 움직임이었다.

"여긴…… 어디죠?"

곽씨가 입을 떼자 간호사가 힐끔, 바라본다. 더더욱 천연덕스러운 표정을 지었다.

"내가 왜 이러고 있어요? 여기 어디예요? 나 왜 이래요? 무슨 일이 있었어요?"

"……."

"아무것도 기억이 나질 않아요. 난 왜 다친 거죠? 누가 이런 거죠? 난 사고를 당했나요?"

"……하, 미치겠다 정말."

간호사가 낮게 탄식하며 작게 중얼거리자 곽씨는 입술을 꾹 깨물었다.

내 정신이 이상해 보이면 뭐라도 확인해보란 말이야! 의사를 불러오든지 뭘 어쩌든지 해야 할 것 아냐! 밖에 나가서 얘기를 하라고, 얘기를!

"아무것도 기억이 나지 않아요. 얘기 좀 해줘요. 나, 나 왜 이러고 있는 건지. 응?"

곽씨는 기억이 나지 않아 괴롭다는 표정을 지었다. 혼신의 힘을 다해 연기하고 있는데, 정작 간호사는 쳐다보지도 않는다. 그럴수록 곽씨는 더욱 격렬한 연기를 펼쳤다. 눈을 희번덕거리며 몸을 비틀었다.

"기억이! 기억이 나질 않아! 아무것도! 아무것도!"

간호사는 들어왔던 목적이 끝났다는 것처럼 이것저것 챙기고는 몸을 틀었다. 괴롭다는 듯 버둥거리는 곽씨를 건조하게 바라보던 간호사는 아무 말 없이 걸음을 틀어 옮겼다.

"이봐요! 이봐요! 으아아! 기억이 안 난다고! 난 아무것도 기억이 나질 않는……!"

"들어오세요."

간호사가 문을 열자 대기 중이던 사내 둘이 안으로 들어왔다. 곽씨는 천천히 입을 다물며 등장한 사내 둘을 바라보았다.

간호사는 다시 한번 건조한 눈길로 곽씨를 바라보다가 형사들을 가리켰다.

"기억나지 않는 건 이분들이 기억나게 해줄 거예요."

인간 이하의 것을 봤다는 눈길을 거두며 간호사가 사라진 자리. 풍기는 분위기만 보아도 두 사내가 누군지 곽씨는 알 수 있었다.

"곽진미 씨. 강력계에서 나왔습니다."

곽씨는 위축되어 어깨를 웅크렸다. 무심하게 의자를 끌어다가 앉으며 형사는 입을 열었다.

"알고 계시나 모르겠네. 지금 아주머니 때문에 대한민국이 아주 떠들썩한데. 예?"

"기억…… 안 나요. 무슨 일인 거죠?"

"뭐, 정신 나가 연기라도 해보려는 건가? 해보든가, 그럼. 나도 아주머니 때문에 오늘 시간이 많아서 구경도 좀 하고, 밥도 먹고 좀 쉬게."

"정말 아무것도 기억이 나지 않는다니까요?"

"어이, 아주머니."

보통 사람의 기가 아닌 형사가 매서운 눈길로 바라보며 나직하게 부르자 곽씨는 조용히 숨만 내쉬었다.

"기억이 안 나? 나랑 얘기하다 보면 자연스럽게 기억날 테니까 걱정 마시라고."

"……."

"요즘 뭐 유행이야? 잡히면 죄다 기억이 안 난대. 왜 본인만 기억을 못 해, 이렇게 남들은 다 기억하고 있는데."

"사고가 나면서 기억도 같이……."

"아주머니 사고당한 거는 잘만 기억하네. 조금 전엔 본인이 왜 여기 있는지도 모르겠다더니. 그 정도 정신력이면 문제없고, 여기 의사 소견서 있으니까 확인하시고. 전부 정상이니까."

형사는 곽씨가 덮고 있는 이불 위로 의사 소견서를 올려주었다. 찔러도 피 한 방울 나올 것 같지 않은 형사들은 숨을 쉬는 것만으로 사람을 압박해왔다.

"내가 가지고 온 것 좀 보여줄까요? 아주머니가 침대에 누워 있는 동안 우리가 아주머니가 했던 일에 대해 얼마나 모았는지?"

곽씨는 최대한 크게 뜨고 있던 눈에 힘을 풀었다. 그들은 생각보다 더 많은, 지난날 자신도 지워버린 채 살았던 범죄 사실을 쥐고 왔다.

"변호사…… 선임하게 해줘요."

"예예. 하세요, 마음껏. 기다려드릴 테니."

58세 곽진미는 여기까지였다. 딱, 여기까지.

"다은아, 다은아아아!"

버선발로 달리듯 태리가 요란한 달리기로 정원을 지나 두껍고 투박한 현관문을 열었다.

"다은아아! 어구어구! 다은이 왔어?"

"나도 왔어."

"다은아, 우리 다은이 뭐 타고 왔어? 아빠 붕붕이 타고 왔어?"

문을 열자마자 민권의 손을 잡고 위를 올려다보고 있는 자그마한 다은이가 시선을 강탈한다. 나도 왔다며 민권이 껴들어보지만 태리는 다은이의 손을 낚아채며 안으로 들어갔다.

"여기가 어디예여?"

들어서자마자 아이의 눈이 휘둥그레진다. 여기가 어디냐고 묻는 동시에 혼자서 잘만 돌아가고 있는 물레방아에 시선을 빼앗긴다.

"그네다, 그네!"

"다은이 그네 탈래? 저거 고모도 어릴 때 많이 탔는데."

"그네! 아빠! 나 그네 탈래! 우와아! 아빠! 멍뭉이 엄청 커! 저기 봐봐! 멍뭉이야!"

아이는 정신없이 돌계단을 올라가며 그네를 함께 탈 준비를 마쳤다. 낯선 이를 경계하는 커다란 개가 월월 짖자 멈칫, 하더니 도로 내려와 아빠 뒤에 바짝 붙어 선다.

쉿. 태리가 오래도록 키워온 반려견을 향해 사인을 보내자 착하게도 알아들은 반려견이 금세 짖기를 멈추며 자리에 앉았다.

비로소 주변이 조용해지지만 민권은 아직 정신이 없다.

"오긴 왔는데 정말 회장님이 부르신 거 맞아?"

"맞다니까. 같이 식사하자셔."

"다은이 데려와도 되는 걸까?"

"잘됐지 뭐. 언제든 보긴 봐야 하잖아."

사실 오늘은 밖에서 셋이 보기로 했다. 딸아이를 데리고 약속 장소로 느긋하게 출발하던 민권에게 한 통의 전화가 걸려왔고, 그렇게 호출을 당한 그는 이곳에 오게 되었다.

이래도 되나. 되는 건가. 수차례 질문만 반복할 뿐 여전히 혼란스러웠다.

"저거, 그네 타도 돼여?"

"물론이지. 다은이 그네 탈까?"

"태리야, 다은이는 회장님께 인사 먼저 드려야지. 그네는 조금 있다가 타고."

"괜찮아. 다은이는 뭐든 자유롭게 해도 돼."

헐. 하늘 아래 무서운 것 없는 태리가 다은이를 그네에 앉힌다. 어서 들어가 윤 회장에게 인사를 해야 할 것 같은 민권은 초조함에 등 뒤로 식은땀이 날 지경이다.

와중에 백화점에 들러 급히 사 온 선물 세트를 쥔 손바닥엔 이미 땀이 흥건했다.

"너 먼저 들어가, 김 실장."

"……뭐라는 거야, 지금."

태리는 다은이의 그네를 밀어주며 세상 해맑게 웃는다. 오 마이 갓, 민권은 제발 이러지 말라는 눈빛을 해보지만 태리는 아이의 부서지는 웃음소리를 따라 활짝 웃었다.

"김 실장 먼저 들어가아아. 나 다은이 그네 태워주고 들어갈게에에."

"아빠 안녀어어엉. 안녀어어엉."

대체 나한테 왜 이래.

민권은 마른침을 꿀꺽 삼키며 굳게 닫힌 현관문을 바라보았다. 일단 다은이 없이 윤 회장에게 인사를 하는 것도 괜찮을 것도 같아, 그런데 자신은 없어, 미치겠다는 표정을 지었다.

복잡한 마음만 움켜쥔 채 현관문을 뚫어지게 응시했다. 햇살은 풍요롭고— 태리와 다은이의 웃음은 날씨를 닮았다.

남들 하는 건 다 해보자.

모처럼 여유로운 주말을 맞이한 성준과 채원은 한강 근처로 나들이를 나섰다. 한강이 잘 보이는 곳에 자그마한 돗자리를 깔고, 안 먹으면 섭섭하다는 끓인 라면도 맛있게 먹고.

자전거를 탄 사람, 혹은 그냥 달리는 사람, 손잡고 걷는 연인들, 무수히 많은 사람을 바라보고, 또 웃었다.

"아, 좋다."

성준의 입술 밖으로 추임새처럼 좋다는 말이 뛰어나온다. 행복을 느끼려면 많은 일을 해야 하는 줄 알았는데, 그저 느긋하게 앉아 당신 곁에서 숨을 쉬는 것만으로도 행복은 찾아왔다.

"우리 스페인에서는 곧잘 산책도 하고 그랬는데. 그렇죠?"

"그랬지. 책도 보고 사진도 찍고."

"맞아. 그랬는데."

세월이 무상한지 또다시 결이 비슷한 웃음이 오고 간다. 채원은 마시고 반쯤 남은 자몽 주스를 홀짝 마셨다.

쌉쌀하고 달콤한 게, 아, 진짜 행복하다.

"나 곧 카페 그만둬야 할지도 몰라요."

"아, 왜? 오래 할 거라더니?"

"직장 찾아야죠. 아르바이트는 아무래도 생계에 한계가 있어서."

"우리 회사 다시 들어올래?"

"아뇨. 사실 나 필요 없는 것도 잘 알고요. 에어밸런스 채용 기간 아닌 것도 잘 알고 있고요."

채원은 됐다며 손을 들어 보였다.

"나는 너 카페에 있는 거 좋은데. 아침마다 진짜 그만한 활력소가 없었는데."

"솔직히 말하면 점점 대표님하고 나의 관계를 알고 오는 사람들이 많아져서, 좀 불편해졌어요."

"……아."

아. 성준은 단번에 이해했다는 것처럼 짤막하게 탄식했다. 삼삼오오 테이블에 앉아 힐끔거리며 속닥거리는 것을, 그녀가 모를 리 없었다.

"나보다도 직원들이 더 불편하지 뭐. 대표 애인이 아르바이트하는 카페 누가 오고 싶겠어요?"

"회사에서 나, 그런 이미지야?"

"아닌 거 본인이 더 잘 알면서."

채원이 빙그레 웃으며 말하자 성준은 그녀의 손을 잡았다. 바람이 스치고 지날 때마다 풀 냄새가 사방에서 밀려 올라오고, 빠르게 지나간다.

"알아서 잘하겠지. 내가 말려도 들을 위인도 아니고, 또 너는 너의 일을 결정할 수 있는 유일한 결정권자이니까. 응원할게."

"고마워요. 그렇게 말해줘서."

"스페인, 다시 가고 싶지 않아?"

채원은 성준을 슬쩍 바라보았다.

"가고 싶죠, 너무나."

"나하고 스페인 갈래?"

"……아뇨."

아뇨. 채원은 고개를 슬쩍 흔들며 답했다. 예상했던 답은 아니었는지 성준의 눈썹이 꿈틀거렸다. 채원은 빛을 담은 표정을 지으며 흘러가는 강물에 시선을 주었다.

"왠지 다시 가면 계속 그곳에 머물고 싶을 것 같아."

"……."

"그곳은 나에게 꿈과 희망이 있던 곳이고, 사랑으로 충만했고. 뭐랄까, 시간이 멈춘 곳 같았거든요."

다시 돌아오고 싶지 않을 것만 같아 섣불리 떠날 수도 없는 그곳.

"그토록 그리운 곳이 있다는 것만으로도 좋아요. 떠올리면 행복하잖아, 충분히. 그걸로 됐어요."

약간은 감성적이었다고 여겨졌는지 채원은 말끝에 크게 웃었다. 전하지 못한 이유가 있대도, 아마 그는 알아들었으리라. 채원은 그의 어깨에 기대며 다시 앞을 바라보았다.

"그리고 나는 지금도 충분히 행복하니까. 괜찮아요."

그래. 가진 것에 만족하며 있는 만큼에 집중하고, 행복을 누리면 그만이다.

어디에 있는지보다, 누구와 함께 있느냐는 사실이 더욱 중요하니까. 우리가 함께 있다면 그곳이 어디든 가장 따뜻한 공간이 될 테니까.

"빨리 겨울이 되면 좋겠다."

"겨울? 왜요?"

되물으며 시간을 확인한 채원은 이제 슬슬 일어나자며 주변을 정리하기 시작했다. 그녀가 봉투에 이것저것 쓰레기를 담자 성준은 슬그머니 그녀의 허리를 안았다.

"겨울엔 추우니까 서로 꽉 안고 있어야 하잖아. 코트 주머니에 서로 손도 꽉 잡고 넣고, 아니면 내 코트 속에 아예 니가 파고들어도 좋고. 얼마나 좋냐?"

"싱겁다, 진짜."

채원이 피식거리며 웃자 성준은 그게 왜 싱겁냐는 표정을 지었다.

"싱거워? 엄청 핫한데? 내가 코트를 양옆으로 쫙 벌리면 니가 폴짝 뛰어 들어오는 거. 영화 안 봤어? 그런 거 몰라? 목도리 하나로 둘이 칭칭 감고, 이런 거. 몰라?"

"다 벗고 있는 여름엔 더 많은 걸 할 수 있어요."

"……아. 아!"

성준이 깊은 깨달음을 얻은 것처럼 탄성을 지르자 채원은 쓰레기를 모두 담고 봉투를 묶었다.

"일어나요, 이제. 헛소리 그만하고. 돗자리 걷어서 와요. 나 쓰레기 버리고 올게."

채원이 휴지통 방향으로 멀어지자 가만히 바라보던 성준은 눈을 희번덕거렸다.

"야! 정채원! 근데 너 그거 경험담이냐?"

"아 모르겠고! 돗자리 걷어 오라니까?"

"똑바로 말해! 경험담이냐고! 대체 여름에 누구와 언제 어디서 뭘 어떻게 해봤는데! 누군데! 언젠데! 어떤 새……!"

성준은 벌떡 일어섰다. 기원전 3세기에 형성된 성격이 꿈틀거리기 시작했다.

같은 곳에 앉아 있다는 것이 무색할 지경으로 기다랗고 널찍한 식탁의 끝과 끝, 윤 회장과 민권이 앉아 있다.

"한잔 더 하나?"

"예. 회장님."

끅. 민권이 빳빳하게 등을 세워 앉은 채 술잔을 들자, 뒤에 서 있던 직원이 앞으로 다가와 술잔을 채워주었다. 벌써 이 자리에 앉아 비운 술이 얼마인가. 민권은 흐트러지는 정신을 잡으려고 안간힘을 썼다.

조금 전, 그네에 정신 팔린 딸아이와 태리를 두고 홀로 집 안에 들어섰을 때. 응접실에 들어서자마자 입주 직원이 자신의 손바닥에 자그마한 알약 하나를 올려주더라.

'이게 뭡니까?'

'간장약입니다.'

올 게 왔구나 싶었다.

말없이 털어 먹고 나니 모처의 그룹 회장에게 선물을 받았다는 산삼주가 등장을 했다. 다 털어 마시면 1년치 연봉은 될 것 같은 엄청난 위용을 과시하는 산삼주 뚜껑이 열리자 맡기에 황송할 지경의 향이 풍겨왔다.

귀하디 귀한 산삼주를 마셔본다는 기쁨이 있을 리 없었다. 민권은 저도 모르게 작게 숨을 내쉬며 살아남아야 한다는 일념으로 자리했다. 그렇게 30분. 그렇게 한 시간.

"괜찮나?"

"예. 괜찮습니다."

아…… 사실 안 괜찮지만…….

민권은 눈두덩에 힘을 주었다. 이 자리가 어떠한 '관문'처럼 여겨져 반드시 버텨내고 싶었다. 그가 많은 양의 술잔을 채우고 비울 때, 서너 잔쯤 취향대로 술잔을 비웠던 윤 회장은 술잔을 내렸다.

이쯤 되면 의도적으로 자리를 피해준 것이 분명한 태리가 여전히 정원에서 다은이와 즐거운 시간을 보내고 있을 때.

"우리 딸이 말이야."

"네, 회장님."

"살면서 내 말을 어겨본 역사가 없었어. 부모가 빚는 대로 빚어지는, 그런 딸이었거든."

거친 사내들 사이에서 자신의 사업을 일궈 성장한 아버지는 언제나 엄하고 무서웠다. 명령이 쉬운 사람이었고, 가족 앞이라고 크게 다르지 않았다.

"지 에미가 나를 어려워하니 태리도 마찬가지였지. 하라면 하라는 대로 싫은 소리 한번 없이 내 뜻대로 살아왔어."

"……."

"내가, 무슨 말을 하려는지 알겠나?"

"······예."

"비서 일을 오래 해서 그런가, 눈치는 빨라 말이 통하니 그건 편하구만."

윤 회장은 자그마한 술잔을 다시 채웠다.

크면서 반항 한번을 모르던 딸아이가 보인 최초의 반항. 최초로 소리 내준 처음의 선택.

"얼마 전에 문득 그런 생각이 들었어. 내 딸이 지 애비 등쌀에 눌려 지가 원하는 것 하나 이루지 못하고 살다가, 또 애비가 정해준 남자를 만나 결혼을 하게 된다면."

"······."

"원대로 살아본 적 없어 지 남편 앞에서도 아무 말 못 하고 살겠구나. 남편이 하라는 대로, 남편이 시키는 대로 움직이고 생각하고, 그렇게 사는 건 아닌가."

민권은 느리게 눈을 감았다가 떴다.

"지 에미가 살아온 것처럼 내 딸도 그렇게 살겠구나. 제 목소리 한번을 못 내보고, 제대로 된 의견 하나를 보태지 못하고, 그렇게."

"······."

"우리 딸이 그렇게 살아야겠나, 싶어서."

아랫입술을 꾹 깨물었다. 방음이 잘된 집 안으로 태리와 다은이의 웃음소리가 들려오는 것 같은 착각이 인다.

"내가 죽어서 태리 에미를 볼 면목이 없을 것 같아. 혹시 모르지. 태리 에미가 살아 있었다면 나보다 태리 에미가 자네를 더 반대했을 수도 있겠지만, 또 받아줬을 것도 같고."

살다 보니 돈이 전부는 아니라는 것, 행복의 기준은 돈이 아님을 뼈저리게 느낀 아내였을 테니까.

딸아, 너만큼은 너를 아껴주고 사랑하는 남자를 만나라, 그리했을지도 모르니까.

"딸은 이름이 뭔가?"

"김다은입니다."

즉각 답하며 민권이 고개를 짧게 숙이자 윤 회장은 다시금 술잔을 들어 입술을 축였다.

"제때 보살펴주지 않으면 애들은 빨리 자라. 또래보다 훨씬 의젓하고 어른스럽지. 마음껏 표현을 해본 적이 없어서 응석을 부릴 줄도 몰라."

"……."

"희로애락에 무뎌져 감정을 대하는 방법에 허술하지. 사랑을 받을 줄도 모르고 주면서도 불안해하고, 마음 나누는 방법을 몰라서 타인의 감정만 받아 오기 바빠. 그렇게 돼."

아빠의 바쁨을 항상 이해만 하던 딸아이의 말들이 떠올라, 민권은 어금니를 꽉 물었다.

그래. 아이가 떼를 쓰지 않아서, 가지 말라 붙잡지 않아서 언제나 마음이 아팠다. 어쩔 수 없이 모자랐던 사랑의 부재不在였던가.

"우리 딸이 뭐 대단한 사람이라 자네의 자식을 완벽하게 키우겠나. 서로가 모자랄 것이니 완벽을 바라려거든 시작도 하지 말고."

"제가 더 살피겠습니다."

"그러든지."

때마침 태리와 다은이가 들어온다. 태리는 입주 직원에게 아이의 손을 넘겨주었다.

"다은이 손하고 발 좀 씻겨줘요."

"네. 아가, 이리 온. 아줌마하고 씻으러 가자."

"네에."

손발을 씻으러 가는 다은이의 음성이 들린다. 회장님께 인사를 먼저 시켰어야 했는데, 태리는 자꾸만 미룬다.

아이를 빼고 두 사람의 분위기를 먼저 보고 싶었던 태리는 그대로 식탁 가까이 다가왔다. 의자에 앉아 고개를 이리저리 돌리던 태리는 어색함을 모면하려는 듯 활짝 웃었다.

"더 놀다 들어올 걸 그랬나? 아직 분위기가 흉흉하네요?"

"애는 왜 자꾸 빼돌리고 안 보여주는 거냐?"

"다은이가 너무 귀여워서 아빠 심장에 해로울까 봐. 엄청 귀엽거든요, 진짜."

실없는 농담이나 던지며 웃음으로 때우려는 딸아이를 지그시 바라보던 윤 회장은 그래, 웃는 네 얼굴 참 오랜만이다, 네게도 그런 웃음이 있었구나 하는, 조금은 착잡한 생각에 사로잡혔다.

"태리야."

"네, 아빠."

"평생 갑으로 살아라."

……태리는 웃음기를 지웠다. 민권은 시선을 내렸다.

"권력은 니 손에 있어야 진짜 힘이다. 어떤 관계든 권력을 평등하게 나누려 하는 때부터 갈등이 시작된다. 저놈에게 나눠 주지 말고 권력을 독식해라."

"나 혼자 다 독식하면, 민권 씨한테는 뭘 줘요?"

"마음을 줘야지."

윤 회장의 시선은 어느덧 민권에게 옮겨 간다. 딸을 키운 아버지, 그 마음의 깊이를 온전히 헤아리고 싶은 민권은 용기 내어 시선을 들었다.

윤 회장이 술이 채워진 잔을 들자 민권도 조용히 따라 술잔을 들었다. 잔을 부딪칠 수 있는 거리는 아니었지만.

"평생 갑으로만 살아라. 그게 내가 이 결혼을 승낙하는 조건이다."

사내 대 사내로. 부탁과 다짐으로.

"그리고 너를 갑으로 대우해줄 이놈에게 평생을 감동하고 감사하며 살아. 그렇게 살면 된다."

더욱 뜨겁게 눈빛을 주고받았다. 미래의 장인과, 사위의 이름으로.

"어? 해장님 할아버지다."

아이가 손발을 씻고 나오자 곁을 서성이던 윤 회장이 다은이를 바라보았다.

"저번엔 아저씨라더니, 이번엔 할아버지냐?"

상향 조정된 연령대가 마음에 들지 않는 듯 윤 회장이 말을 붙이자 다은이는 동글동글한 눈망울로 윤 회장을 바라보았다.

"해장님 아저씨예여?"

"……할아버지가 맞긴 한데."

"해장님 할아버지 여기 살아여?"

"그래, 여기 산다. 너 내 집에 놀러 오는 줄도 모르고 왔어?"

끙. 말을 좀 살갑게 붙여보고 싶은데 도무지 쉽게 되지 않는 일이다.

윤 회장은 대꾸할 말을 잃었는지 아니면 조금 위축이 된 건지 시선을 내리까는 다은이를 바라보다가 무릎을 굽혀 앉았다. 낡은 무릎에서 뚜두둑 소리가 난다.

"우리 아빠 어디 있어여?"

몸집을 작게 만들자 다은이가 다시 시선을 들고 물어온다.

"너네 아빠 지금 저기 있지."

"아빠한테 가도 돼여?"

"왜? 나랑 있기 싫어?"

"네."

망설임 없이 빠른 긍정을 하니 윤 회장은 눈썹을 씰룩거렸다. 아이를 씻겨 나온 직원은 붉게 물든 귀를 하고는 고개를 돌렸다. 웃음을 참는 것이 고역일 것이다.

"왜 나랑 있기 싫어. 내가 무서우냐?"

"네."

"큰일 났네. 너 이제 나랑 여기서 살아야 하는데?"

"아빠랑 할머니랑 우리 집에서 살 거예여."

붙잡히면 큰일이라도 날 것처럼 도리질을 친다. 어지간히 싫은지 벌써부터 눈물이 그렁그렁하다.

윤 회장은 태연한 척 아이를 바라보았다.

"너네 아빠는 이제 태리 고모랑 살 거라 너는 나랑 살아야 하는데. 할머니하고 인사는 잘하고 왔냐?"

"……으아아아앙!"

으어어어어엉. 다은이는 기다렸다는 듯 눈물을 터트렸다.

"으어어어엉, 아빠, 아빠아아아아."

"아니 애는 왜 울려요? 뭐라고 했는데 애가 울어요, 울기를!"

다은이의 우는 소리를 듣고 뛰어나온 태리가 아이를 챙긴다. 믿을 구석은 태리밖에 없다는 것처럼 다은이는 태리의 옷자락을 꽉 쥐었다.

"아니, 나랑 살자니까 이러고 아이고땜을 놓네."

"흐어어엉, 흐어어어엉."

머쓱해진 윤 회장이 무릎을 펴며 일어섰다. 윤 회장이 일어서자 덩치가 커진 것이 더 무서운지 다은이는 태리 곁에 더욱 꽉 붙었다.

"다은이 너 나랑 살자니까? 할아버지가 너네 아빠보다 잘해준다는데 왜 울고 그러냐?"

"으어어어엉, 흐어어어어엉."

"그만하세요. 애 경기 일으키겠네, 정말."

코딱지만 한 게 기차 화통을 삶아 먹은 것처럼 울자 윤 회장은 저도 모르게 입꼬리를 올렸다.

"왜 웃으세요, 애가 우는데?"

이해가 안 된다는 표정을 지으며 태리가 바라보자 윤 회장은 헛기침을 하며 표정을 감췄다. 아이는 서러워서 눈물 콧물을 쏟는데, 또 그 모습이 얼마나 귀엽고 사랑스러운지 사진이라도 찍어놓고 싶은 심정이다.

"흐어어엉, 흐어어어엉."

"너 그러면 아빠랑 같이 살 거냐?"

"네에. 네에. 흐어어엉. 흐어어엉."

"너네 아빠 여기 태리 고모랑 같이 산다는데? 그럼 너도 같이 살 거냐?"

"네에에. 네에에에에. 흐어어어어어엉."

"같이 살면 태리 고모가 엄마 되는 건데? 그래도 같이 살 수 있어?"

"으허어어어엉. 네에. 네에에에. 흐어어어어엉."

"너 생각 잘해야 돼. 한번 엄마 되면 나중에 무를 수가 없어. 그래도 태리 고모, 네 엄마 시켜줄 테냐?"

"흐어어엉, 네에에에. 네에에에에. 흐어어어어엉."

윤 회장은 다시 무릎을 굽혀 앉았다. 뚜두둑, 굳은 무릎이 시원찮은 소리를 내자 다은이가 놀랐는지 눈물을 뚝뚝 흘리며 끅끅거린다.

윤 회장은 투박한 손을 내밀었다.

"약속. 약속해야지. 해장님 할아버지하고."

태리의 옷자락을 꽉 쥐고 거듭 숨을 고르던 다은이는 얼떨결에 작은 손을 내밀었다. 그러곤 윤 회장의 굵은 새끼손가락에 연약한 새끼손가락을 걸었다.

"태리 고모, 다은이 엄마 시켜줘라. 알겠지?"

"네에. 끅."

"약속."

"냑속."

"가끔 할아버지 집도 놀러 오고. 약속."

"……냑속."

약속하지 않으면 놓아줄 것 같지 않았는지, 다은이는 한층 작아진 목소리로 약속했다.

그러자 윤 회장은 이제 되었다는 것처럼 다은이를 향해 웃었다. 아빠의 웃는 얼굴을 보던 태리는 아주 작게 입술을 벌렸다.

"그렇게 웃을 줄도 아시네요, 아빠."

"너 이만할 땐 많이 웃었지."

태리는 그제야 어렴풋이 떠오르는 아빠의 웃음을 마주했다.

받아본 적 없었다고 생각했는데. 아빠의 인생에 사랑 같은 건 없다고, 그리 여겼는데. 내가 잊어버려놓고는, 없었다고 치부해버린.

"약속 다 했으니 가서 다은이 밥 먹자. 너는 뭐 좋아하냐? 꼬기 좋아하냐, 꼬기?"

"꼬기 좋아여."

윤 회장은 다은이의 손을 잡고 느리게 걸었다. 태리는 아빠와 다은이의 뒷모습을 길게 바라보았다. 어쩐지 멀어지는 아빠가 말을 남기고 간 것만 같아, 태리는 몇 번이고 울컥하는 마음을 진정시켰다.

사랑했지. 사랑한다.

왜 아니었겠니.

"결혼한다고? 결혼을 한다고?"

며칠 후. 성준은 느닷없이 결혼 발표를 하는 태리와 민권을 바라보다가 당황한 표정을 지었다.

곁의 채원도 놀라기는 마찬가지였다. 얼마 전까지만 해도 사랑이 제일 힘드네 마네, 앞이 보이지 않네 어쩌네 죽을상을 하고 돌아다니더니.

성준은 태리를 바라보며 입을 열었다.

"뭐야, 전부 정리했어? 아니면 그냥 질러보기로 한 거야?"

"질러보기로 한 건 아니야. 다은이 허락도 받았고, 어머님 허락도 받았고, 우리 아빠 허락도 받았고."

"이렇게 갑자기?"

이렇게? 갑자기?

성준이 당최 이해되지 않는다는 표정을 짓자 태리는 민권을 바라보다가 어깨를 으쓱 올려 보였다. 사실 당사자들도 어리둥절하다는 것 같다.

"우리도 잘 모르겠어. 앞으로도 한참 헤맬 것 같더니 이게 또 어느 순간 쉽게 풀리더라고."

"허……. 회장님이 허락을 해주셨다고? 윤필목 회장님께서? 내가 아는 그분이?"

"김 실장보단 다은이가 마음에 들었나 봐, 우리 아빠는. 영락없는 손녀 보는 할아버지 됐다니까?"

"아……."

아……. 성준은 전혀 상상이 되지 않는다는 듯 소리를 내었다. 회장님 포스가 아닌 할아버지 포스를 풍기는 윤 회장을 아무리 그려보려고 해도 쉽게 되는 일은 아니었다.

"두 분 축하드려요. 정말 잘됐어요."

채원이 정말 다행이라며 활짝 웃자 태리는 채원을 따라 시원하게 웃었다.

"고마워요, 채원 씨. 막상 결혼을 해야겠다 하고 나니까 정신이 하나도 없어. 뭐부터 해야 하는지도 잘 모르겠고 선택해야 하는 건 또 너무 많고."

"김 실장한테 맡겨. 쟤가 준비하고 선택하는 건 전문인데."

"저는 아무런 힘이 없습니다, 대표님. 갑의 의견을 따를 뿐이거든요."

민권의 입술 사이로 '갑'이라는 말이 튀어나오자 와하하하하, 태리가 방정맞은 소리를 내며 웃는다. 질색하는 표정을 지으며 성준이 기함하자 웃음을 뚝 그친 태리는 입술을 열었다.

"그나저나 두 사람은 소식 없어?"

"무슨 소식?"

"결혼 안 해?"

"곧 해야지."

"아직은요."

성준과 채원이 동시에 답을 하지만 전혀 다른 의견을 내어놓는다. 곧 해야 한다는 성준의 말과 결혼은 아직이라는 채원의 말이 맞물리며 분위기는 조금 어색해졌다. 성준은 아무렇지 않다는 표정을 지으며 채원의 손을 끌어다가 잡았다.

"언제고 하면 되지, 금방 해도 좋겠고 아니어도 어쩔 수 없고."

"어머, 선배. 진심이야?"

"아니. 나는 진짜 금방 하고 싶은데 니가 얘 좀 어떻게 해주면 안 되겠냐?"

성준이 태리를 보며 채원의 정신교육을 부탁하자 채원은 그의 손을 잡고 웃었다.

"동생 3차 시험도 남았고, 집안 문제도 많고요. 다짜고짜 결혼 이야기부터 할 만큼 주변이 정리되지 않아서."

"그렇구나. 맞아요, 우리처럼 또 언젠가 갑자기 한꺼번에 정리될 수도 있으니까 너무 서두르지 말고 천천히 가요."

태리는 십분 이해한다는 듯 고개를 끄덕이며 말했다. 앞뒤 가리지 않고 무조건 달려들고 보는 성격이었지만, 세상엔 그렇지 않은 사람이 더 많다는 것쯤은 잘 알고 있으니까.

"그나저나 오늘 두 사람 뭐 해? 우리랑 같이 놀다가 저녁 먹을래? 오랜만인데."

태리가 함께 저녁 식사를 하자고 하니 성준은 시계를 들여다보고는 고개를 가로저었다. 기다리던 결혼 소식도 들었겠다, 마음 같아선 함께 시간을 보내며 축하를 해주고 싶긴 한데.

"선약이 있어. 다음에 식사하자. 결혼 기념으로 거하게 살 테니까."

"선약? 아쉽네. 무슨 선약인데?"

성준과 채원은 동시에 바라보며 웃었다.

……여사님의 웃는 얼굴, 조금은 기대해도 될까.

"주 여사님 만나러 가. 서울 오셨거든."

어서 오라 손 흔들어주시는 모습, 조금은 바라도 괜찮을까.

매일 드나들던 집인데 오늘은 조금 다른 기분이 든다. 채원은 벨을 누르자마자 기다리고 있었다는 듯 활짝 열리는 대문 안으로 들어섰다.

"나 왜 긴장하지, 자꾸?"

성준이 긴장된다 말하자 채원은 영문을 모르겠다는 것처럼 시선을 주었다. 긴장을 해? 왜?

"긴장돼요? 왜?"

"모르겠어. 결혼 앞두고 너네 부모님께 인사드리러 가는 기분이야."

"에에? 진짜?"

채원은 뜬금없는 성준의 인사 타령에 웃음을 터트렸다.

"여사님은 대표님이 먼저 알았으면서, 왜 우리 부모님인데?"

"내 말이 그 말이다. 여사님하고 내가 안 세월이 훨씬 긴데 왜 너의 지인인 것 같지?"

"나한테 여사님 빼앗겨서 질투 나요?"

"아니, 여사님한테 널 뺏긴 거 같아서 질투 나는데."

싱거운 농담을 주고받으며 서로는 긴장을 풀었다. 돌계단을 하나하나 올라가며, 여사님께서 어떤 표정을 짓고 계실지 너무나 궁금했다.

"여사님, 아직은 힘드시겠죠?"

"그렇겠지. 쉽게 괜찮아질 만한 일은 아니니까."

"우리가 생각한 방법이 여사님께 잘 맞으면 좋겠⋯⋯. 어?"

채원은 말을 멈추면서 걷던 걸음 또한 멈췄다. 그녀가 멈춰 서자 성준도 따라 걸음을 세웠다.

"왜?"

물어도 답 없이, 채원의 시선이 어딘가에 멈춰 있어 성준도 고개를 들었다. 무엇을 보고 걸음을 멈췄는지 아직은 잘 모르겠다.

"⋯⋯열었다."

"응? 뭘 열어?"

채원이 빙그레 웃으며 손가락으로 어딘가를 가리킨다. 위치상 주 여사의 서재로 추측되는 공간. 열려 있는 창문.

"창문이 열려 있잖아요. 원래 안 열어두시는데."

"아, 그러네."

그러고 보니 다른 방 창문도 전부 활짝 열려 있다. 꼭꼭 닫아걸기 급급했던 창문이 솔솔 불어드는 바람을 허락하며 열려 있는 모습.

어쩐지 주 여사가 제게 주는 희망의 신호인 것만 같아, 채원은 심장이 쿵쿵 뛰었다.

"여사님 나오셨다."

성준의 음성에 채원은 천천히 시선을 내렸다. 기다리기 지루했
는지 선뜻 문을 열고 밖으로 직접 나온 주 여사의 모습.

"저희 왔습니다, 여사님."

"한 대표 왔는가? 어서 오시게."

웃고 있는 모습이 그림일까, 사진일까 싶어 채원은 한참이나 주
여사의 얼굴을 바라보았다.

"어서 와, 채원이."

……깊은 바닷속을 헤엄치다 숨이 끊어질 것만 같던 때.

간신히 뻗은 고개 위, 수면으로 비껴든 햇살이 담겼다. 맹렬한
발버둥을 얼마나 쳐댔을까. 끝없던 어둠이 점점 옅어지더니 비로
소 빛줄기가 얼굴에 닿았다.

급했던 숨을 몰아쉬다 잔잔한 물결에 몸을 맡기면, 비로소 수면
에 고여 있던 햇살을 느끼게 되는데.

"네. 저 왔어요, 여사님."

우리는 그것을 생존, 구원.

혹은 희망이라 불렀다.

"왜 자꾸 웃지?"

서로의 안부를 묻는 시간이 지나고, 곽씨를 둘러싼 상황이 어떻

게 진행되고 있는지 대화를 나누고 나니 약간은 어색할 정도의 침묵이 흘렀다.

갑자기 실실 웃기 시작하는 채원이 이상한 듯 주 여사는 눈썹을 꿈틀거렸다.

"그냥요. 그냥 좋아서 웃었는데."

"그냥 좋을 거두 많구만. 인제 웃음이 많은 건가, 아니면 내 앞이라 노력하는 건가? 후자면 그럴 필요 없는데."

일부러 웃지 않아도 돼. 돈으로 환산도 안 되는 거.

언제일까. 에어밸런스에 입사하고 얼마 뒤 떠났던 출장, 조식 시간에 성준이 제게 했던 말이 떠오른다.

웃지 말라니. 돈으로 환산해줄 수 없으니 환산되는 일만 하라니.

처음 그 말을 들었을 땐 그게 말이 되는 일인가 싶었다. 그래서 무척이나 상처 되는 말이라고 생각했다. 지금에 와서 생각해보니 성준은 그저, 웃는 얼굴에 흔들리는 자신의 마음이 무서웠던 거다.

"여사님, 저 그럼 웃지 말까요? 이제부터 내내 무표정하게 있을까요?"

지금의 주 여사도 별반 다르지 않은 것 같았다.

"뭘 또 그렇게 극단적인 딜을 하려고 드나?"

"여사님 당황하는 모습이 좋아서요."

"……이상한 작자를 만났구만, 내가."

꽤 당황했는지 주 여사의 귀가 붉어진다. 채원은 의자를 끌어 조금 더 주 여사 가까이 다가가 앉았다.

곽씨의 일로 주 여사의 비서와 대화 중인 성준이 자리를 비운 공

간. 주 여사는 열린 창문 틈으로 풍성하게 불어드는 바람을 바라보
듯 허공에 시선을 주었다.

"우리 형제가 어떻게 갔냐면, 새벽이었어."

성격이 호탕하여 주변에 친구들이 많았던 아들은, 평소 때처럼
친구의 생일 파티에 참석을 했다. 일찍 들어오라 말은 했지만 그
젊은 나이에 얼마나 바깥일들이 재미있겠나.

어련히 때 되면 들어오겠지, 주 여사는 아직 들어오지 않은 아들
을 두고 먼저 잠자리에 들었다. 그날 새벽이었다.

"병원으로 좀 와야겠다는 연락을 받고 갈 때까지만 해도 다쳤
구나, 얼마나 다친 건가 걱정했지. 설마하니 숨이 끊어졌을 거라
고는."

신원 확인이 필요해 만난 아들의 모습은 세상의 모든 중력을 끌
어온 것 같은 충격이었다. 온통 짓이겨진 아들의 육신은 달아난 누
군가의 소행.

"꽤 오랫동안 경찰이 추적했는데, 단서가 없어 잡지도 못했지.
그때는 경황이 없어서 사건이 어떻게 흘러갔는지도 모르겠고. 그
냥 정신을 놓았지, 나도."

그저 제발 다시 살려달라고 아무 신이나 끌어다 바치며 매일 기
도를 했다. 아무도 들어줄 수 없을 것 같던 기도만 입술이 마르도
록 해대던 그때, 곽씨를 만났다.

"지나치는데 누가 날 부르는 거야. 젊은 남자가 내 등 뒤에 있다
면서, 굉장히 아픈 것 같아 보이는데 혹시 최근에 누가 죽었느냐고."

……운명인가 싶었다.

"그러더니 줄줄 꿰는 것처럼 말을 하는 거야. 사고가 났구나, 시린 것을 보니 땅바닥에 누워 있었겠다, 휴대폰은 어디로 갔느냐, 아드님의 억울함이 하늘 끝까지 닿았다, 이런 말을 늘어놓으며."

채원은 입술을 꾹 깨물었다. 주 여사의 음성이 발화하듯 목소리가 고인 귓가가 뜨거워졌다.

"그러니 내가, 어떻게 믿지 않을 수 있었겠나."

"나중에 알게 되셨다고 들었어요. 사기꾼이라는 사실을."

"그랬지. 그런데 그땐 이미 너무 늦었지. 그 여자 없이는 내가 하루도 버티지 못하겠더라고."

"형재 군의 이야기를 세세하게 알고 있던 것이 의심쩍지는 않으셨어요?"

"뉴스에서 곧잘 떠들어댔으니 어디서 주워들었을 거라 여겼네. 제법 기사가 크게 났고, 마음먹고 수집하려 들면 수집할 수 있었을 거라고, 나중엔 그리 합리화를 했지."

아들을 죽였을 거라고는 스치듯 상상해본 적도 없었다. 그저 돈이 필요한 궁색한 사기꾼. 말로 사람을 다스리려는, 비겁한 모리배.

하……. 주 여사는 드문드문 한숨을 내쉬었다. 여전히 말로 꺼내어 그때를 곱씹는 것이 괴롭고 잔인하게 여겨져 많은 정화가 필요했다.

"고마워."

주 여사는 시선을 들었다.

"자네들이 아니었다면 끝까지 밝힐 수 없었을 것인데, 내가 어떻게 이 신세를 갚아야 하는지 모르겠어."

"신세는요. 그저 일이 될 대로 된 것뿐이에요. 개의치 마세요, 여사님."

"말도 안 되는 억지를 쓰며 자네들을 괴롭혀온 내가, 감당하기 어려울 만큼의 은혜를 입었지. 잘 알고 있네."

여사님은 원래 현숙하고 이치에 밝은 분이셨다던, 성준의 말을 이제야 이해할 수 있었다. 지난한 세월 속 미치광이를 닮은 눈빛을 하고 있던 주 여사의 모습은 그 어디에서도 찾아볼 수 없었다.

무언가를 떼어낸 것처럼, 혹은 무언가를 씻어낸 것처럼.

"나를 곽씨에게서 벗어날 수 있게 해줘서 고마워. 우리 아들의 억울함을 풀어줘서 고마워."

살아 있음을 느끼는 책임.

"이제라도 모든 것을 바로잡을 수 있게 도와줘서, 진심으로 고마워."

"……."

"그리고, 두 사람 흔들리지 않고 버텨줘서 고마워. 두 사람이 영영 헤어졌다면 내가 또 그 미안함을 어찌 버텼겠나. 고마워."

주 여사는 채원을 바라보다가 묵례를 하듯 짤막하게 고개를 숙였다. 채원은 따라 고개를 숙였다.

"저도 감사합니다. 잘 털어내주셔서 감사해요."

"한 대표하고 결혼해야지. 두 사람 나 때문에 허송세월한 시간이 얼마인데."

대화의 주제가 급변한다. 아? 채원은 급히 고개를 들며 어색하게 웃었다.

"아…… 결혼은 차차. 하하, 저희 사실 공식적으로 만난 지 얼마 안 됐거든요."

"한 대표의 생각은 그런 것 같지 않던데?"

"아…… 네, 뭐, 하하."

채원이 어색하게 웃으며 두마하려 들자 주 여사는 그런 채원의 얼굴을 빤히 바라보았다. 그러다가, 주 여사는 책상 서랍을 열어 무언가를 꺼냈고 채원에게 내밀었다.

"이게 뭐예요?"

서류 봉투다.

"자네 부친이 남겼던 빚의 완제 증명서들이네."

"……네? 네에?"

와, 완제 증명서?

채원은 황급히 서류 봉투를 열어보았다. 빚이 일시 납부되었다는, 여러 개의 금융사 완제 증명서가 들어 있다.

"아니, 아니 이걸, 이걸 다 갚으셨다고요? 여사님이요?"

"쓸데없는 빚을 가지고 있더구만. 우리 비서가 알아서 정리하고 원금 선에서 정리될 수 있도록 처리했네."

"헐……."

법의 보호조차 받을 수 없는 사채였기에 그저 달라는 대로 줄 수밖에 없었다. 무얼 어찌했기에 원금 선에서 빚을 탕감할 수 있었단 건지 알 수는 없지만, 지금은 그저 입이 떡 벌어졌다.

"아…… 그런데 어떻게 제가 이걸 그냥…… 아…… 어떻게 받아요……."

"그리고 이거."

주 여사는 또 하나의 서류를 건넸다. 채원은 두 번째 봉투를 열어보고는 다시금 입술을 멍하니 벌렸다.

"내가 잘 아는 병원장께서 자네 부친 입원실을 내어주셨는데, 이쪽으로 부친을 모시는 건 어떤지 해서."

"아……."

"아무 말 말고 내 뜻 따라주게."

"아…… 하지만……."

너무 커다란 일이 순식간에 쿵쿵 하고 떨어져, 채원은 숨도 잘 쉬지 못하는 표정을 지었다.

형체 없는 압박감으로 매일 밤을 보내야 했던 빚이 한순간에 떨어져 나간다. 늘 모시는 것에 미안함이 있던 아버지의 낡은 병실이, 한국 최고의 병원으로 옮겨진다.

실감도 나지 않는 일 앞에 채원은 마른침을 삼켰다.

"아…… 이걸 제가 다 어떻게…… 여사님……."

"역시 돈이 최고인가? 이제 좀 고분고분한 눈빛을 하는구만?"

"아, 아뇨. 그게 아니라, 제가 이걸 어떻게 받아요."

"잘 받으면 되지 뭘 어떻게 받아."

채원은 난감한 표정을 지었다. 서류 봉투를 쥐고 있는 채원의 손이 미세하게 떨리는 것을 바라본 주 여사는 다시 입을 열었다.

"이 나이에 가진 건 돈밖에 없는 내가, 감사를 표하는 방식이 이것밖에 없으니 기쁘게 받아주면 좋겠는데."

"스케일…… 너무 크셔서요."

"이제 시작인데."

"……네?"

주 여사는 얼떨떨함에 놀라 경직된 채원의 얼굴을 바라보다가 둥근 미소를 지었다. 입꼬리가 부드럽게 휘어 올라가는 일, 얼마 만인가.

"한 대표하고 결혼해. 아무 걱정 말고, 뒤처리는 내가 다 알아서 해줄 테니까."

"아……."

"잔말 말게. 내가 그러고 싶어서 그러는 거니까, 그냥 내 마음이 가는 대로 하게 해줘. 이것도 내 치유의 방법 중 하나다, 그리 여겨주게."

입술이 멍하니 벌어졌다. 주 여사의 웃는 얼굴이 낯설었고, 그것에서 오는 감동이 꽤나 신랄했으며.

"이제 그만 결혼해. 한 대표 속 그만 태우고. 응?"

말하지 않아도 누군가 내 속을 훤히 들여다보아주는, 그리고 어루만져주는 감동과 벅참에 눈물은 저절로 매달렸다.

힝. 채원이 훌쩍이며 눈물을 닦아내자 주 여사는 입 밖으로 웃음을 터트렸다.

"사람, 그렇게 좋은가?"

"진짜 짱이시네요, 여사님."

"내가 좀 짱이지. 우리 형재도 날 보고 그렇게 말했거든."

주 여사는 채원의 손을 끌어다가 잡았다. 채원은 생각보다 따뜻한 주 여사의 온기에 느리게 눈을 감았다가 떴다.

흔들의자에 앉아 세월을 죽이던 주 여사는 언제나 안아주고 싶은 사람이었는데.

"고마워. 내 세상에 빛을 줬어, 채원이 네가."

이렇게 따뜻한 사람. 이렇게, 커다란 분.

"지금부터라도 하고 싶은 거 다 하고 살아. 원대로 뜻대로, 다 하고 살아."

"제가 더 감사합니다. 감사합니다, 여사님."

"앞으로도 우리 이렇게 살아. 이렇게 서로 얼굴 보고, 서로 응원하고."

주 여사의 서재가 이런 곳이었나. 밝음이 천지를 물들여 온화한 기운이 풍겨온다.

때마침 대화를 끝낸 성준이 서재 안으로 모습을 드러냈고, 두 사람은 등장한 성준을 바라보며 활짝 웃었다.

"대화 끝나셨으면 이제 나가실까요?"

성준이 이만 나가자고 말하자 주 여사는 일어서며 채원을 바라보았다. 함께 가고 싶은 곳이 있다고 하여 일단 알겠다고는 했는데, 채원도 어디를 가는지 알려주려 하지 않는다.

"가세. 그런데 우리 어디 가나?"

"있어요. 비밀이에요."

주 여사는 능글맞은 것들이라는 듯 눈을 흘기다가 미소 지었다. 세 사람은 약속 장소로 향했고, 채원과 주 여사는 뒷좌석에 앉아 내내 손을 잡았다.

체온을 느낄 수 있는 방법은 접촉뿐이라는 것처럼. 우리는 살아 있음을 증명할 때 존재의 책임감을 느끼니까.

"여기가 어딘데 날 데려왔나?"

주 여사의 집에서 그리 멀지 않은 곳의 식당을 찾은 세 사람은 나란히 자리에 착석했다. 예약된 네 좌석 중 자리 하나는 비어 있었다.

"여사님께 소개해드리고 싶은 사람이 있어서요."

성준은 빙그레 웃으며 설명했다.

사람? 누구? 주 여사는 뚱한 표정을 지었다.

"대표님이 여사님께 꼭 소개해드리고 싶은 사람이 있대요. 저도 대찬성."

"두 사람이 찬성이라니 만나는 보겠다만 어떤 인사인지 궁금해서 못 견디겠는데."

채원과 성준은 서로 마주 보며 웃었다. 약속 시간을 10분 남겨둔 상황. 미리 도착한 세 사람은 이런저런 이야기를 나누며 시간을 보냈다.

"어, 저기 온다!"

채원이 먼저 발견하고 말을 하자 성준과 주 여사는 동시에 시선을 들었다. 주 여사는 직원을 따라 다가오는 사내를 빤히 바라보았다.

겉보기엔 평범한, 한 대표 또래 정도의 사내는 인상을 한층 부드럽게 하는 둥근 안경테를 쓰고 있었다. 당최 모르겠다는 낯선 시선을 한 자신과는 달리 사내는 자신을 무척 잘 알고 있다는 표정을 짓고 있었다.

무척 상냥한, 혹은 편안한.

"형 왔어?"

"한 대표, 귀한 분 모셔두고 내가 늦은 건 아니지?"

"아냐, 우리가 일찍 온 거야."

주 여사는 자신을 '귀한 분'이라 칭하는 사내를 바라보다가 자리에서 일어섰다.

어찌 되었건 초면이었고, 각자의 인사는 필요했다. 채원과 간단하게 인사를 끝낸 사내를 바라보며 주 여사는 잠시 그가 누구인지 소개해줄 때까지 기다렸다.

성준은 자리에서 일어섰고, 웃었다.

"이쪽은 박준호라고, 저와 제일 친한 형입니다."

"아아. 한 대표와 제일 친한 형."

"안녕하세요, 여사님. 박준호입니다. 말씀 많이 들었습니다."

"반가워요, 준호 군. 환영해요."

준호는 빙긋 웃었다. 채원과 성준은 서로 눈길을 주고받으며 웃었다.

우울증은 항시 슬픈 감정을 지니고 있는 것이 아니었다. 만끽한 즐거움 뒤에 커다란 공허함이 밀려온다거나, 자기혐오나 불안함이 압도적인 크기로 덮쳐왔다.

하여 쉬이 낫지 못할 우울함을 지닌 주옥선 여사와 많은 시간을 보내줄, 마음의 상처를 의학적으로 치료해줄 전문의. 진정한 친구가 되어줄 준호가 주 여사 앞에 나타났다.

"여사님과 친구가 되고 싶다고 해서 일단 형을 데려왔습니다. 여사님 마음에 들지 않으면 당장 내쫓아도 됩니다."

"깃털 같은 사람입니다. 성준이를 대하시듯 가볍게 대해주시면 감사하겠습니다."

주옥선 여사는 서글서글한 준호를 바라보다가 따라 미소 지었다.

……누군가 느닷없이 인생에 등장하는 일이 가깝게는 우연처럼 보여도, 지나쳐 멀리 흐르고 나면 모든 만남은 필연적 출현이다.

"그래요. 한 대표의 벗이라니 내 벗도 되겠지. 편하게 대할 테니 다 같이 편해집시다."

모두가 내 인생의 귀인일 순 없다 해도.

모두가, 내 인생의 주연은 아니라고 해도.

사랑하는 방법

"예식장은 야외로 잡을까 해요. 어머님은 괜찮으실까요?"

다은이가 등원한 시간. 태리는 황 여사를 만났다.

추진력이 좋은 민권과 성격이 급한 태리가 만났으니 결혼식 준비는 일사천리로 진행되었다. 태리가 안건을 내어놓으면 얼마 지나지 않아 민권이 자료를 뽑아주었고, 결정은 수분 내에 끝나는, 그런 상황.

"야외 결혼 좋지. 내 의견, 우리 아들 의견 물을 것도 없어. 그저 네가 좋은 대로 해."

작은 갈등도 언쟁도 존재하지 않았다. 모두는 그녀가 꿈꿔왔던 결혼, 내내 그려온 결혼식을 따르고 싶었다.

"정말요? 그럼 야외 결혼식장으로 알아볼게요. 민권 씨하고 다시 얘기해봐야겠어요."

"날씨가 좋아야 할 텐데 그게 걱정이네."

"그러게요. 날씨가 변수긴 하지만 좋지 않을까요? 엄청 화창할 것 같아요."

마치 몇 달 뒤 일기예보를 보고 온 사람처럼 태리가 웃자 황 여사도 따라 웃었다. 어쩜 이렇게 매사가 긍정적이고 희망적일 수 있을까.

그녀의 밝은 기운이 집안의 분위기마저 바꿔놓는 것 같아, 황 여사는 그것 또한 감사했다. 이렇게 사랑스러운 태리의 기운이 다은이에게도 좋은 영향을 미칠 것이라.

"일전에 내가 했던 얘기 있잖아."

백화점, 푸드 코트에 마련된 자리에 앉아서 황 여사는 태리를 바라보았다. 언급한 때가 정확히 언제인지 화두에 올리지 않아도, 태리 역시 잘 알 수밖에 없었다.

지금이라도 도망쳐. 우리 아들 두고.

"내가 그날 밤 너를 보내고 나서 얼마나 심장 부근이 뜨겁던지. 말은 그렇게 해도 진짜 두 사람 어긋날까 봐 내가 걱정이 많았던 모양이야."

자려고 누웠다가 다시 일어났다. 새벽이 다가오는데 자야지 싶다가도 다시 눈을 번쩍 떴다. 비는 오는데. 아침이 밝으면 다은이 유치원도 보내야 하는데.

굳게 닫힌 아들의 방문이 가엽고 불안하여 좀처럼 잠을 이루지 못했다.

"마음 단단히 먹어줘서 고마워."

"아뇨, 제가 더 감사해요. 사실 그날 어머님이 그런 말씀 해주시지 않았다면 민권 씨하고 저, 조금 더 빙빙 돌았을 수도 있거든요."

그때, 그 저녁. 모과차를 사이에 둔 채 아들을 두고 도망치라는 말을 들었던 어머님과의 시간.

"그냥 어머님 말씀을 듣는 내내, 한편으로는 좀 안심이 되었어요. 아, 진짜 내 편이 생기는구나. 이제 됐다. 어머님이 이렇게 나의 불안함을 이해해주는데, 그럼 됐지. 그럼 됐다, 그런 생각이 들었어요."

"그랬어?"

"네. 천군만마를 얻은 느낌이었달까요?"

"다 늙은 시에미 자리를 천군만마로 얻으면 어떡해?"

"어머님이 대장이시잖아요. 전 너무 든든한데요?"

한결 편해진 태리의 어투와 음성 앞에 황 여사는 다시금 웃음을 터트리고 말았다. 이리 보고 저리 봐도 곱고 귀하게만 여겨져, 웃음이 끊이질 않는다.

이렇게 실없이 웃어보는 일도 얼마 만인지 모르겠다. 황 여사는 웃음을 갈무리하며 밀크티를 한 모금 마셨다. 부드럽게 넘어가는 밀크티는 태리의 추천이었고, 그다지 자극적이지 않아 마음에 들었다.

"차가 참 맛이 좋네."

"취향에 맞으세요? 집에서도 간편하게 마실 수 있어요. 제가 몇 개 좀 사 올게요."

"아냐, 아냐. 됐어. 됐어, 괜찮아. 가끔 나와서 마시면 되지."

어후, 무슨 말을 못 하겠다. 조금만 눈길을 줘도 마음에 드시냐, 이거 사자며 달려들고. 조금만 맛있게 먹어도 입맛에 맞으시냐, 이것 좀 포장해 가자며 달려들었다.

극성맞기가 아들 민권과는 정 딴판이라 도대체 두 사람이 어떻게 어울렸는지 알다가도 모를 일이다.

"우리 아들이 좀 심심하지?"

"네, 엄청요. 재미있는 사람은 아니에요."

황 여사는 부드럽게 미소 지었다. 자식은 겉 낳지 속 낳는 것이 아니라더니. 내가 저런 아들을 어떻게 낳았나 싶을 정도로 어느 날은 답답했다.

말 없기로는 본인도 타의 추종을 불허했는데. 아들은 그런 본인이 혀를 내두를 지경이었으니 말 다 한 거다.

"심심해서 어떡해? 우리 아들이 말도 없고 좋다 싫다 내색도 잘 안 하고."

"그런데요, 어머님. 제가 말이 많고 내색을 워낙 잘해서 괜찮아요. 둘 다 그러면 너무 정신없지 않을까요?"

"아. 그것도 그런가?"

"그럼요. 저는 제 이야기를 그렇게 끝까지 집중해서 들어주는 사람, 처음 봤거든요."

태리가 목젖이 보일 정도로 입을 크게 벌리고 호탕하게 웃는다. 아들의 단점마저 장점으로 승화시킨 것 같아, 황 여사는 그것도 예쁘다며 눈을 빛냈다.

"정 심심하면 손잡고 재미있는 거 보러 다니면 되죠. 꼭 민권 씨가 재미있을 필요 있나요. 함께 재미있는 일 찾으면 되는 거니까요."

"아이고, 현명해라."

"헤헤."

어머님의 이어지는 칭찬이 민망한지 태리가 머쓱하게 웃었다. 방정맞은 웃음도 그저 어여쁘게만 보이니 한참을 바라보다가, 황 여사는 입술을 열었다.

"태리야."

"네, 어머님."

"누군가와 함께해서 사라지는 외로움은 언젠가 다시 와."

태리는 입가에 걸어두었던 미소를 지으며 황 여사를 응시했다. 마치 혼신의 힘을 다해 아껴 키운 딸아이의 결혼을 앞둔 것처럼, 황 여사의 눈빛은 온통 사랑이었다.

"우리 아들과 부부가 되어도 가끔은 혼자의 시간을 가져. 너는 너 혼자 있는 시간을 소중히 생각해야 해."

"……."

"외로움은 누군가 덜어갈 수 있는 게 아니야. 게다가 혼자 있을 때 오는 외로움보다, 둘이 있을 때 느껴지는 외로움이 더 처절한 법이거든."

그 어떤 순간에도 외롭지 말아라.

"너는 그저 네 자체를 외롭게 두지 말아야 해. 그건 자신밖에 할 수가 없어. 무조건 헌신하지 말고 너는 너를 제일 먼저 돌보고, 그러고 난 후에 함께임을 즐겨야 해."

"……."

"인간은 언제이고 반드시 혼자인 순간이 와. 그때의 네가 외롭지 않으려거든 그저 무던히 너를 돌보는 수밖에 없어. 내 말, 무슨 뜻인지 알겠지?"

네 시간을 즐기렴. 소소한 기쁨을 네게 주렴.

네가 너를 온전히 돌보고, 네가 너를 온전히 사랑한 후에야 비로소 타인과의 시간을 바르게 영위할 수 있는 거란다. 사랑을 하고 싶거든 제일 먼저 너를 사랑하렴.

"태리는 똑똑하니까 내 말 무슨 말인지 알 거야. 내가 좀 어지럽게 설명을 한 것 같긴 한……."

"세상 어떤 누가 제게 이런 이야기를 들려줄까요, 어머님."

태리는 제 마음 아주 깊은 곳에 새겨두겠다는 것처럼 느리게 눈을 깜빡이며 숨조차 느리게 불어 내쉬다가, 입술을 열었다.

자신을 먼저 사랑하라는 말, 그래야 타인도 바르게 사랑할 수 있다는 말. 너를 돌보는 시간을 충분히 가지라는 말. 그런 결혼을 시작하라는 말.

"이것 좀 봐요, 어머님. 어머님은 천군만마 맞잖아요."

흐잉. 태리가 감동받았다는 음성을 하며 다소 과장된 표정을 짓자 황 여사는 웃음을 터트렸다.

누구는 처음, 누구는 새로운 시작을 앞둔 이 사랑스러운 부부의 앞날에 무한한 행복만이 자리하기를.

미움도 불신도 사랑 앞에 우스꽝스러워지기를. 슬픔이 오려거든 미풍으로, 기쁨은 태풍처럼 휘몰아쳐 건강한 숲과도 같은 가정을 이루기를.

"어머님, 저 감동받은 기념으로 밀크티 좀 사 드리면 안 될까요? 몇 개만 살게요. 집에서 가끔 드시면 좋아요."

"그래, 그럼. 조금만 사자."

"아까 보셨던 그 원피스도⋯⋯."

"그래. 사줘. 나 입을래. 태리가 사주는데 까짓것 입어보자, 한 번."

"예에에! 가시죠!"

엄마는 힘껏 바랄게.

[뺑소니 사기 사건 곽氏 전면 부인⋯⋯ '억울하다']

[故 강형재 휴대폰⋯⋯ 곽진미 '난 모르는 일' 혐의 부인]

[사무실에서 발견된 故 강형재 휴대폰⋯⋯ 출처 모른다는 곽진미]

[봉수철과 곽진미의 진실 게임⋯⋯ 강형재는 누가 죽였는가]

﹒

﹒

﹒

이곳저곳 아프지 않은 곳이 없다고 아무리 호소를 해도 곽씨는 주치의의 판단 아래 조사에 들어갔다.

실장이었던 봉수철이 죽은 강형재의 휴대폰을 가지고 있었다는 충격적인 이야기가 끝이 다가왔음을 알게 했지만, 어쨌든 자신은 모르는 일이었다.

자신의 사무실에서 휴대폰이 발견되었지만 실장 봉수철이 소지하고 있었고, 강형재를 뺑소니로 죽인 것은 자신이 아니라 봉수철일 수도 있는 것 아니냐 반론했다.

모르는 일이다. 난 모르는 일이다. 곽씨는 같은 말을 반복했다.

"가급적 말을 아끼세요. 검찰 쪽에서 어떻게 나올지 모릅니다."

조사를 앞둔 시간. 곽씨의 변호사는 곽씨의 입단속을 시켰다.

잠시 후 문이 열리고 담당 검사가 들어왔다. 검사는 곽씨의 얼굴을 한번 훑고는 자리에 앉았다. 재킷을 벗어 의자에 걸며 사무적인 표정을 했다.

"차정윤 검사입니다."

"곽진미 씨 변호인 함경수입니다."

변호사는 수사에 필요한 몇 가지 자료를 제출했고, 검사는 힐끔 곽씨를 바라보았다. 젊은 여자 검사가 들어온 것을 내심 다행이라 여긴 곽씨는 여기저기 아픈 것을 어필하려는 듯 인상을 찌푸렸다.

"검사님. 나는요, 강압 수사에 협조하지 않습니다."

"어허, 곽진미 씨. 가만히 계세요. 쓸데없는 말을."

변호사가 말려보지만 곽씨는 목을 돌리기도 힘들다는 것처럼 불편하게 움직였다.

"검사님, 좀 보세요. 내가 지금 이렇게 조사받을 몸 상태가 아니라고요. 최소한의 보장도 없어요, 이 나라는? 앉아 있기도 힘든 사람을 데려다가 무슨 조사를……."

"됐고."

검사는 짧게 말을 잘랐다. 곽씨는 눈도 마주치지 않은 채 검사가 내미는 한 장의 종이를 바라보았다. 이 망할 놈의 소견서.

"주치의의 판단에 따라 진행하고 있으니 사견은 넣어두시죠. 끌어봐야 좋을 거 없다는 거, 변호사 통해 못 들으셨어요?"

세상에 내 편 하나도 없다.

끙. 곽씨가 입을 다물자 검사는 자그마한 소형 녹음기를 꺼내 책상 위에 올렸다.

또 녹음인가? 이번 거는 좀 작네. 예전에 조사받을 땐 이런 거 없었는데. 곽씨는 그런 단순한 생각을 하며 녹음기를 내려다보았다.

"이게 무엇입니까?"

변호사가 묻자 검사는 곽씨를 바라보았다.

"주옥선 씨가 제출한 녹음기입니다. 여기, 녹취록입니다."

검사는 빽빽한 파일을 변호사에게 넘겼다.

녹음? 노인네가? 곽씨는 몸을 좀 더 일으켜 앉았다. 내용이 궁금해 참을 수가 없다.

한 장 한 장 넘기던 변호사는 사색이 되었다. 변호를 시작하기도 전에 맞은 폭탄이다. 검사는 팔짱을 낀 채 빤히 곽씨를 바라보다가 입을 열었다.

"궁금합니까?"

"아니, 뭐, 불법 도청 자료 아닌가요? 법적 효력도 없는 걸 가지고 와서 뭘 어쩌겠다는 건지."

"그럼 불법인지 아닌지 직접 들어보시든가."

검사는 녹음 파일을 틀었다.

'우리 형제처럼! 죽이려고 했느냐고!'

'목숨이 어디 그렇게 쉽게 끊어지는 줄 알아요? 죽이는 건 쉽지만 죽는 건 쉽지 않답니다.'

잠시 후 들려오는 자신과 주 여사의 목소리에, 곽씨는 입술을 멍하니 벌렸다. 그 망할 노인네가 자신을 찾아온 것엔 이유가 있었던 것이다.

녹음을 하려고. 자백을 받아내려고!

'형재 군도 그랬죠. 쉽지 않았어요. 한 번 부딪쳤을 때 가주면 참 좋았을 텐데. 세 번이나 밀고 가게 했어.'

"하⋯⋯."

변호사는 할 말을 잃은 듯 긴 한숨을 내쉬었다.

'제가 형재 군을 죽였다는 사실을 알게 됐다고 뭐가 달라지나요? 뭐가 달라지지?'

'내가 왜 이런 이야기를 당신한테 들려주는지 알아? 이 방엔 녹음기가 없거든.'

검사는 녹음기를 껐다. 시선을 곽씨에게 고정한 채 잠시 뜸을 들이던 검사는 증거물로 제출된 강형재 군의 휴대폰 사진을 꺼내 놓았다.

곽씨의 시선이 짤막하게 흔들린다. 가장 강력한 증거를 쥐고도 검찰 측이 침묵하고 있었던 것은, 곽씨 측이 한 점의 준비도 할 수 없게 하기 위함이었다.

검사는 안경을 끼며 노트북을 열었다.

"강압 수사, 하고 싶어도 할 게 없어서 못 하겠네. 그렇지 않습니까, 곽진미 씨?"

"……."

"조사 시작하겠습니다."

포기했단 듯 변호사는 고개를 돌렸다.

"어우, 들어오자마자 맛있는 냄새가 나는데?"

퇴근하면 집으로 곧장 오라는 예쁜 협박을 해대기에 부랴부랴 집으로 돌아오니, 채원이 기다리고 있다. 성준은 구두를 벗고 슬리퍼를 신으며 안으로 들어섰다.

"왔어요?"

"저녁은 나가서 먹자니까 밥하고 있었어?"

"그냥. 저번에 오빠가 아침 해줬으니까 오늘은 내가 좀 해보려고요."

"……지금 뭐라고 불렀어?"

"응? 뭐가?"

성준은 '대표님'에서 '오빠'로 변한 호칭 앞에 잠시 머뭇거렸다.

"술 마셨나, 혹시?"

"왜 이래요? 듣기 싫어?"

"아, 아니. 대표님 소리 빼주니까 좋아서 그렇지."

"솔직히 회사 그만뒀는데 내 대표님도 아니고, 본격적으로 연애 시작하려면 갑과도 같은 호칭은 사라지는 게 좋지 않을까 해서요."

"좋은 생각이야. 적극 찬성."

성준은 오빠 소리가 듣기 좋다는 듯 빙그레 웃었다. 얼마 만에 들어보나. 그녀 맨정신에 아마도 스페인 이후 처음이지 싶다.

"좋은 일 있었어? 기분 좋아 보이는데."

"나? 뭐, 그냥요. 밥이 맛있게 돼서?"

서류 가방을 내리고 재킷을 벗는데 그녀가 주방으로 들어가며 흥얼흥얼거린다. 뭔가 좋은 일이 있는 것도 같고, 그래서 심경의 변화가 생긴 것 같기는 한데 이유는 잘 모르겠다.

"좋은 일은 공유 좀 합시다, 정채원 씨. 무슨 일인데?"

"찌개가 맛있어서?"

쉽게 알려줄 것 같지 않은 그녀가 웃으며 말을 돌린다. 어제, 주여사님과 준호 형과 식사를 끝마쳤을 때부터 기분이 좋아 보이더니, 어제의 여파가 오늘까지 온 걸까.

뭐, 아무래도 좋다. 네가 기분이 좋은 건 내게도 좋은 일이니까.

"나 오늘 이든이한테 말하고 왔어요."

"무슨 말?"

찌개 앞에 서서 통 얼굴을 보여주려 들지 않아, 성준은 채원이 있는 주방으로 걸음을 옮겼다. 목이 마른 까닭에 유리잔을 들어 정수기 앞에 가져다 댔다. 적당량의 물을 따라 성준이 시원하게 마시는데.

"우리 세대 합가할 거라고."

"쿨럭! 쿨럭쿨럭!"

거의 다 비운 물잔을 들고 성준은 세찬 기침을 해댔다. 본능적으로 몸이 기울어 물잔을 개수대에 내려놓으며 성준은 입가를 가리고 올라오는 기침을 마저 쏟았다.

쿨럭, 쿨러어어억!

"괜찮아요? 사레들렸나 봐."

"흐어. 흐어어."

흐어, 죽다 살았네.

성준은 찔끔 나온 눈물까지 닦으며 채원을 바라보았다. 내가 무슨 잘못을 했느냐는 표정을 짓고 그녀가 바라보고 있다.

"왜요? 나 뭐 잘못했어요?"

"아니, 그런 말을 그런 순진한 눈빛을 하고 물으면 어떡해."

"순진하게 물어보면 안 돼요?"

"식칼을 들고 있잖아. 그걸 내리면 눈빛에 개연성이 살아날 것 같아."

"……아, 미안요. 내 정신 좀 봐. 들고 있는 줄도 몰랐네."

"방어용은 아니었어, 확실히."

채원이 칼을 내려놓는 것을 바라본 성준은 꿀꺽 마른침을 삼켰다. 다시금 천진한 눈빛을 하고 물어온다. 뭐가 또 잘못됐느냐는 질문을 눈으로 해온다.

"하루 사이에 왜 또 마음이 바뀌었는데?"

"바뀌면 안 돼요?"

"어젠 태리 앞에서 생각 없다며 아직."

"그래서, 바뀐 내가 싫어요?"

"아니 좋아. 좋은데, 내일 돼서 또 마음 바뀌는 건 아닌가 싶어서 그러지."

"그럴까 봐 이든이한테 말했다니까?"

"동생은 뭐라는데."

"이미 세대 합가한 거 아니냐고 묻던데?"

······쿵. 요즘 들어 잦은 누나의 외박에 대한 일침이었을 것이다. 성준은 마른 입술을 축이며 조금 더 채원의 앞에 나가갔다.

"정말 나하고 결혼할 거야?"

"반응이 좀 뜨뜻미지근해서 다시 생각해봐야 하나 봐요."

"어깨춤이라도 추고 싶은데 춤엔 일가견이 없어. 표정만으로 어떻게 이해해주면 안 될까?"

표정? 채원은 그제야 힐끔 성준을 바라보았다. 음성만 들을 땐 잘 몰랐는데.

"너 뱉은 말 무르기 없기다. 나 그런 거 진짜 싫어해. 너 진짜 무르기 없어."

얼굴을 바라보니 이 작자가 웃고 있다. 채원은 긴장했던 마음이 툭, 풀어지는 것을 느끼며 저도 모르게 따라 웃었다.

"안 무를게요. 내가 매달린다고 했잖아요, 매일매일."

성준은 채원의 어깨를 돌려 꽉 안았다. 입가에 번진 웃음이 좀처럼 지워지지 않아, 두 사람은 좌우로 반동을 일으키며 한동안 서로를 끌어안았다.

"아, 밀당 심했다 너. 진짜 너, 나한테 너, 진짜 밀당, 하, 심했다 진짜."

"앞으로 잘할 테니 그걸로 봐주면 안 될까요?"

"버틴 나한테 빨리 잘했다고 얘기해. 빨리 칭찬해줘. 잘 버텼다고 빨리 표창장이라도 줘."

"어구 잘했다, 어구 잘했다. 한성준 어구 잘했다아아."

채원이 끓는 찌개를 돌아보려 하자 성준은 더욱 꽉 안았다.

"찌개 졸아요, 이것 좀 잠시만 놓고."

급한 손길로 가스를 껐다.

"지금 찌개가 문제냐? 지금 밥이 넘어가?"

"그럼 뭐 어쩌자고? 밥 열심히 했는데?"

성준이 채원을 번쩍 들어 안았다. 기분엔 어화둥둥 춤이라도 추고 싶지만, 정말이지 춤은 젬병이니까.

"미리 경험하는 신혼이라고 생각해. 난 지금 밥 생각 싹 사라졌으니까."

쿵쿵쿵, 성준은 곧장 침실로 향했다.

쾅. 문이 닫혔다.

"여보세요."

— 여보세요? 여사님? 저희 잘 보이세요?

"잘 보이다마다. 어때, 두 사람 재미있게 잘 놀고 있나? 얼굴 보니 묻지 않아도 될 것 같긴 하다만."

주 여사는 스페인에서 걸려온 영상통화 속 채원을 바라보며 반갑게 웃었다. 화창한 어떤 날, 계절보다 더 아름다운 신부가 된 채원은 연신 손을 흔들고 있었다.

그 곁에서 성준은 자신의 얼굴을 화면에 조금이라도 등장시키기 위해 애를 쓰고 있었다. 두 사람의 모습이 퍽 귀엽고 사랑스러워, 주 여사는 큰 웃음을 터트렸다.

— 여사님! 제가 예쁜 거 보여드릴게요! 잠깐만요! 잠깐만요!

— 난 아직 여사님께 인사도 못 드렸…….

— 아, 비켜봐요. 빨리.

아웅다웅하는 소리마저 정겹게 들린다. 채원이 뭘 보여주겠다 하니 주 여사는 턱을 괸 채 휴대폰 화면을 응시했다. 갑자기 화면이 전환되더니.

"어유."

탄성이 절로 나올 만한 스페인의 야경이 화면 속에 펼쳐졌다. 주 여사는 눈을 동그랗게 떴다.

— 여사님 잘 보여요? 보여요?

"잘 보여. 아주 멋지네. 여긴 어딘가?"

— 세비야에 왔어요. 여긴 세비야 대성당 근처인데요, 야경이 너무 멋있어요! 저기 멀리 대성당 있는데 그것까진 안 보이시죠?

"말로만 듣던 세비야 대성당 어디께를 이렇게라도 보니 영광인데."

— 너무 멋있어요. 정말 환상적이에요. 여사님이랑 같이 와서 함께 보면 정말 좋았을 텐데.

"신혼여행에 내가 꼈다가 한 대표의 원망을 구천까지 듣게?"

주 여사는 채원이 천천히 움직이며 보여주는 스페인의 야경을 한눈에 담았다. 서울의 야경과는 사뭇 결이 다른, 온화하고 느긋한 기운의 분위기는 이국적인 정취를 한껏 느끼게 했다.

— 여사님, 우리 다음에 같이 와요. 정말 좋아요.

보여줄 만큼 보여주었는지 채원이 다시 얼굴을 들이민다. 그 곁에서 성준이 화면에 걸렸다가 말았다가를 반복한다. 주 여사는 그 모습이 귀여워 고개를 끄덕이며 시종일관 웃는 얼굴을 했다.

"그래. 재미있게 놀고, 즐거운 추억 많이 만들고."

— 네! 또 연락드릴게요! 쉬세요, 여사님!

— 쉬십시오, 여사님. 다음엔 제가 연락을 드……

— 쉬세요! 여사님! 사랑해요! 우리 다시 한국 갈 때까지 심심해도 참…….

성준의 말이 끝나기도 전에 채원이 끼어들더니 신호가 약해지고 곧 전화가 끊긴다. 주 여사는 못 말리겠다는 듯 고개를 절레절레 젓다가 휴대폰을 내렸다.

주 여사의 통화가 끝날 때까지 기다리던 준호는 전화가 온전히 끊긴 것을 확인하고 나서야 입술을 열었다.

"즐거운 모양이네요. 목소리가 소란스러운 것을 보니."

"즐겁겠지. 두 사람 생각만 해도 나까지 행복해지는데, 당사자들은 오죽할까."

"스페인하고 한국하고 시차가 일곱 시간 정도 된다니, 그곳은 밤이겠네요."

"응. 야경을 보여주었는데 아주 환상적이었네."

"환상적이죠. 저도 가봤지만 정말 인상적이었거든요."

준호의 말끝에 주 여사는 빙긋 웃었다. 이곳은 준호가 원장으로 있는 병원.

"자, 오늘도 약을 좀 처방해드릴게요. 숙면을 취하기 시작하셨다니 줄여봐도 좋을 것 같습니다."

"잠을 잘 자니 세상 살 것 같구만."

"그럼요. 잠이 보약이고, 제 생기시만 눈꺼풀은 신이 만들어준 최고의 선물입니다."

처음엔 준호라는 사람과 격 없이 소통했다. 직업도 나이도 묻지 않고, 그저 한 대표가 좋아하는 형이라는 정도의 정보만 공유한 채 주제 없는 대화를 곧잘 나누었다.

준호는 박식했고 대화를 이끄는 일에 능통했으며, 차분했고 유쾌했다. 그런 그의 직업이 의사라는 것을 후에 알았을 땐 오히려 감사하기까지 했다.

"진작 병원을 좀 다닐걸. 이렇게 마음이 편안해지는 것을 왜 그땐 그걸 모르고."

"억지로 되는 일은 아닙니다. 지금도 늦은 일은 아니니 마음 편히 가지셔도 됩니다."

어쩐지 병원을 다니는 것에 반감이 있던 주 여사는 거부감 없이 걸음을 할 수 있게 되었다. 친한 친구를 만나러 오듯, 그저 편안한 대화를 나누러 오듯. 준호를 따라 자연스럽게 병원을 드나들며 주 여사는 내면의 상처를 치유하고 있었다.

곽씨의 범행은 한동안 대한민국을 시끄럽게 했다. 추가 범행에 대한 제보도 연일 밀려들었다. 뺑소니 미제 사건으로 남은 다른 유족들도, 곽씨의 소행인지 확인해달라며 끊임없이 소리를 내었다.

미수로 그쳤던 것과 뺑소니와 관계없던 단순 사기 사건들까지 수면 위에 떠올라 세간을 어지럽게 했다. 결국 지난한 재판을 거듭한 끝에 곽씨는 사형을 선고받았다.

사형. 살아서는 죄를 씻을 방법이 없겠으니 죽음으로 죄를 면하라는, 판결.

"여사님, 마음은 편안하십니까?"

"뭐, 그렇지요. 감정이 내 안에서 다스려지기 시작한 것을 보아 편안하다고 말해도 될 것 같아."

"적절한 운동을 병행하심이 좋습니다. 산책 정도가 좋겠습니다."

"귀찮아도 조금씩 하고 있으니 너무 재촉은 말고."

"네, 여사님."

준호는 웃으며 PC에 간단한 내용과 처방에 관련된 사항을 입력했다. 주 여사는 갈 시간이 되었다는 것처럼 휴대폰으로 시간을 확인하고는, 고개를 들었다. 휴대폰만 바라보아도 조금 전 영상통화를 했던 채원과 성준이 떠오르는 것이다.

"아아, 그러고 보니 한 대표와 채원이 스페인에서 처음 만났다고?"

"네, 그랬죠. 한 대표가 스페인에 있는 회사에 다닐 때 공부하러 왔던 채원 씨를 만났다고 했으니까요."

"참 오래된 인연일세. 대단한 사람들이야."

"네, 저도 그렇게 생각합니다."

채원은 성준을 두고 도망쳤던 지난날을 후회하지 않는다고 말했다. 다시 그런 일이 생긴다면 아마 똑같이 도망칠 거라고, 그의 미래를 해치지 않는 사람으로 남고 싶다고, 그렇게도 말했었다.

"함께 있는 것의 소중함을 알았으니, 두 사람에게 지난 시간이 준 좋은 점도 있는 것 같습니다."

"나도 그렇게 생각하네."

하지만 언젠가 다시 묻는다면, 채원의 답은 조금 달라질 것도 같았다. 그를 두고 도망치는 일은 없을 거라고. 힘든 순간도 함께 나누며 그의 곁에 있겠다고.

준호와 주 여사는 서로 바라보며 웃었다. 성준과 채원, 사랑이 커가는 과정이었다.

과거. 스페인.

채원, 성준을 처음 만나다.

"마드리드하고는 분위기가 완전 다르네."

스페인에 체류한 지 2년이 조금 안 되던 때. 마드리드에 머물던 채원은 작은 도시 세비야를 찾았다. 렌페를 타고 역에서 내린 그녀는 따가운 햇살에 눈살을 찌푸리며 앞을 바라보았다.

"으으, 벌써 덥다, 더워."

쨍한 햇살이 사정없이 내리쬐는 스페인의 여름은 무척 더웠다. 채원은 연신 손부채질을 하며 부지런히 걸음을 옮겼고, 중간중간 멈춰 서서 사진을 찍었다.

혼자 하는 여행에 제법 익숙해진 그녀는 자유롭게 움직이는 것을 좋아했다. 계획 없이 발이 닿는 대로 걷는 것을 좋아했고, 그러다가 우연히 발견하는 작은 식당이나 소품 집을 마음에 들어 했다.

세비야 광장에 도착한 채원은 이곳저곳에 멈춰 서서 사진을 찍고 분수대를 구경하다가, 배고픔을 느껴 식당을 찾기 시작했다. 동화책에서 튀어나온 거리처럼 모든 것이 아담한 길목 구석구석을 거닐던 채원은 어쩐지 맛이 좋을 것 같은 식당 안으로 무작정 들어갔다.

"아, 미치겠네."

혼자 하는 여행은 모든 것이 만족스러웠지만 그중 단 하나, 영원히 채워지지 않을 불만족이 있었으니.

"이것도 먹고 싶고 저것도 먹고 싶은데, 이걸 어쩌지."

다양한 음식을 먹고 싶은데 혼자서는 다 먹을 수 없다는 것!

채원은 이리저리 메뉴판을 넘기며 바라보다가 탄식했다. 허기가 진 상태로 있자니 오만 가지 음식이 전부 다 먹고 싶었다. 하나만 고르자니 고르지 못한 음식이 나를 선택해달라 울고 있는 것처럼 느껴졌다.

뿌. 채원은 볼 바람을 불며 메뉴판을 바라보다가 무의식중에 고개를 들었다. 어라.

"한국인인가?"

자신처럼 혼자 앉아 메뉴판을 바라보고 있는 동양인 남자.

한국인인 것만 같은 느낌적인 느낌을 폴폴 풍기는 사내는 자신이 그랬던 것처럼 메뉴판을 넘기다가 처음으로 돌아가 다시 넘겨

보고, 다시 넘겨보고 있었다.

채원은 저도 모르게 미소를 지으며 일어섰다. 의중을 간파했으니 당장 가서 실행에 옮겨야겠다.

"저, 실례합니다. 한국인이시죠?"

"네. 그런데 누구십니까?"

체인이 끝으로 나가가 묻자 메뉴판만 뚫어지게 바라보던 사내가 고개를 들었다. 자신의 자리를 가리키며 채원은 간단하게 설명했다.

"저도 한국인인데요, 혼자 밥을 먹으려니 메뉴 선정에 어려움이 있어서. 괜찮으시면 식사 자리 합석해서 메뉴 공유하실래요?"

"……아."

아. 사내의 입술 사이로 낯선 탄성이 터진다. 저돌적인 자세로 걸어와 합석해서 밥을 먹자는 여성의 신호를 어떻게 받아들여야 하는지 모르겠다는 표정이다.

채원은 어깨를 으쓱 올려 보였다.

"다른 뜻은 없어요. 저 돈 있고, 식사 값은 당연히 더치페이하고요. 얻어먹겠다는 거 아니고, 연락처 교환 같은 거 하자는 말도 아니니까 망설이지 않으셔도 돼요."

"아아, 그런 뜻으로 망설인 건 아닙니다."

"그럼 음식 같이 먹을래요? 둘이면 세 개 정도 주문해도 될 것 같은데."

"그러죠. 거기 앉아요."

예스. 채원은 작은 가방을 가지고 다시 돌아와 사내 앞에 앉았다. 먹고 싶었던 음식도 비슷비슷해 어려움 없이 메뉴를 고르고 나니 잠시 어색한 침묵이 흘렀다.

채원은 마른침을 삼켰다. 침묵이 견디기 힘든 건 사내도 마찬가지였는지 말을 걸어왔다.

"유학생?"

"네? 아, 네. 공부 중이에요."

"그렇군요."

"유학생은 아니신 것 같은데."

"나이 들어 보인다는 말을 돌려서 잘 하시네요."

"그런 건 아니고요. 풍기는 분위기가 어쩐지 사업가? 같은?"

"회사원입니다. 월급쟁이."

"아아, 그러시구나. 회사원."

또다시 말이 끊긴다. 사내는 무료함을 달래기 위함인지 휴대폰으로 시선을 옮긴다.

뿌. 채원은 다시금 볼 바람을 불었다. 사내는 휴대폰에 시선을 고정한 채 다시 입을 열었다.

"어디에 머물고 있습니까?"

"마드리드요."

"아아, 마드리드."

대단히 궁금한 사항은 아니었는지 대수롭지 않게 고개를 끄덕이며 다시 입을 다문다. 한정식 반찬 가짓수만큼 침묵이 쌓여갈 때쯤, 주문한 식사가 테이블 앞에 놓였다.

그제야 활짝 웃으며 채원은 식기류를 들었다. 하몽과 녹인 치즈가 들어 있는 토스트를 정확하게 반으로 가르며 사내는 입을 열었다.

"맛있게 먹어요, 유학생."

"네. 맛있게 드세요, 회사원."

채원은 음식에 집중한 채 식사를 했다.

식사를 하는 내내 무슨 말이 오갔던가? 아니, 한마디도 없었던 것 같다.

얼떨결에 한국인을 만나 다양한 음식을 접한, 무척이나 만족스러웠던 식사를 마치고 채원은 지갑을 꺼냈다.

"반씩 계산해요."

"됐으니 가봐요."

"네?"

채원이 내야 할 돈이 얼마인지 머릿속으로 계산하고 있던 때, 사내는 그냥 가보라며 손을 저었다. 그녀는 뚱한 표정을 지었다.

"왜요? 저 왜 그냥 가요?"

"유학생이라며."

"그런데요?"

"타지에서 고생하는데, 의지의 한국인이 밥 한 끼 사줬다 정도로 합의 보죠."

"헐."

헐. 채원은 황당하다는 듯 소리를 내었다. 입가를 닦으며 가보라고 말하는 사내를 바라보다가 다시 지갑을 열었다.

"함께 먹자고 한 건 제 의견이었거든요. 제가 회사원께 얻어먹을 이유는 없잖아요."

"유학생한테 밥 한 끼 사주지 못할 정도로 정이 메마르진 않았으니까 그냥 가고, 남은 여행 잘 해요. 공부 열심히 하고."

"여기, 식사의 절반 값이에요. 팁은 제가 내죠."

채원은 테이블 위에 돈을 내려놓았다. 뭔가 기분이 상한 것 같은 채원의 손끝을 바라보던 사내는 고개를 들었다. 뽀얗고 맑은 얼굴과 대비되는 까만 머리. 뭐가 그렇게 억울한지 눈에 고집이 그득그득 들어섰다.

회사원, 의지의 한국인, 느닷없이 등장한 유학생에게 밥 한 끼 사주려던 사내, 성준은 고개를 비스듬히 꺾었다.

돈을 내려놓는 손길에 불쾌함이 담겨 있음을 느꼈다. 밥 사주겠다는 게 뭐 이렇게까지 잘못된 일인가 싶다.

"내가 뭐 실수했습니까?"

"아뇨. 그런 건 아니지만 제가 신세 지는 것 같잖아요. 다시 볼 사이도 아닌데, 뭔가 꺼림직하다고요. 회사원께 얻어먹을 이유 조금도 없고요."

"정 계산하고 싶거든 두고 가요. 말리진 않을 테니까."

"네. 덕분에 잘 먹었습니다. 여행 잘 하세요."

채원은 약속대로 절반의 값을 치른 채 식당을 나섰다. 아는 사람에게 신세 지는 것도 끔찍하게 싫은데, 얼굴도 모르는 사람에게 신세를 지고 돌아서야 하는 건 더욱 끔찍했다.

배도 부르겠다, 값을 치렀으니 기분도 홀가분하겠다, 채원은 또다시 가벼운 발걸음을 옮겼다.

회사원, 의지의 한국인, 느닷없이 등장한 유학생에게 밥 한 끼 사주려던 사내는 그렇게 잊히는 듯했다.

세비야의 밤거리는 화려했다. 거리 곳곳에서 버스킹이 한창이었고, 사람들의 발걸음은 느긋했다.

밤에 와야 진가를 알 수 있다는 메트로폴파라솔 위로 올라간 채원은 펼쳐진 야경 감상에 한창 취해 있었다. 남는 건 사진뿐이라, 이리 찍고 저리 찍고.

"삼각대 가져올걸. 괜히 놓고 왔나 봐."

아무리 찍어봐도 영 마음에 드는 사진이 나오지 않는다. 배경을 담으려니 셀카가 영 제대로 나오지 않는 거다. 지나가는 몇몇 행인에게 부탁해보지만 역시 사진은 한국인이 제일 잘 찍어요…….

이것도 저것도 마음에 들지 않아 실망한 표정을 지으며 그만 찍어야 하나, 싶던 그때.

"헐, 회사원이다."

채원은 눈을 부릅떴다. 어슬렁어슬렁거리며 저기, 느리게 걷는 저 뒷모습, 저 옷차림. 회사원이 맞다!

"저! 저기요! 회사원!"

채원은 저도 모르게 큰 소리를 내며 우다다다 걸음을 옮겼다.

한국인의 음성을 알아들은 이곳의 유일한 사람.

회사원, 의지의 한국인, 느닷없이 등장한 유학생에게 밥 한 끼 사주려던 사내가 돌아본다. 금세 자신을 알아보는 회사원의 표정을 보며 채원은 밝게 웃었다.

"우와. 회사원 여기 계셨네요? 반가워라."

"저녁 식사 시간 됐습니까? 나 또 필요한가?"

"아, 그게 아니라요. 저 사진 한 장만."

헤헤. 채원이 휴대폰을 건네며 사진 한 장만 찍어달라 부탁하자 성준은 휴대폰을 받아 들었다.

지나가는 사람들 사이를 마구 헤치며 자리를 잡더니, 익숙하게 포즈를 취한다. 낯선 사람 앞에서 취하는 포즈치고는 상당히 자세가 자연스럽게 나온다. 끙. 얼떨결에 휴대폰으로 유학생을 바라보며 성준은 구도를 잡았다.

찰칵. 찍었다.

"뭐예요, 찍었어요? 벌써?"

"찍었는데."

"하나 둘 셋 해줘야죠!"

……끙. 다시 찍는다.

"하나, 둘, 셋."

찰칵. 찍고 나니 달려온다. 휴대폰을 건네주고 갈 길 가려는데 급히 사진을 확인하더니 표정이 어두워진다.

"잘 안 나왔습니까?"

"영원히 간직은 못 할 것 같아요. 하지만 감사합니다. 안녕히 가세요."

성준은 움찔움찔하며 시무룩해진 유학생을 바라보았다. 뭔가 실망을 안겨준 것 같긴 한데, 다시 찍어도 그 이상 잘 찍을 자신은 없다.

공연히 미안한 마음이 들어 성준은 입을 열었다. 해명이 필요했다.

"휴대폰 화질로는 밤에 사진이 잘 나오지 않아서."

"네, 알아요. 몇 번 찍었는데 잘 안 나오네요. 아쉬워라. 찍어주셔서 감사합니다."

유학생이 다시 한번 인사를 건네온다. 그러더니 다시금 시선을 야경으로 옮기고, 환한 빛을 머금은 세비야 대성당을 발견하더니 손짓을 한다.

"어, 저기 저거, 대성당 맞죠?"

성준도 따라 시선을 돌렸다.

"맞는 것 같네요."

"와, 진짜 예쁘다. 소원 빌어야 되겠다."

대성당 불빛을 보더니 뜬금없이 소원을 빌겠단다. 무슨 상관관계인가 싶지만 유학생이 눈을 꽉 감고 두 손을 모으니 성준은 저도 모르게 그녀를 따라 속으로 짤막한 소원을 빌었다.

소원은 뭐가 그리 긴지 정성껏도 빌고 있다. 휴. 끝났는지 유학생이 손을 내리며 눈을 뜬다. 성준은 갈 타이밍을 놓쳐버렸다.

"소원 비셨어요?"

"뭐, 그런 것도 같고."

"정성껏 빌었어야죠, 나처럼."

무슨 소원을 빌었는지 유학생이 웃는다. 찰나에 부는 바람, 근심 걱정 하나 없어 보이는 맑은 웃음.

성준은 무언가에 묶인 듯 멈춰 서서 유학생에게 시선을 주었다. 마음에 온전히 담으려는지 유학생은 빛나는 대성당의 환한 모습을 내내 응시했다.

"뭔가 저렇게 빛나는 성당을 보니까 막 소원 빌고 싶어지잖아요. 이루어질 것도 같고. 이루어지면 좋겠다. 그렇죠?"

"내 소원은 이루어질 수 없는 거라 사실 기대는 하지 않습니다."

"에? 무슨 소원을 빌었는데요?"

"영 앤 리치를 빌었거든요. 그건 이룰 수가 없지."

"왜 이룰 수가 없어요. 혹시 알아요? 한국에서 이름깨나 날리는 리치리치 한 사람이 될지."

"리치가 될 수 없단 말은 아니었고, 이미 영이 아니라는 뜻이었는데."

"아. 그런가요."

유학생이 또 웃는다. 청량한 웃음에 마음마저 시원해지는 것 같아, 자꾸만 말을 붙이고 싶어져, 성준은 물었다.

"그러는 유학생은 무슨 소원을 빌었습니까?"

"저요? 아…… 저는 말하기 좀 민망한데."

"민망하면 말 안 해도 됩니……."

"사랑하는 사람하고 다시 이곳에 올 수 있기를 빌었어요. 언젠가 다시 꼭."

"……."

"다시 올 땐 꼭 좋은 카메라 들고 와서 예쁜 사진 찍어야겠어요."

이번에 불어든 바람은 회사원의 향기를 싣고 왔다. 채원은 뱉는 말 사이로 삼켜지는 묵직하고 부드러운, 모든 것이 조화로운 그의 향기에 손끝이 찌릿찌릿했다.

이번엔 회사원이 웃는다.

"유학생의 소원, 이루어지길 빌겠습니다. 사랑하는 사람 만나서 꼭 다시 오세요."

"아, 네. 회사원의 리치 한 꿈도 이루시길 바랄게요."

그가 웃으니 채원의 심장이 쿵하고 떨어진다.

말은 끊기고, 바람은 불고, 온통 달가운 향기와 웃음이 내내 섞인 서로를 바라만 보다가.

"저녁 같이 먹을래요? 하나 주문해서 먹기 아쉬운, 유학생이 좋아할 만한 식당이 또 있는데."

"아. 네! 같이 먹어요! 좋아요!"

그의 제안에 채원은 크게 고개를 끄덕였다. 심장 부근은 자꾸만 간지러웠다.

"한성준입니다. 마드리드에서 온."

……그가 손을 내민다. 가만히 바라보다가, 발가락에 힘을 꽉 주다가, 그녀도 손을 내밀었다.

"정채원이에요. 마드리드에서 온."

첫 만남이었다.

결혼. 2년 후.

"여보세요."

오늘도 과중한 업무에 치여 파일과 씨름하던 민권은 태리에게
걸려온 전화를 받았다.

— 바빠?

"똑같지 뭐. 무슨 일 있어?"

— 난 퇴근. 집으로 가는 길이야.

퇴근이라. 민권은 모니터 속 시계를 바라보았다. 평소 그녀의 퇴
근 시간이 되려면 아직 멀었는데, 오늘따라 유난히 이른 퇴근.

"오늘은 일찍 퇴근하네?"

— 그러게. 난 일찍 퇴근하는데 당신은 일찍 퇴근할 생각이 없는
모양이야.

"난 별일 없으면 일찍 퇴근 못 하지."

— 그러니까. 별일 정도 있어줘야 당신이 일찍 퇴근할 텐데. 결
혼기념일 정도는 별일이 아니니까 일찍 퇴근할 생각은 없겠지, 당
연히.

"……."

민권은 다시 한번 모니터 속 날짜를 바라보았다. 아.

— 여보세요?

아……!

— 여보세요!

"열심히 모르는 척하며 이벤트 준비 중이었는데 이렇게 빨리 니가 말을 하면 어떡해."

말끝에 민권은 오만상을 찌푸렸다. 아, 며칠 전까지만 해도 생각했는데. 생각했었는데. 알고 있었는데!

— 아아. 이벤트를 준비 중이셨다?

"당연하지 내가 그런 널을 잊어버릴 리 없잖아."

— 좋은 말로 할 때 이실직고해라. 건망증보다 더 나쁜 건 거짓말이거든.

"미안해. 내가 깜빡했다."

낮게 깔리는 태리의 음성에 민권은 대번 잊어버렸음을 실토했다.

결혼 2년 차. 그녀는 언제나 좋은 말만 하는 사람이었다. 좋은 말로 할 때 밥 먹어라. 좋은 말로 할 때 일어나라. 좋은 말로 할 때 이거 버리고 와라. 좋은 말로 할 때.

"미안해, 태리야. 정말 미안해. 내가 요즘 너무 바빠서 날짜도 모르고 이러고 산다. 정말 미안해."

그렇게나 좋은 말이 항상 무서웠던 민권은 머리끝까지 뜨거움이 고여들어 눈을 크게 떴다. 으어, 난 죽었다.

— 차암네. 기강이 해이해졌구만, 김민권 씨? 우리 아빠가 했던 말을 고새 잊은 거야? 죽을 때까지 나를 갑으로 모시라던 우리 아빠 말 까먹었어?

"그럴, 그럴 리가. 그럴 리가 있겠어, 내가."

— 섭섭하다 섭섭해. 나는 다음 주 전시 회의도 미루고 퇴근하는데, 누구는 별일이 없어 야근을 하시겠다네. 너 이럴 거면 회사 때

려쳐. 그 회사는 너만 일해?

잔소리 폭격이다. 죄인은 할 말이 없으니 처결만 기다리는 심정으로 조용히 귀담아 경청했다.

아아. 멍청하게 이렇게 중요한 날을 잊어버리고. 미쳤다. 미쳤어.

— 됐어. 야근을 하든지 말든지 밤새워서 일을 하든지 말든지. 집에 들어오지 마! 아주 꼴도 보기 싫으니까!

"나 지금 간다. 퇴근한다. 재킷 입는다, 나 지금."

민권은 자리에서 쿵쾅쿵쾅거리며 일어섰다. 걸어두었던 재킷을 걸쳐 입고 급히 PC를 껐다.

"지금 나가. 어디서 만날래? 집으로 가지 말고 밥이라도 먹자. 지금 어딘데?"

— 아, 몰라! 나 지금 집으로 가는 길이라니까?

"어머니한테 내가 전화할게, 너랑 나랑 조금 늦는다고. 다은이한테도 내가 전화할까? 엄마랑 아빠 좀 늦는다고?

— 됐다고, 인간아. 어머님하고 다은이 영화 본다고 영화관 간다고 했어. 출발했나 모르겠네.

"어디 있을래? 내가 그쪽으로 갈게, 그럼."

PC가 꺼진 것을 확인하고 나서야 민권은 똑바로 섰다. 막 나가려는데 미처 결재하지 못한 서류 두 개가 시선을 끈다.

기한은 오늘까지. 아, 저건 오늘 안에 마무리 지어야 하는데.

— 김민권 씨. 바쁘지? 솔직하게 말해.

"아…… 결재 두 개만……"

휴. 짤막한 한숨 소리가 휴대폰을 타고 넘어온다. 괜히 사실대로 말했나, 민권은 그녀의 한숨 소리에 심장이 철렁하고 내려앉았다.

— 일하고 있어. 회사 앞으로 갈게.

"아…… 너 어딘데."

— 너네 회사 근처다! 에어밸런스 폭파시키러 간다 내가! 왜! 뭐!

"아닙니다. 조심히 오십시오. 기다리고 있겠습니다."

전화가 뚝 끊긴다. 민권은 헐레벌떡 이기에 다시 없어 파일을 넘었다. 결재 사인 하나에 많은 결과가 뒤바뀌니 허투루 사인을 할 수가 없는 입장.

민권은 몇 번이고 다시 읽고 또 읽으며 내용을 검토했다. 똑똑, 그때 마침 문이 열렸다.

"대표님, 30분 뒤 회의 있습니다."

민권은 고개를 들었다.

"아, 미안한데 오늘 회의 내일로 미룰 수 있을까?"

"내일이요. 알겠습니다. 그럼 오전 중으로 준비하겠습니다."

"그래요. 오늘은 내가 일찍 퇴근을 해야 해서."

"대표님, 오늘 결혼기념일이시죠?"

응? 그걸 어떻게 알았지? 민권은 다시금 고개를 들고 비서를 바라보았다. 잠시 밖으로 나갔다가 다시 들어온 비서는 꽃바구니를 테이블에 내려놓았다.

"그게 뭡니까?"

"네? 이거 며칠 전에 대표님께서 준비해달라던 꽃바구니입니다."

"내가? 내가 준비해달라고 했다고?"

민권이 영문 모르겠다는 표정을 짓자 비서는 그럴 줄 알았다는 듯 입을 열었다.

"며칠 전에 대표님께서 말씀하시기를 곧 결혼기념일이니 꽃바구니 준비하고 식사 자리 예약해달라고."

"내가? 내가 그랬다고? 기억에 없는데?"

"요즘 정신에 분명히 지금 말한 것도 기억하지 못할 테니, 그때 가서 기억이 안 난다고 해도 이해해줘요, 라고 덧붙여 말씀도 하셨습니다."

……허. 민권은 비서의 말에 눈을 꽉 감았다가 떴다. 그러다가 결국 기억해냈는지 이마를 툭툭 쳤다.

아아. 그랬다. 그랬지.

"이제 기억난다. 신경 써줘서 고마워요. 한 비서 덕분에 살았네."

"제가 뭘요. 이럴 때를 알고 먼저 대비하신 대표님의 센스였죠."

아아. 과거의 나, 어디 있냐. 잘했다고 안아주고 싶다. 격하게 칭찬해.

민권은 생각난 김에 비서에게 부탁을 했던 과거의 자신에게 무한한 감동을 보냈다. 야무진 일 처리와 스피드를 자랑하던 그가 이토록 혼이 쏙 빠진 채 허우적거리는 건.

"대표님, 요즘 너무 바쁘시죠, 대표직 인수인계 받으시는 게 보통 일이 아니잖아요."

"그러게. 하루가 어떻게 가는지도 모르겠어."

에어밸런스의 대표직을 인수 받았기 때문이다. 지난날 성준이 얼마나 고된 업무에 시달렸는지 십분 이해가 되는 요즘.

결혼기념일도 잊어버릴 만큼, 그는 완벽한 경영자가 되기 위해 애를 쓰고 있었다.

"그럼 나가보겠습니다. 결혼기념일 축하드립니다, 대표님."

"그래요. 나도 일찍 가니 오늘은 다들 일찍 퇴근하고."

"네, 알겠습니다."

민권은 마무리를 짓고 나서야 자리에서 일어섰다. 1층에 도착했다는 연락을 확인하고 꽃바구니를 는 채 로비로 내려왔다. 카페에 앉아 멍하니 바깥 풍경을 바라보는 아내의 모습.

민권은 카페 문을 열고 들어서며 다가가 테이블에 꽃바구니를 내렸다. 꽃을 확인하고, 시선을 드는 찰나, 그녀의 눈빛이 다채롭게 변한다. 감출 수 없는 미소를 지으며 그녀가 밉지 않게 눈을 흘긴다.

"회사에 이런 것도 비품으로 구비해두니? 만일을 위해서?"

"그럴 리가 있나. 오늘을 위해 준비했지."

"웃기네. 바빠서 잊어버렸다며?"

"잊어버리기 전에 준비해뒀더라. 봐줘, 나 진짜 오늘 날짜를 몰랐어."

"뭐, 예쁘네. 향도 좋고."

전혀 기대를 하지 않았을 마음에 향긋한 꽃내음이 스며든다. 태리는 꽃바구니에 얼굴을 가까이 가져다 대고는 숨을 크게 쉬었다.

"이봐요, 김민권 대표님."

"네, 윤태리 관장님."

"바쁜 것도 좋지만 좀 쉬면서 가야지. 그러다가 지친다고. 일도 좋지만 미친 듯이 달리지는 마. 알겠지?"

미친 듯이 달리지 않아도 되니 조금 천천히 가자고.

민권은 태리의 머리를 쓰다듬으며 고개를 끄덕였다. 회사 내 카페엔 직원들이 제법 많았고, 대표의 결혼 생활을 엿보듯 바라보고 있었다.

"나랑 결혼해줘서 고마워. 다음부턴 꼭 잊어버리지 않고 기억할게."

"됐어. 바쁘면 그럴 수도 있지. 식당 내가 예약했거든, 그리로 가자."

"아. 나도 예약해뒀는데."

응? 예약? 태리는 자리에서 일어서며 민권을 바라보았다.

"어디 예약했는데?"

"작년 결혼기념일에 갔던 곳. 너 거기 좋아하잖아."

"……아, 실은 나도 거기 예약해뒀는데."

같은 곳을 예약해둔 것을 알고 서로는 부스스 웃어버리고 말았다. 태리는 민권의 팔짱을 끼며 꽃바구니를 들었다.

열 가지가 맞지 않아도 꼭 맞는 한 가지가 운명처럼 느껴지게 하는 당신.

"줘. 내가 들게. 무겁던데."

"싫어. 내가 들 거야. 남편한테 꽃바구니 선물 받았다고 자랑해야지."

태리는 활짝 웃었다.

……내 결혼 생활은 완전하지 않았으나 안전했다. 자주 싸우고, 또 자주 토라지고, 절대로 이해할 수 없을 것 같은 마찰도 있

었지만.

아끼던 가방에 흠이 나는 것처럼. 즐겨 하는 시계에 긁힌 흔적이 남는 것처럼. 함께하려면 어쩔 수 없이 생기는 삶의 생채기라는 것쯤은 알 수 있었다.

응. 난 이렇게 살고 있어요.

우린 이렇게, 함께 닮고 함께 닮으며 살아가기요.

"어이고, 지체 높은 나으리께서 이제 퇴청하시었나?"

"네, 이제 퇴근했습니다. 매형 오래 기다리셨어요?"

"아냐. 나도 금방 왔어."

하늘의 별을 따는 것만큼 어렵다던 시험에 합격을 하고, 이든은 누나의 결혼과 동시에 독립을 했다. 식탁 의자에 앉아 퇴근하는 이든을 기다리던 성준은 냉장고를 턱 끝으로 가리켰다.

"누나가 가져다주라는 건 냉장고에 전부 넣어놨어."

"그래요? 애 보기도 바쁠 텐데 누나는 뭐 하러 반찬은 계속 해주는지 모르겠네요. 사 먹어도 되는데."

"괜찮아. 애는 내가 보니까."

"아아, 그도 그렇죠."

냉장고를 열어보며 내용물을 확인하던 이든은 성준을 바라보며 웃었다.

누나는 결혼을 하고 얼마 지나지 않아 아이를 가졌다. 한 명은 외롭고 두 명은 좀 그러니 셋은 낳아야지, 셋은 낳고 싶다, 버릇처럼 말하더니.

"애들은 잘 있죠?"

"잘 있지. 잘 먹고 잘 싸고 잘 크고, 무럭무럭 한다."

한 번에 낳으려는 심산이었는지, 누나는 세쌍둥이를 낳았다.

"매형은 살이 좀 빠진 것 같네요."

"살만 빠진 게 아니라 영혼도 같이 빠져나갔어. 살려줘."

물을 가득 따라 마시던 이든은 크게 웃음을 터트렸다. 시간이 날 때마다 조카들을 보러 출동하곤 하지만, 어른 셋이 보아도 아이 셋을 돌본다는 것은 전쟁이었다.

채원이 만삭이 될 때쯤 성준은 느닷없이 회사에 사표를 던졌다.

"낮엔 애들 좀 돌보고 밤엔 사업 구상을 좀 하려고 했는데. 처음 내 계획은 그랬는데 말야."

하……. 커피를 마시던 성준은 차마 다음 말을 잇지 못한 채 긴 한숨을 뱉었다.

에어밸런스를 이런저런 이유를 더해 민권에게 넘겨주고, 특허 유상 양도를 통해 제법 많은 돈을 받았다.

당분간은 육아에 전념하겠다고. 그러면서 차차 구상하던 사업을 준비해보겠다고.

"야심 찼지. 내가 너무 야심 찼다. 구상은 개뿔 잠잘 시간도 없어."

"셋을 키우는 건 보통 일 아니죠."

"너네 누나 혼자 두면 정말 큰일 날 뻔했어. 혼자서는 어림도 없는 일이거든."

이제 막 돌이 지난 아이 셋을 보느라 심신이 지쳐버린 성준은 길게 대화를 나눌 시간도 없이 자리에서 일어섰다. 익숙한 듯 이든도 따라 일어섰다.

"이제 가시게요?"

"가야지, 애들 목욕할 시간이야. 한비딩 청소로 해야 하고, 바쁘다 바빠."

성준은 미적거리는 일 없이 곧장 현관을 나섰다. 엘리베이터 버튼을 누르고 무심결에 시선을 돌린 성준의 눈길에 자전거가 들어온다.

"저건 타긴 타냐?"

"아, 저거요. 아뇨."

뒤따라 나온 이든은 자전거를 바라보며 웃었다. 단희가 주고 간 마지막 선물. 이든은 전시품처럼 집 앞에 세워만 두었다.

그녀는 여전히 복역 중이었고, 이제 와 자신이 도와줄 수 있는 부분도 없었지만, 자전거만큼은 새것 같은 모습 그대로 남겨두고 싶었다.

띵동. 엘리베이터가 도착하니 성준이 빠르게 올라탔다.

"가세요, 매형."

"……가야겠지?"

엘리베이터 문이 닫히지 않도록 열림 버튼을 꽉 누르며 성준이 웅얼거린다. 그 모습이 딱하기도 하고 웃기기도 해, 이든은 그저 웃으며 매형을 배웅했다.

기어이 엘리베이터 문이 닫히고 성준이 사라진 공간. 이든은 집으로 들어가려다가 불쑥 자전거 안장에 손을 얹었다.

"꼭 새 출발 해요. 언제든지."

죄의 값을 치르고 나면 부디 그녀가 새로운 출발을 할 수 있기를, 잠시 기도하던 이든은 집 안으로 사라졌다.

자전거는 아주 오랫동안 그의 집 앞을 지켰다. 지켜보듯이. 지켜 봐달라는 듯이.

"오빠, 애들 자?"

성준이 살금살금 방을 나서자 소파에 실신 지경으로 누워 있던 채원이 목소리를 낮춘 채 물었다.

"어. 이제 막 재웠다."

"헐, 이런 능력자. 수고했어."

마치 자석에 끌리듯 터덜터덜 소파로 걸어간 성준은 채원의 옆에 풀썩 쓰러지며 누웠다.

어이고, 어이고오오오……. 눕자마자 앓는 소리가 진동을 한다. 그 신음이 매우 안타까워, 채원은 웃음이 터졌다.

성준의 머리를 이리저리 쓸어 넘기다가, 채원은 그의 볼을 톡톡 쳤다.

"고생했어. 이든이네 집도 다녀오고. 우리 신랑 오늘 바빴네, 하루 종일."

"이든이네 집에 간 건 너무 좋았어. 매일 보내줘도 돼."

"……좋았어? 집에 있기 힘드니?"

"아니야, 무슨 소리를 하는 거야. 농담이지. 요즘 내 현생이 얼마나 즐겁고 행복한데."

아이고오……. 성준은 다시 한번 앓는 소리를 내며 몸을 뒤척였다.

사내아이 셋을 종일 업고 안고 붙잡고 씨름을 하니 밤이 되면 녹초가 되는 것은 당연했다. 아이를 케어하는 전문가가 낮에 도움을 준다 해도, 그 틈에 간신히 몸이나 씻고 밀려든 메일이나 처리하기 바빴다.

하루는 너무 빨랐고, 아이들은 무섭게 자랐다.

"아유, 이렇게 누워 있으니까 꼼짝도 하기 싫어. 나 이제 씻어야 하는데."

"아아. 못 씻었구나. 물 받아줄까? 목욕할래?"

"아까 욕조 다 닦아놨잖아. 또 청소하기 힘들어, 그냥 샤워만 할래."

"그래. 목욕 며칠 못 한다고 죽는 건 아니더라. 힘내."

신혼 때 같았으면 총알처럼 튕겨 일어나 물을 받아주고 내친김에 거품까지 내어주었을 남편이, 목욕 며칠 안 해도 살 수 있다고 한다.

채원은 우리가 어쩌다 이렇게 되었나 싶은 마음에 피식피식 웃기 시작했다. 황당하고 기가 차서 나오는, 헛웃음이었다.

"미치면 안 돼. 정신 바짝 차려, 정채원."

"말도 안 돼. 우리가 무슨 세쌍둥이를 키워. 내가 쟤네를 어떻게 낳았지? 아직도 믿기질 않는다니까?"

"대단했지, 정채원. 벌써 1년 전 얘기라는 게 난 더 믿기질 않는다. 아직도 분만실 앞에 있던 내가 생생한데."

아이들은 삶의 많은 것을 바꾸어놓았다. 누리며 살았던 많은 기쁨을 포기하게 했지만, 느껴보지 못했던 결이 다른 행복을 안겨주었다.

힘들수록 웃음이 났고, 10분의 쪽잠에 하루를 버티는 에너지가 생겨났다.

뒤집고, 기다가, 일어서는 과정을 부부가 함께 바라보며 기억에 저장했다. 나의 힘듦이 너의 것이었고, 너의 힘듦이 곧 나의 것이 되었다.

채원은 육아의 대부분을 맡아준 남편의 얼굴을 쓰다듬으며 입을 열었다. 회사를 나온다는 초강수를 두면서도, 그는 지금을 후회하지 않을 거라 말했다.

"오빠, 지금 이렇게 힘들지만 키워놓고 나면 한꺼번에 키워놓은 게 오히려 더 좋을 수도 있을 것 같아."

"그래. 언젠간 크겠지. 언젠간 밥도 알아서들 먹고 화장실도 알아서들 가고."

"아, 맞다. 주말에 여사님이 아이들 데리고 집으로 오라 하시던데."

"이번 주 주말에?"

성준은 위로 눈을 들며 채원을 바라보았다.

아아. 이쯤에서 여사님의 공로를 짚고 넘어가지 않을 수가 없다. 육아 무식자 둘이 멘붕에 빠져 허우적거리고 있을 때, 구세주처럼 나타나 거들어주셨던 감사한 분이니까.

무슨 짓을 해도 빽빽 울던 아이들이 주 여사의 품에만 가면 조용해졌다. 알고 보니 효자였다.

"아이들 보고 싶다고 데리고 오라 하시너라고. 하루 봐줄 테니 우리 바람 좀 쐬고 오라 하시던데?"

"오. 오!"

성준의 입에서 굵은 탄성이 터진다. 애들이 깰까 무서운 채원이 어깨를 아프지 않게 때리자 성준은 다시 목소리를 낮췄다.

"그럼 우리 오랜만에 데이트다운 데이트 좀 해보나?"

"어휴, 마음이 편하겠어? 여사님도 힘드실 텐데."

"그 댁엔 도와주실 분들이 많아서 괜찮아. 영화라도 한 편 보고 밥다운 밥이라도 한 끼 먹으면 좋겠다. 계획은 내가 짤까?"

도움을 마다할 리가 있겠나. 성준이 덥석 물며 반기는 표정을 짓자 채원도 따라 눈을 빛냈다.

"오빠, 나 맥주 마시고 싶어."

"맥주? 마시면 되지. 마실래, 지금?"

"한 캔만."

"그래. 한 캔씩 하자."

몸을 일으킬 기운도 없어 보이던 성준이 벌떡 일어나 냉장고 앞으로 걸어간다. 안주 될 만한 게 뭐가 있나. 뭐가 있을까. 냉장고 안을 바라보며 뒤적거리는 그의 모습을 바라보고 있자니, 채원은 저도 모르게 미소가 걸렸다.

"오빠, 다시 일하고 싶지?"

"아니야. 지금 현생이 너무 행복하고 즐거워서 일하고 싶은 생각 같은 건 조금도 들지 않아."

"인공지능이니? 감정 좀 담고 말해줄래?"

"……나만 힘든가. 너도 힘든데 뭐. 훗날 경력 단절을 함께 이겨 냅시다."

"그래요. 그럽시다."

채원은 그가 가져올 맥주를 기다리며 소파에 다시금 비스듬히 누웠다.

전쟁 같던 하루를 보내고 육아 퇴근 끝에 남편과 나눠 마시는 맥주 한 캔. 평범해지고 싶어 몸부림을 쳤던 지난날, 소중히 그려온 꿈의 시간.

"힘내, 한성준."

"그래, 고맙다. 안주는 대충 과일에 먹자. 괜찮지?"

"좋죠."

행복하다.

행복해. 이거면 되지 않나?

퇴근 후에 만나요 3

초판 1쇄 인쇄 2021년 6월 25일
초판 1쇄 발행 2021년 7월 7일

지은이 로즈빈
펴낸이 김문식 최민석
총괄 임승규
기획편집 이수민 박예나 김소정
　　　　　윤예솔 박소호
디자인 배현정
제작 제이오

펴낸곳 (주)해피북스투유
출판등록 2016년 12월 12일 제2016-000343호
주소 서울시 성북구 종암로 63, 5층 501호(종암동)
전화 02)336-1203
팩스 02)336-1209

ISBN 979-11-6479-332-7 (04810)
ISBN 979-11-6479-329-7 (세트)